# LES HEURES FURIEUSES

CASEY CEP

# LES HEURES FURIEUSES

## Sur les traces du manuscrit perdu de Harper Lee

*Traduit de l'anglais (États-Unis) par Cindy Colin-Kapen*

SONATINE ÉDITIONS

Titre original :
*FURIOUS HOURS*



Éditeur original : Alfred A. Knopf

ISBN 978-2-266-31410-7
Dépôt légal : juin 2022

*À mon père et ma mère*
*qui m'ont offert une montre à gousset*
*puis m'ont appris à lire l'heure*
*et tout le reste*

*Nous sommes liés par une angoisse commune.*

Harper Lee

# PROLOGUE

Personne ne l'avait reconnue. Le visage de Harper Lee était loin d'être aussi célèbre que son nom, et si elle ne s'était pas présentée ce jour-là dans la salle d'audience, il est probable que nul n'aurait jamais su qui elle était. La galerie était pleine à craquer, des centaines de personnes ayant pris place sur les bancs en bois qui grinçaient au moindre mouvement cependant que les malchanceux qui n'étaient pas arrivés à temps pour s'asseoir se tenaient adossés au mur du fond. Bien que septembre touchât à sa fin, la chaleur de l'Alabama ne faiblissait pas et, pour ne rien arranger, la climatisation du palais de justice avait rendu l'âme. On voyait s'agiter les éventails des femmes tandis que les costumes des hommes s'auréolaient de taches sombres autour du cou et des aisselles. De temps en temps, les spectateurs échangeaient des murmures et il leur arrivait de rire – un rire gêné qui s'évaporait sitôt que le juge exigeait le silence.

L'accusé était noir, mais les avocats étaient blancs, ainsi que le juge et les jurés. Il était inculpé d'homicide volontaire. Trois mois plus tôt, aux funérailles d'une adolescente de seize ans, l'homme patiemment assis jambes croisées près de la table de la défense avait tiré un pistolet de la poche intérieure de sa veste et abattu le révérend Willie Maxwell de trois balles dans le crâne. Trois cents personnes avaient assisté à la scène. La plupart étaient aujourd'hui présentes à son procès, non pour découvrir les raisons de son acte – tout le monde les connaissait, et certains s'étonnaient que personne ne l'ait commis plus tôt – mais pour comprendre la troublante série de décès qui avaient précédé celui dont ils avaient été témoins.

L'une après l'autre, sur une période de sept ans, six personnes proches du révérend avaient trouvé la mort dans des circonstances que tout le monde s'accordait à qualifier de suspectes voire, pour certains, de surnaturelles. Au cours de toutes les enquêtes qui en avaient découlé, le révérend avait été représenté par un avocat du nom de Tom Radney, dont la présence dans la salle d'audience ce jour-là n'aurait rien eu de surprenant s'il ne s'était pas apprêté à défendre l'homme qui avait tué son ancien client. Libéral à la sauce Kennedy dans un Sud acquis à George Wallace, Radney avait l'habitude de faire la une des journaux, et cette fois, on lirait son nom bien au-delà des pages du quotidien local, l'*Alexander City Outlook*. Des reporters de l'Associated Press et d'autres agences, ainsi que de magazines et journaux nationaux parmi lesquels *Newsweek* et le *New York Times*, étaient venus en masse à Alexander City pour assurer la couverture de ce qu'on appelait déjà l'affaire du prêtre vaudou meurtrier et du justicier qui l'avait abattu.

Parmi eux, une personne n'avait aucun délai à respecter ni rédacteur en chef à satisfaire. Harper Lee vivait à Manhattan mais passait toujours une partie de l'année à Monroeville, la ville qui l'avait vue naître et grandir, à seulement deux cent quarante kilomètres d'Alex City. Dix-sept ans s'étaient écoulés depuis qu'elle avait publié *Ne tirez pas sur l'oiseau moqueur* et douze depuis qu'elle avait accompagné son ami Truman Capote au Kansas pour l'aider à mener son enquête sur une affaire de meurtres qui allait devenir *De sang-froid*. À présent, enfin, elle était prête à recommencer. Un des meilleurs avocats d'assises de l'État plaidait dans un des procès les plus étranges de l'État, et l'écrivaine la plus célèbre de l'État était sur place pour en rendre compte. Elle passerait une année entière dans la ville à enquêter sur l'affaire, et bien davantage à la transformer en prose. Et si la question qui captivait la salle d'audience ce jour-là était de savoir ce qu'il adviendrait de l'homme qui avait abattu le révérend Willie Maxwell, un autre mystère captiverait les esprits des décennies encore après le verdict : qu'était-il advenu du livre de Harper Lee ?

PREMIÈRE PARTIE

# LE RÉVÉREND

# 1

# Séparer les eaux d'avec les eaux

L'eau, comme le temps, a le pouvoir de tout effacer. Il y a un siècle, là où s'étend aujourd'hui le plus grand lac d'Alabama, se trouvait une région de collines et vallées peuplées de communautés misérables, que traversait une jolie petite rivière. La Tallapoosa se forme là où deux ruisseaux se rejoignent, le McClendon et le Mud, après avoir l'un et l'autre descendu le contrefort des Appalaches en Géorgie. Avant d'être disciplinée par un barrage, la Tallapoosa poursuivait sa course paresseuse vers le sud pour aller retrouver sa sœur plus énergique, la Coosa, près de la ville de Wetumpka, où les deux cours d'eau se réunissaient pour former la rivière Alabama. Celle-ci continuait vers le sud-ouest jusqu'à se déverser dans la baie de Mobile, et de là dans le golfe du Mexique. Pendant quatre cent trente kilomètres et des millions d'années, la Tallapoosa chemina ainsi tranquillement jusqu'à l'océan.

Puis l'électricité arriva, qui interrompit sa course. La domination de l'homme sur la terre lui a peut-être été accordée dans la Genèse, mais ce n'est qu'au XIXe siècle qu'il commença réellement à tirer parti de ce pouvoir. Les machines à vapeur, l'acier et divers modes de combustion lui en donnèrent les moyens ; sa conviction en la Destinée manifeste lui en donna la raison. Quelques décennies plus tard, l'homme en était arrivé à considérer la nature comme un ennemi, se livrant à ce que le philosophe William James appelait « l'équivalent moral de la guerre[1] ». C'était particulièrement vrai dans le sud des États-Unis, où une véritable guerre avait laissé derrière elle un territoire dévasté aussi bien matériellement que financièrement et rendu leur liberté aux hommes et femmes asservis qui avaient été le moteur économique de la région. N'étant plus légalement autorisés à assujettir d'autres êtres humains, les Blancs fortunés du Sud avaient décidé de porter leur attention sur la nature. Le monde sauvage leur paraissait dans le pire des cas un danger mortel, un désastre en puissance grouillant de maladies, et dans le meilleur des cas un terrible gâchis. Ils voyaient dans les forêts une réserve infinie de bois de construction et de terrains où bâtir des fermes, rêvaient de drainer les marécages paludéens pour en exploiter le sol et d'abattre les loups, les ours et autres redoutables prédateurs pour les empailler, les transformer en tapis ou les servir au dîner. Quant aux rivières, de quel droit s'amusaient-elles quand les êtres humains devaient travailler ? Comme le déclara Thomas Martin, le président de l'Alabama Power Company : « Nos rivières se la coulent douce aux frais du contribuable[2]. »

Dès le tournant du siècle, l'énergie hydroélectrique incarna pour le Sud un formidable espoir. Les usines fonctionnant à la force des hommes et des mules se mécanisèrent et les maisons qui n'avaient jusqu'alors connu que la lueur des bougies et du kérosène commencèrent à se munir d'ampoules électriques. Soudain, toutes les rivières au sud de la ligne Mason-Dixon n'étaient plus considérées qu'en termes de pied cube par seconde et de kilowatt par heure. En 1912, des éclaireurs d'Alabama Power empruntèrent une automobile Winton Six à une habitante de la région et roulèrent le long du bassin de la rivière Tallapoosa, en quête d'un terrain assez vaste pour y construire un grand barrage. Ils jetèrent leur dévolu sur Cherokee Bluffs, une gorge flanquée de falaises de gneiss et de granite hautes de soixante mètres, au fond de laquelle courait une rivière dont le lit était tapissé de la même roche solide. Le lieu était si parfait que d'autres compagnies d'électricité avaient déjà essayé d'y construire une digue, à deux reprises. La première tentative, en 1896, avait été contrariée par l'arrivée de la fièvre jaune, qui avait découragé les financiers de s'y aventurer ; la seconde, en 1898, avait quant à elle été interrompue par la guerre hispano-américaine, qui avait dissuadé les investisseurs de placer leur argent dans un projet d'infrastructure sur des terres aussi reculées. Mais Alabama Power s'installa à Cherokee Bluffs pendant les années fastes du début du XX^e^ siècle, et ils amassèrent assez de fonds pour commencer à acheter les terrains alentour.

Certains habitants de la région vendirent de leur plein gré. Convaincus que le lac arriverait de toute manière tôt ou tard et préoccupés par les maladies qui risquaient de s'y développer, ils acceptèrent sans se faire prier les six dollars par hectare que la compagnie leur offrait et s'en allèrent commencer une nouvelle vie dans les communes environnantes. Mais d'autres s'opposèrent au barrage, parmi lesquels les commerçants installés le long du fleuve et, en 1916, leur bataille arriva jusqu'à la Cour suprême des États-Unis. Dans l'affaire Mt. Vernon-Woodberry Cotton Duck Co. contre Alabama Interstate Power Co., le juge confirma le droit de l'État à saisir les terres des propriétaires privés pour un usage public, y compris par transfert aux compagnies d'électricité. Comme l'écrivit le célèbre juge Oliver Wendell Holmes selon l'avis unanime de la Cour suprême, « mettre fin au gaspillage de l'eau des rivières, exploiter leur énergie, profiter de cette force de travail sans cerveau, et par conséquent libérer l'humanité d'un labeur auquel elle n'a pas à se soumettre revient à fournir ce qui, après l'intellect, est le fondement même de nos accomplissements et de notre prospérité[3] ».

Pour la compagnie d'électricité, cette excellente nouvelle n'aurait pas pu tomber à un plus mauvais moment. Peu après le verdict, les États-Unis s'engagèrent dans la Première Guerre mondiale, à laquelle ils consacrèrent tant d'argent et tant d'hommes que le projet de Cherokee Bluffs fut une nouvelle fois reporté. Alabama Power ne recommencerait à travailler sur le barrage qu'après l'armistice et la construction ne débuterait pas avant 1923. Cette année-là, cent charpentiers vinrent bâtir le camp où logeraient les déboiseurs, cuisiniers, ingénieurs, bûcherons, maçons, mécaniciens, scieurs, débusqueurs et chefs de chantier qui prépareraient le bassin et construiraient le barrage. Lorsqu'ils eurent terminé, près de trois mille employés s'installèrent avec leurs familles, transformant temporairement Cherokee Bluffs en l'une des plus grandes communautés de la région.

Outre les logements ségrégués pour les ouvriers noirs et blancs, on y trouvait une boulangerie, un barbier, une cafétéria, un glacier, une école, une salle commune pour les films et les services religieux, et un hôpital où l'on venait se faire arracher des dents, passer des radios et donner naissance à des bébés.

C'était une ville conséquente en comparaison du reste de l'Alabama, et un barrage immense en comparaison du reste du monde. Une fois sa construction terminée et ses vannes fermées, les eaux qui s'accumuleraient derrière l'édifice couvriraient quelque dix-huit mille hectares – c'était, à l'époque, le plus grand lac artificiel de la planète. Selon un arrêté fédéral, chacun de ces hectares avait dû être débarrassé de tous les arbres risquant de briser la surface de l'eau et, selon la politique de la compagnie, il avait également fallu éliminer tout le reste : la moindre branche ou brique arrivée par la force de la nature ou l'action d'un homme avant l'implantation de la compagnie d'électricité disparut. Les trois mille ouvriers commencèrent à déplacer les maisons et moulins à blé, à démolir les granges, à exhumer des centaines de corps d'une douzaine de cimetières pour les enterrer ailleurs. Mais surtout, ils coupèrent des arbres : les pins à aiguilles courtes, les pins à aiguilles longues, les pins à torches, les noyers blancs et les chênes. Tout ce qu'ils ne parvenaient pas à abattre, ils le brûlaient.

Vinrent ensuite les attelages de mules, les excavateurs et même une ligne de chemin de fer. En décembre 1923, le premier batardeau était installé et les pompes commençaient à évacuer l'eau de la gorge afin que les maçons puissent construire les fondations du barrage. Quand la dernière pierre fut posée près de deux ans plus tard, lors d'une cérémonie à laquelle assistèrent des milliers de personnes, le barrage mesurait cinquante et un mètres de haut et six cents de long, un rapace de béton d'une envergure aussi large que Cherokee Bluffs. On le baptisa barrage Martin en hommage à l'homme qui avait déclaré que les rivières devaient arrêter de se la couler douce et se mettre au travail.

L'année suivante, le 9 juin 1926, les hommes et femmes qui étaient venus en masse assister à cette cérémonie se rassemblèrent de nouveau afin de voir les vannes du barrage se fermer pour la première fois et la rivière commencer d'inonder le terrain derrière elles, formant le réservoir qui deviendrait le lac Martin. L'eau se déversa dans les ornières et les sillons, les avens et les souches d'arbres, les fossés et les ruisseaux ; elle submergea les fleurs sauvages et les herbes folles, les tiges de maïs, les clôtures et piliers en bois, et finalement ces quelques arbres qui avaient été épargnés, destinés à disparaître si profondément dans le lac qu'aucune coque de bateau n'effleurerait plus jamais leurs feuilles.

Tout cela arriva lentement, moins un déluge qu'une bruine fine et incessante, des milliards de litres engloutissant des dizaines de milliers d'hectares de terrain à longueur de jour et de nuit, des semaines durant. Les bouilleurs de cru clandestins eurent le temps de transférer leurs distilleries des vallées où elles étaient installées vers des terres plus élevées, et les familles qui avaient refusé d'abandonner leurs maisons déplacèrent encore et encore leurs vies au-dessus des eaux. Les habitants vinrent pêcher dans le réservoir dès qu'il fut assez profond pour être peuplé de perches et de brèmes, et les enfants commencèrent à s'y baigner, que l'on voyait nager puis ressortir la peau luisant de l'argile rouge délogée par la montée des eaux. Les fermiers regardaient les flots emporter leurs pastèques ; les plaisanciers partis sur le nouveau lac pour la journée ne retrouvaient pas l'anse où ils avaient mouillé le matin, tant le littoral changeait rapidement. Des moustiquaires et des tablettes de quinine étaient distribuées à toutes les personnes habitant à moins d'un mile de l'eau stagnante, et vingt bateaux sillonnaient les criques et les baies afin de pulvériser de l'insecticide. Des mois s'écoulèrent ainsi. Jusqu'à ce qu'un jour, là où se trouvaient autrefois des maisons et des cabanes, des champs et des fermes, des églises et des écoles, des épiceries et des tombes, il n'y ait plus que l'eau.

Le mal n'avait pas attendu cette inondation particulière pour infecter le monde, et il continuerait de sévir bien après, mais c'est à ce moment-là que naquit le futur révérend Willie Maxwell, au mois de mai de l'année durant laquelle Alabama Power posa la première pierre du barrage Martin. Sa mère, Ada, était gouvernante ; son père, Will, exploitait en tant que métayer une terre située sur ce qui, à l'époque de la naissance de Willie, était déjà en train de devenir la rive ouest du lac Martin. Il était le sixième de leurs neuf enfants, le deuxième de leurs cinq fils. Né dans une période d'importants changements politiques et environnementaux, il ne vit jamais la rivière Tallapoosa serpenter tranquillement comme elle le faisait jadis, ne connut pas son bassin versant avant qu'il soit transformé par l'énergie hydroélectrique ni sa culture avant qu'elle soit bouleversée par les lois ségrégationnistes, aussi appelées lois « Jim Crow ».

Les années qui le virent grandir furent particulièrement rudes pour l'État. L'anthonome du cotonnier remonta depuis le Mexique pour détruire les champs de coton et le parti communiste descendit du nord pour syndiquer les métayers, provoquant d'horribles violences dans son sillage. La Grande Dépression arriva de Wall Street et demeura en Alabama pendant très, très longtemps, bien plus longtemps que les garçons qui quittaient le New Jersey ou New York pour rejoindre les camps de travail du Corps civil de protection de l'environnement.

Nombre d'entre eux n'avaient qu'une vague idée du lieu où ils allaient : près de quarante ans s'écouleraient avant que le révérend Martin Luther King Jr. et le gouverneur George Wallace fassent connaître l'Alabama au reste de l'Amérique. L'État repose telle une pierre tombale entre le Mississippi et la Géorgie, son sommet affleurant le Tennessee, sa base bordant le Panhandle de Floride avant de plonger tout à l'ouest dans le golfe du Mexique. De son côté, le lac Martin se trouve un peu trop à l'est et un peu trop au sud pour occuper le centre de l'Alabama, et son propre centre est difficile à situer, dans la mesure où, avec ses multiples artères, il évoque moins un réservoir qu'une tache de Rorschach, se répandant dans les innombrables plis, ravines et vallées de trois comtés : Coosa, Tallapoosa et Elmore. Les plus grandes villes de la région sont Alexander City, située juste au nord du lac, puis Wetumpka, au sud. La plupart des autres bourgades alentour sont tout juste assez grandes pour un bureau de poste ou une station-service.

Willie Maxwell et ses frères et sœurs naquirent à Kellyton, une de ces communes qui ne sont qu'un point noir microscopique sur les cartes, à l'ouest d'Alex City, et grandirent à Crewsville, une communauté autonome trop minuscule pour être considérée comme un village – à peine quelques maisons, une ou deux boutiques, et au moins autant d'églises puisque les fidèles blancs et noirs devaient fréquenter des sanctuaires différents, de même que les méthodistes et les baptistes. S'il y avait bien de la circulation, elle ne faisait que cela : circuler. À l'époque, il s'agissait surtout de chevaux et attelages de mules, mais quelques Ford T arrivaient de temps à autre de la Walker Ford Company dans le comté voisin, dont les klaxons étaient assez puissants pour effrayer le bétail et parfois les habitants. Lorsque les trains commencèrent à traverser la région, les enfants apprirent à reconnaître les différentes locomotives au son de leur sifflet. Autrement, cette partie de l'Alabama était si paisible qu'on y entendait chanter les oiseaux toute la matinée et croasser les grenouilles-taureaux toute la nuit. Le comté de Coosa ne comptait à l'époque que douze mille habitants, et assez de pins pour qu'un petit garçon jouant à Tarzan puisse le traverser sans jamais poser le pied au sol. Les rares infractions à déplorer étaient la bigamie, la bâtardise, la mendicité, la violation du sabbat et l'emploi d'un langage vulgaire devant la gent féminine.

Certains crimes, en revanche, coulaient si profondément dans les veines du Sud que les autorités ne voyaient en eux rien de criminel. De nombreux résidents blancs du comté de Coosa et presque tous les résidents noirs étaient des métayers, les victimes d'un système brutal qui laissait à peine de quoi vivre à ceux qu'il prenait dans son piège. Comme ils devaient acheter leurs semences et leur engrais au printemps, on disait que les métayers mangeaient leurs graines avant de les semer, et une grande partie de ce qu'ils parvenaient ensuite à tirer du sol allait directement au propriétaire. Les conditions des prêts qu'un métayer pouvait obtenir lui étaient généralement très défavorables, ses revenus insuffisants pour vêtir et nourrir une famille, et le travail en lui-même éreintant, qui commençait à l'aube et se terminait au crépuscule, et ce six jours par semaine. On attendait de tous les enfants nés dans ces circonstances qu'ils participent aux corvées dès qu'ils étaient en âge de marcher.

En 1936, à l'époque où Walker Evans et James Agee étudiaient et photographiaient les visages hâves et les vies rongées de soucis des métayers blancs de l'ouest de l'Alabama pour ce qui deviendrait *Louons maintenant les grands hommes*, Willie Maxwell avait onze ans, et il vivait à l'autre bout de l'État et de l'autre côté de la barrière raciale. Si la dernière période de son existence serait abondamment documentée par les tribunaux de l'Alabama et les gros titres de tout le pays, nous ne savons pas grand-chose de ses jeunes années, les vies des Afro-Américains étant largement absentes des archives historiques de cette époque et ce lieu. Maxwell allait à l'école, mais uniquement en dehors de la saison des moissons, puisque la vie dans le comté de Coosa s'organisait essentiellement en fonction de ce qui entrait et sortait du sol. Les métayers de la région faisaient pousser du maïs, du coton, du blé et de l'avoine en rotation et, s'ils le pouvaient, des cacahuètes, des pêches et des pastèques. Le printemps était consacré au baptême des enfants et au nettoyage des cimetières, l'automne au ouatage des courtepointes et à l'égrenage du maïs. Les garçons comme Willie plantaient, sarclaient, ramassaient les fruits et les légumes, faisaient fuir les corbeaux des champs de maïs et les lapins des laitues tout en apprenant à chasser, et ils pêchaient tout ce qu'ils parvenaient à attraper dans les ruisseaux qui coulaient autour de Crewsville : le Beau, le Hatchet, le Socapatoy et Jacks Creek.

Le reste du temps, les garçons allaient à l'école, et Willie reçut sept années d'éducation formelle. À l'été 1943, il s'engagea dans l'armée au côté de deux millions d'autres Afro-Américains. À dix-huit ans, on l'envoya en formation à Fort Benning, une base militaire portant le nom d'un général confédéré, située à cheval sur la frontière avec la Géorgie. Il reçut un uniforme et la coupe militaire qu'il garderait toute sa vie. Bien qu'il suivît l'entraînement au combat, Maxwell fut affecté à un bataillon du génie de l'air à Keesler Field, dans le Mississippi, puis à Camp Kearns, dans l'Utah.

Avant la guerre, Camp Kearns était une zone de deux mille hectares de champs de blé. Dépouillée de ses cultures, elle devint pendant la guerre une étendue de poussière et de crasse. Les véhicules militaires allumaient leurs phares en pleine journée afin de percer les nuages de sable et les soldats se réveillaient presque tous les matins sous une couche de poussière que le vent avait soufflée entre les planches de contreplaqué et les fenêtres de papier goudronné. Les hommes étaient si nombreux dans leurs chambrées qu'ils les surnommaient « cages à poules » ; les infections respiratoires se propageaient aussi vite que les rumeurs de déploiement. Maxwell vécut là-bas pendant deux ans, jusqu'au mois de novembre 1945, lorsqu'il fut démobilisé. Il reçut quatre cent treize dollars quatre-vingts et, comme des millions d'autres soldats, une médaille de la victoire frappée en l'honneur de la fin de la Seconde Guerre mondiale. Mais au lieu de retourner dans l'Alabama, il choisit de se réengager et on l'envoya en Californie dans le 811e bataillon du génie de l'air, une des quarante-huit unités noires chargées de construire et d'entretenir les terrains d'aviation dans le monde entier. De là, il se rendit sur le théâtre du Pacifique, où il conduisit des camions pour le corps du génie de l'armée des États-Unis.

À l'époque, l'armée était presque aussi divisée que le Sud profond que Willie Maxwell avait laissé derrière lui, une injustice qui devint encore plus flagrante lorsque les États-Unis se joignirent à la lutte contre les nazis. « Nos Nordiques aussi souffrent d'une psychose de masse, écrivit Langston Hughes. Ils traitent les nègres de la même manière que les hitlériens traitent les juifs, à différents degrés de cruauté[4]. » Les mêmes préjugés qui séparaient les civils en fonction de leur race dans les écoles, les églises et les buvettes ségréguaient les soldats dans les chambrées, les cantines et sur les lignes de front. L'armée finirait par mettre un terme à la ségrégation en 1948, mais c'était trop tard pour le sergent Maxwell. En janvier 1947, lorsqu'il revint en Amérique avec une médaille de bonne conduite, il décida de retourner à la vie civile. Au début du mois de mai, il rentrait chez lui.

Revenu dans le comté de Coosa, Maxwell s'installa à Kellyton, la ville qui l'avait vu naître. Il était désormais âgé de vingt et un ans et, avec son mètre quatre-vingt-sept pour quatre-vingts kilos, il était assez grand pour voir par-dessus presque tous les hommes et assez mince pour se faufiler entre eux. Ses yeux marron étaient toujours vigilants, son visage beau et fin ; une étroite moustache était posée tel un chevron d'officier au-dessus de ses lèvres. Il avait une façon élégante, presque formelle, de parler, et le charme que la plupart des jeunes hommes réservaient à leurs petites amies, il l'offrait à tous ceux qu'il rencontrait, ponctuant ses conversations de « sir » et « ma'am » qu'il laissait partout où il passait telles des empreintes digitales. « Il n'y avait pas plus gentil, c'était très agréable de parler avec lui[5] », disait-on. « Il était si charmant, on aurait pu croire qu'il venait du ciel[6]. »

Quelque temps après avoir quitté son uniforme, Maxwell commença à travailler dans la compagnie qui l'avait fabriqué : Russell Manufacturing, la plus grande usine de textile d'Alexander City. À la même époque, le charmant vétéran rencontra une jeune femme discrète, Mary Lou Edwards. Née et élevée à Cottage Grove, un autre village minuscule du comté de Coosa, Mary Lou avait deux ans de moins que Willie et vivait toujours avec ses parents lorsqu'il lui présenta une bague de fiançailles. Ils obtinrent leur certificat médical la dernière semaine de mars et se marièrent au tribunal des successions de Rockford, le chef-lieu du comté, le 2 avril 1949. C'était le premier, mais non le dernier mariage du futur révérend Willie Maxwell, et quoi que l'on puisse en dire, une chose est certaine : il dura, comme il l'avait promis à sa bien-aimée ce jour-là, jusqu'à ce que la mort les sépare.

# 2

# Ministre de l'Évangile

En cette fin de journée, Mary Lou Maxwell écossait des petits pois. C'était la première semaine d'août, cette période de l'année où les tempêtes estivales avaient déjà emporté les nids d'oiseaux et ravagé les fleurs sauvages, où la végétation était gorgée de tiques et l'air saturé du chant des cigales. Quand les épis de maïs étaient gonflés de grains et que les autres légumes attendaient, lourds et paisibles sur leurs tiges, les pois étaient mûrs et prêts à être cueillis et écossés un à un, par centaines. Les femmes et les enfants pressaient leurs pouces sur les cosses pour ouvrir la couture, et les graines qu'elles contenaient glissaient en cliquetant dans les passoires. Au fil des lentes heures d'été, les paniers remplis d'entrelacs de gousses vertes étaient transformés en bols de pois, prêts à être lavés, blanchis et stockés dans les congélateurs.

Mary Lou se consacrait à cette tâche depuis qu'elle était rentrée de sa journée à Russell Mills – son deuxième travail, commencé en complément de celui de blanchisseuse et couturière qu'elle exerçait chez elle, pour ses voisins. Écosser les pois était une occupation paisible, qui ne requérait aucune concentration et se prêtait au commérage si vous aviez de la compagnie et à la contemplation dans le cas contraire. Mais lorsqu'une de ses sœurs lui rendit visite ce soir-là, elle trouva Mary Lou en sueur et anxieuse. Plus tôt dans la journée, Willie Maxwell avait été renvoyé de son poste à l'usine. Ce n'était pas la première fois qu'il perdait ainsi un emploi et, financièrement, c'était un coup dur pour le couple, mais Mary Lou n'avait pas encore eu l'occasion d'en discuter avec son mari, car lui aussi avait un deuxième travail, et il devait s'y rendre directement ce soir-là : le révérend Maxwell, comme tout le monde l'appelait alors, devait prêcher pendant une cérémonie de réveil religieux près d'Auburn.

À l'époque comme aujourd'hui, les réveils religieux du Sud promettaient enfer et damnation aux pécheurs, et ce plusieurs heures durant. Même le soir, la chaleur était intense sous les pavillons dressés pour l'occasion, et on aurait pu pardonner aux fidèles de croire le décor créé dans l'unique but de leur rappeler les tourments qui les attendaient s'ils ne se repentaient pas. Pourtant, ils arrivaient en masse, parfois par milliers, et les églises continuaient de les accueillir, pour la simple raison que ces prêches fonctionnaient : c'était en partie grâce à la tradition vivace du réveil religieux que, dès 1970, un habitant de l'Alabama sur quatre était de religion baptiste. Parfois, les différentes églises s'associaient pour héberger un réveil collectif, mais généralement elles les espaçaient tout au long de l'été, qui devenait une longue saison de développement spirituel où il vous suffisait de parcourir quelques kilomètres pour atteindre le salut.

Maxwell avait été invité à cette célébration par le révérend et Mme Reese de l'église baptiste de Macedonia, mais sa femme n'avait pas souhaité l'accompagner. Dans une petite ville, l'épouse d'un pasteur est plus que quiconque ou presque soumise au regard des autres. Où elle va, ce qu'elle porte, la manière dont elle parle, avec qui elle parle et ce qu'elle dit : tout ce qu'elle fait est observé, commenté, pesé et jugé. Charité bien ordonnée commence par soi-même, mais il en va de même pour l'humilité, la modestie, la patience, la piété et la respectabilité, et on attend de la femme d'un pasteur qu'elle incarne toutes ces qualités à la fois – peut-être même davantage que du pasteur lui-même. Rien d'étonnant donc à ce qu'une femme dans cette position eût préféré éviter le regard des autres dès qu'elle le pouvait, et ce soir-là, le 3 août 1970, Maxwell consentit à aller prêcher sans son épouse, mais la pria de laisser la ligne téléphonique libre afin qu'il puisse l'appeler sur le chemin du retour.

Le révérend partit pour la célébration juste avant 18 heures. La sœur de Mary Lou s'en alla peu après, et plus tard ce soir-là Mary Lou monta dans sa voiture pour rendre visite à une autre de ses sœurs, Lena Martin. Avant de rentrer chez elle, elle bavarda un peu avec sa voisine, Dorcas Anderson. Son mari, mentionna-t-elle dans la conversation, était parti prêcher à un réveil religieux et lui avait demandé de ne pas utiliser le téléphone afin qu'il puisse la joindre. Elles discutèrent pendant quelques minutes, après quoi Mary Lou regagna sa maison pour y passer ce qui devait être une longue nuit solitaire ; elle avait vécu suffisamment de célébrations de réveil religieux pour savoir que celle d'Auburn se prolongerait bien après la tombée du jour, et elle était mariée depuis assez longtemps pour avoir l'habitude de passer ses soirées seule.

À l'entendre raconter son histoire, des heures plus tard et pour le restant de sa vie, ce fut la nuit où le révérend Willie Maxwell devint Job. Sur le chemin du retour, il s'arrêta à une station-service dans la ville de Camp Hill pour acheter un Coca-Cola et appeler sa femme. Par la suite, il soutiendrait sans jamais en démordre qu'elle n'avait pas décroché et que, lorsqu'il était rentré chez lui à Nixburg, peu avant 23 heures, elle n'était pas là. Il jurerait que, épuisé par une longue et difficile journée, il s'était immédiatement endormi. Ce n'était que lorsqu'il s'était réveillé vers 2 heures du matin et avait constaté que sa femme n'était toujours pas rentrée qu'il avait appelé sa belle-mère, laquelle l'avait informé qu'elle n'avait pas vu sa fille de la journée ; il avait ensuite appelé sa voisine, qui l'avait vue, mais beaucoup plus tôt ; puis une des sœurs de Mary Lou, qui lui avait dit qu'elle était passée lui rendre visite mais était depuis longtemps repartie. C'est seulement à ce moment-là que Maxwell avait contacté la police.

Après avoir parlé à Maxwell, les officiers dépêchés à Nixburg sonnèrent à la maison voisine pour s'entretenir avec Dorcas Anderson. Elle avait été réveillée dans la nuit par l'appel du révérend et était passée le voir pour discuter de la disparition de sa femme, mais lorsque la police vint frapper à sa porte, elle leur apprit une chose qu'elle n'avait pas dite au révérend : Mme Maxwell ne lui avait pas rendu visite une fois ce soir-là, mais deux. La première fois, après être allée voir sa sœur Lena, Mary Lou avait mentionné le fait étrange que son mari lui avait demandé de laisser la ligne téléphonique libre ; la seconde fois, il était 22 heures passées, et elle était arrivée en proie à une grande agitation. « Le révérend a eu un grave accident, je vais le chercher[7] », avait-elle dit à Dorcas, expliquant que Maxwell l'avait appelée pour la prévenir qu'il avait été victime d'un accident de voiture près de New Site.

Ce sont les derniers mots que Mary Lou adressa à Mme Anderson. Quant à la déclaration de Maxwell selon laquelle il était revenu chez lui aux alentours de 23 heures, Anderson indiqua aux autorités que, pour autant qu'elle sache, il n'était pas rentré de la nuit. S'il avait regagné son domicile plus tôt et s'était effectivement endormi, elle ne l'avait ni vu ni entendu. Sa seule certitude était que le révérend était chez lui lorsqu'il l'avait appelée, à 2 heures du matin passées, pour lui demander si elle savait où se trouvait Mary Lou. C'est à ce moment-là, poursuivit Mme Anderson, qu'elle avait rejoint la porte de derrière et observé le garage du révérend, où elle avait vu son véhicule. « Je suis retournée dans la chambre, expliqua-t-elle, et j'ai dit à mon mari que quelque chose clochait, car sa voiture n'était pas abîmée[8]. »

Le révérend assura qu'il s'agissait d'un malentendu. Il n'avait pas été victime d'un accident et, quand il avait appelé Mary Lou depuis Camp Hill, elle n'avait pas répondu. Il se disait convaincu que c'était sa femme qui avait eu un accident et il insista pour que les policiers cherchent sa voiture sur la nationale 22, la route qui aurait dû la conduire de la maison de sa sœur Lena à la sienne et qu'avait également empruntée le révérend depuis New Site.

Bien plus modeste que son nom ne le suggère, la nationale 22 est une deux-voies somnolente qui traverse un petit cours d'eau, Hillabee Creek. La nuit, lorsque l'air se fait plus froid que l'eau, un épais brouillard monte du ruisseau et plane au-dessus de la chaussée telle la vapeur d'un souffle en hiver. Quand la police trouva la Ford Fairlane 1968 de Mary Lou sur cette route, elle était sur le bas-côté, à trois mètres de l'asphalte, près d'un bosquet d'arbres qu'elle ne semblait pas avoir heurté. Elle avait subi quelques dégâts, mais rien de sérieux ; en tout, ils ne coûteraient que quelques centaines de dollars à réparer. Loin de paraître accidentée, la voiture avait simplement l'air d'avoir été garée. Le moteur tournait, et ses phares fixaient aveuglément l'obscurité. Mme Maxwell était à l'intérieur, déjà morte.

Au cours des cinq premières années de leur mariage, les Maxwell avaient exploité le terrain d'un homme nommé Mac Allen Thomas, alors administrateur du comté et plus tard juge de succession, qui possédait une plantation à la sortie de Rockford. En tant qu'administrateur, Mac était un homme à la fois jovial et redoutable, qui utilisait son sourire pour se faire apprécier et la force pour parvenir à ses fins. Il savait comment faire construire des ponts et améliorer les routes et ne s'offensait jamais lorsque, sur le ton de la plaisanterie, les gens disaient qu'il avait pavé tous les sentiers à cochons du pays. En tant que juge, il n'était pas très regardant et n'hésitait pas à satisfaire les policiers qui lui demandaient de signer à l'avance des mandats qu'ils gardaient dans leurs voitures au cas où ils tomberaient sur des contrebandiers. Mac s'était pris de sympathie pour le jeune marié à la voix douce et au charme enjôleur qui labourait son champ et il resta en excellents termes avec le révérend bien après que tous les policiers des trois comtés s'étaient fait de lui une opinion nettement différente.

Quand il le voulait, Maxwell pouvait se montrer à la fois charmant et persuasif, mais il ne le voulait pas toujours, et sa maîtrise de soi, aussi impressionnante fût-elle, avait ses limites. À Russell Mills, par exemple, sa réputation de travailleur acharné était ternie par son absentéisme récurrent, et en 1954, deux ans après que Hank Williams, arrêté pour ivresse sur la voie publique, avait été photographié alors qu'il sortait, le torse nu et la démarche chancelante, d'une cellule de la prison d'Alexander City, Maxwell fut licencié de l'usine après une énième absence. À la même époque, les Maxwell cessèrent de travailler la terre de Mac Thomas, et l'argent vint rapidement à manquer. Or, comme tout le monde ne tarderait pas à le constater, Maxwell était un homme plein de ressources, qui décrocha bientôt le premier d'une série d'emplois qu'il occuperait à tour de rôle tout au long de sa vie dans trois domaines différents : la pierre, le bois et la foi.

Il travailla d'abord dans une carrière de Fishpond, une minuscule bourgade proche de la frontière du comté. C'était un métier difficile et dangereux dans lequel il excellait. « Maxwell était un de mes employés les plus fiables et les plus remarquables[9] », se souviendrait son superviseur, Jack Bush, qui serait plus tard élu premier maire à temps plein d'Alexander City. Le travail consistait à forer des trous de plusieurs mètres de profondeur dans la pierre pour y placer des détonateurs afin de faire exploser la roche en morceaux, qu'un broyeur venait ensuite réduire en poudre. À chaque explosion, les ouvriers se retrouvaient couverts d'une épaisse couche de poussière de roche et, à la fin de la journée, on aurait pu croire qu'ils avaient été enfarinés des pieds à la tête.

Contrairement à ses collègues, Maxwell ne restait jamais poussiéreux très longtemps. Dans la carrière comme partout ailleurs, il excellait à supprimer les preuves de ce qu'il avait fait. « Quand on se nettoyait, expliquerait Bush, il finissait toujours propre comme un sou neuf[10]. » Maxwell ne se contentait pas d'épousseter ses vêtements et d'essuyer la sueur sur sa peau, et il ne s'attardait jamais plus longtemps que nécessaire dans sa tenue de travail ; dès qu'il quittait la carrière, il redevenait l'un des hommes les plus élégants de l'est de l'Alabama. Ses chaussures étaient toujours cirées, ses costumes toujours noirs, la blancheur impeccable de ses chemises presque toujours réhaussée d'une cravate. Plus tard, les gens diraient que ses vêtements avaient été taillés sur mesure par le diable en personne, et les hommes qui le regardaient livrer du bois en costume trois-pièces en parlent encore aujourd'hui.

Le travail du bois était plus propre que celui de la pierre, mais à peine, et uniquement dans la mesure où le révérend Maxwell n'était plus simplement membre d'une équipe mais la dirigeait. L'industrie américaine de la pulpe à papier s'était déplacée vers le sud pendant les premières décennies du XX$^{e}$ siècle, après que les forêts de la Nouvelle-Angleterre eurent été décimées et qu'un chimiste de Géorgie eut découvert comment fabriquer du papier journal à partir de pins du Sud, et ce malgré leur taux élevé de résine. En un rien de temps, les moulins à blé et les scieries qui avaient émaillé les comtés ruraux du Sud furent supplantés par les usines de pâte à papier, et bon nombre des ouvriers qui avaient coupé et taillé des traverses pour l'industrie du chemin de fer consacraient désormais leurs forces à extraire la pulpe du bois. Une petite guerre les opposa brièvement aux bûcherons qui comme eux exploitaient ces millions d'hectares de forêt – la version sudiste des batailles qui avaient opposé les fermiers aux propriétaires de ranch dans l'Ouest. En Alabama, International Paper avait établi son siège à Mobile, tandis que la Gulf States Paper Corporation avait jeté son dévolu sur Tuscaloosa ; ces géants ainsi que de nombreuses compagnies plus modestes étaient tributaires des contrats de location conclus avec les propriétaires terriens et des arrangements établis avec des fournisseurs indépendants.

À la tête d'une de ces équipes chargées de l'approvisionnement, Maxwell employait la méthode habituelle : il travaillait avec un camion à simple essieu, des tronçonneuses, des haches, et entre deux et six hommes. Lorsqu'il avait une équipe complète, un ou deux hommes abattaient les arbres, les autres ébranchaient, découpaient les rondins démembrés en sections, chargeaient le tout dans le camion et le livraient. Une telle équipe pouvait espérer débiter huit cordes de bûches par jour. Une fois en usine, ce bois était déversé dans des hacheuses qui le découpaient en copeaux, ces copeaux étaient réduits en pulpe, et cette pulpe était pressée et séchée pour en faire du papier. Les usines empestaient l'ammoniac et les sulfites, des produits chimiques que leurs cheminées crachaient dans l'air dès qu'elles tournaient, mais elles donnèrent à l'Alabama l'une de ses rares industries florissantes et au pays une multitude d'objets plus ou moins essentiels : journaux, carnets, serviettes, sacs à déjeuner ou à bouteille d'alcool, cartes d'anniversaire, mouchoirs, briques de lait, romans.

Pour Maxwell, le ramassage de bois destiné à la fabrication de pâte à papier était un moyen d'entrer dans le commerce lucratif de l'exploitation forestière. Il ne nécessitait que peu de frais généraux – à peine quelques centaines de dollars pour se procurer des tronçonneuses, chaînes, pneus de camions, et de l'essence pour tout ce qui possédait un moteur. Les compagnies qui faisaient appel à des hommes comme lui pour qu'ils leur fournissent du bois se chargeaient généralement des contrats et envoyaient un spécialiste en repérage pour marquer les arbres, mais Maxwell n'avait pas vraiment besoin d'aide. Aussi compétent dans les forêts que dans les carrières, il ne ratait jamais un arbre marqué et n'abattait jamais ceux que le client voulait épargner. « Je m'en rendais bien compte, expliquerait le gérant d'une usine de la compagnie Bama Wood basée à Montgomery. Avec Maxwell, il me suffisait de marquer un petit emplacement. Il coupait exactement ce que je lui demandais de couper. J'allais sur place, je marquais un demi-hectare et je lui disais : "OK, révérend, voilà ce que je veux", et il le faisait[11]. »

Pour Maxwell, en revanche, le travail du bois et de la pierre n'était qu'alimentaire. Comme il le déclarerait plus tard sous serment, sa véritable vocation avait toujours été de devenir « ministre de l'Évangile[12] ». Il reçut l'ordination en 1962 à la Philippi Baptist Church de Keno, qui s'était appelée Philippi Methodist Church avant que tous ses membres blancs décèdent ou déménagent. L'édifice tenait son nom de la ville romaine de Macédoine que saint Paul avait visitée lors de son deuxième voyage missionnaire ; des années plus tard, Paul écrirait de sa prison une épître aux Philippiens dans laquelle il les invitait à se méfier des faux prêcheurs. Nul doute que Maxwell connaissait ce passage du Nouveau Testament, lui que ses paroissiens admiraient pour sa compréhension approfondie des Écritures. « Il prononçait des prières capables d'enflammer son auditoire, raconterait l'un d'entre eux. Il savait chanter, il savait prier, et quand il s'agissait de discuter de la Bible, il connaissait son sujet[13]. »

À partir de son ordination, le révérend Maxwell fut connu sous ce titre, même lorsqu'il n'était pas en chaire. Légalement, il était Willie Junior Maxwell ; moins légalement, il signait les documents officiels W. J. Maxwell, W. M. Maxwell, Will Maxwell, Willie Maxwell ou encore William – sans initiale médiane – Maxwell, mais la plupart des gens l'appelaient « révérend ». Ses excès vestimentaires, qui détonnaient dans une carrière de pierre ou une cour à bois, avaient toute leur place dans un lieu saint, et sa manière indéniablement curieuse de parler, trop archaïque et élégante pour la vie quotidienne, lui valut une grande renommée dans la communauté baptiste de l'Alabama, notamment dans les églises Mount Zion West Baptist Church à Our Town, Union No. 2 à Eclectic, Mount Gilead à Newell, Reeltown à Notasulga, et Holly Springs à Springhill.

Face à la popularité grandissante de ses prêches, Maxwell décida de suivre des cours de séminaire organisés par l'université de Selma. Ouverte en 1878, l'université de théologie noire de Selma formait des milliers de ministres pour la convention baptiste des missionnaires de l'État d'Alabama, tout en proposant des cours à ceux qui, comme Maxwell, servaient déjà dans le saint ministère. Ces cours avaient lieu à quatre-vingts kilomètres au sud d'Alex City, au sous-sol de l'église baptiste de Holt Street à Montgomery – celle où, quinze ans plus tôt, inspiré par Rosa Parks, le révérend Martin Luther King Jr. avait appelé à un boycott du système de bus ségrégués de la ville.

À la suite de cette formation, le révérend Willie Maxwell reçut en 1970 un certificat d'études théologiques de l'université de Selma. Si ses sermons s'en trouvèrent améliorés, on ne pouvait en dire autant de sa situation financière. Les baptistes représentaient désormais la plus importante confession de l'Alabama, en partie grâce aux ministres comme Maxwell – des hommes prêts à occuper d'autres emplois la semaine quand les paroisses rurales ne pouvaient se payer les services d'un pasteur à temps plein. Pourtant, malgré les différentes activités qu'il cumulait, le révérend vivait toujours au-dessus de ses moyens, et ses excès ne se limitaient pas à des costumes chics. Les Maxwell s'étaient installés dans une maison de brique à Nixburg, une ville située au sud-ouest d'Alex City, au bord de la nationale 9, et il devait des dizaines de milliers de dollars à la banque de Dadeville, quelques milliers d'autres à la Citibank of Alabama, et encore quelques milliers à Security Mutual Finance. Il détenait une lourde hypothèque et cumulait les arriérés, que ce soit pour le remboursement de sa voiture ou les nombreux comptes personnels qu'il avait ouverts dans les petits commerces autour du lac Martin.

C'est dans le but d'aider à éponger ces dettes que Mary Lou était allée travailler avec son mari à Russell Mills. Malheureusement, ce revenu supplémentaire, quoique bienvenu, ne suffit pas à calmer les tensions dans le foyer des Maxwell. Le couple était alors marié depuis deux décennies, et le poids des années se faisait sentir – assez littéralement, dans le cas de Mary Lou. Elle était malheureuse, et cela se voyait. Bien qu'elle ne présentât aucun signe de maltraitance physique, il était évident que son mari avait trouvé d'autres moyens de la tourmenter. Elle n'était pas femme à se plaindre, mais le peu qu'elle confiait à ses proches leur suffisait. « Elle évoquait souvent les appels téléphoniques qu'il recevait d'autres femmes, raconta Dorcas Anderson. Elles appelaient et demandaient à parler au révérend Maxwell. Quand elle répondait qu'il n'était pas à la maison, ces femmes pensaient qu'elle essayait juste de les empêcher de lui parler[14]. »

Les hommes d'Église ont peut-être davantage de raisons que les autres d'éviter les écarts, mais ils ont aussi davantage d'occasions de les commettre. Les paroisses du révérend étaient assez éloignées de son domicile pour justifier qu'il se séparât de son épouse pendant de longues périodes, et la nature de la relation entre le pasteur et le paroissien signifiait que, contrairement à la plupart des hommes, il pouvait se trouver seul avec une femme chez elle sans que cela soit jugé suspect. Du reste, les appels téléphoniques à toute heure du jour et de la nuit n'avaient rien d'inhabituel pour un membre du clergé dévoué à ses ouailles. Maxwell n'était pas le premier pasteur à tirer parti de son statut ou à se cacher derrière celui-ci, mais Mary Lou en avait assez, et quoiqu'elle sût ou suspectât des liaisons de son mari avant 1970, elle en eut une preuve irréfutable au début de cette année-là. Le 21 janvier, le révérend Maxwell se présenta au tribunal des successions pour se déclarer légalement père d'une petite fille de six semaines, c'est-à-dire « reconnaître cet enfant comme le [sien], capable d'hériter de [ses] biens immobiliers et personnels au même titre qu'un enfant légitime[15] », et pour remplacer le nom de sa fille par le sien.

Aussi malheureuse que fût Mary Lou – à cause de cette infidélité ou en général –, elle ne risquait pas de faire quoi que ce soit pour y remédier. « Quand elle s'est mariée, c'était pour de bon[16] », expliqua une de ses sœurs. Ni l'adultère ni l'insolvabilité n'auraient pu la convaincre de se séparer de son époux ; si son mariage devait se terminer, ce ne serait pas de son fait.

Lorsque les policiers ouvrirent les portières de la Ford Fairlane cette nuit d'août, ils découvrirent une scène d'horreur. Les pois rouges sur la robe de coton blanc de Mary Lou Maxwell étaient à peine visibles tant il y avait de sang. Ses mains, ses bras, sa tête et sa poitrine en étaient couverts, et d'épais filets maculaient l'arrière de ses jambes. Sa peau était gonflée et contusionnée, son visage lacéré, sa mâchoire brisée, son nez disloqué ; il lui manquait un morceau de l'oreille gauche, que les enquêteurs finirent par trouver sur le plancher de la banquette arrière. Il y avait aussi du sang à l'extérieur de la voiture – sur la portière passager, le pare-brise et la vitre arrière. Pour autant que la police put en juger, Mary Lou avait été battue à mort, probablement avant que sa voiture soit garée sur le bord de la nationale 22.

La police d'Alexander City était techniquement hors de sa juridiction, aussi transféra-t-elle le dossier au département du shérif du comté de Tallapoosa et à la police d'État de l'Alabama. Certains agents partirent interroger le révérend Maxwell quand d'autres restèrent sur place pour examiner la scène de crime. Ils fouillèrent la voiture en quête d'éventuels indices laissés par l'assaillant, prélevèrent diverses fibres et emportèrent la boîte de Kleenex vide et le marteau posés sur la banquette arrière. Puis ils longèrent le bas-côté à la recherche d'empreintes de pas ou de traces de lutte. Dans l'allée d'une église non loin de la voiture, ils trouvèrent des gouttes de sang dont ils prélevèrent aussi des échantillons. Pendant ce temps, d'autres agents emportaient le corps de Mary Lou Maxwell au funérarium Armour.

La violence a cette terrible capacité de tout détruire à l'exception d'elle-même. Le nom d'une personne assassinée menace toujours de devenir synonyme du meurtre lui-même ; la mort d'une personne assassinée menace toujours d'éclipser sa vie. C'était particulièrement vrai dans le cas d'une femme noire d'origine modeste vivant en Alabama. Ses proches se souviendraient du talent de Mary Lou pour la couture, de sa dévotion à son mari, de sa patience, sa foi et son courage, mais en dehors de ses actes de naissance, de mariage et de décès, le seul document officiel attestant son existence est une description horriblement précise de l'état de son corps au moment de sa mort.

Outre les lacérations et gonflements que la police avait déjà constatés, les légistes notèrent la présence d'un hématome noir d'un centimètre autour du cou de Mary Lou, accompagné de marques de ligature, ainsi que de grains de sable et de morceaux de feuilles dans sa bouche. Du sable et des feuilles étaient aussi collés aux traces de sang sur sa robe, laquelle était également souillée de taches de graisse à la taille et sur l'ourlet. Les légistes en conclurent que Mme Maxwell avait été battue à mort après que quelqu'un eut essayé sans succès de l'étrangler au moyen d'un objet torsadé, comme de la corde, et qu'elle s'était débattue avec son assaillant avant de tomber au sol. Lorsque l'autopsie fut terminée, les enquêteurs envoyèrent leurs conclusions, ainsi que les indices prélevés sur la scène, au département de toxicologie et d'enquête criminelle de l'Alabama, à l'université d'Auburn.

Durant trente-cinq ans, le département de toxicologie avait été le principal laboratoire d'Alabama dans le domaine de l'expertise médico-légale. Il avait été créé à la suite d'une affaire qui était rapidement devenue l'une des plus tristement célèbres erreurs judiciaires de l'histoire américaine lorsque, en mars 1931, neuf garçons noirs – dont le plus jeune n'avait que treize ans et le plus âgé dix-neuf – avaient été accusés à tort du viol de deux femmes blanches dans un train. À l'issue de trois procès bâclés qui s'étaient tenus à Scottsboro, Alabama, ils avaient tous les neuf été jugés coupables. Malgré l'absence de toute preuve crédible contre eux et le fait que l'une des accusatrices était par la suite revenue sur son témoignage, huit avaient été condamnés à la peine capitale. Pendant les six années qui avaient suivi, alors que les garçons croupissaient en prison – pour la plupart, dans le couloir de la mort – l'affaire se traîna dans les méandres du système judiciaire, via une série de jurys sans majorité, d'annulations pour vice de procédure, de révisions de procès, et deux passages devant la Cour suprême. En 1937, les poursuites furent abandonnées contre certains accusés et, finalement, tous les garçons de Scottsboro furent libérés. Des décennies plus tard, les condamnations des trois derniers furent annulées de façon posthume.

C'est au beau milieu de cette débâcle que le procureur général, Thomas Knight, contacta plusieurs toxicologues travaillant pour ce qui était alors l'institut polytechnique d'Alabama et deviendrait plus tard l'université d'Auburn. Knight pensait que la mauvaise gestion de l'affaire des garçons de Scottsboro aurait pu être évitée si les autorités s'étaient rassemblées et avaient évalué les preuves d'un point de vue scientifique. En guise de contre-exemple, il évoqua les méthodes scrupuleuses utilisées dans une des autres affaires criminelles les plus célèbres de l'époque : la condamnation en 1935 de Bruno Hauptmann pour l'enlèvement et le meurtre du bébé de Charles et Anne Morrow Lindbergh. Selon Knight, cette affaire établissait un standard auquel l'État devait aspirer et il encouragea les procureurs et les officiers des forces de l'ordre de tout l'Alabama à envoyer leurs preuves au Dr Hubert Nixon, professeur au sein du laboratoire d'agriculture, et au Dr Carl Rehling, professeur de chimie. Quelques années plus tard, le corps législatif de l'Alabama alloua officiellement des fonds à la création d'un laboratoire de police scientifique. « Notre rôle n'est pas de prouver la culpabilité ou l'innocence, expliqua le Dr Rehling au sujet de son laboratoire, mais de présenter les faits[17]. »

À partir des années 1970, le département de toxicologie et d'enquête criminelle fournissait son aide sur près de six mille affaires par an. On pouvait faire appel à leur expertise dans les domaines de l'autopsie, de la balistique, des empreintes digitales, de la graphologie, de la microscopie et de la photographie. Les indices de n'importe quel crime commis dans l'État d'Alabama pouvaient être envoyés au département afin d'être analysés par son équipe de chimistes, légistes, criminologues, microbiologistes, techniciens et toxicologues. Rehling s'était lui-même surnommé « docteur du crime » et appelait ses collègues « l'équipe du crime ». Leurs comptes rendus épargnaient régulièrement à des suspects innocents la prison voire la mort et permettaient aux familles des victimes décédées dans des circonstances que seule une analyse médico-légale pouvait éclaircir de faire leur deuil.

Mais le docteur du crime et son équipe ne parvinrent à accomplir ni l'un ni l'autre dans l'affaire du meurtre de Mary Lou Maxwell. Lorsque les scientifiques d'Auburn eurent terminé d'analyser les indices prélevés, ils se rangèrent à l'opinion du légiste et des enquêteurs locaux : elle avait été étranglée puis rouée de coups hors de sa voiture, probablement dans l'allée de l'église, puisque le sang découvert sur place correspondait à son groupe sanguin. Mais aucun des enquêteurs de la police de la ville, de l'État ou du département du shérif ne trouva la corde qui, selon l'équipe médico-légale, avait servi à l'étrangler, et lorsqu'ils retournèrent à la maison du révérend Maxwell pour la fouiller, ils découvrirent qu'il avait récemment brûlé tous ses déchets. Les techniciens qui analysèrent le contenu du baril ne parvinrent à identifier qu'un morceau de tissu en coton avec une ligne de couture et les restes d'un objet en osier tressé, peut-être un chapeau ou un sac à main. Ils en déduisirent qu'il s'agissait d'une partie des vêtements de Mme Maxwell ou peut-être de ceux que le révérend lui-même portait le jour du meurtre, mais n'avaient aucun moyen de l'affirmer avec certitude.

Ne pouvant s'appuyer sur des preuves physiques, la police commença à enquêter sur le révérend lui-même. Le témoignage de la voisine en faisait le suspect le plus crédible, et sa remarque au sujet des femmes qui appelaient constamment chez les Maxwell gagna en crédibilité lorsqu'ils identifièrent plusieurs des « amies » de Maxwell, dont une qui vivait sur Old Kellyton Road et conduisait une voiture flambant neuve dont le révérend lui-même remboursait le prêt – ou ne le remboursait pas, puisque la police découvrit également que Maxwell était lourdement endetté[18]. Il apparut qu'à l'instar de nombreux pasteurs, sa vie privée était assez différente de celle que ses paroissiens l'imaginaient mener, et entièrement différente de celle qu'il prônait dans ses sermons.

Pendant que la police enquêtait sur lui, le révérend, depuis peu sans emploi ni épouse, s'acquitta de ses obligations. Son avocat, Tom Radney, l'aida à organiser les funérailles de sa femme, et Maxwell l'enterra au cimetière de l'église baptiste Peace and Goodwill, non loin de leur maison de Nixburg. La question de l'héritage fut rapidement réglée puisque, au moment de sa mort, Mary Lou n'avait pas rédigé de testament et ne possédait que quelques dollars à son nom, mais son mari se rendit malgré tout au tribunal des successions du comté de Tallapoosa afin de demander le droit de percevoir son dernier salaire de Russell Mills. Après quoi il rassembla les projets de couture sur lesquels elle travaillait et les rendit, à divers stades d'inachèvement, aux clients qui les lui avaient déposés.

Lorsque tout cela fut réglé, Maxwell s'assit à son bureau et rédigea une lettre. « Monsieur, écrivit-il. Je souhaite par la présente vous informer que Mary L. Maxwell a été retrouvée tuer [*sic*] dans un accident de voiture le 3 août 1970[19]. » Il ajouta un numéro de contrat, signa la lettre « Rév. W. M. Maxwell » et l'envoya à la compagnie d'assurances Old American. La police en question concernait un capital décès de quinze mille dollars, et le Rév. W. M. Maxwell en était l'unique bénéficiaire. Il l'avait achetée pour vingt-cinq cents peu de temps avant le décès de sa femme – si peu de temps, en fait, qu'il n'eut même pas à payer les douze dollars de renouvellement. La lettre que le révérend écrivit à la compagnie Old American pour réclamer le paiement était datée du 19 août 1970. À ce moment-là, bien qu'il omît de le mentionner, le décès de son épouse avait été officiellement reconnu comme un homicide, dont il avait lui-même été inculpé.

# 3

# Se préparer à l'inévitable

Avant que le lieutenant Henry Farley ne procède à Fort Sumter au tir de mortier de dix pouces qui déclencherait la guerre de Sécession, il n'existait pas de réelle industrie de l'assurance-vie aux États-Unis. Il y avait l'assurance sur le capital immobilier, bien sûr, ainsi que sur les bateaux et les entrepôts, et, aussi horrible que cela puisse paraître, sur les esclaves. Mais même les habitants les plus entreprenants de cette jeune nation entreprenante n'avaient pas trouvé le moyen de gagner de l'argent en assurant des vies. Car pour savoir combien faire payer aux assurés avant qu'ils meurent, il fallait déjà savoir combien de temps ils pouvaient espérer vivre, chose impossible puisque les compagnies ne possédaient aucune donnée actuarielle. En outre, afin de maintenir la confiance des clients, il fallait disposer de fonds suffisants pour couvrir tous les capitaux décès, même dans le cas de décès précoces ou inattendus ; or, les capitaux étaient extrêmement difficiles à mobiliser. La guerre civile résolut ces deux problèmes, qui changea non seulement la manière dont les gens mouraient, mais aussi celle dont ils s'y préparaient. Au moment où les soldats de l'Union pillaient des souvenirs dans la maison d'Appomattox où le général Lee avait capitulé, les Américains assuraient déjà leur vie dans des proportions colossales.

Bien qu'elle se fût implantée aux États-Unis en l'espace de quatre courtes années, l'industrie de l'assurance-vie est vieille de plusieurs millénaires. Ses premières incarnations, cependant, n'avaient guère en commun avec les compagnies qui vendent aujourd'hui des polices d'assurance, mais fonctionnaient davantage comme des clubs offrant des adhésions. Sous l'Empire romain, les individus se regroupaient en sociétés d'enterrement, qui faisaient payer des frais d'initiation et de maintenance dont ils se servaient ensuite pour couvrir les dépenses funéraires lorsqu'un membre mourait. De même, des groupes religieux organisaient régulièrement des collectes pour les paroissiens endeuillés afin de prendre en charge les frais d'enterrement et d'apporter un soutien aux veuves et aux orphelins. Ce n'est que des siècles plus tard que ces organisations fraternelles commencèrent à fonctionner comme des marchés financiers, et il fallut pour cela qu'une ville brûle et qu'une autre s'effondre.

La ville qui brûla est Londres. Un dimanche matin de l'année 1666, au terme d'un été long et sec, une boulangerie de Pudding Lane s'embrasa. Les maisons alentour prirent feu l'une après l'autre telles des rangées d'allumettes et des vents forts poussèrent les flammes vers la Tamise, où elles rencontrèrent des entrepôts remplis de charbon, de poudre à canon, d'huile, de sucre, de suif, d'essence de térébenthine et autres combustibles. Le lundi, des flammes et des braises tombaient du ciel ; le mardi, le feu avait fait fondre le toit de plomb de la cathédrale Saint-Paul et les cadenas de fer des portes de la ville. Le mercredi, les vents changèrent de direction, et les espaces coupe-feu créés en démolissant des bâtiments aux frontières du désastre eurent le résultat escompté. Mais à ce moment-là, le grand incendie de Londres avait déjà détruit plus de treize mille structures et privé cent mille personnes de toit.

Un des hommes qui firent fortune en reconstruisant la ville après l'incendie était un médecin devenu promoteur répondant au doux nom de Nicholas Si-le-Christ-n'était-pas-mort-pour-toi-tu-aurais-été-maudit Barbon. (Ce deuxième prénom puritain lui avait été donné par son père, le prédicateur millénariste Loué-soit-Dieu Barbon.) Grâce à ses profits considérables, le Dr Barbon fonda un « Bureau d'assurance des habitations » qui employait sa propre équipe de pompiers pour protéger les bâtiments qu'il assurait et dont le nombre monterait à cinq mille. Les habitants de Londres ne tardèrent pas à raccourcir astucieusement le nom du médecin en « Maudit Barbon », en partie pour son entêtement à ignorer la réglementation en matière de logement et l'opposition locale à ses projets de construction, et en partie pour l'inhumanité avec laquelle il chargeait ses pompiers de n'éteindre que les incendies des maisons qui portaient une petite plaque d'étain indiquant que leurs propriétaires étaient des clients. Les « marques d'incendie » de Barbon ne tardèrent pas à proliférer sur les façades des rez-de-chaussée à travers toute la ville, à mesure que les gens prenaient conscience qu'il valait mieux verser une petite somme d'argent aujourd'hui pour éviter de gros désagréments plus tard. Dans la décennie qui suivit, Barbon imagina une autre innovation dans ce domaine, qui allait faire le lien entre l'assurance incendie et l'assurance-vie : il créa une société par actions pour financer ses polices. Première du genre, elle permettait aux investisseurs d'acheter des actions dans une compagnie d'assurances, comme ils pouvaient déjà le faire dans les usines, l'industrie minière et le commerce des épices.

Désormais en mesure d'attirer des investisseurs, les assureurs pouvaient enfin lever des capitaux. Mais la valeur d'une vie était incertaine – elle l'était même davantage que les prix fluctuants du safran ou de l'or. Imaginez qu'un banquier de Douvres achète une police et vive encore quatre décennies ; au moment de sa mort, il aura cotisé pendant quarante ans, et la valeur de sa police sera alors suffisante pour que l'assureur verse l'intégralité de ses indemnités décès à sa veuve tout en faisant du profit. Maintenant, imaginez que ce même banquier, aussitôt après avoir signé son contrat, décide de visiter les falaises blanches et se noie dans la Manche. Dans ce cas, la femme du malheureux obtiendra les mêmes indemnités pour une fraction des coûts, tandis que l'assureur, loin de réaliser un profit, subira une perte importante. Le succès des compagnies d'assurances reposait sur leur capacité à deviner quel scénario était le plus crédible – mourir de vieillesse ou tomber d'une falaise – en l'absence totale d'informations au sujet de la vieillesse, des chutes mortelles, ou de la myriade d'autres manières dont les gens pouvaient perdre la vie.

La raison de l'absence de ces informations était en partie théologique. Les chrétiens dévots n'étaient pas plus censés se préoccuper des détails de leur mort que de ceux du Second Avènement, comme le Christ le proclame dans l'Évangile selon saint Matthieu : « Quant au jour et à l'heure, personne ne les connaît, pas même les anges des cieux. » Dieu, qui veillait même sur les moineaux, pourvoirait aux besoins de chacun, et douter de cette providence en préparant la fin de sa propre vie était considéré comme un manque de foi. L'industrie de l'assurance-vie était donc prise entre deux feux : celui de Dieu et celui des mathématiques.

Pour ne rien arranger, la réputation des compagnies d'assurances en général avait été ternie par la vente de polices spéculatives, une pratique qui se distinguait à peine du pari. Il était possible d'acheter des polices spéculatives avec clauses de dédommagement sur tout et n'importe quoi : tel couple allait-il divorcer ? Quand telle personne perdrait-elle sa virginité ? Et même, dans le cas d'une affaire célèbre : tel diplomate français travesti était-il biologiquement un homme ou une femme ? Ce type de polices pouvait être souscrit en secret, et pour ce faire, l'acheteur n'avait nul besoin d'être un parent de son « assuré ». En raison de ces pratiques douteuses, et de l'évidente motivation qu'il pouvait y avoir à assassiner quelqu'un dont vous aviez assuré la vie, la France, l'Allemagne et l'Espagne avaient totalement banni ce type de contrats. L'Angleterre, pendant ce temps, créa le standard d'intérêt d'assurance, qui stipulait qu'une telle police ne pouvait être vendue qu'à la personne souhaitant être assurée ou à une personne pour laquelle la vie de l'assuré présentait un « intérêt », c'est-à-dire un intérêt à ce que celle-ci se poursuive. Mais même ces avancées ne suffirent pas à rendre l'industrie respectable. Elles ne firent qu'encourager un nouveau genre de spéculation, qui consistait, pour les clients âgés, indigents ou malades, à vendre aux enchères leur police d'assurance à des investisseurs, qui faisaient leur offre en fonction de leur estimation de la durée de vie du vendeur.

Parmi ces divers obstacles à l'établissement d'une industrie de l'assurance-vie, le problème mathématique fut le premier à être résolu. Chacun savait que la mort, quoique incertaine, était inévitable, et pourtant, avant le XVII^e^ siècle, personne n'avait jamais tenté de la chiffrer, sans parler de mesurer l'espérance de vie d'une population ou d'une profession spécifiques. Ce qui se rapprochait le plus d'une table de mortalité à l'époque, c'était les Bills of Mortality, une lugubre invention britannique qui listait les victimes de la peste au sein de diverses paroisses à travers le pays. En 1629, le roi Charles I^er^ chargea son clergé de publier ces Bills pour toutes les morts, et pas uniquement celles causées par la peste. Plus tard, vers la période du grand incendie, John Graunt, un mercier londonien démographe à ses heures, organisa ces Bills, regroupant vingt années de décès en quatre-vingt-une causes. Grâce à ce classement, il était désormais possible de savoir quand et de quelles causes les gens étaient le plus susceptibles de mourir.

Armées pour la première fois d'informations sur la population, les compagnies d'assurances tentèrent de percer les mystères des calculs de probabilité. Bientôt, une catastrophe naturelle les aida à surmonter leurs réticences liées à la religion. En 1755, le jour de la

Toussaint, peu avant 10 heures du matin, un des tremblements de terre les plus meurtriers de l'histoire frappa la ville de Lisbonne. Lorsque le sol cessa enfin de trembler – six longues minutes plus tard, selon certaines archives – des dizaines de milliers de personnes avaient péri, écrasées par leurs maisons et leurs églises, et des fissures mesurant jusqu'à cinq mètres de large déchiraient la terre. Peu de temps après, les eaux se retirèrent brusquement de la côte du Portugal, laissant le port à nu. Les habitants, qui s'étaient rassemblés en masse sur les quais, observaient ébahis les épaves reposant au fond du port lorsque, moins d'une heure plus tard, ils virent revenir l'océan. Le tsunami qui déferla sur la ville tua des milliers d'autres personnes. C'était une tragédie d'une ampleur telle qu'elle rendit caduques les théodicées de l'époque, et provoqua dans toute l'Europe de profonds questionnements existentiels.

Des débats passionnés opposèrent les théologiens aux philosophes des Lumières, qui s'emparèrent du tremblement de terre pour offrir une explication rivale au fonctionnement du monde naturel. Si les tremblements de terre n'étaient pas des punitions divines mais des événements géologiques inévitables, alors peut-être que s'assurer contre la mort n'était pas une démarche contraire au plan divin mais un moyen responsable et pieux de pourvoir aux besoins de sa famille. Dès la fin du XVIIIe siècle, cette idée avait gagné en légitimité à travers l'Europe. Une fois qu'elle s'y implanta, le clergé, d'abord opposé au principe même d'assurance-vie, devint l'un de ses plus fervents défenseurs, allant dans certains cas jusqu'à lever des fonds pour vendre des polices aux fidèles.

Cette pratique finit par s'étendre aux États-Unis, où encore aujourd'hui des millions d'Américains achètent leur assurance-vie par le biais d'organismes religieux comme le Catholic Financial Life et le Thrivent Financial for Lutherans. Mais de tels développements ne se firent pas du jour au lendemain. Contrairement à l'Europe, qui détenait au XVIII$^{e}$ siècle des tables de mortalité couvrant plusieurs décennies, l'Amérique coloniale possédait peu d'informations fiables sur l'espérance de vie, et les assureurs avaient le plus grand mal à fixer les tarifs et les clauses des polices. Quand les compagnies se risquaient à offrir des assurances-vie, il y avait souvent trop de bénéficiaires qui demandaient simultanément des indemnités et rarement assez d'argent pour les payer.

En outre, si la plupart des États exigeaient un intérêt d'assurance, l'industrie de l'assurance-vie américaine restait exceptionnellement vulnérable à la fraude. Certains clients mentaient dès la signature du contrat sur leur âge ou leurs antécédents médicaux. D'autres mentaient pendant leur contrat, lorsqu'ils ne respectaient pas les termes de leur police en voyageant dans des lieux interdits (le Sud impaludé, par exemple) ou par des moyens interdits (en chemin de fer, sans l'avenant adéquat). D'autres encore mentaient à la fin, mettant en scène leur propre mort ou maquillant leur suicide en accident. Mais accuser ces personnes de mensonge était délicat. Contester les revendications revenait cher, et les procès aboutissaient rarement au refus d'indemnisation, puisque les membres du jury étaient davantage susceptibles de vouloir voir leurs propres polices honorées que de se soucier des marges de profit des compagnies d'assurances. Par ailleurs, toutes les fois qu'une compagnie conservait ses profits en refusant de payer des indemnités pour cause de fraude – par exemple, un père ayant omis de mentionner sa maladie ou un mari qui aurait acheté de l'arsenic juste avant de mourir –, elle risquait de ternir sa réputation aux yeux d'un public sceptique, qui craignait que ses propres héritiers n'en fassent un jour les frais.

En essayant de se développer, les compagnies s'exposaient à de plus en plus de fraudes dues à leurs propres erreurs de jugement. Quelques-uns de leurs agents approuvaient des polices un peu trop librement dans le but de toucher de plus grosses commissions, quand certains gérants investissaient des capitaux un peu trop dangereusement dans le but de toucher de plus gros bénéfices. S'installer sur de nouveaux territoires impliquait de recruter de nouveaux agents, qui tous n'étaient pas scrupuleux, et plus une compagnie se diversifiait géographiquement, moins elle en savait au sujet de l'histoire, de la vie, et des risques de décès de ses futurs clients, rendant toute opération d'arbitrage difficile. Avec le développement des services postaux dans la seconde moitié du XIXe siècle, il devint possible de vendre par correspondance, mais également de frauder par correspondance, et ce pour les deux parties ; des compagnies inexistantes pouvaient ainsi proposer des polices inexistantes, quand des clients peu scrupuleux pouvaient commander des polices qu'ils n'auraient jamais réussi à obtenir en personne.

Les différents États essayèrent de protéger les assurés en obligeant les compagnies à créer des fonds de garantie et en restreignant leurs investissements. Mais ces mêmes protections ralentissaient les ventes, puisqu'elles requéraient davantage d'audits à tous les stades du processus, et diminuaient les retours sur investissement en privant les entreprises de la liberté de prendre le genre de risques qui pouvaient faire s'envoler leurs actions. Contraintes de vendre moins de polices, les compagnies devaient mutualiser les risques sur une population plus réduite, et par conséquent lutter pour rester rentables. Finalement, un changement de fonctionnement permit aux compagnies de se libérer du jeu du capital : les sociétés par actions, qui étaient détenues par les investisseurs, laissèrent place aux sociétés mutualistes, détenues par les assurés eux-mêmes ; au lieu d'attirer les investisseurs, il leur fallait simplement recruter des clients. Ce changement n'aurait pas été possible sans le carnage de la guerre de Sécession, qui eut sur les États-Unis un impact similaire aux tremblements de terre et aux incendies qui avaient frappé l'Europe ; elle répandit à travers le pays un double sentiment de terreur et d'obligation qui fit exploser la demande d'assurances-vie. Le montant total des polices passa de cent soixante millions de dollars en 1862 à un impressionnant un milliard trois cents millions de dollars en 1870. Cinquante ans plus tard, il y avait dans le pays presque autant de polices d'assurance que d'Américains.

Cette augmentation du nombre d'assurés provoqua celle du nombre de fraudes. À l'époque où le révérend Willie Maxwell commençait à souscrire des assurances-vie, l'industrie était un territoire aussi sauvage que l'avait été l'Ouest : immense, dépourvu de lois, et extrêmement lucratif pour les entrepreneurs.

Les compagnies plaçaient des publicités dans les journaux et les magazines, les voyageurs pouvaient acheter pour trois fois rien une assurance vol aux distributeurs automatiques installés dans les aéroports, et des agents locaux faisaient du porte-à-porte, proposant des polices dont les primes pouvaient être payées en plusieurs fois pour quelques cents. Les prix étaient si bas, et les possibilités de souscrire une assurance-vie sans étude rigoureuse de votre dossier si nombreuses, que les fraudes proliférèrent. Les examens médicaux au début du contrat étaient rares, et les autopsies à la fin n'étaient pas obligatoires. L'industrie était ainsi à la merci de toutes les chicanes possibles et imaginables ; certains omettaient simplement de signaler un problème de santé, d'autres falsifiaient une signature sur un contrat, et d'autres encore allaient jusqu'à mettre en scène un décès – ou pire, commettre un meurtre. Bien qu'*Assurance sur la mort* (1944), *Le facteur sonne toujours deux fois* (1946) et *Les Tueurs* (1946) ne soient pas des documentaires, ils montrent des réalités qui étaient courantes à l'époque : un agent d'assurance qui participe au meurtre d'un client, des amants qui assassinent un mari gênant, et un enquêteur de compagnie d'assurances qui aide les autorités à résoudre un homicide.

Dans tout le pays, les journaux foisonnaient de telles histoires. La fraude aux assurances était à ce point généralisée qu'un autre Willie Maxwell, né la même année que le révérend mais habitant en Floride, fit les gros titres lorsqu'un homme qu'il avait admis avoir tué fut retrouvé vivant quelques semaines plus tard. Il apparut que trois personnes avaient mis au point une escroquerie consistant à déposer un squelette sur la côte afin que cet autre Maxwell puisse en avouer le meurtre ; après quoi un cousin du « défunt » devait recueillir le montant de l'assurance, et la prétendue victime pourrait alors discrètement ressusciter. Dans une affaire similaire, un entrepreneur de pompes funèbres d'Alexander City fut jugé coupable de meurtre au premier degré en 1957, quand un vieil homme sur lequel il détenait une assurance-vie fut retrouvé brûlé vif. Fred Hutchinson, le propriétaire de House of Hutchinson, un des funérariums noirs de la ville, éveilla les soupçons en enterrant le corps de James Hunt le jour même de sa découverte. Plus tard, un des employés du funérarium avoua avoir fait boire Hunt jusqu'à l'ivresse avant de mettre le feu à sa maison en échange d'une partie des sept mille dollars que Hutchinson devait toucher grâce à la police souscrite sur la vie de Hunt trois semaines plus tôt.

Comme on le voit, il était remarquablement facile de contracter une assurance sur la vie d'autres personnes à leur insu, et à un certain moment, le révérend Willie Maxwell commença à en faire une habitude. En 1970, il détenait des polices d'assurance sur, entre autres, sa femme, sa mère, ses frères, ses tantes, ses nièces, ses neveux, et le bébé qu'il venait de reconnaître. Même si les noms sur les contrats différaient, l'adresse restait la même, ainsi que le bénéficiaire : le révérend Willie Maxwell. Un des agents d'assurance d'Alex City était un visiteur régulier de la maison des Maxwell, mais le révérend commandait aussi des polices par correspondance, remplissant les formulaires qui lui arrivaient glissés entre les pages des journaux et des magazines et qu'il envoyait ensuite au Kansas, en Californie, en Floride, au Nebraska, en Pennsylvanie, et dans différentes villes de l'Alabama, accompagnés d'un chèque pour le paiement initial – dont le montant ne dépassait généralement pas un dollar. Les polices allaient de quelques centaines de dollars à des dizaines de milliers et étaient détenues par des compagnies aussi diverses que l'Imperial Casualty & Indemnity Company, la Bankers Life & Casualty Company, l'Old American Insurance Company, la Fidelity Interstate Life Insurance Company, l'Allstate Life Insurance Company, la Pennsylvania Life Insurance, la Beneficial Standard, la Booker T. Washington, la Minnesota Mutual Life, l'United of Omaha, et l'Independent Life & Accident Insurance Company.

Chez la plupart de ces compagnies, le révérend avait souscrit une assurance sur la vie de sa femme, et lorsqu'il entreprit de les contacter après sa mort, il se heurta à une résistance bureaucratique encore plus tenace que d'ordinaire. Le décès de Mary Lou Maxwell avait été attribué à un homicide, et les compagnies d'assurances, à l'instar des forces de l'ordre, tendent dans ces cas-là à considérer les époux comme des suspects – en particulier lorsqu'il s'agit d'un mari qui souscrit des polices d'assurance conséquentes sur la vie de sa femme quelques semaines avant son assassinat. Mais si Maxwell était dans une situation délicate, les compagnies d'assurances se trouvèrent bientôt en plus mauvaise posture encore : peu de temps après l'arrestation du révérend pour le meurtre de sa femme, les charges furent abandonnées, faute de preuves.

Comme c'était souvent le cas, le timing de Maxwell était parfait. Il avait été arrêté le lundi 10 août et, cinq jours plus tard, un grand jury l'inculpa de meurtre au premier degré. Or, le procureur en charge des poursuites, qui souffrait depuis des années d'un problème d'alcoolisme, était sur le point d'être inculpé de détournement de fonds publics et avait déjà essuyé une défaite lors de sa propre campagne de réélection plus tôt dans l'année. Somme toute, c'était peut-être le meilleur moment de l'histoire pour comparaître devant le tribunal de la cinquième circonscription d'Alabama, car le procureur Thomas F. Young avait perdu tout désir d'accomplir davantage qu'un travail superficiel. Pour ne rien arranger, l'affaire Maxwell était de celles que le système judiciaire, qui ne s'intéressait guère aux histoires de violence conjugale ou aux crimes commis entre Noirs, tendait à négliger.

Malgré tout, certains policiers refusèrent de tirer un trait sur cette affaire, en particulier Herman Chapman, un agent de l'Alabama Bureau of Investigation (ABI), dont la ténacité lui avait valu le surnom de Traqueur d'Ours. Chapman, fils d'un chef de police manchot du comté de Clay, avait déjà vingt ans d'expérience dans les forces de l'ordre, d'abord dans la police militaire pendant la Seconde Guerre mondiale, puis dans la patrouille des autoroutes de l'Alabama, et il détestait les affaires non résolues. Pendant que la cour tergiversait, Chapman et un autre agent de l'ABI, Byron Prescott, qui deviendrait plus tard directeur de la Sûreté de l'État, continuèrent d'enquêter, collectant de nouveaux indices sur la scène de crime et de nouveaux témoignages dans l'entourage du révérend. À partir de ces preuves supplémentaires, le laboratoire de police scientifique d'Auburn présenta un nouveau rapport au début du mois d'octobre.

Lorsque Charles Aaron succéda à Young au poste de procureur en janvier 1971, il essaya d'emblée d'engager des poursuites contre Maxwell, mais le grand jury du comté de Tallapoosa décida de ne pas retenir d'accusations. Si c'était une bonne nouvelle pour Maxwell et son avocat, Tom Radney, les deux hommes avaient mieux à faire que la célébrer. Ils savaient que ce n'était qu'une question de temps avant que l'affaire État d'Alabama contre Willie J. Maxwell revienne sur le bureau d'un juge et en attendant, ils avaient des indemnités d'assurance à se faire verser.

Pendant que les autorités continuaient de rassembler des indices, le révérend et Radney commencèrent à intenter des procès civils aux compagnies qui refusaient de payer, dans l'espoir de les contraindre à le faire avant qu'un autre grand jury entende les preuves contre Maxwell. Les veufs éplorés, ils le savaient, faisaient de meilleurs plaignants que les hommes inculpés de meurtre. Radney intenta ainsi des procès contre Fidelity, Beneficial Standard et Independant Life & Accident. L'avocat de cette dernière compagnie opposa une exception en mai, arguant que la mort de Mary Lou Maxwell n'était pas due à un accident et que par conséquent la clause de décès accidentel de sa police d'assurance ne pouvait être appliquée. L'avocat de Fidelity demanda un ajournement en juillet, affirmant que le nouveau procureur lui avait laissé entendre qu'un grand jury serait constitué pendant la première semaine d'août pour tenter une nouvelle fois d'inculper le révérend de meurtre. Devant un juge du tribunal itinérant, l'avocat de Fidelity argua que le contrat d'assurance serait bientôt invalidé car son bénéficiaire était sur le point d'être reconnu coupable de meurtre. Peu convaincu, le juge rejeta la demande d'ajournement et un jury se rangea du côté du révérend, lui accordant l'intégralité des indemnités pour décès accidentel.

Fidelity avait peut-être perdu en juillet, mais son avocat eut en partie gain de cause trois semaines plus tard : le 6 août 1971, près d'un an jour pour jour après que sa femme avait été retrouvée morte sur le bas-côté de la nationale 22, un grand jury inculpa le révérend Willie Maxwell de meurtre au premier degré. Tom Radney se chargea de l'audience préliminaire et du plaidoyer du révérend, et accepta également de représenter une des « amies » de Maxwell, inculpée dans la même affaire, une certaine Ophelia Burns. Elle était soupçonnée d'avoir aidé le révérend à tendre une embuscade à sa femme à l'église, ou au moins de lui avoir donné un coup de main pour déplacer sa voiture ou celle de Mary Lou ce soir-là. En fin de compte, bien que tous les deux fussent inculpés, seul le révérend Maxwell comparut devant un jury, et son procès débuta un peu plus d'une semaine plus tard, dans la chaleur accablante d'un mois d'août en Alabama. Douze jurés furent sélectionnés parmi la centaine de résidents ayant reçu une convocation. Vingt-deux témoins furent assignés à comparaître par l'accusation, dix-sept par la défense.

Si l'accusation avait la moindre chance de gagner, elle s'évanouit entièrement sitôt que la voisine du révérend, Dorcas Anderson, vint à la barre. Dans son premier témoignage, Anderson avait affirmé deux choses. La première était que le soir du meurtre, Mary Lou Maxwell avait reçu un appel téléphonique du révérend pour la prévenir qu'il avait eu un accident, et qu'elle était immédiatement partie le chercher. La seconde, que le révérend était rentré chez lui seul au milieu de la nuit dans une voiture en parfait état. Mais comme le capitaine Chapman le déplorerait plus tard, Anderson « raconta une tout autre histoire au tribunal[20] ».

À la barre, Dorcas affirma sous serment n'avoir aucun souvenir de ses précédentes déclarations. Au lieu de certifier avoir vu une femme terrifiée sortir de sa maison en courant à la suite d'un appel téléphonique désespéré de son mari, ou de décrire l'absence du révérend cette nuit-là et le parfait état de sa voiture lorsqu'il était finalement rentré chez lui, Anderson fournit un alibi à son voisin. À la stupéfaction et la colère des agents de police qui avaient recueilli son premier témoignage, elle jurait à présent que le révérend ne pouvait en aucun cas être la personne qui avait rejoint sa femme sur cette route sombre puisqu'il se trouvait à ce moment-là à des kilomètres de la scène de son meurtre brutal. Sur la base de ce témoignage revu – et, à en croire les policiers, mensonger – et en l'absence de preuve concrète contre lui, le jury déclara Maxwell non coupable. Un de ses voisins lut le verdict et, une fois encore, le procureur Aaron regarda le révérend quitter le tribunal en homme libre.

Après l'acquittement, Tom Radney se remit au travail sur les affaires civiles. Le révérend avait consenti à lui verser la moitié des sommes qu'il récupérerait de chaque jugement, convainquant l'avocat de poursuivre en justice toutes les compagnies qui avaient assuré la vie de Mary Lou Maxwell. Il enchaîna les victoires, en partie grâce à ses talents d'avocat, mais aussi parce que les faits, en tout cas du point de vue de la justice, étaient de son côté. En l'absence de condamnation, les compagnies d'assurances ne pouvaient obtenir gain de cause en insinuant que Maxwell avait tué sa femme. Quant à l'argument selon lequel le meurtre ne constituait pas un décès accidentel, il trouva encore moins de faveur auprès des jurys.

En octobre 1971, Maxwell n'avait plus que trois polices impayées en cours, toutes détenues par la compagnie Independent Life & Accident, laquelle refusait toujours de verser les sommes dues au motif que le révérend avait acheté les polices quelques jours seulement avant l'assassinat de sa femme. Radney voulait régler la question au tribunal, mais cette stratégie dont il était coutumier se heurtait pour la première fois à un obstacle inhabituel dans la carrière d'un avocat. Il écrivit à un collègue et ami pour solliciter son aide. Celui-ci exerçait dans la capitale de l'État, et Radney lui demanda s'il accepterait de poursuivre à sa place la compagnie d'assurances dans le comté de Montgomery, car lui-même avait déjà, comme il l'expliqua, « épuisé toutes les réserves de jurés de Tallapoosa avec le révérend Maxwell[21] ».

# 4

# Le septième fils d'un septième fils

Il est rare qu'un homme accusé d'avoir tué sa femme en trouve facilement une nouvelle. La réputation flatteuse dont jouissait Willie Maxwell autour du lac Martin avant la mort de Mary Lou s'effondra dès lors qu'il se retrouva accusé de meurtre, et l'homme de Dieu à l'élocution soignée et aux tenues d'une élégance rare devint aux yeux des autres un individu suspect, méprisable. Les quatre églises dans lesquelles il officiait décidèrent de se séparer de lui, et lorsqu'on l'invita à prêcher à celle de Holly Springs dans le comté de Pike, les habitants de la région en conclurent que là-bas, les paroissiens n'avaient pas eu vent de ce qu'il s'était passé. Néanmoins, s'il avait réussi à persuader un jury de son innocence, il n'y aurait rien eu de surprenant à ce qu'il ait aussi réussi à persuader une paroisse et qu'en l'absence de condamnation, la congrégation ait préféré penser qu'un homme de Dieu ne pouvait être un assassin. Ce qui était certain, en revanche, c'est que le révérend avait convaincu au moins une personne de son innocence. En novembre 1971, à peine quinze mois après la découverte du corps de Mary Lou et quatre mois après son acquittement, Maxwell prit une nouvelle femme, qui n'était autre que sa voisine, celle qui devait être le témoin clé de l'accusation : Dorcas Anderson.

Née Dorcas Duncan dans le comté de Tallapoosa en 1944, la seconde Mme Maxwell connaissait depuis longtemps son nouveau mari, au moins de réputation. Lorsqu'elle était adolescente, les prêches du révérend étaient déjà fameux dans la région du lac Martin, aussi avait-elle entendu parler de lui bien avant qu'elle et son premier mari ne s'installent dans la maison voisine des Maxwell à Nixburg. Comme le révérend, Abram Anderson était né et avait grandi dans le comté de Coosa, et comme lui, il avait servi dans l'armée avant de rentrer chez lui en Alabama, où il s'était fait embaucher dans une usine de textile. L'argent qu'il y gagnait devait faire vivre sa femme et leurs deux jeunes enfants, mais sa vie, ainsi que la leur, dérailla tragiquement lorsqu'on lui diagnostiqua une sclérose latérale amyotrophique, ou SLA. Dorcas, qui n'avait alors qu'une petite vingtaine d'années et deux garçons en bas âge, commença à s'occuper à temps plein d'Abram.

Cette expérience lui apporta son propre lot de souffrance, et après l'assassinat de Mary Lou Maxwell, Dorcas et le révérend se retrouvèrent de plus en plus fréquemment pour discuter. Bien qu'elle fût sa cadette de dix-huit ans, ils avaient beaucoup en commun. Elle était mère de deux petits garçons ; il était père d'une petite fille, certes née hors mariage. Il avait perdu sa femme, tandis qu'elle regardait la maladie ravager le corps de son mari ; la sclérose le forçait déjà à se déplacer en fauteuil roulant, et elle continuerait de ronger ses muscles jusqu'à sa mort. Les médecins lui donnaient encore quelques années à vivre, mais il fut admis à l'hôpital des anciens combattants de Tuskegee le dernier jour de février 1971, peu après que le grand jury se rassembla pour entendre les accusations portées contre le révérend, et y mourut trois mois plus tard, à l'âge de trente-cinq ans. Selon l'acte de décès d'Abram, il avait succombé à une pneumonie, mais aucune autopsie n'avait été réalisée, et quand le révérend épousa Dorcas dans l'année, il n'en fallut pas plus pour que des bruits commencent à circuler.

Certains étaient liés à la différence d'âge (Dorcas avait vingt-sept ans, le révérend quarante-six), d'autres à la promptitude avec laquelle le veuf et la veuve avaient fait leur deuil (un an avait suffi à Maxwell, et à peine quelques mois à Dorcas). Mais c'était surtout le timing fort commode de la mort d'Abram qui éveillait les soupçons. Si d'aucuns affirmaient que Maxwell avait empoisonné le pauvre homme avec de l'antigel ou du fluide d'embaumement, la plupart des gens avaient une autre théorie. C'est après la mort d'Abram Anderson que commencèrent à circuler les premières rumeurs de vaudou.

Le mot « vaudou », comme la pratique qu'il décrit, arriva dans le Sud *via* des chemins détournés, par voie de terre à partir de villes portuaires comme Mobile et La Nouvelle-Orléans et avant cela par voie de mer depuis le Togo et le Bénin, où, dans la langue fon du royaume de Dahomey, il signifie « esprit » ou « déité ». Il circula en Europe principalement par le biais des dépêches de presse et récits de voyage des premiers explorateurs – dans lesquels il apparaissait souvent déformé en veaudau, vaudoux, vudu, voudoo, voudon et vodoun – mais il atteignit l'Amérique en même temps que ses pratiquants, les hommes et femmes originaires du continent africain qui arrivèrent enchaînés aux États-Unis, parfois après une génération ou deux d'esclavage dans les Caraïbes. Personne ne sait précisément quand la pratique s'y implanta réellement, les débuts de son histoire en Amérique ayant été efficacement effacés par la culture dominante, qui interdisait aux esclaves de pratiquer leur religion indigène, les soumettait à des conversions forcées, et les punissait pour toute activité spirituelle jugée aberrante.

Dès 1782, le vaudou inspirait une telle crainte que le gouverneur de la Louisiane, Bernardo de Gálvez, interdit l'achat d'esclaves en Martinique, au motif qu'ils étaient « trop portés sur le vaudouisme » et risquaient de « mettre en péril la vie des citoyens » [22]. À l'époque, le vaudou était déjà un terme péjoratif, et ses croyances et pratiques – qu'on appelait aussi, bien qu'il ne s'agisse pas tout à fait de la même chose, hoodoo, Obeah, conjuration, médecine populaire et travail de la racine – furent longtemps condamnées et criminalisées. Dès le XIXe siècle, le vaudou était devenu un épouvantail culturel, associé à toutes sortes de pratiques allant des orgies aux sacrifices humains ; à partir du XXe siècle, le cinéma d'horreur s'en empara, le réduisant à des poupées de torture et des zombies. Nombre de ses rituels demeurèrent illégaux longtemps après l'émancipation, et l'hostilité des forces de l'ordre envers ses pratiquants et ses pratiques persistent encore de nos jours.

La plupart des premiers anthropologues et historiens partageaient ces préjugés ; ils ne prêtaient que peu d'intérêt à la spiritualité africaine en général et au vaudou en particulier, quand ils n'y étaient pas tout bonnement hostiles. Un des premiers chercheurs à se pencher sérieusement sur le sujet était une étudiante de l'université de Columbia qui avait grandi dans le Sud et brûlait d'y retourner pour étudier son folklore : l'écrivaine Zora Neale Hurston, mieux connue pour les romans qu'elle publierait des années plus tard, parmi lesquels *Mais leurs yeux dardaient sur Dieu*. À l'hiver 1927, Hurston monta à New York dans un train pour Mobile, où elle entama un circuit des villes et villages noirs du Sud.

Au volant d'une Nash qu'elle surnommait Sassy Susie et transportant un pistolet chromé dans sa valise, Hurston suivit ce qu'elle appelait « la carte de Dixie dessinée sur ma langue[23] » et enregistra dans le parler vernaculaire de ses sources leurs meilleurs proverbes, histoires, recettes, chansons et coutumes. Elle se montra honnête au sujet des obstacles inhérents à ce sujet d'étude. « Personne ne sait avec certitude combien de milliers de personnes en Amérique sont réchauffées par le feu du hoodoo, écrivit-elle, car c'est un culte condamné au secret. Ce n'est pas la religion de la Nation, et ses croyants doivent dissimuler leur foi. Les frères à leurs sœurs, les maris à leurs femmes. Personne ne peut dire où cela commence et où cela finit. Les bouches ne s'ouvrent que lorsque les oreilles sont initiées et bienveillantes[24]. »

Les adeptes du vaudou protégeaient si farouchement leurs pratiques que même Hurston dut se mettre en quatre pour gagner la confiance de ses sujets. Avant de consentir à lui livrer ses secrets, un pratiquant exigea qu'elle se soumette à une série de tests, qui consistaient notamment à lui apporter en cadeau trois peaux de serpent, à se couper le doigt et verser son sang dans une coupe afin de le mélanger à celui de cinq autres novices, et à immoler une brebis noire. Le père George Simms, que ses clients connaissaient sous le nom de Frizzly Rooster, vendit à Hurston ses poudres et potions, mais n'accepta de lui expliquer comment s'en servir qu'à l'unique condition qu'elle se soumette à une initiation éclairée aux bougies. Comme Hurston l'apprit bientôt, les non-initiés avaient considéré le vaudou avec peur et soupçon pendant si longtemps que les initiés leur rendaient à présent la pareille.

Le voile de mystère qui entourait ces pratiques découragea la plupart des chercheurs de les étudier, mais quelques années après que Zora Neale Hurston prit un train vers le sud, un prêtre épiscopalien blanc du nom de Harry Middleton Hyatt se lança dans un voyage similaire afin de rassembler des informations pour ce qui deviendrait un livre en cinq volumes intitulé *Vaudou, conjuration, sorcellerie, racines*.

Pendant plusieurs années, Hyatt parcourut en voiture l'Alabama, l'Arkansas, la Floride, la Géorgie, l'Illinois, la Louisiane, le Maryland, le Mississippi, la Caroline du Nord, la Caroline du Sud, le Tennessee et la Virginie et enregistra plus d'un millier de sujets sur des cylindres Edison et Telediphone. Une fois transcrits, ces entretiens couvraient cinq mille pages et tous les aspects du sujet, des talents spirituels des enfants nés coiffés au potentiel toxique de la terre des cimetières.

Les travaux de Hyatt et de Hurston, qui furent parmi les premiers à étudier le vaudou en Amérique, mettent en lumière trois des aspects les moins connus de ce système de croyances. Premièrement, le vaudou pratiqué dans ce pays était toujours syncrétique, incorporant des saints et des jours de fête, et recrutant des pasteurs et des prêtres de diverses confessions chrétiennes ; un ministre baptiste pouvait compléter sa théologie par des pratiques vaudoues, prêchant l'Évangile en public tout en faisant en secret le conjureur pour un paroissien qui avait perdu son travail ou peinait à trouver une épouse. Deuxièmement, le vaudou était un système de médecine alternative prospère pratiqué dans une grande partie du Sud, notamment par le biais des employés de drugstore et des pharmaciens qui vendaient des ingrédients essentiels tels que du sang de dragon, des poudres magiques comme la *goofer dust*, des yeux d'aigle et la racine John le Conquérant, tous présentés comme des remèdes à divers types d'affections allant de l'indigestion à l'infertilité. L'aspect guérisseur du vaudou était essentiel pour une population à laquelle les soins médicaux étaient souvent inaccessibles, en raison de leur race, de leur rang socio-économique, ou de la distance qui les séparait des médecins et des hôpitaux ; l'incorporation d'éléments d'autres croyances était, comme dans beaucoup de religions syncrétiques, un produit de la migration forcée, de la contrainte sociale et de l'appropriation culturelle. Enfin, le vaudou avait un immense attrait interracial. Dès son arrivée avec les esclaves africains, il comptait des clients, des pratiquants et des fournisseurs blancs.

Le rôle du vaudou en Alabama, en particulier, fut documenté par un des chroniqueurs les plus célèbres de l'État, Carl Carmer. New-Yorkais exilé à Tuscaloosa pour enseigner à l'université d'Alabama, il finit par écrire une sorte de chronique à mi-chemin entre le document et la fiction sur le Sud profond. Le livre de Carmer explique d'une manière originale quoique assez romantique l'attirance des habitants de l'Alabama pour le vaudou et d'autres superstitions. Selon lui, l'État tout entier avait été victime d'un sortilège lors d'une pluie de météores d'une intensité rare qui avait ébloui le sud-est des États-Unis en 1833, et certains comtés demeuraient plus sensibles que d'autres – en particulier une zone qu'il appelait « Conjure Country » (le territoire des conjureurs). « J'ai des problèmes, avait confié Carmer à une femme noire qui vivait là-bas, Ida Carter. Je connais des Blancs à Birmingham qui disent que vous pouvez m'aider[25]. » Et elle le fit, apparemment : pour un dollar et vingt-cinq cents, Carter lui expliqua comment repousser la femme qui lui causait des problèmes ; pour un autre dollar et cinquante cents, elle lui montra comment soulager ses douleurs lombaires.

Parmi ses observations les plus fines, Carmer montre que même ceux qui affirmaient ne pas croire du tout au vaudou n'étaient pas les derniers qu'il effrayait ou qui décidaient d'y recourir. Songez à Mark Twain et aux innombrables remèdes, astuces et contes de bonne femme invoqués avec le plus grand sérieux par Tom Sawyer et Huck Finn. À l'instar de leurs équivalents littéraires, les Sudistes étaient imprégnés d'une culture qui leur permettait d'appréhender le monde lorsqu'il leur semblait inquiétant ou incompréhensible. À cet égard, bien sûr, ils n'étaient pas les seuls ; comme les *banshees* en Irlande ou les fantômes et lutins de la région de Tohoku au Japon, l'influence de la culture vaudoue dans le Sud s'insinuait jusque dans ses paysages et enchantait ses habitants de toutes ethnies, du berceau à la tombe.

Que le révérend Willie Maxwell fût ou non un prêtre vaudou importe peu : il vivait dans une communauté toute disposée à croire qu'il l'était. De nombreux bons chrétiens du comté de Coosa secouaient leurs oreillers le soir et récuraient leurs marches le matin pour repousser les esprits et les sorts, avertissaient leurs enfants que l'homme vaudou les attraperait s'ils restaient dehors trop longtemps, et menaçaient leurs époux de leur jeter un sort s'ils s'adonnaient à la boisson, au mensonge, voire à l'un puis à l'autre. En Alabama, on parlait plus volontiers de conjuration que de coïncidence, de sorte que lorsque Willie Maxwell fut acquitté du meurtre de sa première femme et épousa en secondes noces la jeune veuve de son voisin qui, par chance, venait de décéder, beaucoup étaient convaincus qu'il s'était servi du vaudou pour acquérir le jury à sa cause, mettre la mort sur le chemin de son voisin et charmer sa jeune femme. Peut-être Maxwell avait-il brûlé une bougie spécial procès ou utilisé de l'huile repousse-justice ; peut-être avait-il cloué un cliché d'Abram Anderson à la face nord d'un arbre et ajouté un nouveau clou chaque matin neuf jours de suite jusqu'à ce que l'homme faiblisse et finisse par mourir ; et pour séduire Dorcas Anderson, eh bien, peut-être avait-il déposé quelques gouttes d'huile de souhait sur un échantillon de son écriture, qu'il avait ensuite porté neuf jours durant contre son cœur, puis enterré sous les marches de sa maison.

Aussi improbables que ces théories puissent paraître, elles avaient le mérite d'être plus réconfortantes que l'autre explication. Pour une grande partie des voisins du révérend, il valait mieux croire que, face à la conjuration, il n'y avait rien que les forces de l'ordre ou le système judiciaire pussent faire plutôt que d'accepter que, face à ces crimes terribles, ils ne s'étaient pas montrés à la hauteur. Les explications surnaturelles fleurissent là où échouent l'ordre et la loi : le temps passant et les décès se succédant, les rumeurs au sujet du révérend se firent plus bruyantes, plus étranges et, si cela était encore possible, plus sinistres.

La plus répandue de ces histoires commençait, comme un conte de fées, avec sept sœurs et sept frères. Willie Maxwell, disait-on, était le septième fils d'un septième fils, une curiosité numérologique qui signifiait qu'il était né avec le pouvoir de la vie et de la mort. Afin d'accroître ce don naturel, il se serait rendu à La Nouvelle-Orléans pour étudier le vaudou avec les Sept Sœurs, un redoutable septuor connu dans tout le Sud, comme dans cette vieille chanson de blues qui commence par ces mots : « Je suis allé à La Nouvelle-Orléans, en Louisiane, après avoir entendu une histoire. Les Sept Sœurs m'ont dit tout ce que je voulais savoir, sans me laisser placer un mot[26]. » Après avoir reçu l'aide des Sœurs, le chanteur croise quelqu'un qui reconnaît ses nouveaux pouvoirs et l'encourage à aller détruire le monde.

Bien que leur histoire et même leur simple existence fassent l'objet de nombreux débats, des rumeurs au sujet des Sœurs circulaient depuis les années 1920. On disait qu'elles étaient clairvoyantes, sans âge, et prêtes à vendre leurs bénédictions, malédictions, bougies et potions à quiconque se présentait à leurs sept résidences identiques sur Coliseum Street dans le Garden District. On y voyait s'arrêter des voitures immatriculées dans d'autres États et déambuler des passants à toute heure du jour et de la nuit. Certains visiteurs étaient de simples clients, mais d'autres étaient de véritables disciples – parmi lesquels, disait-on, se trouvait un homme grand et mince, toujours tiré à quatre épingles, originaire du comté de Coosa.

Qu'importe si le révérend Willie Maxwell n'avait en réalité que quatre frères, ainsi que quatre sœurs gênantes d'un point de vue numérologique, les rumeurs à son sujet se firent plus sombres que les forêts de pins de l'Alabama. Il suspendait des poulets blancs la tête en bas aux pacaniers devant sa maison pour chasser les esprits indésirables, et peignait de sang le seuil de sa porte pour repousser les autorités. Il transportait des enveloppes remplies de poudres mortelles. Il avait chez lui une pièce entière dédiée au vaudou, dont les murs étaient couverts de bocaux étiquetés « AMOUR », « HAINE », « AMITIÉ » et « MORT ». S'il tombait malade, il buvait le sang d'un autre pour se requinquer. Les phares des voitures se risquant à rouler devant sa maison s'éteignaient mystérieusement. Un seul mot de travers et il vous jetait un sort. Si vous aviez le malheur de croiser son regard, il vous maudirait pour l'éternité. Il se déplaçait plus vite qu'il n'était humainement possible, parcourant les deux cent quarante kilomètres séparant Birmingham d'Atlanta en vingt petites minutes.

Lorsqu'il lui fallait se volatiliser en un instant, il lui suffisait de se transformer en chat noir.

Comme beaucoup de rumeurs, ces histoires comportaient peut-être une parcelle de vérité. Les journalistes que Willie Maxwell invita plus tard chez lui n'en rapportèrent aucune preuve qu'il s'adonnât à ce culte, mais ce n'est guère surprenant quand on sait jusqu'à quelles extrémités Zora Neale Hurston avait dû aller pour voir le vaudou en action. Quant aux Sept Sœurs, il est tout à fait possible que Maxwell les ait rencontrées, en un sens, mais parfaitement improbable qu'il l'ait fait en Louisiane. Comme Marie Laveau – la prêtresse vaudoue la plus célèbre d'Amérique, dont on disait qu'elle pratiquait sa magie noire près du bayou Saint-Jean depuis si longtemps que le marquis de La Fayette l'avait embrassée lorsqu'il avait traversé La Nouvelle-Orléans après la révolution américaine, et que les soldats revenus de la Première Guerre mondiale la croisaient dans les rues –, les Sept Sœurs n'obéissaient à aucune limite chronologique ou géographique. À travers tout le Sud, des gens affirmaient être l'une d'elles ou avoir été formés par elles, et de nombreuses femmes seules se faisaient appeler « Sept Sœurs ». L'une d'entre elles était la prêtresse interrogée par Carl Carmer, aussi connue sous le nom d'Ida Carter, qui vivait non loin de la maison du révérend Maxwell près de la frontière avec la Géorgie. Si Maxwell avait étudié le vaudou avec quelqu'un, il ne s'agissait probablement pas du septuor et il n'était probablement pas allé jusqu'à La Nouvelle-Orléans pour le faire.

À Nixburg, en revanche, on s'intéressait moins aux circonstances dans lesquelles le révérend Maxwell avait appris le vaudou qu'à la manière dont il s'en servait. Presque tout le monde était convaincu qu'il avait tué sa femme, et beaucoup pensaient qu'il était aussi impliqué dans la mort de son voisin – avant, pendant ou après avoir séduit l'épouse d'Abram Anderson, une femme dont il avait le double de l'âge. La seule raison pour laquelle elle aurait menti en sa faveur à la barre, pensaient-ils, était qu'elle avait littéralement succombé à ses charmes. Le fait était que les autorités n'avaient pas réussi à obtenir de condamnation pour meurtre, que les toxicologues n'avaient détecté aucun poison dans le corps des victimes, et que personne n'était capable d'expliquer pourquoi Dorcas était tombée amoureuse de cet homme ; il n'en fallait pas plus aux habitants de la région du lac Martin pour en déduire que le révérend Maxwell avait dompté les trois domaines principaux du vaudou : la justice, la mort et l'amour.

Tandis que les fleurs flétrissaient pour la deuxième année sur la tombe de Mary Lou Maxwell et que l'herbe commençait à couvrir celle plus récente d'Abram Anderson, les habitants du comté de Coosa ne cessaient de se poser des questions et de s'inquiéter – pas uniquement au sujet de ce que Willie Maxwell avait fait par le passé, mais au sujet de ce qu'il risquait de faire dans le futur. Pourtant, contrairement à ceux qui croyaient à toutes ces rumeurs, l'esprit du révérend était davantage porté sur les choses matérielles que spirituelles. Leurs époux respectifs décédés, le veuf Maxwell et la veuve Anderson échangèrent leurs vœux le 21 novembre 1971. Le lendemain, le révérend reçut la police d'assurance de sa nouvelle femme.

## 5

# Simplement terrifiant

Peut-être ne fallait-il y voir que la démarche d'un mari consciencieux, qui n'avait d'autre projet que de pourvoir aux besoins de sa nouvelle famille ; peut-être était-ce un calcul plus froid. Quelle que fût sa motivation, les faits étaient les suivants : si un malheur devait arriver à Mme Dorcas Anderson Maxwell à partir du 22 novembre 1971, Independent Life & Accident devrait au révérend Maxwell mille dollars pour la police d'assurance n° 71-0890563D, mille autres pour la police n° 71-0890563A, mille de plus pour la police n° 71-0890563C, et encore deux mille pour la police n° 71-0890563B. Deux mois plus tard, Bankers Life & Casualty devrait verser au révérend vingt mille autres dollars si Mme Maxwell venait à mourir, et Old American Insurance Company vingt-cinq mille de plus.

Cela faisait beaucoup d'assurances pour ce qui était, selon toutes les apparences, une vie modeste. Après le mariage, le révérend s'installa dans la maison voisine, celle que la seconde Mme Maxwell avait partagée avec son défunt mari. Malgré leurs dix-huit ans d'écart, le jeune couple semblait plutôt heureux. Il pensait qu'elle roulait trop vite, et elle n'aimait pas qu'il refuse de l'accompagner aux bals ou aux fêtes ; c'était une chose de vivre à côté d'un prêtre, c'en était une autre d'être mariée avec lui. Mais il l'aidait à s'occuper de ses deux garçons et avait même entrepris les démarches d'adoption. Ensemble, les nouveaux M. et Mme Maxwell établirent aussi un accord de donation au dernier vivant afin que, si l'un des deux venait à mourir, l'autre hérite de ses biens. Ils déposèrent le dossier au tribunal des successions du comté de Coosa et payèrent les frais d'enregistrement au juge Mac Thomas, le vieil ami de Maxwell, ancien propriétaire du terrain qu'il avait exploité en tant que métayer.

Une semaine plus tard, le révérend se retrouva dans le même tribunal à Rockford, mais pour une raison bien différente : il venait payer la caution de son frère aîné, John Columbus Maxwell, qui avait été arrêté par le shérif du comté pour conduite en état d'ivresse. J. C., comme il se faisait appeler, avait cinquante-deux ans, travaillait dans un atelier de tuyauterie et, selon son frère, c'était un ivrogne, mais un ivrogne poli. « C'était quelqu'un de gentil, expliqua le révérend. Même quand il buvait[27]. » Il paya la caution de trois cents dollars et se porta garant de la présence de son frère au tribunal le 7 février 1972.

John Columbus ne se rendit jamais au tribunal. Le 6 février, son corps fut retrouvé sans vie sur l'accotement d'une route près de Nixburg par la police d'Alexander City, qui avait reçu un appel anonyme leur indiquant qu'un piéton avait été percuté par une voiture non loin de la jonction entre les nationales 22 et 9. Pourtant, lorsque les autorités découvrirent John Columbus près de ce croisement, rien ne suggérait qu'il avait été heurté par une voiture. Son corps ne présentait aucune blessure visible, mais il avait passé la nuit dans le froid et une forte odeur d'alcool s'en dégageait. Le légiste du comté, un certain Jimmy Bailey, qui était électricien de formation, ne put déterminer immédiatement la cause du décès, mais sachant que J. C. Maxwell était parent de W. M. Maxwell et connaissant les rumeurs qui circulaient au sujet du révérend, Bailey envoya un échantillon de son sang au département de toxicologie et d'enquête criminelle.

Un analyste de l'équipe constata que le sang de la victime contenait 0,41 % d'éthanol, une dose potentiellement létale, capable de causer chez un buveur régulier de soixante-quinze kilos une perte de connaissance, une intoxication alcoolique, voire un décès. La police ne communiqua pas ces découvertes à la femme et aux enfants de John Columbus puisque John Columbus n'avait ni femme ni enfants. Il possédait en revanche une assurance-vie, dont le bénéficiaire n'était autre que le révérend Willie Maxwell.

Selon son acte de décès, John Columbus est mort d'une crise cardiaque causée par une surconsommation d'alcool ; selon la grande majorité des habitants de Nixburg, John Columbus est mort d'avoir été un Maxwell. Même s'il avait un penchant pour la bouteille, personne ne pouvait croire qu'il avait volontairement ingurgité une telle quantité d'alcool. Certains pensaient qu'on le lui avait fait avaler de force, d'autres que l'alcool n'avait servi qu'à masquer une toxine dans son sang. Maxwell, qui avait désormais perdu une épouse, un voisin et un frère en l'espace de deux ans, rejeta ces allégations. « Ils disent qu'il aurait fallu lui coller le canon d'une arme contre le crâne pour lui faire boire autant de whisky, mais je connaissais mon frère, et il s'est fait ça tout seul[28]. »

Les habitants de Nixburg, aussi sceptiques fussent-ils, ne l'étaient pourtant pas autant que les compagnies d'assurances qui comptaient toujours le révérend Willie Maxwell parmi leurs clients. En l'espace de deux ans, Maxwell avait perçu près de cent mille dollars en assurances-vie, soit plus d'un demi-million de dollars actuels, et il empochait ses polices à un rythme tel que les compagnies ne tardèrent pas à perdre patience. Certaines d'entre elles demandèrent aux cabinets d'avocats qui les avaient représentées dans le cadre de l'affaire de la première Mme Maxwell de se pencher une nouvelle fois sur le cas du révérend, et bientôt, des avocats spécialisés en droit des assurances de tout le pays étudiaient des échantillons d'écriture, comparaient des adresses sur des formulaires, envoyaient des enquêteurs interroger des témoins, et demandaient des informations au laboratoire scientifique d'Auburn.

Une des premières compagnies à mettre fin à ses relations commerciales avec le révérend fut la Central Security Life Insurance Company, basée au Texas. En plus de refuser de vendre de nouvelles polices à Maxwell, les avocats de la compagnie exigèrent de lui qu'il renonce aux dix polices déjà souscrites en échange du paiement de leur valeur de rachat, soit 2 812,55 dollars. Il dut aussi signer devant témoins une déclaration attestant que « ni lui ni aucun membre de sa famille, dont Jimmy Maxwell, James Hicks, Dorcas Maxwell, Herman Maxwell, Flora Hicks, Henry Maxwell, Adrian Anderson, Abram Anderson, Ada Maxwell, Mae Ella Maxwell et Samantha Maxwell, la liste n'étant pas limitative, ne souscrira aucune police ni ne deviendra de quelque manière que ce soit un assuré ou un bénéficiaire[29] ».

À la même période, Pioneer, une compagnie de l'Illinois, refusa d'accorder une police à la mère du révérend après avoir appris que le médecin mentionné sur le formulaire d'adhésion ne connaissait pas d'Ada Maxwell. La compagnie ne reçut aucune réponse à la demande de certificat médical qu'elle envoya à l'adresse de correspondance indiquée sur le contrat : Box 273A, Route 1, Alexander City, la même adresse qui apparaissait sur toutes les polices dont le révérend Maxwell était le bénéficiaire.

Difficile de savoir si Dorcas Maxwell relevait le courrier à cette adresse ou lisait les nombreuses relances d'assurance-vie qui y arrivaient. À l'époque où les compagnies d'assurances enquêtaient sur son mari, elle avait d'autres préoccupations ; six mois après avoir épousé Maxwell, Dorcas donna naissance à un troisième fils. C'était en mai 1972, le mois au cours duquel le gouverneur George Wallace fut victime d'une tentative d'assassinat qui le laissa paralysé des pieds à la taille. Cet été-là, un journaliste de l'Associated Press annonça qu'au cours des quarante dernières années, le gouvernement fédéral avait délibérément trompé des centaines de métayers noirs et pauvres qui participaient à l'étude de Tuskegee sur la syphilis en refusant de traiter les sujets malades et mourants. La guerre du Vietnam touchait à sa fin et le Watergate couvait. Au milieu du mois de septembre, la télévision diffusa la première des neuf saisons de *La Famille des collines*, et une semaine plus tard, Mohammed Ali frappa Floyd Patterson avec une telle force qu'il lui ouvrit l'œil et mit fin à sa carrière.

Cette même nuit, le 20 septembre 1972, près de huit mois après la mort du frère de Maxwell, trois hommes, Jerry Fuller, Ronnie Watts et Stanley Ingram, empruntèrent la nationale 9. Quelque part entre 21 et 22 heures, ils remarquèrent une voiture arrêtée sur le bord de la route, moteur allumé, ses phares creusant deux longs tunnels dans le brouillard. Lorsqu'ils sortirent de leur camion pour y jeter un œil, ils virent une femme étendue à un angle étrange sur le plancher de la banquette avant, immobile. Ils firent aussitôt demi-tour et remontèrent la route à tombeau ouvert jusqu'à l'épicerie Dunlap pour appeler la police. Une vingtaine de minutes après 23 heures, le standardiste des urgences d'Alexander City contacta l'agent L. A. Wright de la police de l'État, qui vivait près de Goodwater. Wright s'habilla en vitesse, sauta dans sa voiture, et trouva le véhicule accidenté quinze minutes plus tard. Il était arrêté à une dizaine de mètres de la route, perpendiculairement à celle-ci, à côté d'un bosquet de jeunes arbres. Son aile avant droite était légèrement enfoncée et la moitié inférieure du pare-brise était fissurée, mais l'étendue des dégâts ne suggérait rien de plus qu'un petit accrochage. À l'intérieur, allongée à plat ventre sur le plancher de la banquette avant, la tête côté passager, les pieds côté conducteur, gisait Dorcas Anderson Maxwell.

Comme l'expliquerait plus tard le révérend, voilà ce qui arriva cette nuit-là : après avoir préparé le dîner pour sa famille et couché ses enfants, sa femme avait quitté Nixburg pour rendre visite à sa mère à Alexander City. Cette dernière était allée pêcher plus tôt dans la journée, et Dorcas voulait faire un saut chez elle pour récupérer une partie des prises. « Je vais chercher du poisson[30] », aurait-elle dit au révérend avant de partir. Elle revenait tout de suite, avait-elle ajouté ; sa mère ne vivait qu'à dix-huit kilomètres. Dorcas prit la route vers 21 heures, laissant Maxwell avec ses fils de sept ans, six ans et quatre mois.

Lorsque, une heure plus tard, sa femme n'était toujours pas revenue, le révérend appela sa belle-mère, qui déclara n'avoir pas vu sa fille de la journée et ne pas l'avoir entendue depuis le matin. Après avoir emmitouflé le bébé et réveillé les deux petits garçons, il partit, selon lui, chercher Dorcas. Mais au lieu de prendre la route qu'elle aurait dû emprunter, il roula dans la direction opposée pour parler à des voisins, Clifford et Anita Coggins. Le couple n'avait pas de téléphone et Maxwell voulait vérifier que sa femme n'était pas allée chez eux au lieu de se rendre chez sa mère. Ce n'était pas le cas, mais le révérend passa un moment à discuter avec M. et Mme Coggins avant de retourner à sa voiture et de rebrousser chemin.

À ce moment-là, Fuller, Watts et Ingram avaient déjà découvert le véhicule accidenté, à quatre cents mètres à peine de la maison du révérend, et l'agent Wright avait trouvé Dorcas Maxwell à l'intérieur. Contrairement à la première Mme Maxwell, son corps ne présentait que peu de blessures visibles, mais la rigidité cadavérique avait déjà commencé à s'installer. Wright contacta par radio le central et demanda à son superviseur, le sergent

William Gray, de le rejoindre. Dès que Gray arriva et vit ce qu'il s'était passé et qui était la victime, il rebroussa chemin et se rendit à son tour à l'épicerie Dunlap pour appeler tous les renforts auxquels il put penser : le shérif de Rockford, les enquêteurs d'Opelika et le légiste et le toxicologue d'Auburn.

Au moment où le dernier officier des forces de l'ordre arriva sur place, la scène était visible à deux kilomètres à la ronde : les gyrophares de toutes les voitures de patrouille formaient un dôme de lumière bleue dans l'épais brouillard de septembre. Toutes les personnes présentes savaient qui était le mari de cette femme ; elles savaient que sa première épouse avait été assassinée et abandonnée dans une voiture dans des circonstances presque identiques. Maxwell avait été acquitté de ce premier meurtre, et cette fois, les autorités étaient déterminées à le faire condamner. Un officier du département de police d'Alexander City photographia l'extérieur et l'intérieur du véhicule, le corps sur le plancher, l'asphalte et le bas-côté.

Avant que l'aube ne se lève sur cette journée de septembre, deux choses s'étaient passées : le corps de Dorcas Anderson Maxwell avait été transféré aux pompes funèbres Armour d'Alexander City pour être autopsié, et le révérend avait appelé son avocat, Tom Radney. Le plus remarquable n'était pas ce que l'autopsie révéla, mais ce qu'elle ne révéla pas. Des feuilles étaient coincées dans les sandales de cuir marron de Dorcas, et son corps présentait de légères écorchures sur les épaules et les coudes, ainsi qu'une grosse entaille au-dessus de l'œil droit. Mais l'examen de ses organes, tissus et fluides ne révéla rien. Son sang ne contenait nulle trace d'alcool, de glycol, de monoxyde de carbone, de cyanure, de poisons métalliques, de poisons acides, de salicylates, de phénols, de barbituriques. Son foie ne contenait ni strychnine, ni narcotiques, ni amphétamines. Son estomac ne contenait aucune drogue, aucun poison connu. Elle avait en revanche une fracture de l'os hyoïde, qui peut être le signe d'une strangulation, mais dans la mesure où ce petit os qui soutient la langue peut également être endommagé au cours de l'autopsie, les autorités ne purent le retenir comme cause de décès. Au bout du compte, Rehling, le « docteur du crime », dut se résoudre à déclarer que Dorcas Maxwell était morte de causes naturelles. Bien qu'elle n'eût aucun antécédent d'asthme, de bronchite ou de pneumonie, ni souffert d'aucune maladie au cours de l'année qui avait précédé son décès en dehors d'un léger rhume, il conclut que la jeune femme de vingt-neuf ans avait succombé à une détresse respiratoire aiguë.

Personne n'avait été témoin de la mort de Dorcas Maxwell ni ne savait précisément ce qu'il s'était passé, mais tout le monde n'avait que ça à la bouche. En l'espace de deux ans, le révérend avait perdu sa première épouse, son voisin, son frère aîné, et désormais sa nouvelle épouse. Si le premier mariage avait duré deux décennies, le second n'avait même pas duré un an. Entre le rythme de plus en plus rapide des décès et la mort de la seconde Mme Maxwell dans des circonstances similaires à la première, la réputation déjà sérieusement entachée du révérend se dégrada encore. « Les gens commençaient vraiment à avoir peur de lui, déclara à son sujet une amie de Dorcas après la mort de celle-ci. Les Blancs et les Noirs avaient peur de lui[31]. »

Maxwell continuait d'émailler ses discours d'extraits des Évangiles et prêchait toujours dans le comté de Pike, mais chez lui, la plupart des gens le voyaient comme un homme moins victime du péché que pécheur. Les rumeurs à son sujet se firent encore plus insidieuses, et toutes ne concernaient pas le vaudou. « Ils ne savaient pas sur qui il détenait des assurances, déclara un habitant du comté de Coosa. Ils ne savaient pas qui serait le prochain[32]. » L'épouse d'un entrepreneur de pompes funèbres d'Alexander City résuma la situation ainsi : « La plupart des gens le trouvaient simplement terrifiant[33]. » Si le révérend avait jadis été considéré comme un bel homme, les femmes disaient à présent de lui qu'il avait l'air « mauvais » et échangeaient des conseils : « Prends garde que Will ne te regarde dans les yeux. »

Tout autour du lac Martin, les voisins partageaient leurs craintes par le téléphone arabe, répétant ce qu'untel avait entendu le révérend dire, relayant ce qu'untel autre l'avait vu faire. Il était inutile de fermer sa porte à clé le soir car il connaissait des sorts pour les ouvrir et, de toute manière, il était capable de vous faire du mal à travers les murs. Un crime non résolu est souvent source d'hystérie, mais les habitants de Nixburg ne considéraient pas les crimes qui tourmentaient leur communauté comme non résolus. Ils savaient qui les avait commis ; ce qu'ils ne savaient pas, c'est comment il s'y était pris, et comment l'empêcher de recommencer. En revanche, ils savaient qu'une seule chose est plus effrayante qu'un assassin dont on ignore l'identité : un assassin dont on connaît l'identité.

Si la communauté était terrifiée et la police frustrée, les compagnies d'assurances étaient quant à elles furieuses. Furieuses de voir une nouvelle fois ce prêtre du comté de Coosa réclamer des dizaines de milliers de dollars d'indemnités de décès pour un membre de sa famille. Deux compagnies, Southern Farm Bureau et Booker T. Washington Insurance, n'eurent d'autre choix que payer sans discuter, puisque leurs trois polices – qui s'élevaient respectivement à dix mille, mille, et cinq cents dollars – avaient été contractées par Dorcas et son premier mari, Abram. Maxwell en était simplement le bénéficiaire actuel. Les Anderson avaient également souscrit une assurance sur leur prêt immobilier, qui couvrait les treize mille dollars qu'ils devaient toujours pour leur maison, laquelle appartenait désormais au révérend grâce à l'accord de donation au dernier vivant.

Les autres compagnies, en revanche, n'avaient aucune intention de verser les indemnités sans en découdre. Il est impossible de savoir précisément combien de ces polices détenait Maxwell sur Dorcas au moment de sa mort – ni, d'ailleurs, combien il en détenait en tout – car celles qui n'étaient pas contestées ne laissaient aucune trace. Mais sur les polices qui firent finalement l'objet de batailles juridiques, quatre avaient pris effet le lendemain du mariage de Maxwell et Dorcas en novembre 1971, une cinquième avait commencé deux jours plus tard, une sixième en janvier 1972, une septième en mars de la même année, et les autres à la fin du printemps. En tout, le révérend possédait au moins dix-sept polices d'assurance différentes sur la vie de Dorcas, pour lesquelles il avait payé dix dollars de cotisation par semaine. À présent, ses indemnités représentaient une petite fortune.

Imperial réagit en faisant appel à un cabinet d'avocats de Birmingham, Lange, Simpson, Robinson & Sommerville. Bankers Life engagea un cabinet d'Opelika, tout comme Beneficial Standard et Old American. Independent choisit un cabinet de Tuskegee. Allstate en trouva un à Montgomery. Tom Radney devait avoir l'impression d'affronter tous les cabinets d'avocats de l'État, et s'il s'était inquiété de manquer de jurés dans l'affaire du meurtre de Mary Lou Maxwell, il était maintenant confronté à une véritable pénurie. Un an après la mort de Dorcas, il ne semblait pas rester une seule personne en âge de voter dans la région des trois comtés qui n'avait pas entendu le révérend plaider contre l'une ou l'autre des compagnies d'assurances concernées. Radney intenta de multiples procès dans les tribunaux itinérants des comtés de Tallapoosa, Clay et Macon et à la cour fédérale pour le Middle District de l'Alabama et, dans un cas, porta l'affaire jusqu'à la cour d'appel civile de l'Alabama.

Ces affaires reposaient sur une série de détails techniques complexes concernant la cause du décès – à savoir si la seconde Mme Maxwell était morte des suites de l'accident de voiture seul, d'un problème de santé préexistant seul, ou d'un problème de santé préexistant aggravé par l'accident de voiture. Dès l'instant où le révérend l'avait appelé la nuit de la mort de Dorcas, Radney avait su qu'il allait devoir gérer une avalanche de poursuites criminelles ou civiles, voire les deux, et il avait immédiatement pris une précaution inhabituelle : le lendemain matin, il avait versé mille dollars à un légiste privé afin qu'il complète l'autopsie de l'État par une seconde autopsie pour son client.

Les deux légistes finirent par se mettre d'accord sur l'essentiel – Dorcas était décédée d'une insuffisance respiratoire aiguë – mais se chicanèrent sur les détails, qui se révélèrent d'une importance capitale pendant le procès. Lors des dépositions et des auditions, les légistes répondirent des heures durant à une multitude de questions sur les spécificités des parois bronchiques, de la pneumopathie interstitielle et des bouchons muqueux. Les compagnies d'assurances se saisirent de certaines de ces découvertes pour arguer que Dorcas ne serait pas décédée sans ces problèmes respiratoires sous-jacents, qui n'avaient pas été mentionnés au moment de la souscription de l'assurance, et par conséquent invalidaient les contrats. Radney se saisit d'autres découvertes pour arguer que sans l'accident, les problèmes respiratoires sous-jacents de la victime ne l'auraient jamais tuée ; par conséquent, sa mort était accidentelle et les contrats valides.

Toutes les personnes impliquées devaient avoir l'impression de débattre de la taille des écailles du poisson qu'ils étaient en train de noyer. Aucun des témoins n'était autorisé à en parler et les avocats n'avaient pas le droit d'y recourir pour plaider, mais une multitude de personnes, à commencer par le coroner du comté, étaient convaincues que Dorcas Anderson avait été assassinée. Peut-être l'os hyoïde était-il finalement un indice, suggérant qu'elle avait été étranglée comme la première Mme Maxwell, ou peut-être avait-elle été empoisonnée par la même substance indétectable qui, pour beaucoup, avait été utilisée par le révérend sur Abram Anderson et John Columbus Maxwell. Des décennies plus tard, un des légistes qui avaient travaillé sur l'affaire pouvait toujours débiter une liste de poisons pour lesquels ils n'avaient aucun test à l'époque – dont certains étaient, comme les assurances-vie, faciles à obtenir par la poste. Mais aucun de ces soupçons ne constituait une preuve recevable.

Finalement, de toutes ces compagnies, seule Independent ne s'avoua jamais vaincue. Bien que les quatre polices qu'elle détenait fussent parmi les plus modestes auxquelles le révérend avait souscrit sur la vie de Dorcas, leur avocat, Harry Raymon, s'opposa inlassablement aux paiements. Tom Radney réagit en appelant en renfort un collègue de Tuskegee du nom de Fred Gray. Gray n'était pas un spécialiste en assurances ; c'était un des plus éminents avocats des droits civiques de la nation. Diplômé de l'université Case Western Reserve en Ohio, à l'époque où aucune faculté de droit de l'Alabama n'acceptait d'étudiants afro-américains, il était revenu dans sa région natale afin de mettre ses connaissances au service du combat pour la justice raciale. Gray avait représenté Rosa Parks après qu'elle avait refusé de céder sa place dans un bus ségrégué, et la Montgomery Improvement Association pendant le boycott qui avait suivi. Il avait convaincu un jury entièrement blanc d'acquitter Martin Luther King Jr. lorsqu'il avait été accusé d'évasion fiscale, s'en était pris au gouverneur Wallace lorsqu'il avait essayé de bloquer les marches de Selma à Montgomery, et avait obtenu dix millions de dollars de dommages et intérêts du gouvernement fédéral pour les survivants de l'étude de Tuskegee. Fred Gray était aussi, en tant que membre de la Chambre des représentants de l'Alabama, l'un des premiers législateurs noirs depuis la Reconstruction.

C'est par le biais de son travail législatif que Gray avait connu Tom Radney, mais rejoindre l'équipe de défense de Maxwell était davantage qu'une faveur rendue à un ami : c'était une opportunité de contester devant les tribunaux une autre forme de discrimination. Car à l'époque, les préjugés raciaux étaient omniprésents dans l'industrie de l'assurance. Les compagnies faisaient systématiquement payer aux clients afro-américains des frais plus élevés pour des couvertures moins avantageuses, les privaient des réductions offertes aux autres assurés sur les polices multiples, les obligeaient à verser des cotisations excédant la valeur des dédommagements, et refusaient de payer ces derniers en déclarant pour des raisons fantaisistes le contrat caduc. Certaines compagnies proposaient toujours des tarifs différents pour les mêmes polices en fonction de la couleur de peau, une discrimination qu'ils justifiaient par l'utilisation de tables de mortalité séparées ; d'autres avaient recours à une seule table de mortalité mais offraient deux niveaux d'assurance différents et ne versaient à leurs agents une commission entière que lorsque des clients issus des minorités achetaient des polices de qualité inférieure. Certaines compagnies refusaient tout simplement d'assurer les vies noires.

Les familles afro-américaines étaient également ciblées de façon disproportionnée par les pratiques abusives des compagnies vendant des assurances obsèques. Ces petites polices, tout juste assez élevées pour couvrir les dépenses funéraires, avaient d'abord été vendues aux ouvriers d'usine britanniques sous le nom d'assurance industrielle ; elles s'étaient popularisées aux États-Unis après 1875 et intéressaient ceux qui n'avaient pas les moyens de payer tous les ans ou tous les trimestres une assurance-vie mais parvenaient à économiser quelques pennies ou nickels par semaine pour épargner à leurs familles le fardeau financier de leur enterrement lorsqu'ils mourraient. De telles polices étaient vendues en masse aux esclaves émancipés, et plus tard à leurs enfants, leurs petits-enfants et leurs arrière-petits-enfants par des agents d'assurance qui frappaient chaque semaine à leur porte pour percevoir ces minuscules sommes qui, cumulées, représentaient une petite fortune. Un de ces agents était le père du romancier Philip Roth, qui, comme son fils l'écrirait dans ses mémoires, lui racontait « les sinistres soirées passées à soutirer quelques sous aux plus pauvres parmi les pauvres de Newark » et comment certaines familles de couleur « continuaient à payer des primes vingt, trente ans après la mort de l'assuré »[34]. Lorsque Philip lui demanda pourquoi ils acceptaient de payer, son père répondit : « Ils ne disaient jamais rien à l'agent. Quelqu'un mourait, et ils n'en parlaient jamais. Le représentant de la compagnie faisait sa tournée, et ils payaient. »

Ce genre de prédation et de fraude était monnaie courante. Les compagnies d'assurances de tout le pays s'enrichissaient sur le dos des clients afro-américains par le biais de méthodes de vente, de tarification et de gestion abusives, des pratiques particulièrement répandues dans le Sud. Les avocats pour les droits civiques tels que Fred Gray savaient que les politiques discriminatoires des compagnies d'assurances privaient non seulement les Noirs de leurs économies actuelles mais aussi les générations futures des avantages financiers que les assurances obsèques et vie offraient aux Blancs : un filet de sécurité, un coup de pouce, un héritage. Des décennies plus tard, des recours collectifs en justice par les assurés et les bénéficiaires révéleraient l'étendue effroyable des abus : un demi-milliard de dollars de dommages et intérêts et frais de justice furent arrachés à près de cent compagnies en réparation de plus de quatorze millions de polices discriminatoires.

Mais à l'époque où Independent Life & Accident tenait ferme contre le révérend, tout cela était encore à venir. La compagnie, indifférente à l'injustice sociale rongeant l'industrie, se défendit en arguant que la mort de Dorcas Anderson Maxwell n'avait pas été naturelle – ou, tout du moins, n'avait certainement pas été causée par un accident de voiture – et par conséquent ne pouvait être couverte par l'assurance. Radney et Gray, de leur côté, savaient que pour gagner ce procès, ils devaient prouver que son décès était couvert par la police d'assurance pour mort accidentelle, mais ils savaient aussi que pour convaincre les jurés, ils avaient tout intérêt à dénoncer les méthodes prédatrices et discriminatoires qui sévissaient dans l'industrie de l'assurance. « Cet agent d'assurance venait frapper à votre porte, prenait votre argent, rapportait cet argent chez lui et l'envoyait à la compagnie d'assurances, déclara Gray dans sa plaidoirie, mais au moment de payer les indemnités dues, on vous disait : "Oh, non, on ne va pas vous verser cet argent." Voilà ce que font ces grosses compagnies. Elles veulent votre argent, mais dès qu'elles trouvent le moyen de vous arnaquer, elles ne s'en privent pas[35]. »

Peu importait que leur client fût sans doute le représentant le plus improbable des droits civiques parmi toute la population afro-américaine de l'Alabama. Peu importait que, contrairement aux assurés décrits par le père de Philip Roth, les chances fussent nulles que Maxwell paie un jour le moindre cent de prime pour une personne déjà décédée, ou qu'il omette de réclamer son dû. La stratégie utilisée par Tom Radney et Fred Gray fonctionna – non seulement dans le comté de Macon, où le 26 août 1973 un jury accorda au révérend Maxwell l'intégralité des cinq mille dollars qu'il réclamait, mais aussi à Montgomery, où la cour d'appel civile de l'Alabama maintint cette décision plus d'un an après.

C'était le dernier de la demi-douzaine de procès concernant le paiement d'indemnités pour le décès de Dorcas Anderson Maxwell. Des cent trente et un mille dollars d'assurance que le révérend détenait officiellement sur sa seconde femme au moment de sa mort, Tom Radney parvint à récupérer près de quatre-vingt mille dollars. Pour le révérend Willie Maxwell, le deuil était en train de devenir une entreprise très lucrative.

## 6

# Pas d'exception à la règle

L'eau, comme la violence, est difficile à contenir. À peine l'Alabama Power Company avait-elle endigué la Tallapoosa que la rivière commença à exercer sa vengeance, par le biais d'une série de crues qui inondèrent les berges du lac Martin et de sécheresses qui les mirent à nu. Parfois, les villes submergées sous ses eaux semblaient elles aussi se venger ; tard le soir, les plaisanciers et les habitants installés le long de la rive affirmaient entendre sonner les cloches de l'église bien après qu'elle eut été engloutie.

D'autres histoires, plus profondément enfouies, hantent ces mêmes eaux. Le 27 mars 1814, des guerriers creeks, ayant perdu une grande partie de leurs terres par la force et le reste par traités, livrèrent leur baroud d'honneur au nord du lac Martin, là où la rivière Tallapoosa revient sur ses pas, formant un méandre en forme de fer à cheval qui lui valut le nom de Horseshoe Bend. C'est là que le futur président Andrew Jackson et ses troupes massacrèrent 557 Creeks, en laissèrent mourir des centaines d'autres qui essayèrent de fuir en franchissant la rivière, et firent prisonniers les survivants ; plus tard, il força ces survivants à suivre la Piste des larmes pour s'établir à l'ouest du Mississippi. Ceux qui périrent reposent dans les cimetières creeks depuis longtemps enfouis sous le lac Martin. Sur la parcelle de terrain envahie d'herbes folles à l'intérieur du méandre, là où la rivière et son histoire sanglante coulent en permanence derrière vous, le bruit d'une tortue glissant d'un rocher et tombant dans l'eau peut faire sursauter le plus vaillant des hommes.

Des tintements de cloches fantômes, des cris de guerre, le fracas métallique des chaînes des esclaves : si une région mérite sa réputation de terre hantée, c'est l'est de l'Alabama. Là-bas, sur les longues étendues désertes séparant les villes, les routes gravissent et descendent les collines qui masquent à la vue le reste du paysage et rendent chaque vision soudaine. Là où se terminent les routes, l'asphalte se change en terre aussi rouge que la rouille ou le sang. La nuit, les lambeaux de mousse suspendus aux branches des pins et des chênes ressemblent à des spectres, et le brouillard se fait si épais que toutes sortes de créatures pourraient y disparaître ou en surgir.

Le révérend Maxwell lui-même affirmait avoir peur de ce qui s'y cachait. Toute sa vie, il clama son innocence – du meurtre de sa première femme, de la mort de son voisin, de son frère, de sa seconde femme. Il n'avait commis aucun crime et ne pratiquait pas le vaudou. Ceux qui prétendaient le contraire, disait-il, ne faisaient que colporter des commérages haineux aux dépens d'un homme vertueux devenu veuf à deux reprises en l'espace de deux ans seulement. Le fait qu'il détenait des assurances-vie sur tous les défunts ne constituait pas un mobile ; cela prouvait simplement que c'était un époux et un frère prévenant. Alors même que tous les habitants de la ville parlaient de lui à voix basse et détournaient le regard quand il passait, il maintenait que le véritable mal – son ennemi, quel qu'il fût – vivait toujours parmi eux. Lorsqu'un journaliste du *Montgomery Advertiser* le questionna au sujet de l'étrange habitude qu'avait la mort de traquer ses proches, le révérend répondit : « J'ai prié et longuement réfléchi et plusieurs explications m'ont traversé l'esprit[36]. »

Sa première femme, affirmait-il, avait été tuée à sa place, quoiqu'il ne sût pas par qui : « Je pense que quelqu'un m'attendait. Quand il a vu la voiture, il a cru que c'était moi, mais quand il l'a arrêtée, il a réalisé que ce n'était pas moi et décidé de la tuer à ma place. » Il ne prit pas la peine d'expliquer pourquoi il pensait que ce mystérieux « quelqu'un » aurait voulu le tuer. Quant aux autres décès, il affirmait avoir été testé par une force terrible, peut-être humaine, peut-être pas : « Un ennemi inconnu qui rôde autour de moi, qui cherche à me nuire, qui se faufile partout sans que je le voie, mais je demande au Seigneur de le voir, et il le verra. » Le révérend ne savait pas précisément ce qui le tourmentait en prenant les vies de ceux qu'il aimait, mais il déclara : « Si je reste proche du Seigneur, je verrai. »

Pourtant, le révérend ne pouvait pas rester aussi proche du Seigneur qu'il l'avait été jadis, car aucune de ses églises ne souhaitait plus le voir prêcher. À contrecœur, il troqua la chaire pour le banc et commença à fréquenter l'église baptiste Peace and Goodwill, à Cottage Grove, non loin de là où il vivait à Nixburg et avait enterré ses deux épouses. Les autres paroissiens voyaient peut-être sa présence d'un mauvais œil, mais Maxwell garda la tête haute, continua de porter ses costumes chics, continua de parler de sa manière étrangement formelle, et il n'eut pas longtemps à attendre avant de retrouver sa place à l'autel, quoique dans des circonstances légèrement différentes. Trois ans après la mort de la première Mme Maxwell et deux ans après la mort de la seconde, le révérend prit une nouvelle épouse.

Nul ne s'était jamais demandé pourquoi Mary Lou avait accepté d'épouser Willie Maxwell, ce jeune homme charmant et travailleur revenu vivre dans sa région natale après avoir servi son pays. Beaucoup se demandèrent pourquoi Dorcas Anderson avait accepté de l'épouser, même si, compte tenu des circonstances du décès de son premier mari, certains avaient leur théorie. Mais quel genre de femme aurait accepté de devenir la troisième Mme Willie Maxwell ?

La réponse, finalement, était évidente. Selon la manière dont on voyait les choses, la femme qui épousa Maxwell en novembre 1974 pouvait avoir moins de raisons ou plus de raisons de le craindre que quiconque, mais dans les deux cas, elle savait ce qui l'attendait. La troisième Mme Maxwell était Ophelia Burns, la femme qui avait été inculpée mais jamais jugée pour le meurtre de la première Mme Maxwell.

« Ce n'est pas sa faute si les gens aiment faire courir des rumeurs sur lui[37] », déclara Ophelia Maxwell au sujet de son nouveau mari. Étrangement, Ophelia elle-même fut en grande partie épargnée par de telles rumeurs. Même si quelques bruits circulaient qui affirmaient que le révérend avait un complice qui, tel Charon, l'avait transporté jusqu'aux lieux où ses proches avaient été retrouvés morts, et même si une multitude de policiers, témoins et membres de grands jurys étaient au courant de la mise en examen d'Ophelia dans le décès de Mary Lou, en 1974, sa supposée implication avait mystérieusement disparu de la mémoire collective de la ville, éclipsée par la menace du révérend. Si Ophelia elle-même avait connaissance des autres crimes de Maxwell, elle ne pipa mot à ce sujet ; comme le révérend, elle ne cessa jamais de clamer l'innocence de son mari. « Ce n'est pas parce qu'il a été accusé d'une chose, déclara-t-elle, qu'il est coupable de tout. »

Avec leurs enfants respectifs, Willie et Ophelia formaient une famille nombreuse et complexe. Elle aussi avait déjà été mariée, mais avait divorcé après avoir été surprise dans une situation compromettante avec le révérend. Ils avaient des enfants de leurs précédents mariages et d'autres adoptés par divers degrés de formalités. Le révérend élevait son fils cadet, celui qu'il avait eu avec Dorcas, mais les deux garçons plus âgés qu'il avait adoptés après l'avoir épousée vivaient avec leurs grands-parents à Dadeville, et la fille qu'il avait reconnue habitait avec sa mère à Alexander City. Ophelia avait des enfants déjà grands qui avaient quitté la maison, mais élevait Shirley Ann Ellington, une petite fille que lui avait confiée un proche pendant son premier mariage mais qu'elle n'avait jamais officiellement adoptée.

À la tête d'une grande famille mais ne pouvant plus prêcher, le révérend se consacra entièrement à la récolte du bois pour la pâte à papier. Il acheta de nouvelles terres le long de la nationale 9 et loua une partie du terrain de sa mère à Bama Wood, une compagnie de bois d'œuvre fonctionnant selon un principe de partage des bénéfices. Un de ses managers, Frank Colquitt, décrirait plus tard le révérend comme un des meilleurs ouvriers qu'il ait jamais eus – ce qui compensait certainement le temps qu'il perdit à apaiser les craintes des clients inquiets de voir un tel personnage sur leur propriété. Colquitt découvrit rapidement que le mieux à faire était de prendre le taureau par les cornes : il accompagnait le révérend chez le client, faisait les présentations, et leur donnait « une courte version de ce dont il avait été accusé – en expliquant que c'était un prêtre, le vaudou, et tout le reste – et ils disaient, tous ils disaient : "Il m'a l'air d'être un bon gars[38]." » Cette stratégie n'aurait pas aussi bien fonctionné avec des Afro-Américains, mais peu d'Afro-Américains dans le comté de Coosa possédaient assez de terres pour les louer à une compagnie de bois d'œuvre ; les Blancs qui pouvaient se le permettre, disait Colquitt, considéraient pour la plupart Maxwell comme un objet de curiosité bien élevé, un divertissement un peu macabre à raconter à leurs amis. Quand on lui demandait comment lui-même pouvait se sentir en sécurité avec son employé, Colquitt avait une plaisanterie toute prête : « Je disais toujours que je ne me faisais pas de soucis, car c'était moi qui avais souscrit une assurance sur sa vie. »

Malgré tout, nombreux étaient ceux qui avaient peur de Maxwell, notamment parmi les membres de son équipe, qui démissionnaient avec une certaine régularité. L'un d'entre eux était un neveu du révérend, un jeune homme du nom de James Hicks. Il était le fils de Mae Ella Maxwell, la sœur de Willie, qui avait deux ans de plus que lui. À vingt-deux ans, Hicks mesurait un mètre soixante-douze, pesait à peine plus de cinquante kilos, et avait la carrure frêle et la barbe fine et clairsemée d'un garçon tout juste sorti de la puberté. Mais il était assez adulte pour se marier, et lorsqu'il cessa de travailler pour son oncle, il trouva un emploi dans une des usines d'Alexander City, puis déménagea avec sa femme à Hissop, une ville proche de Nixburg. Le 14 février 1976, Hicks disparut. Deux jours plus tard, au petit matin, une femme téléphona à Otis Armour, un des entrepreneurs de pompes funèbres d'Alexander City, pour lui demander d'envoyer un véhicule sur la nationale 9. Elle refusa de donner son nom, mais quand elle appela une seconde fois, Armour décida d'aller voir ce qu'il en était. Lorsqu'il arriva sur place, James Hicks avait déjà été retrouvé mort dans une voiture, à seize kilomètres au sud de Goodwater, sur l'accotement de la nationale 9 – la même route où la deuxième Mme Maxwell avait été découverte et où vivait toujours le révérend, désormais avec sa nouvelle femme, Ophelia.

Les policiers dépêchés sur place durent éprouver un étrange et terrible sentiment de déjà-vu. La Pontiac Firebird 1968 dans laquelle Hicks fut retrouvé était intacte, comme si elle avait été garée. Les quelques pins se dressant près de la voiture étaient également intacts. À l'intérieur du véhicule, le corps de Hicks gisait sans vie mais ne présentait aucune trace de blessure. Le coroner du comté était toujours Jimmy Bailey ; de plus en plus contrarié par la recrudescence de décès dans l'entourage du révérend Maxwell, il contacta séance tenante le procureur Harold Walden, qui commanda une enquête.

Le lundi, au funérarium Armour, un légiste du laboratoire de la police scientifique de l'État vint autopsier le corps. En ce milieu du mois de février, James Hicks portait une veste en denim par-dessus un tee-shirt à manches courtes rouge et un jean. Il avait toujours au doigt la chevalière du lycée du comté de Coosa. Son corps présentait quelques petites entailles sur les bras et les jambes, en travers de la poitrine, et à l'intérieur de sa lèvre inférieure. De la caféine et un peu d'alcool circulaient dans son organisme, mais pas la moindre drogue. Comme le légiste finit par l'indiquer sur son rapport d'autopsie, il n'y avait rien « qui puisse expliquer de façon satisfaisante la mort de cet homme[39] ».

Aussi étonnante que fût cette découverte, ou absence de découverte, il en est un qui ne pouvait être surpris. « Ils ne trouveront pas de preuve[40] », assura le révérend à Tom Radney lorsqu'il se rendit à son bureau pour discuter de la mort d'un autre de ses proches. Comme tout ce qui sortait de la bouche de Maxwell, cette déclaration était curieuse : loin d'être une protestation d'innocence, elle suggérait au contraire une connaissance directe du crime.

Pourtant, malgré toute son étrangeté, l'affirmation était correcte. Le seul élément pouvant être considéré comme une preuve dans l'affaire de la mort de James Hicks ne fut pas trouvé sur son corps ou sur la scène de crime, mais plus tard, parmi ses effets personnels. Quand les agents du bureau d'enquête de l'Alabama examinèrent les affaires de Hicks, ils découvrirent une police d'assurance rédigée de la main du révérend. Ce n'était qu'une preuve indirecte, qui ne permit ni sa condamnation ni même son arrestation, mais qui en revanche capta l'attention de deux agents de l'ABI.

James Abbett était nouveau à ce poste mais familier des échecs des précédentes enquêtes concernant Maxwell. Lui et son partenaire, Herman Chapman – le « Traqueur d'Ours » –, étaient bien décidés à faire en sorte que cette nouvelle affaire se termine différemment.

Lorsque Abbett questionna la veuve de James Hicks, celle-ci déclara d'emblée être convaincue que le révérend Maxwell avait tué son mari. Environ une semaine avant sa disparition, expliqua Mary Dean Riley Hicks, elle et James étaient sur la route, peu après 21 heures, lorsqu'ils avaient vu la voiture du révérend arriver derrière eux. Il leur avait fait signe de s'arrêter, et son mari lui avait demandé d'attendre à l'intérieur du véhicule pendant qu'il allait parler avec son oncle.

En revenant à la voiture, il s'était montré évasif sur ce qu'ils s'étaient dit, mais Mme Hicks apprit plus tard qu'Ophelia Maxwell avait appelé plusieurs membres de leur famille afin d'obtenir le numéro de sécurité sociale de James. « Ils devaient vouloir le noter sur la police d'assurance, déclara Mme Hicks à Abbett. Avec tous ces gens qui étaient déjà morts[41]. » Et pas n'importe quelles gens : « Will Maxwell détenait chaque fois une assurance sur leur vie. » Elle ajouta que son père avait même entendu une femme se vanter de posséder trente-huit mille dollars d'assurance sur James.

Les déclarations de Mary Hicks suffirent à convaincre Abbett de poursuivre son enquête. Persuadé de déjà connaître le mobile du meurtre, il se mit en quête du mode opératoire. Il lui fallut deux mois, mais il finit par trouver un élément accablant. Le 14 avril, Abbett interrogea un habitant de la région, un certain Aaron Burton, qui déclara sous serment avoir vu le révérend à l'épicerie Smith's deux semaines avant la découverte du corps de James Hicks. Maxwell l'avait fait venir jusqu'à sa Continental marron pour, d'après Burton, lui demander s'il était prêt à « se salir les mains[42] ». Lorsque Burton répondit qu'il l'était autant que Maxwell avait besoin qu'il le soit, les deux hommes convinrent de se retrouver quelques heures plus tard. Ce n'est qu'à ce moment-là que Maxwell fit promettre à Burton d'emporter dans la tombe ce dont ils s'apprêtaient à parler.

Ce que le révérend voulait savoir, c'est si Aaron Burton était disposé à l'aider à assassiner deux de ses neveux. « Apparemment, expliqua Burton, ils lui devaient tous les deux beaucoup d'argent. » Le projet du révérend était assez sérieux pour qu'il négocie un cachet avec Burton, et ils s'entendirent sur la somme de quatre mille dollars par tête pour les meurtres de James Hicks et de son frère Jimmy Maxwell.

Ils discutèrent pendant près d'une heure, puis se revirent plus tard dans la semaine, quand le révérend conduisit Burton sur la nationale 9 pour lui montrer l'endroit où il pensait que les meurtres devaient avoir lieu. Le révérend gara sa Continental sur une colline près d'Elam Church et expliqua à Burton que dès que Hicks arriverait, ils le neutraliseraient ensemble. « Will m'a dit que tout ce que j'avais à faire, c'était me cacher dans les bois. Quand James Hicks arriverait, il parlerait, et je devrais m'approcher de James par-derrière et le toucher dans le dos et il se chargerait du reste. Will m'a dit qu'il avait deux paires de gants qu'on pourrait porter pour ne pas laisser d'empreintes. »

Ce n'est que lorsque Maxwell sortit des gants de travail blanc et bleu de sous le siège de la Continental que

Burton perdit son sang-froid et fit savoir au révérend qu'il avait changé d'avis et ne voulait plus être impliqué. Cela n'empêcha pas Maxwell de montrer à Burton, en rentrant de l'église, une autre crête au bord de la nationale 9, d'où il pensait qu'ils pourraient pousser la voiture de son neveu pour maquiller le meurtre en accident de la route. « Il m'a dit qu'il se servirait de son véhicule pour envoyer celui de James dans le fossé. J'ai dit à Will que le pare-chocs en caoutchouc de sa Continental était trop bas, et Will a répondu qu'il prendrait sa Ford Torino. »

Lorsque Burton refusa une nouvelle fois de participer aux meurtres, Maxwell lui offrit de l'argent en échange de son silence. Burton lui assura que ce n'était pas nécessaire, mais après la découverte du corps de James Hicks la semaine suivante, le révérend rendit visite au père et au frère de Burton pour les prévenir tous deux que Burton ferait bien de la fermer. Burton expliqua aussi à l'agent Abbett que la crête où le révérend s'était arrêté sur la nationale 9 était proche de la maison d'une famille, les Edwards, et lui suggéra d'aller discuter du révérend Willie Maxwell avec le fils de Mme Edwards.

Le lendemain, l'agent Abbett interrogea Calvin Edwards, qui avait travaillé dans l'équipe de récolte de bois de Maxwell. S'il ne s'était pas récemment entretenu avec Aaron Burton, Abbett n'aurait peut-être jamais cru l'histoire qu'Edwards avait à raconter. Le jeune homme jura que lui aussi avait été approché par le révérend pour l'aider à assassiner ses neveux. « Le révérend Maxwell est venu chez moi et m'a demandé si j'étais prêt à me salir les mains, se souvint Calvin Edwards. J'ai demandé à Maxwell de quoi il parlait, et Maxwell m'a dit qu'il avait besoin de quelqu'un pour descendre deux types[43]. »

Selon Edwards, cette conversation avait eu lieu en février 1975, près d'un an avant que James Hicks soit retrouvé mort et environ un mois après que Maxwell avait fait sortir Edwards de la prison du comté de Coosa à Rockford et lui avait offert du travail. Rapidement, il avait voulu savoir s'il était prêt à enfreindre de nouveau la loi. D'après Edwards, Maxwell se plaignait de ce que ses neveux lui devaient de l'argent, et lui avait promis que dans un délai de quatre mois après leur mort, les assurances lui auraient versé assez d'indemnités pour qu'il puisse payer un complice quatre mille dollars pour chaque meurtre.

Edwards décrivit ensuite à Abbett la manière exacte dont le révérend prévoyait d'assassiner ses neveux. « Maxwell m'a dit qu'il avait des pilules à mettre dans du whisky pour les étourdir, et il voulait que je les fasse boire, puis que je l'appelle et le rejoigne. » Une fois que les jeunes hommes seraient assez ivres, Edwards n'aurait plus qu'à les conduire à une église près de Tallassee. Le révérend attendrait là-bas, et il promit à Edwards que ce serait lui qui allait « les étouffer puis pousser leur voiture dans un fossé à côté d'Elam Church ».

L'agent Abbett jugea les déclarations d'Edwards et Burton crédibles, mais ni l'une ni l'autre ne furent rendues publiques. Bien que les preuves mises au jour par Abbett fissent du révérend le suspect principal, ni lui ni qui que ce soit ne pouvait être jugé responsable d'un décès attribué à une cause naturelle : il ne pouvait pas y avoir d'assassin, puisque, du moins d'après les légistes, James Hicks n'avait pas été assassiné. Encore une fois, ce que les autorités soupçonnaient était à mille lieues de ce qu'elles pouvaient prouver. Pour les habitants de la région du lac

Martin, sans parler des proches de James Hicks, le fait qu'aucune cause de décès ne serait jamais déterminée était presque aussi difficile à accepter que le fait qu'aucune accusation ne serait jamais portée contre le révérend ; dans les deux cas, ce fut pourtant ce qui se produisit.

Par conséquent, l'agent Abbett ne put rien faire lorsque des demandes d'indemnités pour le décès de James Hicks furent soumises aux compagnies d'assurances Beneficial National Life, Vulcan Life, John Hancock et World Wide, ni lorsque Tom Radney accepta ces chèques pour le compte de son client, le révérend Willie Maxwell. Comme pour tous les décès qui avaient précédé celui-ci, le révérend ne fut jugé coupable d'aucun crime, et comme pour tous les décès qui avaient suivi celui de sa première femme, il ne fut même pas inculpé. Il encaissa ses chèques et continua de vivre sa vie tandis que ceux qui croyaient aux rumeurs de vaudou, ainsi qu'une grande partie de ceux qui n'y croyaient pas, fulminaient contre ce dont l'objet de leurs craintes et de leur haine se vantait : la loi ne pourrait jamais atteindre le révérend Willie Maxwell.

Pendant ce temps, cette longue et lente année suivit son cours. Le 4 juillet 1976, les États-Unis célébrèrent leur bicentenaire. Un peu plus tard ce même mois de juillet, un homme tira sur deux jeunes femmes dans le Bronx ; l'une mourut, l'autre survécut. C'était la première d'une série d'attaques perpétrées avec un revolver calibre .44 et, en janvier 1977, lorsqu'une autre femme fut abattue dans les mêmes circonstances, les autorités créèrent une unité spéciale pour traquer le tireur. En mars, une étudiante fut assassinée alors qu'elle rentrait chez elle après les cours ; en avril, un couple fut tué dans une voiture garée. Cette fois, le meurtrier laissa derrière lui une lettre, signée Fils de Sam. D'autres lettres et d'autres meurtres suivirent. Bientôt, craignant d'être les prochaines victimes, les femmes commencèrent à changer la manière dont elles se coiffaient et les amants cessèrent de se retrouver dans leurs voitures. Tandis que les policiers, comme les journalistes et les citoyens, s'interrogeaient sur les indices laissés par le tueur dans ses messages, New York tout entière était enflammée par la peur.

C'est dans les manchettes des journaux que le reste du pays apprit les événements, y compris en Alabama, où même l'*Alexander City Outlook* parla du Fils de Sam. Quelques années plus tôt, un agent du FBI avait utilisé le terme « homicide en série » lors d'une conférence, mais à présent, le pays était captivé par l'idée d'un tueur en série : un criminel qui assassine plusieurs personnes au cours d'une période plus ou moins longue, parfois par colère, parfois par vengeance, parfois pour satisfaire un besoin psychologique, et parfois simplement pour l'argent. Les meurtres qui terrifièrent New York firent sensation dans tout le pays, déterrant des souvenirs des crimes perpétrés par la famille Manson et le Zodiac et donnant le ton des reportages sur les futurs tueurs en série.

L'été de Sam fut une période éprouvante pour les Maxwell, ne serait-ce qu'en raison de la mauvaise humeur adolescente de leur fille adoptive, Shirley Ann. À seize ans, elle était bien plus difficile qu'elle ne l'avait été petite fille, et Ophelia, en particulier, s'inquiétait pour elle. Shell, comme l'appelaient ses amis et frères et sœurs, avait déjà fugué plusieurs fois et, à en croire Ophelia, ce n'était plus la Shirley qu'ils connaissaient.

« C'était une personne différente. Elle ne pensait qu'à sortir. Elle n'aidait pas à la maison[44]. » Comme beaucoup d'adolescents, Shirley était une jeune fille rebelle, et comme beaucoup d'entre eux, « elle insistait pour se débrouiller toute seule. Elle était heureuse tant qu'on la laissait faire ce qu'elle voulait ».

Ophelia pensait qu'un petit boulot d'été pourrait aider la jeune fille à s'assagir, et dès la fin de l'année scolaire, Shirley Ann trouva un travail de serveuse dans un fast-food d'Alex City. N'ayant pas encore son permis, elle devait se faire conduire chez Hardee's et partout ailleurs. Deux semaines plus tard, le deuxième samedi du mois de juin, Ophelia emmena Shell rendre visite à une de ses sœurs à Perryville, et elles s'arrêtèrent sur le chemin du retour pour manger une glace. Lorsqu'elles rentrèrent à la maison vers 19 heures, Shirley se plaignit qu'elle s'ennuyait déjà et déclara qu'elle voulait ressortir. Ophelia lui expliqua qu'ils n'avaient presque plus d'essence et tenta de retarder l'inévitable dispute en demandant à l'adolescente d'attendre que le révérend revienne de ses recherches de nouveaux terrains boisés à exploiter.

Selon les dires de sa mère, Shell n'en fit qu'à sa tête, et partit seule en voiture. Ophelia ne vit pas où elle allait, mais supposa qu'elle retournait à Perryville. Bien que furieuse, elle ne décida pas de la suivre, préférant attendre que la sœur de la jeune fille appelle ; comme elle n'en fit rien, et voyant que Shirley ne revenait pas, Ophelia contacta la police, et dès que le révérend rentra à la maison, ils partirent tous les deux chercher l'adolescente. À la tombée de la nuit, n'ayant toujours ni vu ni entendu leur fille, ils s'arrêtèrent au poste de police d'Alexander City, où on les informa qu'elle avait été retrouvée.

La police dirigea les Maxwell vers une section de la nationale 9 située à un kilomètre et demi de leur maison, près d'un vieux cimetière aux clôtures affaissées et pierres tombales rongées par la mousse où, un peu plus tôt, un homme avait trouvé la Ford Torino 1974 du révérend. Lorsque les Maxwell arrivèrent sur place, seule Ophelia fut autorisée à s'en approcher. « Ils refusaient que je sorte de la voiture, expliqua le révérend. Ils disaient que ça ne me concernait pas. Ça m'a beaucoup contrarié[45]. » De loin, le pneu avant côté passager semblait à plat, et tout laissait penser que Shirley avait soulevé la Ford avec le cric, desserré les écrous de roue avec le démonte-pneu, et arraché tant bien que mal la roue de son essieu. À ce moment-là, le cric avait ripé, laissant tomber tout le poids de la voiture sur son corps frêle.

C'était en tout cas l'impression qu'était censée donner la scène. Mais le pneu que Shirley Ann était supposément en train de changer n'était pas à plat. Les mains de la jeune fille étaient propres, sans la moindre trace de graisse ou de poussière. Les écrous de roue de la Torino n'étaient pas à côté de son corps mais coincés sous celui-ci. Dès le dimanche matin, sans qu'aucun coup de téléphone fût nécessaire, la rumeur circulant bien plus vite sur les bancs de l'église, les habitants du comté de Coosa respiraient plus de commérages que d'oxygène. Qui avait déjà entendu parler d'une adolescente de seize ans qui aurait décidé de changer elle-même une roue alors qu'elle aurait pu marcher les quelques centaines de mètres la séparant de chez elle pour ne pas avoir à se donner cette peine ? Pourquoi le révérend cherchait-il des terres à exploiter si tard dans la journée, pendant le week-end qui plus est ? Pourquoi les proches de

Maxwell étaient-ils systématiquement retrouvés morts au bord d'une route ? Pourquoi n'y avait-il jamais de témoins qui auraient pu dire ce qui leur était arrivé ? Pourquoi la police n'avait-elle pas réagi plus tôt ? Quel genre d'homme était capable de tuer une enfant, et plus particulièrement la sienne ? Quand quelqu'un mettrait-il fin à tout ça ? Pendant la longue semaine qui sépara la mort de Shirley Ann de ses funérailles, les rumeurs et la colère enflèrent, ainsi que la paranoïa du révérend Willie Maxwell. « Je sais qu'ils parlent de moi, déclara-t-il. Je sens qu'ils en ont après moi, mais ils ont tort. »

Le samedi 18 juin 1977, la veille de la fête des Pères, le révérend et sa femme pénétrèrent dans un funérarium d'Alexander City et prirent place sur un banc à l'avant de la chapelle. L'été semblait déjà battre son plein, et les chênes plantés devant l'établissement ne dispensaient que très peu d'ombre. Le funérarium House of Hutchinson étant construit de plain-pied, la chaleur n'avait nulle part où monter. Des ventilateurs de plafond brassaient l'air à travers la pièce, mais il était si chaud que bon nombre des trois cents personnes venues rendre hommage à la jeune femme acceptèrent l'éventail en papier que distribuait le placeur avant d'aller s'installer sur le banc, face au cercueil ouvert dans lequel reposait le corps de Shirley Ann Ellington. Lorsque tout le monde fut assis et que le chagrin emplissant la chapelle laissa place au silence, un pasteur de l'église baptiste Great Bethel, le révérend E. B. Burpo Jr., commença le service. L'oraison funèbre qu'il prononça pour Shirley Ann loua sa chaleur et son énergie tout en rappelant à l'assistance que ni ces qualités ni aucune autre ne pouvaient protéger qui que ce soit de la mort. Jeune ou vieux, choyé ou seul, innocent ou non : tôt ou tard, tout le monde connaît le même sort. « Chacun de nous doit suivre le chemin de tous les hommes, psalmodia le révérend Burpo. Il n'y a pas d'exception à la règle[46]. »

Un « amen » collectif conclut la liturgie, et à l'issue du service, chacun s'avança pour faire ses adieux à Shirley. Ophelia Maxwell était si bouleversée après avoir regardé dans le cercueil qu'elle ressentit immédiatement le besoin de se rasseoir. Le révérend la raccompagna à la troisième rangée et lui offrit son épaule pour pleurer, tout en tenant à la main un mouchoir blanc. Les proches endeuillés s'attardaient à l'avant de la chapelle pendant que les dernières rangées de l'assemblée se levaient de leur banc, parmi lesquelles une des sœurs de l'adolescente, Louvinia Lee. Elle confia à un journaliste ce qu'elle avait éprouvé en voyant le corps de sa petite sœur : « Elle avait l'air différente. C'est à ce moment-là que j'ai commencé à pleurer. Je regardais M. Maxwell, et j'avais l'impression qu'il ne ressentait rien. Il n'y avait aucune larme ni rien du tout dans ses yeux, et c'est là que j'ai dit ce que j'ai dit[47]. » Ce qu'elle a dit, tout en pointant du doigt le révérend et en haussant si fort la voix que toutes les personnes présentes ce jour-là l'entendirent, ce sont ces mots : « Vous avez tué ma sœur et vous allez le payer[48] ! »

Avant que quiconque dans la chapelle n'ait le temps de réagir, un homme vêtu d'un costume vert sortit un pistolet de la poche intérieure de sa veste et tira à bout portant trois balles dans la tête du révérend Maxwell. L'homme au pistolet était installé juste devant sa cible ; à quelques centimètres près, il aurait pu effleurer la moustache de Maxwell avec le guidon de son Beretta.

Le révérend essaya de soulever son mouchoir pour essuyer le sang de son visage, mais mourut avant que le coton blanc ne touche sa peau.

Lorsque les coups de feu retentirent, toutes les personnes présentes dans la chapelle se ruèrent à la debandade vers les portes ou enjambèrent les fenêtres. « Ils ont dévasté ma chapelle », se lamenta le propriétaire, Fred Hutchinson – le même Fred Hutchinson qui, vingt ans plus tôt, avait lui-même été reconnu coupable de meurtre et de fraude à l'assurance à la suite de la mort dans un incendie volontaire d'un vieil homme, qu'il avait enterré avec une rapidité suspecte. Après sa libération anticipée, il avait repris son ancienne carrière, jusqu'à ce que la fusillade sème la pagaille dans son funérarium. « Il y avait des cadres cassés, des sacs à main de dame, des lunettes et des parapluies éparpillés sur le sol[49]. »

Parmi les témoins du chaos se trouvait un jeune reporter du journal local, Jim Earnhardt. Earnhardt, qui n'avait terminé le lycée que quelques années auparavant, avait tiré la courte paille et avait dû sacrifier son samedi pour couvrir les funérailles de Shirley. Il s'était éclipsé au moment où les proches de l'adolescente avaient commencé à lui rendre leurs derniers hommages et se trouvait à la sortie de la chapelle, rédigeant déjà son brouillon dans sa tête, lorsqu'il perçut le premier coup de feu. Alors que tout le monde prenait la fuite, il pivota sur ses talons et se précipita à l'intérieur. « Il y a un tireur[50] », entendit-il quelqu'un dire. « Will a été abattu ! » s'écria quelqu'un d'autre.

Earnhardt quitta le funérarium Hutchinson le temps d'appeler son éditeur depuis la maison voisine, puis retourna sur place pour interroger les témoins. « J'ai d'abord cru que c'était le flash d'un appareil photo, parce que je n'étais pas en face[51] », lui confia Millie Sistrunk, l'organiste. Johnnie Ruth Minniefield, une proche de la famille, déclara avoir entendu deux coups de feu, mais une autre, Myrtrice Sutton, n'avait même pas réussi à les compter. « J'avais si peur. Je ne pensais qu'à m'enfuir[52]. »

Un peu plus tard, avant que le légiste ne vienne récupérer le corps, l'éditeur d'Earnhardt, Alvin Benn, arriva avec un appareil photo. Il photographia toute la scène, y compris ce qu'il savait qu'il ne pourrait jamais montrer : le révérend Willie Maxwell, qui paraissait toujours incroyablement jeune et beau, la tête rejetée en arrière, ses yeux sombres grands ouverts, fixant aveuglément le plafond de la chapelle. Dans les semaines qui suivraient, Benn et Earnhardt rempliraient les unes de l'*Alexander City Outlook* d'articles et d'interviews sur la vie et la mort du révérend Maxwell : trois mariages, cinq parents décédés dans des circonstances étranges, aucune condamnation, et un homme qui avait finalement mis un terme à tout ça dans la chapelle ce jour-là.

La police arriva au funérarium Hutchinson presque immédiatement après le meurtre, d'un commissariat tout proche. Au moment où ils jouèrent des coudes pour se frayer un passage à travers la foule de témoins et de curieux, le tireur s'était déjà rendu aux deux officiers noirs affectés à la circulation pour les funérailles. Il avoua dans la voiture de police sur le chemin du commissariat. Était-il un héros ou un assassin sans pitié ? La réponse dépendait de la personne à qui vous posiez la question, mais une chose était certaine : l'homme qui avait assassiné le révérend aurait besoin d'un bon avocat. Et par chance, le meilleur avocat de la ville avait besoin d'un nouveau client.

DEUXIÈME PARTIE

# L'AVOCAT

## 7

## Qui est dans le ragoût ?

Tom Radney voulait qu'ils ressemblent aux Kennedy. Des parents élégants, des enfants adorables : une famille sudiste modèle. Sa femme, Madolyn, avait acheté les robes des semaines plus tôt, mais refusé ne serait-ce que de laisser les filles les essayer jusqu'à ce matin-là. Elle craignait que leurs tenues finissent détendues ou tachées, et même les mieux élevés des enfants de six, quatre et deux ans ne pouvaient promettre qu'il n'en serait rien. Le photographe dont Tom avait loué les services devait les retrouver devant le siège de l'État à Montgomery, à deux pas de la première Maison-Blanche des États confédérés d'Amérique, au niveau de l'intersection où, quatre ans plus tôt, Martin Luther King Jr. avait garanti aux vingt-cinq mille manifestants pour les droits civiques tout juste arrivés à pied depuis Selma qu'il était hors de question qu'ils rebroussent chemin.

Tout ce que le photographe voulait, les Radney le lui donnaient. Dès qu'il désignait un endroit, ils s'y plaçaient ; dès qu'il levait la main à la manière d'un panneau stop, ils se redressaient et souriaient. La petite Hollis, vite fatiguée, dut se faire porter, mais Ellen et Fran étaient excitées comme des puces. Elles comprenaient que ces photographies étaient importantes, et autant que leur jeune âge le leur permettait, elles comprenaient pourquoi : leur papa se présentait au poste de lieutenant-gouverneur. Avant de devenir célèbre, tristement célèbre peut-être, en tant qu'avocat du révérend Willie Maxwell, Tom Radney était déjà connu en Alabama pour son engagement dans une autre cause presque perdue d'avance : la politique libérale dans le Sud profond.

Sa première campagne avait eu lieu sept ans plus tôt, en 1962, et lui avait donné un avant-goût de ce que serait sa vie d'homme politique libéral dans le Sud, puisqu'il avait réussi à perdre une course qu'il avait pourtant incontestablement gagnée. Le premier jour de mai, Tom avait remporté contre un éleveur de volaille d'Alexander City et un bûcheron de Daviston un siège à la Chambre des représentants de l'Alabama. Après l'annonce des résultats, Tom et son directeur de campagne étaient partis fêter leur victoire sur la côte ouest de la Floride, et s'y trouvaient toujours lorsqu'ils avaient appris que le siège législatif qu'il était censé occuper avait, suite à un redécoupage électoral, disparu.

La carte électorale de l'Alabama n'avait guère changé depuis 1901, année où l'État avait ratifié une nouvelle Constitution, mais pendant que Tom festoyait, une cour fédérale jugea que la démographie de l'Alabama avait considérablement évolué et ordonna à l'État de procéder à un redécoupage. La cour ne modifia pas le nombre total de sièges de la législature, mais elle obligea l'État à les redistribuer à travers les comtés. La carte remaniée attribuait des sièges supplémentaires à certains comtés en les retirant à d'autres – parmi lesquels Tallapoosa, où le siège gagné par Tom disparut, l'obligeant à se présenter à une élection spéciale pour le siège avec lequel le sien avait été fusionné. Le dernier mardi du mois d'août, les résultats tombèrent. Tom Radney avait perdu.

Quatre ans plus tard, cependant, cette même décision de justice se révéla essentielle à la carrière politique de Tom. En 1966, Radney se porta candidat pour représenter le seizième district de l'Alabama au Sénat de l'État. Avant le redécoupage, ce district était composé de deux comtés, Elmore et Tallapoosa, où la machine politique locale avait conçu un arrangement appelé rotation sénatoriale ; les comtés présentaient à tour de rôle un candidat, de sorte que le siège passait d'un comté à l'autre à chaque élection. Mais en intégrant au seizième district le comté de Macon, qui hébergeait le Tuskegee Institute, le redécoupage mit fin à cette longue pratique et entraîna un autre changement majeur pour les candidats. Car entre 1964 et 1966, quatre mille noms avaient été ajoutés aux listes électorales du comté de Macon, en grande partie grâce au Voting Rights Act, faisant monter le nombre total d'électeurs enregistrés à plus de onze mille. Près de sept mille d'entre eux étaient afro-américains, ce qui signifiait que pour la première fois, un candidat au seizième district devait faire campagne dans un comté majoritairement noir.

Cela ne dérangeait pas Tom, et au début du mois de juillet, devant des centaines d'amis, il annonça sa candidature. Le programme était flou, mais le candidat était un rêveur : né dans une petite ville de l'Alabama, le jeune avocat était méthodiste, franc-maçon, membre de l'ordre des Shriners, de la fraternité des Elks, de la légion américaine, de la chambre du commerce, et du Kiwanis ; il avait joué pendant ses études avec les Tigers d'Auburn et le Crimson Tide, enseigné le catéchisme et servi dans l'armée.

L'adversaire de Tom à la primaire était un homme originaire du comté d'Elmore, un certain H. H. O'Daniel, surnommé « Runt ». Runt travaillait depuis presque aussi longtemps que Tom vivait, et le fermier devenu concessionnaire savait que ses nombreux clients le soutiendraient. Pour autant, Runt était bien moins enthousiaste que Tom à l'idée de faire campagne dans le comté de Macon. À la place, il prévoyait de cibler le vote ségrégationniste du seizième district ; et il pouvait pour ce faire compter sur l'aide d'un puissant allié : le gouverneur George Corley Wallace Jr.

Il est facile de l'oublier de nos jours, mais George Wallace était un démocrate ; les plaques tectoniques du parti n'avaient pas encore bougé sur la question de la race, et le Parti républicain était honni dans le Sud, où il était toujours considéré comme le parti de Lincoln. Par conséquent, les ségrégationnistes, comme les intégrationnistes, se présentaient sous la bannière démocrate. Mais la longue carrière de George Wallace débuta des années plus tôt – et moralement, à des années-lumière de sa tristement célèbre promesse de « ségrégation aujourd'hui, ségrégation demain, ségrégation pour toujours[53] ». Petit-fils d'un juge des successions, Wallace avait gravi les échelons du système judiciaire jusqu'à devenir procureur général adjoint puis juge du troisième circuit judiciaire de l'État. À cette époque, il gagna l'admiration des avocats afro-américains, qui le voyaient comme un des juges les plus libéraux de l'Alabama, et un des rares qui s'adressait à la fois aux Blancs et aux Noirs en les appelant « monsieur ». Lorsqu'il se présenta pour la première fois au poste de gouverneur, en 1958, il était soutenu par la NAACP[1], tandis que la candidature de son adversaire était appuyée par le Ku Klux Klan. La défaite de Wallace, avec plus de trente mille voix de retard, le rendit furieux. « Vous savez pourquoi j'ai perdu cette élection ? confierait-il plus tard à un membre de son équipe de campagne. À cause des nègres[54]. » C'était une déclaration haineuse, qui engendrerait une philosophie politique tout aussi haineuse : « Je vous le dis ici et maintenant, je ne serai plus jamais victime du vote nègre. »

C'est sous ces funestes auspices que débuta l'ère de Wallace dans la politique de l'Alabama. Ce furent des années sombres, démersales, où, à tous les niveaux du gouvernement, les politiciens faisaient les quatre volontés des électeurs blancs, leur promettaient des pouvoirs qu'ils n'avaient jamais eus au détriment d'Afro-Américains qui, leur assuraient-ils, ne les auraient jamais. C'est Wallace, alors gouverneur, qui se campa devant une porte de l'université de l'Alabama en juin 1963 pour bloquer l'entrée à deux étudiants

1. National Association for the Advancement of Colored People (Association nationale pour l'avancement des gens de couleur), association de défense des droits civiques des Noirs aux États-Unis. *(N.d.l.T.)*

noirs, et c'est Wallace qui, trois mois plus tard, ordonna aux policiers d'empêcher des enfants noirs d'intégrer les écoles publiques de Birmingham. Il pouvait brandir la carte de la race dans tous les jeux et contre tous les adversaires dont les opinions divergeaient de son populisme teinté de suprémacisme blanc. Quiconque le critiquait, disait-il, était un « menteur et un opportuniste, un voyou, un apôtre du mélange des races[55] ».

Dans sa rhétorique, Wallace était un homme d'ordre, mais dans la vraie vie, il aimait inventer ses propres lois. Malgré sa très grande popularité, il ne pouvait se présenter à sa réélection en 1966, l'Alabama interdisant aux gouverneurs de servir deux mandats consécutifs. Quand le corps législatif refusa d'amender la Constitution de l'État pour le rendre éligible, Wallace présenta à la place sa propre femme, Lurleen. Lors des événements de campagne, Lurleen parlait pendant quelques minutes avant de laisser la scène à Wallace, qui, plus d'une heure durant, fulminait et déversait sa rage. Il fit le tour de l'État pour soutenir non seulement la candidature de sa femme mais également celles d'une ribambelle de mini-Wallace, dont le candidat au seizième district, Runt O'Daniel.

L'Alabama était depuis longtemps un État à parti unique ; à compter des années 1960, ce parti était Wallace. Tom Radney, en revanche, n'en était pas membre. Né le 18 juin 1932 dans la toute petite bourgade de Wadley, juste derrière la frontière du comté de Tallapoosa, Radney était le sixième enfant de Nancy Beatrice Simpson et James Monroe Radney, que tout le monde appelait Beatrice et Jim. Le nom inscrit sur son acte de naissance est « John Tomas », et toute sa vie, le *h* manquant apparaîtrait, disparaîtrait et réapparaîtrait au gré de la plume des journalistes, critiques, calligraphes et correcteurs.

Même s'il finirait par se faire connaître à Alexander City et dans le reste de l'Alabama sous le surnom de Big Tom, c'était le bébé de la famille Radney, et sa mère le traitait en conséquence. Tom déclarerait plus tard que son père ne lui avait jamais dit qu'il l'aimait, mais Beatrice avait une préférence farouche pour son dernier-né. Lorsque son mari s'en allait le matin diriger une branche du commerce de son beau-père ou gérer sa plantation, elle allait chercher Tom dans son lit pour le placer dans le leur, où il faisait plus chaud, et si, sur la table le soir, il n'y avait rien à manger qui lui plaisait, elle attendait que le reste de la famille dorme pour lui cuisiner tout ce qu'il voulait. Comme le déclarerait une de ses sœurs, si leur mère avait pu mâcher sa nourriture à sa place, elle l'aurait fait.

Pour autant, toutes ces attentions maternelles ne firent pas de lui un enfant gâté, mais simplement un enfant très doux. Beatrice envoyait son fils déposer du lait ou des pots de confiture à d'autres familles en lui expliquant qu'ils étaient peut-être chanceux aujourd'hui, mais qu'il n'en serait pas nécessairement de même demain, auquel cas ils voudraient que les gens se souviennent de leur gentillesse. Ces leçons de décence humaine, que Tom apprit de sa mère par l'exemple, il les apprit de son père par contraste. La propriété que Jim Radney gérait comportait une zone appelée « les Quartiers », qui était exploitée et occupée par vingt-neuf familles de métayers, un arrangement semblable à celui que possédaient les Maxwell dans le comté de Coosa. Tom se lia d'amitié avec le fils d'une de ces familles, qui n'avait qu'un an de plus que lui, mais lorsque le père du garçon perdit son bras droit dans une égreneuse de coton, Jim refusa d'aider la famille, puis la força à quitter les Quartiers. Si la honte épargna le père, elle frappa violemment le fils et l'accompagnerait toute sa vie.

Tom conserva également un très mauvais souvenir d'une célébration de réveil religieux à laquelle il assista un été dans une église de Wadley, la version blanche du genre d'événements auxquels officiait le révérend Maxwell. Il s'y rendit avec deux amis, et les trois garçons virent circuler de main en main des images de flammes brûlantes – les mêmes que celles qui les attendaient en enfer, déclara le prédicateur, s'ils commettaient un seul des péchés qu'il énuméra en hurlant à l'assemblée terrifiée. Les garçons détalèrent vers la sortie, et plus tard, Tom jura qu'il ne fréquenterait jamais une église qui prêchait le jugement de Dieu sans prêcher son amour. Il trouva sa maison spirituelle dans l'Église méthodiste, et toute sa vie affirma que c'était sa foi qui l'avait conduit à croire en l'égalité des races et la dignité de tous les êtres humains.

C'est en partie cette conviction qui motiva la candidature de Tom au sénat de l'Alabama en 1966, ainsi que sa stratégie de campagne. De son point de vue, les citoyens afro-américains du comté de Macon méritaient tout autant son temps et son attention que les citoyens blancs des autres zones du district. Une voix était une voix, se disait-il, et il avait bien l'intention d'en récolter autant que possible. L'adversaire de Tom, quant à lui, s'était résigné à perdre le comté de Macon mais prévoyait de voler à Tom son comté natal. Runt savait qu'il était tout à fait possible que Tom remporte haut la main la primaire en obtenant plus de 50 % des voix, mais s'il parvenait à imposer à son adversaire un second tour, il pourrait utiliser les sympathisants afro-américains de Tom contre lui. Pour ce faire, il devait diviser l'électorat en plus petites catégories, et c'est pour cette raison que, deux mois avant la primaire, un nouveau candidat se fit connaître, qui n'avait aucune chance de gagner, mais là n'était pas son rôle : un chanteur de country moustachu du nom de Gene « Mutt » Lanier, qui coiffa son chapeau de cow-boy et annonça qu'il se présentait à l'élection. Radney ne pouvait rien faire contre Mutt, et il ne pouvait pas prouver que Runt était derrière cette candidature de dernière minute, mais il vit parfaitement clair dans leur jeu. À eux deux, Runt et Mutt obtiendraient assez de voix pour empêcher Tom de l'emporter dès le premier tour et alors, comme il l'expliqua, ils pourraient l'« achever au second tour avec le vote noir[56] ».

Le jour du scrutin, organisé la première semaine de mai, les noms de Mutt, Runt et Tom figuraient tous les trois sur les bulletins de vote. Si Radney recueillit le plus grand nombre de voix, il lui en manquait malgré tout cinq cents pour obtenir la majorité qui lui aurait évité un second tour. Le comté de Tallapoosa choisit l'enfant du pays, de même que celui d'Elmore, mais, comme on pouvait le lire dans le *Tuskegee News*, les Noirs votèrent en masse pour leur candidat, et ce candidat était Tom Radney[57]. C'était l'information dont Runt avait besoin pour braquer une partie de l'électorat contre lui, une stratégie raciste qu'il déploya par le biais des imprimeries et stations de radio. Le second tour ne devait avoir lieu qu'à la fin du mois et d'ici là, Runt voulait que l'électorat blanc n'entende parler que de deux choses : tout ce qu'il avait en commun avec les Wallace, et tout ce que Radney avait en commun avec la population afro-américaine du district. Des tracts étaient distribués, qui encourageaient ceux qui hésitaient encore à lui donner leur voix à composer un numéro pour vérifier que Wallace voulait voir gagner Runt ; lorsque les électeurs appelaient, on les transférait au directeur financier de Wallace, qui avait le mérite de pouvoir à la fois appuyer la candidature de Runt et recevoir des dons. « Il est facile de voir qui soutient qui », déclara Runt au sujet de son jeune adversaire libéral, avant de promettre de se battre au côté de « l'administration de Mme George C. Wallace contre les libéraux gauchistes de Washington » au nom « des droits de notre État et du mode de vie sudiste »[58].

« Les droits de notre État et le mode de vie sudiste » était un appel à peine déguisé à la suprématie blanche, mais ce n'était rien en comparaison d'une autre œuvre de propagande, sans doute la plus haineuse que Runt produisit pendant son combat contre Tom Radney. Il s'agissait d'un petit fascicule dont la couverture figurait le dessin d'un homme, à la peau noire comme du charbon, entièrement nu à l'exception d'un pagne, qui serrait entre ses lèvres un os blanc tout en agitant une cuillère dans un chaudron fumant. Au-dessus de lui, en lettres rouges sanguinolantes, on pouvait lire la question : « QUI EST DANS LE RAGOÛT… » S'ils ouvraient le fascicule, les électeurs recevaient cette mise en garde : « FAITES EN SORTE QUE CE NE SOIT PAS VOUS[59] ! » En dessous, Runt avait fait imprimer les résultats de la primaire, qui montraient clairement que Radney était le candidat favori des Afro-Américains.

La brochure était une attaque aussi haineuse qu'efficace, et au début, Tom se sentit impuissant. Il savait que Runt l'avait envoyée aux électeurs blancs des deux comtés, et il passa un long moment à la fixer du regard, furieux et désemparé. Alors qu'il la tournait et retournait entre ses mains en réfléchissant, il remarqua le minuscule logo à l'arrière. Il appela l'imprimeur, apprit qu'il avait toujours les épreuves de la brochure, le paya pour faire imprimer mille cinq cents exemplaires supplémentaires, et les distribua lui-même aux électeurs noirs du comté de Macon. Il en apporta également quelques-uns aux amis blancs de son country club. Bien qu'aucun ne fût libéral, la plupart furent consternés de voir sévir dans le comté de Tallapoosa des magouilles politiciennes aussi agressives. Alexander City était une ville en plein essor, riche de l'argent des filatures de coton, et ses dirigeants essayaient d'y attirer des entreprises de tout le pays. Radney, avec son allure proprette et sa coupe en brosse, était un représentant parfait du nouveau Sud, et bientôt, les gens de la chambre du commerce flottaient avec lui dans le ragoût.

La pierre angulaire de la campagne de Radney était sa femme, Madolyn Boyd Anderson, qui était à la fois son Eleanor et sa Jackie. Elle avait grandi à Montgomery et ses parents y vivaient toujours ; les Anderson avaient déjà promis à leur beau-fils une chambre dans leur maison s'il en avait besoin pendant les sessions législatives. Lorsque Tom rencontra Madolyn, elle était institutrice et croyait profondément en l'éducation publique. Tom, qui était titulaire d'une licence et d'un master d'éducation de l'université d'Auburn, l'impressionna par le sérieux avec lequel il avait réfléchi à ce sujet et la passion avec laquelle il défendait sa conviction que les écoles publiques promouvaient l'égalité et la mobilité sociale. Madolyn jaugea rapidement Tom et comprit à qui elle avait affaire : un homme fait à parts égales d'idéalisme et d'ambition, un politicien avec un œil sur Montgomery et l'autre sur Washington. Ils se marièrent à la First United Methodist Church le 8 septembre 1962 et s'installèrent dans un petit appartement dans le centre d'Alex City. Lorsqu'ils eurent économisé assez d'argent pour acheter un terrain près de Ridgeway Drive, le père de Madolyn, qui était ingénieur, supervisa la construction de leur maison. Elle était aussi moderne que l'était le jeune couple, et ils la partageraient pour le restant de la vie de Tom.

Dès que Tom commença à faire campagne, Madolyn l'accompagna à presque tous les événements, prenant le volant afin qu'il puisse terminer d'écrire ses discours dans la voiture et divertissant la presse lorsqu'ils arrivaient. Mais c'était Tom qui divertissait les électeurs. Ses opinions politiques inspiraient ceux qui les partageaient, et son enthousiasme, sa sincérité et son optimisme convainquirent même une partie des autres. Quelques jours avant l'élection, Tom publia une lettre ouverte dans un journal local pour demander aux habitants du seizième district de voter pour lui. En échange, il leur promettait « un travail acharné, une représentation juste, et une voix dont [ils seraient] fiers au Sénat[60] ».

Lorsque les résultats du second tour tombèrent, l'avance de Tom dans son comté natal avait baissé de plus de cinq cents voix, et dans le comté d'Elmore, Runt avait gagné mille cinq cents sympathisants. Mais Tom Radney l'emporta dans le comté de Macon avec près de deux mille voix d'écart, assez pour lui accorder la victoire et, partant, le siège au Sénat. Le Voting Rights Act de 1965 n'ayant pas encore poussé les Blancs de l'Alabama à abandonner en masse le Parti démocrate, gagner la primaire démocrate de l'État équivalait à l'époque – et pour la toute dernière fois – à remporter l'élection générale, comme c'est de nos jours le cas lorsqu'un candidat gagne une primaire républicaine en Alabama. En novembre, il battit à plates coutures le fermier de soixante ans qui se présentait contre lui.

Lors de la session suivante, Tom Radney prêta serment et devint officiellement sénateur de l'État. Il avait alors trente-quatre ans et, comme Madolyn le savait depuis leur premier rendez-vous, il était déjà assez ambitieux pour imaginer briguer un poste que son jeune âge ne lui permettait pas encore d'occuper. Pourtant, il n'irait jamais jusqu'à Washington. Car entre le moment de son élection à la législature d'État et le jour où il se rendit avec sa famille à Montgomery afin de prendre ces photographies parfaites pour sa campagne de lieutenant-gouverneur, les événements firent que Tom Radney renonça presque entièrement à sa carrière politique.

# 8

# Les roses sont rouges

S'il était difficile de se présenter en tant que candidat libéral en Alabama, il était presque impossible de gouverner en tant que tel. Les collègues de Tom Radney à la législature ne pouvaient lui interdire l'accès à la chambre, mais ils n'avaient aucune intention d'en laisser sortir le moindre de ses projets de loi. Un an après avoir pris ses fonctions, Tom avoua à des paroissiens d'Auburn qu'il avait l'impression de « devoir passer plus de temps à se battre contre de mauvaises lois qu'à en faire promulguer de bonnes[61] ».

Ces mauvaises lois incluaient une tentative sérieuse, quoique inexplicable, de faire sortir l'Alabama des Nations unies, qui fut adoptée par la Chambre des représentants, mais rejetée par le Sénat ; un projet qui aurait donné à la législature un droit de regard sur les intervenants invités dans les écoles publiques, que Tom parvint à tuer dans l'œuf, en partie grâce à un débat public à l'université d'Auburn, où il défendit avec passion la liberté académique ; et une tentative soutenue par Wallace de couper les fonds du Tuskegee Institute, financé par l'État depuis 1881, que Tom fit dérailler en les menaçant de *filibuster*[1]. Les bonnes lois, proposées par Radney et rejetées en bloc, lorsque le vote n'était pas tout simplement refusé, incluaient l'abaissement de l'âge de vote à dix-huit ans en Alabama (au motif que quiconque est en âge de mourir pour son pays au Vietnam est aussi en âge de voter pour ceux qui le dirigent), la révision des lois électorales concernant le vote par procuration, et la suppression d'un poste du budget de l'université d'Alabama alloué à l'achat de drapeaux confédérés.

Si Tom Radney devait sa conception du bien à sa mère et à l'Église, il devait celle d'une bonne législation au président Kennedy. En 1960, Tom s'était rendu à la convention nationale démocrate dans l'idée de soutenir Adlai Stevenson. Puis il avait rencontré JFK lors d'un cocktail et avait immédiatement décidé de changer son vote en faveur de ce dernier. « C'est une manière un peu bête de le dire, se souviendrait-il plus tard, mais vous aviez l'impression qu'il vous parlait vraiment. Son regard était pénétrant[62]. »

C'était une description assez juste d'un moment qui avait, en substance, marqué le début d'une histoire d'amour politique. Au fil des ans, l'admiration de Tom pour les Kennedy le conduisit à travailler pour leurs campagnes, à les accompagner lors de retraites au bord du lac Martin, et à concevoir leurs cartes de visite. La mort de JFK le dévasta au point que ce jour-là il

1. Technique consistant à monopoliser le temps de parole pour faire obstruction au débat. *(N.d.l.T.)*

quitta le travail et rentra chez lui pour pleurer. Mais il n'abandonna jamais la vision qu'avait Kennedy de ce qu'un gouvernement pouvait faire pour ses citoyens et lorsque vint le moment d'emmener Madolyn à Chicago pour une nouvelle convention démocrate, il avait un autre membre de la famille Kennedy à l'esprit.

La convention nationale démocrate de 1968 fut un événement inhabituellement tumultueux dans une époque inhabituellement tumultueuse. Martin Luther King Jr. avait été assassiné quatre mois plus tôt, suivi de près par Robert Kennedy. De violents heurts éclatèrent entre manifestants anti-guerre du Vietnam et la police de Chicago devant l'amphithéâtre, et il régnait presque autant de désordre à l'intérieur. Le président Lyndon Johnson ayant annoncé qu'il ne serait pas candidat à sa réélection, le vice-président Hubert Humphrey et le sénateur Eugene McCarthy se disputaient le poste. Robert Kennedy s'était lui aussi lancé dans la course à la Maison-Blanche et son assassinat en juin avait laissé des centaines de délégués indécis. Pour ne rien arranger, certains États du Sud avaient envoyé plusieurs listes de délégués – certaines ségréguées, d'autres intégrées. Quatre ans plus tôt, la délégation de l'Alabama au complet ou presque avait quitté la convention pour protester contre la présence de délégués intégrés du Mississippi ; cette fois, trois listes différentes s'étaient présentées pour l'Alabama, et le comité d'accréditation avait dû faire le tri.

Lorsqu'ils eurent terminé, Tom Radney faisait partie des délégués retenus. Il épingla rapidement un badge « Votez Ted » à sa veste et se mit en quête d'une caméra. « Edward Kennedy a manifesté un vif intérêt pour le Sud et ses problèmes, déclara Radney, et ce sera un candidat populaire dans le Sud. Je ne peux soutenir aucun autre candidat[63]. » C'était une annonce suffisamment surprenante pour qu'il soit interviewé dans l'amphithéâtre par CBS News, et qui marqua le début de tous ses problèmes. « Walter, dit le tout jeune journaliste Dan Rather au présentateur, Walter Cronkite, vous supposez d'emblée que tout le monde en Alabama soutient Wallace. C'est faux. Il y a, dans la délégation de l'Alabama, au moins un fervent partisan du sénateur Edward Kennedy. Il s'agit de Tom Radney, d'Alexander City. »

Aussi à l'aise à la télévision nationale que Cronkite lui-même, Tom décrivit Ted Kennedy comme « le plus formidable candidat démocrate que nous ayons », et entre deux sourires et formules de politesse, prédit que le sénateur Kennedy allait « mettre le Sud dans sa poche ». Lorsqu'il eut fini de parler à CBS, Tom accorda interview sur interview, se posant en ambassadeur du nouveau Sud devant quiconque voulait bien l'écouter.

Aussitôt, le vieux Sud s'insurgea. Cette année-là, George Wallace se présentait à la présidentielle en tant que candidat indépendant, pour le plus grand bonheur de son État natal et au-delà (il remporterait l'Alabama, le Mississippi, la Louisiane et l'Arkansas, ainsi qu'un électeur infidèle de la Caroline du Nord, pour un total de quarante-six votes des grands électeurs, soit le meilleur score obtenu par un candidat indépendant depuis que l'ancien président Theodore Roosevelt s'était présenté sous la bannière du Parti progressiste). Mais même si Wallace ne s'était pas présenté, rares étaient ceux qui regardaient la convention devant leur téléviseur en Alabama et voulaient voir un autre Kennedy à la Maison-Blanche, et ils firent savoir à leur sénateur ce qu'ils pensaient du petit numéro que Tom avait exécuté à leurs dépens. Presque instantanément, des télégrammes à son attention commencèrent à affluer à l'accueil de l'amphithéâtre, et des messages à s'empiler à la réception de son hôtel. Ils étaient presque tous anonymes, et tous haineux. L'un d'entre eux, envoyé de Birmingham et signé d'un mystérieux « Des citoyens inquiets de l'Alabama », disait : « Les roses sont rouges, les violettes sont bleues. Deux Kennedy sont morts et vous aussi d'ici peu[64]. » Comme les Kennedy, Tom avait été moqué dans le passé pour ses opinions politiques, et plus d'une fois traité de traître à son État et à sa race, mais jamais il n'avait reçu de menaces réelles, ni n'avait eu de raisons de craindre pour sa vie. Madolyn était dans tous ses états. Elle s'inquiétait en particulier pour leurs filles, qui avaient cinq ans, trois ans, et dix mois à l'époque, et les attendaient dans leur maison de Ridgeway Drive à Alexander City avec les parents de Madolyn. Quand le téléphone commença à sonner aussi là-bas, Tom demanda à la police d'Alexander City d'envoyer une voiture pour protéger sa famille pendant que Madolyn et lui réfléchissaient à ce qu'ils allaient faire. Finalement, ils quittèrent Chicago plus tôt que prévu, mais pas immédiatement ; Tom ne voulait pas partir avant d'avoir accompli son devoir de délégué, et même si Kennedy refusait d'être investi, il vota malgré tout pour lui.

Les Radney rentrèrent à Alex City et la convention se termina peu après, mais les menaces persistèrent. Elles arrivaient pour la plupart par téléphone désormais, le matin, le midi et même la nuit, et les voix anonymes au bout du fil ne prenaient pas la peine de s'assurer que c'était bien à Tom qu'elles parlaient. Elles menaçaient sa femme. Elles menaçaient ses filles. Elles le menaçaient, lui. « Je décrochais à 3 heures du matin, et une voix me disait que quand je démarrerais ma voiture, j'allais sauter[65]. » Au bout d'un jour ou deux, Tom cessa de tenir le compte des appels reçus. Il s'efforça de rester optimiste, mais il ne pouvait nier qu'il était secoué. Comme il l'expliquerait, s'il savait que ses actions à Chicago ne seraient pas populaires, il ne pensait pas « que l'espoir de popularité devrait être un critère selon lequel un élu exprime ses convictions. J'ai fait ce que j'estimais être juste, et je ne m'excuserai pas[66] ». Il respectait les opinions de ceux qui étaient en désaccord avec lui, disait-il ; il aurait simplement voulu qu'ils le traitent avec le même respect.

Mais ils n'en firent rien et bientôt, ces harceleurs anonymes ne se contentèrent plus de téléphoner. Le drapeau américain planté dans le jardin des Radney fut volé, la plaque portant leur nom brisée. Ils possédaient une cabane au bord du lac Martin et un jour Tom y conduisit les filles dans sa Simca noire, une petite voiture française à la fois rapide et stylée. Ils firent quelques tours en bateau, et les filles allèrent nager. Puis ils décidèrent de retourner à la voiture, mais lorsqu'ils atteignirent le sommet de la colline où ils l'avaient garée, la Simca avait disparu.

Tom détourna l'attention de ses filles en leur proposant de cueillir des mûres pour faire une tourte, et pendant qu'elles fouillaient les arbustes en quête de baies, il les guida vers la route dans l'espoir qu'une voiture s'arrête en les voyant. Au virage où le chemin de terre menant à la cabane rencontre le bitume, ils trouvèrent la Simca retournée au milieu de la chaussée. Il raconta à ses filles que le vent avait dû l'emporter et rit avec elles, comme il le fit plus tard en découvrant que leur cabane avait été vandalisée, et à nouveau lorsque leur bateau coula, un trou percé dans sa coque.

Les filles de Tom étaient crédules ; sa femme beaucoup moins. Il eut beau essayer de minimiser ces incidents, l'inquiétude de Madolyn alla croissant, et elle insista pour faire dormir les filles dans leur chambre la nuit. Elle leur installa un lit par terre, sous les fenêtres, où, espérait-elle, elles ne risquaient pas d'être blessées par un quelconque projectile brisant la vitre. « George Wallace a semé la peur ici, et c'est terrifiant[67] », déclara-t-elle au *Washington Post*, qui, avec le *New York Times* et bien d'autres journaux, couvrit le harcèlement de la famille Radney après la convention. « On condamne mon mari uniquement parce qu'il n'est pas d'accord avec les hommes au pouvoir ici, parce qu'il refuse d'être un béni-oui-oui. »

Elle avait raison, bien sûr, au sujet de Wallace et du vitriol qu'il avait déversé chez tant d'Alabamiens. Comme les Radney le savaient, un nombre tragique d'activistes et de civils étaient morts, dont le seul crime était d'avoir la peau noire ou d'avoir soutenu les Noirs de leur État. Il y avait Willie Edwards Jr., le chauffeur de camion que quatre membres du Ku Klux Klan avaient forcé à sauter d'un pont à Montgomery. Il y avait Williams Lewis Moore, un homme de Baltimore tué par balle à Attalla alors qu'il entreprenait une marche de six cent dix-neuf kilomètres pour remettre une lettre dénonçant la ségrégation au gouverneur du Mississippi. Il y avait quatre jeunes filles, Addie Mae Collins, Denise McNair, Carole Robertson et Cynthia Wesley, tuées lors de l'attentat à la bombe de l'église baptiste de la 16e Rue à Birmingham. Mais aussi Virgil Lamar Ware, treize ans, tué par balle sur le guidon du vélo de son frère dans la même ville. Et Jimmie Lee Jackson, roué de coups et abattu par des policiers à Marion alors qu'il essayait de protéger sa mère et son grand-père lors d'une manifestation. Il y avait le révérend James Reeb, le pasteur unitarien battu à mort à Selma. Et Viola Gregg Liuzzo, abattue par le Klan pour avoir fait monter dans sa voiture des marcheurs se rendant de Selma à Montgomery. Il y avait Willie Brewster, abattu alors qu'il rentrait chez lui à pied à Anniston. Il y avait Jonathan Myrick Daniels, un séminariste qui inscrivait des Noirs sur les listes électorales, arrêté pour avoir participé à une manifestation puis abattu à Hayneville par un adjoint du shérif. Il y avait Samuel Leamon Younge Jr., assassiné par le gérant d'une station-service après s'être plaint des toilettes ségréguées.

L'Alabama avait vu trop de personnes mourir en martyr ou échapper de peu au même sort, parfois pour bien moins que ce dont Tom était accusé. Les menaces devenant de plus en plus sérieuses, Tom commença à s'inquiéter autant que sa femme de la sécurité de sa famille. « Le soir, expliqua-t-il, je sortais mon arme, regardais sous le lit, fouillais les placards et fermais à clé la porte de la chambre. » Il fut horrifié quand sa fille aînée décrocha le téléphone un jour et entendit quelqu'un hurler au bout du fil. Lorsqu'elle commença à faire des cauchemars, il en eut assez. « Je voyais ce que ça faisait à Madolyn et aux enfants – ce que ça faisait à notre famille, de vivre constamment dans la peur. J'ai décidé que c'était trop cher payer. » Pour protéger sa famille, Tom annonça qu'il se retirerait de la politique à la fin de son mandat. « Ma femme et moi avons beaucoup prié, expliqua Tom au *Montgomery Advertiser*, et nous avons finalement décidé du cours que nous voulions donner à notre vie. Mes trois filles me sont trop précieuses pour que je leur fasse courir le moindre risque[68]. »

Dans l'espoir que les menaces cessent, Tom commença à faire circuler la nouvelle qu'il n'était lui-même plus une menace. « J'aimerais juste pouvoir m'exprimer en Alabama sans craindre pour ma vie[69] », confia-t-il à un journaliste. Cela étant impossible, il insista sur sa décision « de ne plus jamais être candidat à une fonction officielle[70] ». La sécurité de sa famille, affirmait Radney, était plus importante que sa carrière politique.

Après les bulletins d'information vinrent les éditoriaux, dans tous types de journaux, qui décriaient le manque de courtoisie en politique, regrettaient le coût de la dissidence à Wallaceland et louaient le courage de Radney. Le *Birmingham News*, que le jeune Tom avait livré à Wadley, appela au « droit de vivre sans être harcelé », félicita Tom d'avoir « ouvertement exprimé son point de vue », et affirma qu'il méritait le respect, que ses idées « correspondent ou non à la pensée politique dominante de l'État »[71]. L'*Alabama Journal* écrivit que sa « décision de se retirer ne pourrait qu'accroître l'isolement de l'Alabama sur l'échiquier politique[72] ». « On peut difficilement reprocher à Radney un tel choix, jugea un autre journal de Louisiane, mais on ne peut en dire autant des citoyens apathiques de l'Alabama, qui semblent se moquer que leur État perde précisément le genre d'hommes dont il a besoin pour extraire sa politique de l'âge des ténèbres[73]. »

Ces messages de soutien public s'accompagnaient de messages privés, parfois de personnes qui ne partageaient pas ses opinions politiques. Près de deux cents télégrammes s'empilèrent dans son cabinet d'avocats, et presque cent lettres arrivèrent directement chez lui. Certains envoyaient de courts billets portant un message simple (« J'étais fière de vous[74] »). D'autres, de longues cartes écrites à la main, comme cette femme qui estimait que Tom avait droit à ses opinions, « même si je ne les partage pas[75] ». D'autres encore les dactylographiaient sur du papier à en-tête et souhaitaient le rassurer : « Il y a beaucoup de gens qui pensent comme vous[76] », ou l'implorer : « Nous espérons de tout notre cœur que ces jours sombres passeront et que vous pourrez alors revenir à la vie publique pour apporter la merveilleuse contribution dont vous seul êtes capable[77]. »

Les lettres arrivaient de villes et villages d'Alabama. Elles arrivaient du Massachusetts et de New York, d'étudiants de l'université d'État de Kent et de journalistes de l'Illinois. Elles arrivaient du Missouri et du Michigan et d'une femme de Pennsylvanie qui souhaitait que Tom vienne s'y installer et se présente aux élections. Elles arrivaient de l'Iowa et de l'Oklahoma, du Kentucky et de la Géorgie, de la Floride et de la Virginie, du Texas et de l'Arkansas, et du bureau du vice-président des États-Unis d'Amérique. Elles arrivaient d'un étudiant texan qui termina sa lettre manuscrite par les mots « En tant que Noir, je suis en mesure de comprendre le genre de peur que vous éprouvez aujourd'hui[78] » et d'un habitant de sa circonscription, un ancien dirigeant de la NAACP, qui décrivit le harcèlement dont il avait lui-même été victime : « Les menaces et les appels téléphoniques étaient si infernaux que j'ai dû, pendant presque vingt ans, être sur liste rouge. Dans mes dossiers ici à Tuskegee, j'ai près de cent lettres anonymes remplies de haine et de menaces[79]. »

À la fin du mois de septembre, quelques semaines après le début de cette avalanche de soutiens, Tom participa à une émission de radio nationale produite par l'Église méthodiste. Il était interviewé aux côtés d'un ancien membre du Congrès, Lawrence Brooks Hays, originaire de l'Arkansas, qui avait perdu son siège à la Chambre des représentants après avoir refusé de s'opposer à la déségrégation de la Central High School de Little Rock imposée par le président Eisenhower. Lorsque les deux hommes en vinrent à aborder la « question de la race » dans leur propre État, le représentant de l'Alabama parut davantage résigné qu'optimiste. Bien que la convention nationale ne se fût déroulée qu'un mois plus tôt, Tom semblait avoir immensément vieilli. Jamais il n'exprima son désir de voir des hommes comme Kennedy mettre le Sud dans leur poche, ou des hommes comme lui-même s'installer dans la résidence du gouverneur sur South Perry Street. À la place, le sénateur de l'Alabama expliqua à Del Shields, le présentateur de *Night Call*, qu'il ferait le tour des campus pour dire aux étudiants qu'il avait « poursuivi le travail entamé par d'autres » et leur demander de « poursuivre à leur tour le travail entamé par Tom Radney »[80].

En abandonnant la politique, Tom Radney retrouva la paix. Alors que la chaleur de l'été 1968 retombait lentement, la situation s'apaisa ; le harcèlement cessa, les menaces également, toute la famille soupira. Lorsque Tom répondit à ce qui serait finalement le dernier appel anonyme, il entendit quelqu'un rire à l'autre bout du fil : « Ma foi, on voulait vous faire tomber, et on a réussi[81]. »

# 9

## Pour la bonne cause

Un animal politique ne reste jamais bien longtemps à terre. Tom jeta les courriers de menace, mais il conserva toutes les cartes, lettres et télégrammes qui l'encourageaient à continuer de servir son pays. Il les relisait sans cesse. Il lisait aussi des biographies d'hommes célèbres, bons et mauvais, s'immergeant dans les vies de Jésus, Jefferson et Hitler. Il apprit par cœur le poème de Tennyson que Harry Truman conservait dans son portefeuille (« Là, le sens commun de la majorité tiendra en respect un royaume agité,/Et la terre bienveillante, enveloppée dans la loi universelle, dormira en paix[82] »), les derniers mots de Stonewall Jackson, et des extraits des discours de Jefferson Davis. Cet automne-là, il écrivit un essai au sujet des manifestations organisées sur les campus ; le printemps suivant, il rédigea un éditorial pour l'université d'Alabama à Huntsville, à l'occasion duquel il situait le chaos des années 1960 dans le contexte d'autres périodes de crise de l'histoire mondiale. Il lisait abondamment, réfléchissant au passé et priant pour le futur. À la fin du printemps 1969, après s'être ainsi occupé pendant une saison et demie, il informa Madolyn que la prochaine course au poste de lieutenant-gouverneur était ouverte.

Lurleen Wallace était décédée au cours de son mandat, laissant aux commandes son lieutenant-gouverneur, Albert Brewer. Celui-ci avait déjà annoncé qu'il essaierait de conserver le siège de gouverneur en se présentant à la prochaine élection, mais George Wallace, qui avait respecté la pause obligatoire, prévoyait lui aussi d'être candidat. La campagne fut l'une des plus sales de l'histoire de l'Alabama. Brewer était financièrement soutenu en secret par le Comité pour la réélection du président Nixon, qui essayait d'empêcher Wallace d'obtenir une nouvelle plate-forme d'où il pourrait lancer une autre campagne présidentielle. Wallace, pendant ce temps, lançait des attaques vicieuses à plus d'un titre : pour une somme dérisoire mais des bénéfices potentiellement énormes, il fit circuler des rumeurs selon lesquelles Brewer était gay, sa femme était une ivrogne et sa fille couchait avec des Noirs. Mais Brewer ne se laissa pas intimider, et il refusa de se rabattre sur le poste de lieutenant-gouverneur. La place était donc à pourvoir.

Des semaines durant, Tom ne cessa de rebattre les oreilles de sa femme avec la course. Il entreprit d'abord de démontrer qu'ils ne courraient cette fois-ci aucun risque s'il se présentait ; puis il énuméra la liste de toutes les raisons pour lesquelles il pensait pouvoir gagner. Bien qu'une autre campagne fût la dernière chose au monde que Madolyn voulait, elle voyait à quel point cela lui tenait à cœur et, comme beaucoup de femmes en ce temps-là, elle avait l'habitude de se plier à la volonté de son mari. Les filles de Tom chérissaient sa compagnie, mais il n'était pas le genre de père à les accompagner à leur entraînement de pom-pom girls ou à assister aux réunions parents-profs ; il préférait que ce soit ses enfants qui le suivent sur le terrain. C'était Madolyn qui les préparait pour l'école pendant que Tom, assis dans le salon, feuilletait trois journaux chaque matin, et Madolyn qui gérait l'emploi du temps de toute la famille comme un aiguilleur du ciel organise les haltes et approuve les plans de vol. Au bout du compte, il résolut de se présenter sans sa bénédiction, et elle accepta sa décision, sachant que même si c'était une mauvaise nouvelle pour sa famille, c'en était une bonne pour l'Alabama.

Mais Tom avait déjà tiré sa révérence et se retrouvait face à un problème de taille : comment un homme qui a fait ses adieux à la politique remonte-t-il élégamment sur scène ? Il savait que certains n'hésiteraient pas à l'accuser d'avoir dramatisé les menaces faites à sa famille pour gagner un vote de pitié, aussi commença-t-il par expliquer que sa décision de se retirer n'était pas de l'opportunisme, mais la conséquence d'une réaction excessive : « Contrairement à ce que pourraient penser les cyniques, je n'ai pas fait ça pour susciter la compassion du public », précisa-t-il, ajoutant qu'il avait répondu au déluge de menaces « comme n'importe quel homme l'aurait fait »[83]. « Je ne veux pas me justifier d'avoir changé d'avis, mais je pense avoir mûri ; j'espère que les événements douloureux de l'année passée ont fait de moi un homme meilleur[84]. »

Tom annonça sa candidature le 6 septembre 1969. « Cette fois, je souhaite me battre pour la bonne cause, déclara-t-il aux journalistes venus couvrir son entrée dans la course. Je souhaite me battre pour l'honnêteté et l'intégrité dans toutes les branches du gouvernement d'État… Je souhaite aussi me battre pour une réforme rationnelle et progressive, pour la fraternité et la justice pour tous nos citoyens[85]. » La primaire démocrate avait lieu au mois de mai suivant, ce qui laissait à Tom huit mois pour séduire autant d'électeurs que possible dans les soixante-sept comtés de l'Alabama. Pour ce faire, il commença par poser avec sa famille pour ces photographies dignes des Kennedy à Montgomery, qu'il fit imprimer sur des brochures et affiches en couleurs sous le slogan « Tom Radney s'occupe de vous » qu'il placarda sur tous les murs de l'État. Il se rendit à toutes les foires au poisson frit ou au cochon à la broche de la région et prit la parole aux petits déjeuners, déjeuners et dîners de toutes les associations citoyennes qui acceptaient de le recevoir.

Il ne tarda pas à gagner des soutiens. Plusieurs syndicats, dont ceux des enseignants, l'appuyèrent, ainsi que des journaux d'Alexander City, Heflin et Anniston. En mars, il promit à un groupe d'étudiants noirs de l'université de Miles de verser « son sang, sa sueur et ses larmes afin de continuer à réparer les injustices qui ont fait obstacle au développement de notre État[86] ». En avril, sa ville natale, Wadley, célébra le Tom Radney Day, lors duquel elle honora en musique et en discours son enfant chéri. Quand vint le mois de mai, il avait épuisé ses forces et son budget. Les panneaux d'affichage à eux seuls lui avaient coûté dix-huit mille dollars, et la campagne au total cinquante mille. Vingt mille dollars provenaient de ses propres économies, dix mille de celles des parents de Madolyn ; le reste, de ses amis et partisans.

Radney faisait face à six adversaires dans la course au poste de lieutenant-gouverneur, et leurs programmes étaient radicalement différents du sien. Pour commencer, leur cheval de bataille était la loi et l'ordre, tandis qu'il misait sur l'éducation et l'économie. Il voulait doubler le budget de l'éducation, faire construire des routes nationales pour relier entre elles les petites villes de l'État, et s'attaquer aux compagnies d'électricité qu'il accusait de polluer les rivières de l'Alabama et de ne pas contrôler le niveau des eaux dans les réservoirs comme le lac Martin. Mais il savait que toutes ces mesures requerraient une hausse des taxes d'habitation, chose qui n'était pas survenue depuis soixante ans. Partout où il allait, il vantait les mérites de payer sa juste part, et essayait de faire comprendre aux citoyens ce que les gouvernements à tous les niveaux pouvaient faire pour eux. Créer de nouvelles opportunités coûtait cher, concédait Tom, mais bien moins que l'alternative, qui consistait à prendre encore plus de retard sur le reste du pays. « Personne dans cet État n'aime le passé plus que moi, déclara-t-il du haut de son estrade, mais nous ne pouvons pas y vivre éternellement[87]. »

Mais surtout, Radney et ses adversaires divergeaient sur les droits civiques. Tom n'avait jamais pris part aux marches ni inscrit de citoyens noirs sur les listes électorales. Il n'était pas non plus allé à la rencontre des Freedom Riders lorsque leur bus déségrégué était arrivé en Alabama, et s'il se sentait attaqué, il n'hésitait pas à déclarer à la foule : « Je suis fier de mon héritage sudiste et je respecte le drapeau confédéré, que je vois comme le symbole de quelque chose de noble et de bon[88]. » Pour autant, ce n'était pas un partisan de la Cause perdue et il prenait toujours soin d'ajouter : « Mais je ne l'honore pas aveuglément. »

Plus important encore, c'était un Alabamien de sixième génération qui osait déclarer non seulement que son État avait souvent tort mais aussi que le gouvernement fédéral avait parfois raison, et après les mesures de déségrégation imposées par la justice, il en devint un farouche défenseur – à la fois en public et dans sa vie privée. Un jour, ayant entendu qu'un restaurant local refusait de servir les membres d'une fanfare universitaire entièrement noire, il annonça à Madolyn qu'il ramènerait quelques étudiants pour le déjeuner ; peu après, il arriva avec l'intégralité des deux cents musiciens. Le jour où, en 1970, les écoles d'Alexander City mirent fin à la ségrégation, alors que de nombreuses familles blanches décidèrent de garder leurs enfants à la maison, Tom s'assit avec sa fille de sept ans, Ellen, à la table du petit déjeuner et lui expliqua que cette journée allait être très importante. « Les bus vont déposer des dizaines d'enfants noirs à ton école, dit-il. Ils vont avoir peur, alors je veux que tu sois gentille avec eux et que tu leur montres que tu es leur amie[89]. » Dans un État où un législateur avait proposé de faire fermer les écoles publiques plutôt que les déségréguer, il n'en fallait pas plus pour que Tom soit catalogué comme un radical.

Et il n'y avait pas beaucoup de radicaux inscrits sur les listes électorales en Alabama. Même si, grâce aux actions courageuses des militants pour les droits civiques, le nombre d'électeurs afro-américains était passé de 66 000 en 1960 à 315 000 en 1970, leurs efforts se retournèrent contre eux, déclenchant des représailles extrêmement efficaces de la part des suprémacistes blancs. L'histoire méconnue et non moins stupéfiante des inscriptions sur les listes électorales dans le Sud est la suivante : en 1965, 79 % des Blancs éligibles étaient inscrits ; cinq ans plus tard, ce chiffre était passé à 97 %. Au bout du compte, il n'y avait tout simplement pas assez de votes pour porter au second tour un candidat aussi progressiste que Tom.

On dit souvent que certaines personnes sont en avance sur leur temps, mais dans le cas de Tom Radney, il serait plus juste de dire qu'il était en avance sur son État. Le soir où il perdit la course au poste de lieutenant-gouverneur, il déclara qu'il ne se sentait « pas vaincu, seulement déçu[90] ». Il voulait apporter un nouveau type de politique à l'Alabama : « la politique de la raison, et non de la race ; de l'unité, et non de la division ; de la bienveillance à l'égard de tous les citoyens, et non un mépris cruel pour certains par égard pour d'autres ». Comme beaucoup de libéraux du Sud profond, il refusait de croire que la région ne changerait jamais, et exprima d'une manière émouvante son désir d'œuvrer jusqu'à ce que ce soit le cas. Il savait que la lutte pour les droits civiques et l'égalité politique restait inachevée et promit de continuer à défendre l'un et l'autre en tant que citoyen. Il concéda sa défaite avant même que tous les bulletins soient dépouillés, prononça de loin le meilleur discours de sa carrière, et tira de nouveau sa révérence, cette fois pour de bon.

# 10

# La maison Maxwell

Il existait des tribunaux en Alabama avant même que les premiers palais de justice ne soient érigés. Au début du XIXe siècle, un juge du comté de Baldwin présidait les audiences depuis la fourche d'un chêne, avec le jury à sa droite, les spectateurs à sa gauche et, un peu plus loin, un autre chêne destiné au pendu. À Jasper, le siège du comté de Walker, le juge s'asseyait sur un gros rocher, le jury sur un rocher encore plus gros. Dans le comté de Randoph, c'était une souche d'arbre qui tenait lieu de banc pour le juge, et ceux qu'il condamnait à une peine de prison étaient enfermés dans un rondin creux le long de la rivière Tallapoosa. Lorsqu'un prisonnier faillit mourir emporté par le courant un jour où la rivière avait débordé, la cour retourna un chariot, plaça les détenus en dessous, et fit s'asseoir un shérif dessus.

En revanche, lorsque de véritables palais de justice furent construits en Alabama, ce fut avec style. En règle générale, la plupart des villes du Sud sont allergiques à l'autorité et s'indignent de toute présence fédérale autre qu'un bureau de poste. Mais toutes se réjouissent de l'arrivée d'un palais de justice, quel que soit le type de cour qu'il héberge : municipale, provinciale, fédérale, de comté ou de district, qu'importe, tant qu'il a la forme d'un bâtiment. Comme la branche locale de la Société nationale des dames de l'Amérique coloniale l'exprima en 1860, il n'y a pas de meilleure façon de montrer au monde à quel point vous êtes civilisé que par « l'érection d'un tribunal sur un territoire nouveau et vierge[91] ». Certains des premiers de l'État n'étaient que de simples cabanes de rondins, mais il ne fallut pas attendre longtemps pour voir des hameaux à peine pavés et de modestes chefs-lieux se lancer dans des concours d'architecture, bâtissant de grandioses édifices néoclassiques tout en briques et colonnes, et d'extravagants bâtiments surmontés de coupoles, clochers et aigles dorés. À l'intérieur se trouvaient les tribunaux eux-mêmes, mais aussi des bureaux du gouvernement, des archives, et des salles pouvant héberger à peu près tout ce qui était susceptible d'avoir lieu dans une petite ville du Sud : bals du mardi gras, concerts de chants traditionnels, dîners de chasseurs de renard, assemblées de confédérés, meetings de campagne, vente de terres aux enchères, réunions du Klan, danses des moissons. Sans parler des chambres souterraines, où les hommes se retrouvaient pour jouer au poker ou aux dominos à l'abri de la chaleur.

À l'époque où Tom Radney abandonnait ses ambitions politiques, il s'installa dans un nouveau cabinet tout près du palais de justice d'Alexander City. Bien que le siège du comté de Tallapoosa se trouvât à Dadeville, Alex City possédait un palais de justice depuis plus de cent ans, et pendant longtemps, une partie des procès de la circonscription du comté s'y déroulèrent. Un incendie avait ravagé les lieux en 1902, mais épargné la bouteille de rhum placée dans sa pierre angulaire, que l'on transféra dans le nouveau bâtiment. Ce dernier, érigé après la Grande Dépression, possédait une aile hébergeant le tribunal, une autre la mairie, et quelques pièces destinées à divers usages. On pouvait se présenter au 1 Court Square pour payer ses impôts, soumettre son testament, contester son héritage, emprunter un livre à la bibliothèque, renouveler son permis de conduire ou épouser sa bien-aimée. Pour résumer, les habitants de la ville pouvaient y trouver à peu près tout ce dont ils avaient besoin, hormis des provisions et le salut de leur âme.

Malgré tout, le palais de justice n'était pas le lieu le plus important d'Alexander City ; cet honneur revenait aux usines. Le Sud tout entier était bâti sur l'industrie du coton, mais Alex City avait été fondée spécifiquement pour la fabrication de tenues de sport, teddys et sous-vêtements longs. En 1902, trente ans après la fondation de la ville, un habitant de la région du nom de Benjamin Russell ouvrit un atelier avec six machines à tricoter, dix machines à coudre, un moteur à vapeur, et une douzaine d'employés. L'entreprise parvenait tout juste à se maintenir à flot selon son mode de fonctionnement initial, qui consistait à acheter de la laine dans le but de confectionner des chemises en tricot pour les femmes et les enfants, mais les affaires décollèrent lorsque Russell décida de se consacrer aux teddys. Dès 1932, l'usine contrôlait l'ensemble de la fabrication jusqu'au produit fini, et son inventaire s'était considérablement élargi.

L'entreprise connut un autre boom dix ans plus tard, pendant la Seconde Guerre mondiale, lorsque Russell gagna des millions en confectionnant des uniformes militaires comme celui que porterait le révérend Willie Maxwell.

Certains des employés à la fabrication des vêtements qui firent la fortune de Ben Russell vivaient à Alex City, mais beaucoup d'autres – dont les Maxwell – venaient des bourgades voisines. Celles-ci étaient peuplées de fileurs, coupeurs, tisserands, plieurs et bobineurs qui empruntaient chaque jour les petites routes de campagne pour aller pointer à Alex City, et entre la filature Russell et sa concurrente Avondale, la région entière semblait vivre au rythme des sifflets de travail. Les postes dans les filatures de coton étaient convoités, mais la plupart des employés ne gagnaient pas de salaire régulier ; ils étaient payés au rendement, et une grande partie de ce qu'ils touchaient retournait directement à l'entreprise, soit pendant leurs journées de travail, lorsqu'ils achetaient un soda, une barre de chocolat, un sandwich ou des chips au chariot de provisions qui circulait dans l'usine, soit après le travail, pour se loger, s'habiller et se nourrir.

Que vous travailliez ou non dans les filatures – et que vous viviez ou non dans l'enceinte de la ville –, Alexander City était de toute évidence une cité ouvrière. Moins de douze ans après l'ouverture de la filature, Russell avait engagé un professeur pour donner des cours dans une église du centre-ville, et bientôt, ses employés envoyaient leurs enfants à l'école Russell, se faisaient soigner à l'hôpital Russell, et s'approvisionnaient à l'épicerie Russell. Thomas, le frère de

Ben, occupa le poste de maire de 1907 à 1947, et la famille Russell participa à la création de la chambre du commerce et dirigea une des plus grandes banques de l'agglomération. Si le coton était roi, il avait fait des hommes comme les Russell des ducs et des comtes, et transformé Alexander City en l'une des villes les plus prodigieusement riches de la région.

Tom Radney, qui finirait par compter la filature Russell parmi ses clients, ne détonnait pas dans cette prospérité. Il avait étudié le droit à l'université d'Alabama et passé ses étés avec les marines à Camp Upshur, en Virginie. Il était un peu plus jeune que le révérend Maxwell, il n'avait donc pas combattu pendant la guerre, et bien plus riche, il était donc rentré dans l'armée en 1955 en tant qu'assesseur du General's Corps. À Fort Jackson, en Caroline du Sud, Radney fut promu premier lieutenant ; à Camp Chaffee, en Arkansas, il commença à servir comme avocat plaidant adjoint.

Grâce à ces quelques années de service au JAG, Radney rentra chez lui dans l'est de l'Alabama avec une première expérience des procès ; grâce à la faculté de droit, il rentra chez lui avec un associé, un ami dont il avait fait connaissance en s'inscrivant aux cours. C'est Tom qui suggéra d'ouvrir un cabinet à Alexander City, en partie parce qu'il y avait des cousins et en partie parce qu'il voulait travailler dans une ville assez riche pour satisfaire ses ambitions. Lui et son ami suspendirent une petite enseigne au-dessus d'un magasin de meubles et attendirent que les clients viennent frapper à leur porte – ils attendirent si longtemps, en fait, que son associé finit par jeter l'éponge et quitter le secteur privé. Mais, à force de persévérance, Tom attira assez de clients pour installer son cabinet dans un bureau au premier étage du palais de justice d'Alexander City, qu'il conserva durant toute sa carrière politique.

Ce n'est que lorsqu'il décida de mettre un terme à celle-ci qu'il le délaissa, entre autres changements plus ou moins radicaux. Après avoir perdu l'élection au poste de lieutenant-gouverneur, Tom se laissa pousser les cheveux. La disparition de la coupe en brosse devenue sa marque de fabrique provoqua un tel choc que le journal local y consacra un article. Ses costumes se firent un peu plus lâches, ses voitures un peu plus classe. Son mariage commença à se remettre de la pression de la tournée électorale. Plus important encore, Madolyn et lui eurent un autre enfant : Thomas, son seul fils, né au mois de mai suivant l'élection, qui transforma irrévocablement Tom en Big Tom.

Big Tom avait plus d'argent que le sénateur Radney, et maintenant qu'il exerçait le droit à temps complet, il lui fallait aussi un peu plus d'espace. Il loua le terrain à côté du palais de justice, au 56 Court Square, et y fit construire son propre cabinet, un bâtiment de brique dont les bureaux donnaient sur un atrium. Plus tard, lorsque l'autre grande usine de la ville – celle de la rumeur – commença à se demander comment, au juste, Radney pouvait se payer un cabinet aussi chic, les habitants prirent l'habitude de surnommer le bâtiment la Maison Maxwell. Mais il était toujours si fréquenté que Big Tom préférait l'appeler le Zoo.

Le cabinet devait en partie son succès à la conviction de Big Tom que chacun méritait un avocat, et il voulait que tout client potentiel s'y sente le bienvenu.

Mais c'était aussi un intarissable bavard, qui discutait avec quiconque, client ou non, passait le pas de sa porte – voire, à la rigueur, avec le squelette prénommé Harvey qui vivait dans la bibliothèque du cabinet. Au fil des ans, le Zoo accueillit des fermiers, des gouverneurs, des ouvriers des filatures, des juges, des officiers de police, des médecins, des banquiers, des restaurateurs, des avocats rivaux, des prêtres, des employés de la poste, des concierges, des délinquants juvéniles et des sénateurs. Lorsque la star de la country Tammy Wynette vint à Alexander City pour fêter le soixante-quinzième anniversaire de la compagnie Russell, elle descendit de son car de tournée en chantant « Stand By Your Man » et, comme tout le monde à Alex City finissait par le faire, se dirigea vers le 56 Court Square.

Chaque fois que des clients appelaient le Zoo, les assistants de Radney savaient qu'ils devaient les lui transférer directement ; s'il n'était pas là, ils savaient qu'ils devaient dire qu'il était au tribunal, une règle qu'il insistait pour qu'ils suivent même lorsque le tribunal n'était pas en session. Quand des clients se présentaient en personne, on les conduisait directement au bureau de Tom, qui les invitait à s'asseoir, sortait un Malteser de son tiroir à friandises, le plaçait dans sa bouche, se calait dans son fauteuil de cuir vert et les écoutait parler, entouré de son propre petit panthéon du libéralisme : bustes de JFK, dessins d'ânes, et photographies de lui-même en compagnie des plus grands noms de la politique, de Ted Kennedy à Jimmy Carter.

Pendant que ses clients lui exposaient le type de service dont ils avaient besoin, Tom réfléchissait à la somme qu'il allait leur faire payer. Il n'hésitait pas à augmenter les honoraires pour ceux dont il savait qu'ils pouvaient se le permettre ; pour les autres, il ne facturait que des honoraires de résultat, quand il ne travaillait pas simplement en échange de tourtes aux myrtilles, poulets, tartes à la noix de pécan, voire, parfois, juste des noix de pécan. Un client paya même ses honoraires en meubles. Il pensait souvent aux paroles prononcées par sa mère lorsqu'elle l'envoyait porter du lait et de la confiture aux voisins, et il aimait à dire qu'aucun client ne devait avoir à payer plus que ce que sa situation lui permettait. Dans le droit comme dans la politique, Big Tom semblait tenir à s'inspirer de la générosité de sa mère et rejeter la cruauté de son père, et chaque fois qu'il travaillait pour moins que ce qu'il méritait, il avait le sentiment d'utiliser son temps et ses talents selon les préceptes de sa mère et la volonté de Dieu.

Il enseigna les mêmes leçons à son fils et ses filles. Big Tom n'était pas le genre d'homme à se vanter de ne jamais rapporter de travail à la maison : il rapportait *toujours* son travail à la maison. Il aimait répéter ses procès devant sa femme et ses enfants, les encourageant à poser des questions et refusant de révéler le nom de son client avant que sa famille ne livre son verdict ; son « petit jury personnel » entendit toutes les affaires qu'il plaida au cours de sa carrière. Lorsque Ellen, Fran, Hollis et Thomas furent assez grands, il offrit à chacun un exemplaire de poche de la Constitution pour leur anniversaire, et ils passèrent tous un certain temps dans le cabinet de leur père, à lui apporter du café ou des messages et à taper à la machine, une technique qu'il n'avait lui-même jamais apprise. Big Tom embaucha aussi d'autres assistants, des jeunes hommes et femmes de la région du lac Martin qui apprirent au Zoo quelques notions de droit et de grandes leçons de libéralisme. Il lui arrivait de leur demander d'huiler les plantes (il aimait voir briller les feuilles et les frondes, et l'huile d'amande douce faisait des merveilles) ou d'enfiler le costume de chien jaune[1] qu'il avait acheté pour les meetings politiques.

Même après la campagne, Tom aimait toujours se rendre à ces rassemblements, déguisé ou non. Madolyn ne souhaitait plus le voir briguer de nouveaux mandats, mais Radney levait des fonds pour d'autres candidats, assistait à tous les événements démocrates dans un rayon de cinq comtés, et avait toujours des bulletins de vote sous la main au cas où il aurait besoin de montrer à quelqu'un comment voter pour une liste entièrement démocrate. Il lui arrivait même de temps en temps de s'inscrire discrètement sur ces bulletins, mais uniquement aux élections de chefs de parti, jamais plus pour une fonction officielle. Si sa carrière politique lui manquait, ce manque était atténué par ce qu'il éprouvait pendant les procès, qui étaient pour lui très similaires à une campagne électorale. Comme beaucoup de politiciens, c'était un homme extraverti et charismatique, pour qui le métier d'avocat s'apparentait à celui d'acteur. Après des années passées à essayer de convaincre des dizaines de milliers d'électeurs, faire de même avec douze jurés était pour lui un jeu d'enfant.

---

1. Symbole des démocrates loyaux du Sud profond, dont on disait qu'ils auraient préféré voter pour un chien jaune que pour un républicain. *(N.d.l.T.)*

Les échecs de la carrière politique de Big Tom avaient forgé son caractère ; les succès de sa carrière légale lui apportèrent la célébrité. Les gens jugeaient sa propagande démocrate moins menaçante dans un tribunal que sur un podium, et toléraient bien mieux ses tendances libérales quand il venait de sortir leur adolescent d'un pétrin judiciaire. Tom ne tarda pas à endosser le rôle d'homme fort de la ville, participant tous les jours de la semaine ou presque à des déjeuners avec les huiles du comté de Tallapoosa : hommes d'affaires, avocats, banquiers et patrons d'usines. Ils se passaient un coup de fil le matin, se retrouvaient au restaurant à midi et cancanaient pendant une heure ou deux avant de retourner au travail. L'un après l'autre, les établissements de la ville les bannirent, au motif qu'ils restaient trop longtemps, ne mangeaient pas assez, ou usaient d'un langage un peu trop fleuri au goût des autres clients. Finalement, lorsqu'il ne resta plus un seul restaurant en ville assez spacieux ou accommodant pour tous les recevoir, ils achetèrent un duplex à côté de l'église épiscopale St. James, le réagencèrent, embauchèrent une équipe de cuisine et commencèrent à se réunir sous le nom de « Lunch Bunch » (la bande du déjeuner). Les frais d'adhésion étaient modestes, et il n'y avait que deux règles : chaque déjeuner débutait par une partie de « Dernier Juré » afin de déterminer qui paierait l'addition du jour (les invités jouaient, mais ne payaient jamais ; le dernier homme debout réglait l'addition, l'avant-dernier laissait le pourboire), et chaque déjeuner se terminait par quelques parties de black jack.

S'il pouvait paraître complaisant, le caractère inlassablement sociable de Big Tom participait à faire de lui l'avocat remarquable qu'il était. Il connaissait à peu près toutes les personnes d'influence des circuits judiciaires où il exerçait, savait ce qu'elles aimaient boire, ce qu'elles pensaient de leurs voisins, si elles appréciaient le type qui tondait leur pelouse. Mais il connaissait aussi le type qui tondait leur pelouse et ce qu'il aimait boire. L'esprit de Big Tom était un véritable Rolodex de partis pris et de conflits ; il savait qui avait été licencié de quelle entreprise, où telle personne avait travaillé avant d'occuper son emploi actuel, pourquoi untel était susceptible de pardonner une agression à main armée et untel autre de demander la peine de mort pour un menu larcin. Il était l'équivalent juridique de la « vieille femme » décrite par W. J. Cash, celle « à la mémoire d'un barde homérique, capable de se mouvoir facilement dans une masse de noms et de relations si complexes que la théorie quantique passerait à côté pour un jeu d'enfant[92] ». Big Tom était un généalogiste et un sociologue de toutes les personnes dont il avait croisé la route, ce qui faisait de lui, entre autres choses, un maître dans l'art de la sélection de jury. Quiconque l'avait déjà vu en action s'émerveillait de la facilité avec laquelle il transformait le voir-dire en une réunion de famille, bavardant avec les jurés potentiels comme s'ils étaient ses cousins au deuxième degré.

Mais la sélection n'était que le début de son jeu de séduction. Comme Clarence Darrow, Radney était convaincu d'une chose : « Il est rare que les jurés condamnent une personne qu'ils apprécient ou acquittent une personne qu'ils n'apprécient pas. La tâche principale d'un avocat plaidant est de rendre son client aimable aux yeux des jurés, ou au moins d'éveiller en eux un sentiment de compassion ; les détails du crime qu'il est accusé d'avoir commis sont relativement peu importants[93]. » Radney savait qu'il ne lui suffisait pas d'obtenir les bons jurés ; il devait, et c'était là le plus difficile, leur montrer la bonne version de l'affaire. Véritable Casanova des tribunaux, Big Tom y parvenait à tous les coups ou presque. Ses jurés n'appréciaient peut-être pas toujours ses clients, mais une chose était sûre, ils l'appréciaient, lui. Un jour, un juré lui fit passer une enveloppe à la fin d'un procès ; à l'intérieur se trouvait une carte d'anniversaire signée par le jury au complet.

Mais pour chaque succès que remporte un avocat, un autre avocat encaisse une défaite, et dans le cas de Tom, qui accumulait les acquittements comme du bois de chauffage en hiver, nombreux étaient les avocats et les clients qui nourrissaient une rancœur non seulement contre le verdict mais aussi contre l'homme qui l'avait rendu possible. Tout le monde ne tombait pas sous le charme de son « petit numéro d'avocat de campagne », selon les mots qu'utilisa un de ses détracteurs pour décrire son style rustique. Dans une petite ville, la mémoire est longue, et la rancune plus encore. Certains jalousaient son succès, d'autres étaient agacés par son autopromotion, d'autres encore réprouvaient un certain libertinage dans sa vie privée.

Comme il acceptait volontiers de travailler avec des clients pauvres ou issus des minorités, Big Tom recevait aussi quelques critiques liées aux gens qu'il représentait, qui redoublèrent à partir du moment où il compta le révérend Willie Maxwell parmi ses clients. C'était une chose de défendre le révérend lorsqu'il n'était accusé que d'un meurtre, c'en était une tout autre de l'aider à gagner de l'argent, et de gagner soi-même de l'argent grâce à lui. De son côté, Radney n'avait pas l'habitude de demander à ses clients potentiels s'ils avaient commis ce dont on les accusait, et même pour les plus coupables d'entre eux, il n'hésitait pas à déployer toute l'étendue de son talent. Il contestait toutes les preuves possibles pour les empêcher d'être admises ; si elles l'étaient malgré tout, il s'en prenait à la personne qui les avait recueillies. Lorsque Big Tom était aux commandes, vous pouviez être sûr que si le toxicologue avait un diplôme de zoologie ou si le légiste avait travaillé comme boucher, le jury en entendrait parler. Si le témoignage d'un médecin risquait d'être accablant, Big Tom établissait à l'avance une longue liste de patients décédés puis, pendant les audiences, il lisait leurs noms un à un, demandait au médecin s'il les avait traités et, le cas échéant, où étaient ces patients aujourd'hui.

De victoire en victoire, d'acquittement en acquittement, le cabinet de Tom prit de l'ampleur – en taille, en réputation, en dommages et intérêts. Il défendait de jeunes hommes accusés de vandalisme et des vieillards accusés d'ivresse sur la voie publique ; il empêcha l'État de juger en tant qu'adulte un garçon de quatorze ans accusé d'homicide, et fit acquitter un homme accusé de vol alors qu'il avait été arrêté avec un billet marqué de la caisse enregistreuse du magasin dans la main. Il s'occupait d'actes notariés, de divorces, de testaments, de successions ; défendait des administrateurs de comté accusés d'avoir accepté des pots-de-vin et intentait des procès à des médecins et hôpitaux pour erreur médicale. Il plaidait aussi bien au tribunal des infractions au code de la route qu'à la cour d'appel fédérale. Aucune tâche n'était trop ingrate, aucune chance trop mince, et quelles que soient les rancœurs que les gens nourrissaient à son encontre, elles disparaissaient sitôt qu'ils avaient besoin de lui. Même les policiers de la ville, que Radney avait le don de mettre en rage en faisant acquitter à leurs dépens les plus coupables des suspects, lui pardonnaient dès lors qu'un ami ou un parent avait besoin d'un bon avocat.

Toutes ces années à représenter Maxwell dans des affaires civiles et criminelles ne lui avaient pas valu l'affection des habitants de la région du lac Martin, mais elles l'avaient aidé à se faire un nom, à se forger une réputation d'avocat capable de gagner n'importe quelle affaire. Et c'est pour cette raison que, le jour où un certain Robert Burns abattit le révérend devant trois cents témoins, son frère le rassura avec une promesse : « Big Tom va te sortir de là. »

# 11

# Paix et bonne volonté

Il faisait trente-huit degrés le jour de la veillée mortuaire du révérend Willie Maxwell, organisée une semaine après celle de sa belle-fille, au cœur du mois de juin 1977. Les violents éclairs d'un orage d'été déchiraient le ciel au-dessus du funérarium House of Hutchinson et le vent soufflait si fort dans les arbres qu'une branche morte se brisa et s'écrasa lourdement au sol. Les gens venus à pied se hâtaient vers les portes du funérarium en agrippant leurs chapeaux, cependant que d'autres descendaient des voitures qui s'arrêtaient l'une après l'autre devant la chapelle où Maxwell avait été abattu quelques jours plus tôt. Malgré tous les efforts que les habitants de la région avaient déployés pour éviter de croiser la route du révérend de son vivant, la moitié de l'Alabama de l'Est avait tenu à assister à sa veillée mortuaire. « Ils viennent peut-être voir s'il est vraiment mort, spécula un témoin. Certains disent qu'il est toujours vivant, et certains disent qu'il reviendra[94]. »

Devant le funérarium, des journalistes attendaient, armés de leurs carnets et appareils photo. L'histoire qui avait couvé pendant sept ans sur les petites routes du comté de Coosa brûlait soudain à la une des journaux de tout le pays, dont les reporters arpentaient le parking du funérarium, en quête d'ombre et de témoins. Il y avait Vern Smith, un journaliste de *Newsweek* originaire de Natchez, dans le Mississippi, et Mike Keza, le photographe blanc qui l'avait accompagné à Alex City pour couvrir les événements. Il y avait Phyllis Wesley, du *Montgomery Advertiser*, dont le collègue Lou Elliott suivait l'affaire Maxwell depuis le meurtre de Shirley et était l'un des rares reporters à avoir interviewé le révérend avant qu'il ne soit assassiné. Il y avait Harmon Perry, qui avait été le premier journaliste noir de l'*Atlanta Journal* et était désormais le correspondant en chef de *Jet* à Atlanta. Aux côtés de ces étrangers à la ville et bien d'autres se trouvaient Jim Earnhardt et Alvin Benn, qui faisaient toujours équipe pour l'*Alexander City Outlook*.

Parmi la foule nombreuse réunie devant House of Hutchinson, rares étaient ceux qui acceptaient de s'exprimer sur le sujet. Beaucoup refusaient simplement de parler à la presse, d'autres y consentaient à condition que leur nom ne soit pas imprimé, et ce que la plupart disaient savoir du révérend se révélait souvent n'être que des rumeurs entendues de deuxième ou troisième main. Personne n'avait vu de ses propres yeux la prétendue chambre de vaudou du révérend Maxwell, mais tout le monde connaissait quelqu'un qui connaissait quelqu'un qui l'avait vue ; tout le monde savait que Maxwell avait été impliqué dans la mort de cinq membres de sa famille – au moins – mais personne n'avait la moindre preuve ni ne savait exactement comment il s'y était pris. Cela n'empêcha pas les journalistes d'écrire leurs histoires, bien sûr, et les rumeurs qui avaient des années durant circulé à Alex City commencèrent une nouvelle vie entre guillemets dans les pages des quotidiens. « ALABAMA : UN PRÊTRE VAUDOU ABATTU LORS DE FUNÉRAILLES[95] » titrait l'un d'eux. « LE CHAMAN VAUDOU MORT, LA VILLE RESPIRE ENFIN[96] », pouvait-on lire dans un autre. Un voisin anonyme du révérend aurait déclaré que tout le monde « se réjouissait » car ils avaient « une peur bleue de lui »[97] ; un autre, également anonyme, expliqua que la mort de Maxwell avait « libéré toute la ville du fardeau qui pesait sur elle[98] ».

Mais tous ne se sentaient pas davantage en sécurité depuis la disparition du révérend Willie Maxwell. Certains pensaient qu'il reviendrait d'entre les morts pour les hanter ou leur faire du mal, quand d'autres s'inquiétaient qu'il ait laissé des complices derrière lui. « Il n'y a aucune raison de se réjouir, déclara une femme. Il y a peut-être d'autres gens impliqués, et il serait risqué de parler de ce qu'il s'est passé[99]. » Quelques-uns pensaient que le révérend était innocent et que par conséquent, le ou les véritables meurtriers couraient toujours. « Will Maxwell, déclara un de ses amis, a été tué par l'opinion publique. J'espère que maintenant qu'il est mort, les enquêteurs vont se mettre au travail et découvrir ce qui est réellement arrivé à Shirley Ellington, et qui en est responsable. »

Ce sentiment était partagé par la famille endeuillée du révérend. Lorsque Alvin Benn interviewa chez elle Ophelia Maxwell pour l'*Alexander City Outlook* le lendemain du meurtre de son mari, elle protesta de son innocence et confia qu'elle avait l'impression de « vivre dans un cauchemar[100] ». Outre sa veuve, le révérend laissait derrière lui plusieurs enfants, un petit-enfant, sa mère, trois sœurs, trois frères, et de nombreux neveux et nièces. La plupart avaient été témoins de son meurtre, de même que certains de ses collègues de l'église, de la filature et de la carrière. Pour ceux qui le croyaient innocent, Maxwell était passé du statut de cible de rumeurs haineuses à celui de victime d'un meurtre haineux.

« Je déteste toute cette publicité, déclara Mac Thomas, le vieil ami du révérend. Je ne pense pas que ça apporte quoi que ce soit[101]. » Une des parentes de Maxwell, qui n'avait pas réussi à esquiver la mêlée de reporters rassemblés devant le funérarium, s'emporta contre eux, hurlant qu'elle en avait assez d'entendre le mot « vaudou » et les avertissant que la famille poursuivrait en justice tout journaliste imprimant des informations diffamatoires.

Le jeudi, la chaleur était aussi accablante que la veille, lors de la veillée funèbre, mais les proches et journalistes vinrent encore plus nombreux. À midi, près du carrefour entre les nationales 9 et 22, non loin des lieux où quatre membres de la famille du révérend avaient été retrouvés sans vie, des policiers adossés à leurs véhicules fumaient et regardaient le convoi de voitures roulant vers l'église baptiste Peace and Goodwill. Nombre d'entre eux avaient travaillé sur au moins une affaire Maxwell, et nombre d'entre eux étaient contrariés par sa mort – non parce qu'ils la regrettaient, mais parce qu'ils avaient le sentiment d'avoir été privés de la chance de le traduire en justice. Contrairement à toutes les affaires qui l'avaient précédée à l'exception d'une, la mort de Shirley Ann Ellington avait été officiellement reconnue comme un homicide, le décès avait été imputé à une strangulation, et le révérend en était l'unique suspect. Les autorités prévoyaient de l'inculper sitôt que le rapport du légiste aurait été certifié.

Mais il était à présent trop tard pour inculper le révérend Willie Maxwell, et les policiers, adjoints, shérifs, et agents de circulation réunis ce jour-là ne l'étaient que dans le but de maintenir l'ordre pendant ses funérailles. Bientôt, ils remontèrent dans leurs voitures, suivirent la circulation jusqu'à Peace and Goodwill, et se dispersèrent pour patrouiller sur le parking et dans la chapelle. Le capitaine Chapman, qui avait enquêté sur l'affaire Maxwell pour l'ABI – c'était lui qui avait été si frustré d'entendre Dorcas Anderson revenir sur ses déclarations au sujet de la nuit où Mary Lou Maxwell avait trouvé la mort, et dont le partenaire avait recueilli le témoignage des deux hommes que le révérend avait essayé d'embarquer dans son crime – était venu avec son fils et tous deux se campèrent près de la porte, observant l'ourlet inférieur des blazers des hommes pour voir s'il claquait dans le vent ou restait immobile, maintenu en place par le poids d'un pistolet. Au début de la cérémonie, Chapman rejoignit les autres officiers à l'intérieur, qui se déployèrent pour surveiller la chaire et les trois entrées du sanctuaire.

Le corps du révérend reposait près de l'autel, dans un cercueil en acier bleu couvert d'un drapeau américain, au milieu de couronnes d'œillets rouges et blancs. Le cercueil était ouvert, afin que ceux qui le souhaitaient puissent voir le révérend une dernière fois. Sur la couverture du programme des funérailles, son regard tant évité fixait chaque membre de l'assistance. À l'intérieur figuraient l'ordre de cérémonie, la liste des membres de sa famille qui lui survivaient, et quelques vers qu'on lit parfois dans les notices nécrologiques des prêtres de campagne : « Leur peine et leur chagrin dans ses oreilles s'étaient déversés. Les vieux, les jeunes, les malades, les bien-portants, les pauvres, les riches, les Noirs, les Blancs et tous les autres. Sa mission accomplie, sa récompense devant lui, dans un moment de calme pour la dernière fois il courba la tête[102]. »

Ophelia était assise au premier rang. La veuve et la mère du révérend pleuraient sous les yeux du shérif adjoint qui se tenait à côté de la chaire tandis que la nuée de journalistes que l'affaire avait attirés à Alex City cette semaine observait la cérémonie du fond de la chapelle. La famille avait demandé que l'entrée leur soit interdite, mais le pasteur en charge de la cérémonie, le révérend Chester Mardis, s'y était opposé. Mardis, qui était âgé de soixante-dix-sept ans et avait parcouru cent trente kilomètres depuis Birmingham ce matin-là pour officier, avait au contraire fait bon accueil aux journalistes rassemblés, déclarant qu'ils « n'avaient rien à cacher[103] » avant d'épeler son propre nom pour s'assurer qu'il soit correctement orthographié dans leur article.

Entre la famille et les proches endeuillés, les curieux, les journalistes et les policiers, il n'y avait guère de paix ni de bonne volonté ce jour-là dans l'église Peace and Goodwill. Pendant la cérémonie, une chaise pliante glissa du mur contre lequel elle avait été posée, produisant un tel fracas que tous les policiers présents portèrent la main à leur pistolet. Mais personne ne fut abattu lors des funérailles de l'homme abattu lors de funérailles. Le chœur interpréta quelques chants, lut des extraits des Écritures et des psaumes, récita des prières et un pasteur chanta « The Lord Will Make a Way Somehow » de Thomas A. Dorsey. L'oraison funèbre vint en dernier, et Mardis évoqua dans son sermon le chapitre dix de l'Évangile selon saint Jean, rappelant à la congrégation que Jésus, le bon berger, guidera vers la vie éternelle toutes ses brebis, y compris le révérend Maxwell. Mardis compara ensuite Maxwell à Moïse, « un meurtrier et un fugitif[104] » que Dieu utilisa pour offrir la liberté à son peuple. « Le diable n'a pas pu prendre Moïse à Dieu[105] », déclara le révérend Mardis, et l'assemblée répondit par un « amen » collectif. Mais lorsqu'il ajouta que le diable n'avait pas non plus réussi à prendre le révérend à Dieu, l'assemblée se tut, et quand il annonça que Maxwell reviendrait juger ceux qui l'avaient jugé, de nombreuses personnes secouèrent la tête d'un air désapprobateur ou inquiet. On entendit même un homme déclarer distinctement : « Merde alors, j'espère pas[106]. »

Lorsque 3 heures sonnèrent, la cérémonie était terminée. Les porteurs sortirent le cercueil, qu'un corbillard déposa au cimetière Peace and Goodwill. À la mise en terre, Mardis prononça encore quelques mots, l'assemblée récita le Notre Père, et le drapeau américain fut récupéré, plié, et présenté à Ophelia avant que le cercueil ne commence à descendre. Le révérend Willie Maxwell fut inhumé à moins de deux kilomètres de sa maison et à quelques pas seulement de la dernière demeure de Mary Lou Maxwell, Dorcas Maxwell, John Columbus Maxwell et James Hicks.

Tom Radney n'assista pas aux funérailles de Willie Maxwell, mais il parla à bon nombre de journalistes qui les avaient couvertes. Il tenait à ce que tout le monde sache qu'il n'aurait pas défendu le révérend pour le meurtre de Shirley Ann Ellington, mais souhaitait aussi leur rappeler que Maxwell n'avait jamais été condamné, et n'avait du reste été inculpé que d'un seul meurtre sur tous ceux que l'opinion publique persistait à vouloir lui attribuer. Le révérend, comme son ancien avocat prenait toujours soin de l'expliquer, avait été acquitté du meurtre de sa première femme. Quant à John Columbus, il s'était soûlé à mort ; Abram Anderson souffrait d'une maladie dégénérative et avait succombé à une pneumonie ; Dorcas Maxwell était morte de détresse respiratoire ; quant à James Hicks, eh bien, il semblait n'être mort de rien du tout. Dans un refrain qu'il cesserait très bientôt de chanter, Big Tom souligna qu'aux yeux de la loi, le révérend était et avait toujours été totalement innocent.

Tout en essayant de défendre publiquement son ancien client, il réfléchissait en privé à la défense de son nouveau. Il n'avait jamais entendu parler de Robert Burns avant le meurtre du révérend ; contrairement à sa victime, Burns n'était pas quelqu'un de connu en ville. D'ailleurs, il n'y avait pas vécu très longtemps. Né et élevé à Alex City, Burns avait quitté la ville après le lycée pour s'installer à Cleveland, où il avait été chauffeur de camion, puis à Chicago, où il avait été chauffeur de bus. À la même époque, il avait été enrôlé dans l'armée et avait servi dans la quatrième division d'infanterie pendant la guerre du Vietnam.

Peu après son retour à la vie civile, il rencontra sa femme, Vera, et le couple revint s'installer à Alex City. Elle trouva un emploi chez Head Start, il reprit son travail de routier au long cours, et ils emménagèrent dans une maison près de Horseshoe Bend. Ils souhaitaient ainsi se rapprocher de leur famille, et notamment d'un des frères de Robert, Nathaniel, qui avait épousé puis divorcé de la future Ophelia Maxwell. Par conséquent, les enfants d'Ophelia, dont Shirley Ann Ellington, étaient de la famille de Robert Burns, et il en était très proche. Le soir du meurtre de Shell, Burns livrait un chargement en Ohio ; lorsque les secours réussirent à le joindre et lui apprirent ce qu'il s'était passé, il grimpa dans son camion et parcourut les mille trois cents kilomètres qui le séparaient de chez lui.

Au moment de sa rencontre avec Big Tom, Robert Burns était un bel homme de trente-six ans, grand et mince, d'un tempérament calme et posé. Vera et lui étaient mariés depuis huit ans, et ils élevaient ensemble le fils adolescent que Vera avait eu d'un premier mariage et une petite fille de sept ans qu'ils avaient recueillie. Celle-ci était née gravement handicapée, sa mère ayant eu la rubéole pendant sa grossesse. Selon toute apparence, Burns était un père de famille travailleur et aimant, en tout cas jusqu'à ce qu'il sorte un pistolet de sa veste et, à moins d'un mètre de distance, sous les yeux de toute une chapelle, abatte le révérend Maxwell.

Dans les semaines qui suivirent les funérailles de Maxwell, les températures à Alexander City tombèrent rarement en dessous de trente-huit degrés. La vague de chaleur de juin laissa place à la canicule de juillet ; les prairies, que l'on fauchait d'ordinaire deux fois au cours de l'été, ne l'avaient pas été une seule fois, le coton atteignait à peine un tiers de sa hauteur habituelle, le maïs avait séché sur ses tiges, et la plupart des champs de soja n'avaient pas encore été ensemencés. Des tourbillons de poussière s'élevaient au bord des routes. Le soleil se levait chaque matin sur une journée déjà chaude, roussissait tout ce que ses rayons touchaient, et se couchait sur une nuit suffocante. Des nuages se formaient parfois, vaguement menaçants, sans que jamais la pluie tombe.

Lorsque arriva la troisième semaine de juillet, la sécheresse était si sévère que le président Carter déclara zones sinistrées les comtés de Coosa et Tallapoosa, ainsi qu'une grande partie du reste de l'Alabama et de la Géorgie.

La chaleur qui sévit cet été-là rendit fous les fermiers. Elle rendit fous les bûcherons, elle rendit fous les ouvriers des filatures, elle rendit fou tout le monde hormis le marchand de glaces et les gamins du lac Martin, mais elle donna à Big Tom une idée. Un jour, il sut comment organiser sa défense de Robert Burns. Au milieu du mois de juillet, inculpé par un grand jury du comté de Tallapoosa, Burns suivit le conseil de Radney et plaida non coupable pour cause de maladie mentale. Puis il versa une caution de dix mille dollars et sortit du tribunal en homme libre, vêtu d'une salopette bleue et d'une casquette Caterpillar.

La folie n'est pas chose aisée à prouver, et c'est souvent une défense que l'on choisit en dernier recours. L'idée que la folie puisse être un élément disculpatoire est ancienne – si ancienne qu'elle fut gravée dans le Code d'Hammourabi mille sept cents ans avant la naissance du Christ, aux côtés de la notion de réciprocité du crime, *lex talionis*, œil pour œil. Mais à l'époque où Tom Radney l'invoqua, la défense fondée sur les troubles mentaux était en défaveur depuis un siècle. La reine Victoria tenta d'y mettre fin au milieu du XIXe siècle, de crainte qu'elle n'encourage les assassins à passer à l'acte ; cent ans plus tard, le président Richard Nixon essaya de la déclarer illégale. Trop d'accusés s'étaient révélés retrouver la raison le jour de leur acquittement, et les procureurs autant que les psychiatres en étaient venus à craindre que cette défense ne permette aux meurtriers de tuer en toute impunité ; le pays abondait en exemples d'accusés envoyés en hôpital psychiatrique après qu'un jury avait décidé qu'ils étaient fous, jusqu'à ce que les directeurs et personnels des établissements ne les libèrent après les avoir diagnostiqués comme tout à fait sains d'esprit. En réaction, certains États – l'Idaho, le Kansas, le Montana et l'Utah – interdirent entièrement ce type de défense. Mais l'Alabama l'autorisait toujours, et Big Tom avait décidé qu'elle constituait sa meilleure chance de gagner. En réalité, c'était probablement son *unique* chance de gagner. Son client était entré dans une chapelle armé d'un pistolet, avait abattu un homme de trois balles dans la tête devant des centaines de personnes, puis avoué son crime à la police non pas une mais deux fois avant même que le corps de sa victime ait refroidi. Un étudiant en droit de première année aurait pu le faire condamner en dormant.

Le moins qu'on puisse dire de l'avocat qu'allait devoir affronter Tom au procès de Robert Burns est que ce n'était pas un étudiant de première année. Au moment de l'ouverture du procès, Thomas F. Young était déjà procureur depuis seize ans et entamait tout juste un nouveau mandat de six ans. Lui aussi se faisait appeler Tom, et on disait qu'il avait engagé plus de poursuites criminelles que tous les autres procureurs de l'histoire de l'Alabama. Dans le cas de l'affaire Maxwell, il avait aussi quelque chose à prouver : c'était lui le procureur qui avait échoué à faire endosser au révérend le meurtre de sa première femme. Tom et lui s'étaient affrontés dans une cinquantaine de procès pour meurtre et si leurs divers faits d'armes imposaient le respect, ils plaidaient dans des styles très différents.

« Radney, c'est la soie, et Young le papier de verre[107] », écrivit Alvin Benn dans l'*Alexander City Outlook*. Benn était un homme accoutumé aux contrastes : journaliste juif élevé dans le pays amish de Pennsylvanie, il était venu dans le Sud pour couvrir le mouvement des droits civiques et y était resté pour fonder une famille ; lors d'un rassemblement du KKK, il avait écouté avec inquiétude ses membres dénoncer les juifs sionistes, puis accepté leur invitation à aller boire des coups, et il avait interviewé le révérend Martin Luther King Jr. et le commissaire de police Bull Connor pour le même article. Pourtant, même lui avait rarement vu deux hommes aussi radicalement différents que les deux Tom. Young n'avait aucune intention de perdre une affaire alors qu'il avait des centaines de témoins, et Radney n'avait aucune intention de perdre une affaire alors que tout l'État et la moitié du pays le regardaient. En dépit de ce que les romans de gare et Perry Mason veulent vous faire croire, expliqua Benn, « la plupart des procès sont aussi excitants qu'un bol de porridge réchauffé et il faut s'accrocher pour rester éveillé[108] ». Mais l'affaire Burns était différente.

Dès le début, Big Tom était conscient qu'il y avait deux choses que le jury devait savoir, et deux choses qu'il ne devait pas savoir. Les deux choses qu'il ne devait pas savoir étaient que son client avait un casier judiciaire et qu'il avait avoué le meurtre de Maxwell. Tom Young affirmait être en possession d'un dossier du FBI indiquant que Burns avait été arrêté pour agression et homicide involontaire en Ohio, vol à l'étalage dans le Maryland et agression à main armée en Illinois. Mais le dossier était bancal – l'accusation de meurtre avait été abandonnée, et le procès-verbal de l'affaire d'agression, qui ne possédait d'ailleurs pas de numéro, portait la mention « incorrect » et un vide en guise de conclusion – aussi Radney déposa-t-il une motion préventive pour que toute allusion à ce dossier soit exclue du procès. La question des aveux était tout aussi complexe. Les deux officiers de police avaient entendu Burns dire, alors qu'il se tenait au-dessus du corps du révérend Willie Maxwell, « vous avez maltraité ma famille pendant assez longtemps[109] », mais aux yeux de Radney, ils n'avaient pas tant recueilli une confession qu'espionné une conversation privée. Burns avait aussi avoué sur la banquette arrière de la voiture de police qui l'emmenait au poste – « Je devais le faire, avait-il dit, et s'il fallait recommencer, je n'hésiterais pas[110] » –, mais on ne lui avait lu ses droits qu'à son arrivée au commissariat. Pire encore, l'homme à qui Burns avait avoué était son propre frère, qui, bien qu'il eût été adjoint du shérif dans le passé, n'avait été nommé à ce poste que pour conduire les suspects et les prisonniers en garde à vue et n'était pas de service le jour des funérailles.

Même si Big Tom parvenait à empêcher les aveux et le casier judiciaire d'être entendus par le jury au tribunal, il serait loin d'être tiré d'affaire – il restait toujours l'épineux problème des trois cents témoins – mais au moins, il pourrait présenter ses arguments. Cela impliquait de s'assurer que les jurés entraient dans la salle de délibération avec deux choses en tête : le vaudou et le Vietnam. Pour gagner, avait décidé Tom, il devait faire du révérend Willie Maxwell le sorcier vaudou le plus vaudouesque que le Sud ait jamais connu – un homme si mystérieusement puissant qu'aucune force de la loi ne pouvait l'atteindre et si terriblement redouté qu'aucun voisin n'osait le regarder dans les yeux. Et, de la même manière que Tom avait besoin de présenter son ancien client comme un homme exceptionnellement mauvais, il devait présenter son client actuel comme un homme exceptionnellement bon : un courageux soldat devenu un héros de guerre, un garçon au cœur sensible et à l'esprit impressionnable qui avait vu des choses qui l'avaient rendu, de retour chez lui, particulièrement vulnérable aux traumatismes.

De son côté, en revanche, Tom Young n'avait besoin que d'une chose : faire passer Robert Burns pour un homme sain d'esprit. À cette fin, il déposa une requête pour obtenir tous les dossiers médicaux de l'accusé, et il commença à dénigrer la défense fondée sur les troubles mentaux d'une manière générale, tournant publiquement en ridicule la « porte tambour[111] » de l'hôpital Bryce, l'établissement psychiatrique de l'État, par laquelle, argua-t-il, les criminels acquittés pour troubles mentaux entraient pour aussitôt ressortir et réintégrer la société. Sur ce point, il n'y avait aucune raison de penser que Bryce était pire que n'importe quelle institution similaire à l'époque, mais il est vrai que lorsqu'un patient-prisonnier était diagnostiqué comme sain d'esprit, le clinicien ne pouvait rien faire d'autre que le libérer, aussi court que fût son séjour dans l'établissement, aussi haineux que fût le crime qui l'y avait envoyé. En réponse, Radney allégua que les remarques de Young avaient déjà empoisonné l'esprit des jurés. Tout l'été et jusqu'au début de l'automne, les deux avocats se livrèrent bataille par le biais de telles requêtes. Finalement, le dernier lundi du mois de septembre, sept ans après le meurtre brutal de la première Mme Willie Maxwell, Tom Young et Tom Radney franchirent les portes du tribunal d'Alexander City pour le premier jour du procès État d'Alabama contre Robert Lewis Burns.

# 12

# Tom contre Tom

James Albert Avary n'était pas le genre de juge à faire des cérémonies. Il n'aimait pas porter sa robe dans la salle d'audience, mais appréciait en revanche de s'installer dans son cabinet pour fumer un cigare, dont il faisait tomber les cendres dans un tiroir de son bureau spécialement réservé à cet usage. Né à LaGrange en Géorgie, juste de l'autre côté de la frontière, Avary avait fréquenté un lycée privé à New York et étudié la religion à Princeton (il écrirait plus tard un « Guide de la Riviera Redneck » pour une réunion d'anciens élèves) avant de revenir dans le Sud pour faire son droit à Emory. Après avoir travaillé quelques années dans un cabinet d'Atlanta, il avait ouvert le sien à Lanett, Alabama, qu'il avait dirigé jusqu'à ce qu'il soit élu juge du cinquième circuit judiciaire. Cette élection avait eu lieu un an avant le procès Burns ; l'homme à qui Avary avait disputé la victoire était Tom Young.

Conscient de l'intérêt considérable que suscitait le procès qu'il avait à présider, Avary avait souhaité autoriser la présence de caméras dans la salle d'audience. Selon la loi de l'Alabama, cependant, les deux parties devaient donner leur accord, et Tom Young ne voulait pas que quiconque filme ou prenne des photographies du procès. Malgré tout, l'*Alexander City Outlook* souhaitait publier des images, et lorsque Jim Earnhardt mentionna que sa cousine Mary Lynn Baxter, qui travaillait déjà pour l'*Outlook*, avait un don pour le dessin, on la chargea de réaliser les croquis d'audience. Le juge Avary assouplit plus tard les règles afin d'autoriser les photographies pendant les suspensions, mais les dessins de Baxter font partie des rares images représentant le procès en cours.

Les audiences débutèrent à 9 heures le matin du 26 septembre 1977. Il régnait ce jour-là une chaleur terrible pour la saison, qu'aggravaient encore la climatisation défaillante et la densité de la foule réunie dans le tribunal. Sur les quelques douzaines de jurés potentiels, cinq durent être congédiés d'emblée, car ils avaient aussi été cités à comparaître : quatre étaient des témoins de moralité de l'accusé, et un autre était un témoin oculaire de la fusillade. Cela en disait long sur les procès de petite ville : comme souvent, les avocats ne devaient pas simplement déterminer si les jurés connaissaient l'accusé, mais à quel point ils le connaissaient, de quelle nature étaient leurs relations, et quels étaient leurs degrés de sympathie ou d'antipathie envers lui. Mais Tom Young et son assistant, E. Paul Jones, espéraient aussi se servir de la sélection du jury pour ouvrir immédiatement les hostilités en sapant l'argument de la folie. Ils demandèrent d'abord aux jurés potentiels si l'un d'eux avait déjà entendu dire que « cet homme devrait être relâché » et ensuite s'ils seraient capables de juger les déclarations de « témoins soi-disant experts ». Big Tom, qui avait coutume de mettre en marche sa propre machine avant même de pénétrer dans la salle d'audience, se répandit immédiatement en objections : l'accusation pérorait ; l'accusation calomniait ses témoins alors qu'ils n'avaient pas encore prêté serment. Le juge Avary les écarta d'un revers de la main et laissa Young et Jones continuer.

Lorsque vint son tour, Big Tom entreprit de composer le genre de jury qu'il pensait pouvoir convaincre, c'est-à-dire des gens qui faisaient confiance aux témoignages d'experts et n'étaient pas hostiles à une défense fondée sur les troubles mentaux. Mais surtout, il fallait que ce soit douze hommes blancs : des hommes, car Radney pensait qu'ils seraient moins hostiles à l'idée d'un meurtre justifié, et blancs afin qu'ils n'aient aucun lien avec Maxwell et sa famille endeuillée et puissent ainsi voir la situation avec les yeux de Burns – autrement dit, afin qu'ils comprennent que le meurtre du révérend avait été un acte nécessaire et courageux.

En fin de compte, Big Tom obtint ce qu'il voulait : ce furent deux rangées de six hommes blancs qui s'installèrent au banc des jurés. Dans la foulée, le juge Avary consulta sa montre, constata qu'il était déjà 11 h 30, et suspendit l'audience. Les jurés étant partis déjeuner sous l'œil attentif de l'huissier, Big Tom et Tom Young s'approchèrent du juge et commencèrent aussitôt à se chamailler. Radney présenta deux de ses motions en attente. La première concernait la question des troubles mentaux : il ne voulait pas que l'accusation évoque de quelque manière que ce soit la « porte tambour » de l'hôpital Bryce, et il ne voulait pas que Young mine ce type de défense en la qualifiant d'illégitime. La seconde concernait le supposé casier judiciaire de Burns. Big Tom argua que, sans même parler du problème de sa fiabilité douteuse, un tel élément n'était pas admissible dans une affaire où l'accusé plaidait la folie. Le juge Avary observa qu'il pourrait être difficile de ne pas l'évoquer si Radney prévoyait d'appeler à la barre des témoins de moralité, mais lorsque Avary essaya de questionner Young au sujet du contre-interrogatoire qu'il comptait faire subir à ces témoins, ce dernier perdit son sang-froid et s'exclama : « Je n'apprécie pas de me faire intimider à ce stade, car je n'ai aucune idée de ce qu'il va se passer ! » Puis Young se plaignit au juge des abus de la défense basée sur des troubles mentaux, jusqu'à ce que Radney perde à son tour son sang-froid et déclare sèchement : « La cour n'a pas le temps d'écouter vos discours. »

Tout cela n'aboutit qu'à une résolution partielle. Le juge Avary, qui n'avait pas peur de mettre la charrue avant les bœufs, décida que l'accusé avait le droit de plaider la défense qu'il voulait, dont la folie, et que le casier judiciaire n'était pour l'heure pas admissible mais que cela pourrait changer lorsque les témoins de moralité seraient appelés à la barre. Là-dessus, Avary déclara la pause-déjeuner terminée.

Les jurés et spectateurs revinrent la panse pleine, dans un léger état de somnolence post-prandiale, la peau moite sous l'effet de la chaleur, le corps affaissé contre les durs dossiers des bancs et chaises de la salle d'audience. La défense prit place du côté gauche. L'associé de Tom Radney, Lee Sims, un avocat de Dadeville, avait devant lui deux piles de sept manuels de droit. Assis à côté de lui, Tom n'était armé que de quelques feuilles de papier et de son sourire. Robert Burns était installé à droite de ses avocats, dans une posture détendue, une expression sereine sur le visage. Il portait un pantalon clair et une chemise à col pelle à tarte imprimée de traits barrés, comme ceux que tracent les prisonniers sur les murs de leur cellule pour compter les jours.

De l'autre côté de la salle d'audience, plus près des douze jurés et à côté de la zone réservée à la presse, se trouvaient Tom Young et E. Paul Jones, qui prononcèrent le premier discours d'ouverture. Young commença par rappeler à messieurs les jurés que plus tôt dans l'année, un « meurtre de sang-froid » avait été commis « en présence de plusieurs centaines de personnes ». Aujourd'hui, poursuivit Young, l'accusation allait prouver que Robert Burns était coupable de ce meurtre et qu'il n'était à ce titre « rien d'autre qu'une bande de lyncheurs à lui tout seul » qui n'avait pas sa place dans une ville aussi respectueuse de la loi qu'Alexander City.

Young ne parvint à prononcer que cent quarante-trois mots avant que Big Tom ne soulève sa première objection. Le procureur avait commencé à parler de la défense de l'accusé, et Radney s'empressa de l'interrompre pour protester que ce n'était pas le rôle de l'accusation de commenter la défense. Le juge Avary maintint l'objection et Young, qui déjà transpirait dans son costume bleu pâle, poursuivit son discours. « Vous êtes ici pour juger de la culpabilité ou de l'innocence de cet homme », rappela-t-il au jury, avant de leur demander de rendre un verdict « qui ne vous empêchera pas de dormir, non seulement ce soir et demain, mais pour le reste de votre vie ».

« Non, Votre Honneur, objection », l'interrompit de nouveau Big Tom, cette fois pour chicaner sur la responsabilité du jury dans cette affaire. À son objection suivante succéda une autre de son associé, puis une autre de Tom lui-même. Tom Young pouvait à peine terminer une phrase sans que l'un ou l'autre avocat de la défense se lève de sa chaise pour objecter. Young n'avait entamé son discours que depuis quelques minutes lorsqu'il se tourna vers le jury pour se plaindre : « Je m'attends à voir couler beaucoup d'eaux troubles dans le ruisseau de la justice aujourd'hui ! »

Big Tom était satisfait d'avoir noyé le moteur de l'accusation alors qu'il venait tout juste de démarrer, mais Young ne tarda pas à lui rendre la pareille. Radney aimait prononcer ses discours d'ouverture à la manière d'un barde se lançant dans un poème épique, narrant la vie de son client de sa naissance jusqu'aux ennuis, injustices et coups du sort qui avaient conduit à sa présence dans ce tribunal ce jour-là. Fidèle à sa stratégie, il commença par dépeindre Robert Burns comme un garçon de la région, qui était né et avait grandi à l'extrémité nord du comté de Tallapoosa. Il raconta ensuite en détail ses années passées à conduire des bus et des camions à Cleveland et Chicago et à servir son pays au Vietnam – Big Tom fit à ce moment-là une petite digression pour s'appesantir sur le courage de son client et les violences horribles dont il avait été témoin au front – puis rendit le héros de guerre à son comté natal, où, expliqua-t-il, Burns avait de nombreux parents, dont son ancienne belle-sœur, Ophelia Maxwell.

En entendant prononcer ce nom, Tom Young bondit hors de son siège. « De toute évidence, M. Radney a décidé de s'engager dans la voie contre laquelle la cour l'a mis en garde tout à l'heure, dit-il sèchement. Il s'apprête à évoquer un sujet qui n'a pas le moindre lien avec le dossier. » Young savait que Big Tom avait l'intention de plaider deux affaires simultanément : la première pour défendre son client actuel, la seconde pour faire condamner son ancien. Loin de se laisser déstabiliser par l'objection, Radney remercia le juge de l'avoir rejetée puis adressa un conseil au jury. « Je dois vous prévenir, dit-il. Lorsque M. Young se lève ainsi, cela signifie qu'il est en train de prendre la mouche.

« Comme je vous le disais avant d'être impoliment interrompu... », poursuivit Big Tom et, revenant au discours qu'il avait préparé, il commença à énumérer tous les proches du révérend Willie Maxwell décédés dans des circonstances suspectes, sur quoi le procureur l'interrompit encore : « Très bien, avec la permission de la cour, dit-il sèchement, l'accusation demande une annulation pour vice de procédure. »

C'était la première fois, mais non la dernière, que l'accusation essayait de convaincre le juge Avary de mettre fin au procès, au motif qu'il était déjà trop compromis pour continuer. Après cette première requête, Young sollicita une annulation à quatre autres reprises uniquement pendant le discours d'ouverture de Big Tom. Ayant essuyé quatre refus, il demanda une suspension d'audience, que le juge lui refusa également, puis éleva une objection, qui n'eut pas plus de succès.

Pendant que Tom Young s'enlisait dans ses requêtes, Big Tom atteignait tout juste sa vitesse de croisière. Il n'avait aucune intention d'essayer de nier l'indéniable, déclara-t-il. Il n'allait pas affirmer que Robert Burns n'avait pas tué Willie Maxwell – simplement que Robert Burns n'était pas Robert Burns lorsqu'il l'avait fait. Soucieux de ne laisser aucun doute quant à sa capacité à regarder les faits bien en face, Big Tom termina son discours d'ouverture par une déclaration audacieuse : « Nous admettons qu'il l'a tué, nous admettons qu'il lui a tiré dessus à trois reprises, nous admettons qu'il lui a, comme l'affirme M. Young, tiré dans la tête, dans l'estomac, tout ce que dira M. Young, et nous admettons qu'il est mort des blessures que Robert Lewis Burns lui a infligées. » La défense n'avait aucune intention de nier tous ces faits, mais rappela ensuite au jury qu'aucun d'entre eux ne signifiait que l'accusé méritait la prison.

Après cette mise au point, l'accusation appela son premier témoin, le Dr Carlos Rabren, le toxicologue qui avait autopsié le révérend Maxwell. Le Dr Rabren se présenta rapidement, puis livra son témoignage concernant les trois balles qu'il avait extraites du corps de la victime. Tout se déroulait comme prévu pour Tom Young jusqu'à ce que le contre-interrogatoire commence, qui révéla que Rabren travaillait pour le département de toxicologie depuis quinze ans, période pendant laquelle il avait réalisé non seulement l'autopsie de Willie Maxwell, mais également celle de plusieurs de ses proches. Sims, qui menait le contre-interrogatoire pour la défense, commença à questionner Rabren au sujet de tous ces décès mystérieux. Avait-il enquêté sur la mort de Mary Lou Maxwell ? Tom Young éleva une objection. Avait-il enquêté sur la mort de John Columbus Maxwell ? Tom Young éleva une nouvelle objection. « Ils le traînent dans la boue, se plaignit Young, davantage à l'intention du jury que du juge. Pour tenter de masquer les vraies questions de ce procès. »

Le juge Avary rejeta les objections, et Sims poursuivit son inventaire, se servant du propre témoin de l'accusation pour noircir la personnalité de la victime de meurtre. « N'est-il pas vrai, demanda-t-il, que la deuxième Mme Maxwell a été, comme la première Mme Maxwell, retrouvée morte derrière le volant d'une voiture ? » Eh bien, pas tout à fait, répondit le Dr Rabren ; la deuxième Mme Maxwell avait été retrouvée sur le plancher du véhicule. Sims l'interrogea ensuite sur la mort de James Hicks. Le Dr Rabren déclara qu'il n'avait pas travaillé sur cette affaire, mais qu'il connaissait les conclusions de l'autopsie, ou plutôt l'absence de conclusions. « Monsieur, commença-t-il à expliquer, le département n'a pas établi de cause de décès dans cette affaire. J'ignore s'il s'agit d'un homicide ou de…

— Vaudou, il s'agissait de vaudou ! » s'exclama Sims en lançant théâtralement le poing en l'air.

Tom Young émit une nouvelle objection, mais le cadavre était sorti du placard. Les habitants de la région du lac Martin faisaient circuler des rumeurs au sujet du révérend depuis sept ans, les journaux avaient publié une flopée de dépêches aux titres racoleurs le jour où Maxwell avait été abattu, et toutes les chances qu'avait l'accusation d'empêcher ces ragots de franchir les portes du tribunal venaient de s'évaporer. Sur les deux stratégies élaborées par Big Tom pour l'emporter – faire le procès de la victime plutôt que de l'accusé, et ériger l'accusé en héros –, il avait déployé la première en moins d'une heure, et aucune des trente objections émises par Tom Young pendant les déclarations de son propre témoin ne put y mettre un terme.

Il en alla de même lorsque l'accusation appela son deuxième témoin à la barre. Tellis Hudson, un autre membre de l'« équipe du crime » d'Auburn, partagea les résultats de son analyse balistique, qui montrait que le tireur ne se trouvait qu'à un mètre du révérend lorsqu'il avait fait feu. Mais pendant le contre-interrogatoire, après avoir demandé à Hudson depuis combien de temps il travaillait pour ce laboratoire, Big Tom s'enquit de la mort de James Hicks. Contrairement à Rabren, Hudson avait travaillé sur cette affaire, et il confirma que la cause du décès de Hicks n'avait jamais été établie. « Votre enquête a montré que c'était un jeune homme de vingt-deux ans fort et en bonne santé qui avait travaillé toute la nuit à la filature avant d'être retrouvé mort dans sa voiture sur la route de son domicile, et que vous ignorez ce qui lui est arrivé, dit Radney. Est-ce exact ? »

Oui, répondit Hudson. Big Tom, qui n'était pas du genre à s'arrêter en si bon chemin, questionna le témoin au sujet d'une boîte de poivre noir qui se serait trouvée dans la poche du révérend au moment de sa mort, au sujet du sang qui aurait été badigeonné sur la porte d'entrée de la maison du révérend, et au sujet des poulets qui auraient été suspendus la tête en bas aux pacaniers de son jardin. Hudson déclara qu'il n'avait jamais entendu parler de ces histoires, mais cela n'avait aucune importance, car à présent, le jury en avait entendu parler. Un autre témoin, le révérend Burpo, qui avait prononcé l'oraison funèbre de Shirley Ann, affirma n'en avoir lui non plus jamais entendu parler, mais admit durant le contre-interrogatoire que Maxwell avait perdu toutes ses églises en raison des rumeurs selon lesquelles il avait tué ses proches.

La défense était bien partie pour faire de Maxwell un des prêtres vaudous les plus célèbres depuis Marie Laveau. Mais Tom voulait également prouver autre chose – que Robert Burns était un homme bon revenu du Vietnam avec un esprit perturbé – et lorsqu'un nouveau témoin de l'accusation, Patricia Burns Pogue, vint à la barre, elle l'aida malgré elle à atteindre son but. Pogue, qui était une autre nièce de Robert Burns, était assise à côté de lui sur la deuxième rangée de bancs de la chapelle de la House of Hutchinson lors des funérailles de Shirley, et elle affirma qu'il avait pleuré pendant toute la cérémonie. Burns était tellement ému qu'il était incapable de parler. Elle lui avait crié d'arrêter quand il avait tiré la première balle, déclara-t-elle, mais il semblait être en proie à une sorte de transe, et ne la regardait même pas. Et ainsi de suite : l'un après l'autre, les témoins de l'accusation prêtèrent serment, vinrent à la barre, et finirent malgré eux par faire le jeu de la défense.

Et puis ce fut le tour de James Ware. Vétéran de la marine, Ware était un des tout premiers officiers de police afro-américains embauchés par le comté de Tallapoosa ; il travaillait pour le département de police d'Alexander City depuis douze ans et, contrairement aux autres témoins, il ne manquait pas d'expérience à la barre. Le jour du meurtre du révérend, il faisait la circulation aux funérailles de Shirley Ann Ellington et s'était précipité à l'intérieur en percevant le premier coup de feu. Il avait entendu Robert Burns confesser clairement son crime dans la chapelle, puis de nouveau dans la voiture de police qui le conduisait au commissariat.

Si l'officier James Ware en parlait, Big Tom savait que son témoignage ne jouerait pas en faveur de la défense. Tout type d'aveu aurait été un problème pour Radney, mais les paroles de Burns en particulier : « Vous avez maltraité ma famille pendant assez longtemps » et « Si je devais le refaire, je le ferais sans hésiter », n'étaient pas celles d'un homme en proie à une folie passagère. En position de défense pour la première fois depuis le début du procès, Big Tom objecta à presque chaque syllabe prononcée par Young ou Ware. En voyant se dessiner la scène dans la voiture de police, il demanda au juge de faire sortir les jurés de la salle avant que Ware ne finisse son témoignage afin que la cour puisse décider de la recevabilité des aveux, compte tenu des circonstances particulières dans lesquelles ils avaient été obtenus.

Le juge Avary accepta, et lorsque les jurés eurent disparu, les journalistes et spectateurs écoutèrent avec attention les avocats reprendre la dispute entamée avant le déjeuner. Big Tom argua que dans la mesure où Robert Burns n'avait été avisé de ses droits qu'après ses aveux, et que les deux seules personnes à l'avoir entendu étaient des officiers de police, les aveux n'avaient pas été obtenus selon les règles et étaient par conséquent irrecevables. Tom Young répliqua que ces deux confessions avaient été offertes volontairement et spontanément à toute personne à portée de voix, et étaient ainsi parfaitement recevables. En outre, ajouta Young, même si un des hommes ayant recueilli les aveux, William, le frère de Robert Burns, avait travaillé pour le département du shérif par le passé, ce n'était pas le cas au moment du meurtre, par conséquent, toute confession recueillie par cet homme était admissible.

Toujours en l'absence du jury, l'accusation plaça William Burns à la barre, où, au grand désarroi de Young, il apparut que les aveux n'avaient finalement pas été si spontanés que ça. William avait en réalité demandé : « Robert, pourquoi as-tu fait ça ? » Pire encore, lorsque Young détailla les expériences professionnelles de William, affirmant que celui-ci ne travaillait plus pour le shérif depuis des années, la cour découvrit que ce n'était pas tout à fait vrai : il le faisait toujours occasionnellement de façon bénévole. Tom Radney fit ensuite remarquer que William avait été autorisé à retirer les menottes de son frère, chose que seul un membre des forces de l'ordre est autorisé à faire. Le juge, convaincu, déclara les aveux irrecevables.

Il était alors 16 heures et Tom Young, soucieux de limiter les dégâts, demanda que l'audience soit suspendue pour la journée. Mais Big Tom, pour qui les procès devant jury s'apparentaient à des pièces de théâtre, tenait à ce que les changements de scène se fassent au moment qu'il avait choisi, et il ne voulait pas que les jurés passent la nuit à se demander ce que son client avait dit précisément dans la voiture de police qui le conduisait au commissariat. Alors Big Tom objecta qu'il était bien trop tôt pour que la séance soit suspendue et le juge se rangea à son avis. On rappela le jury, l'officier Ware témoigna, et Tom Young tenta de nouveau par tous les moyens de faire entendre les aveux aux jurés cependant que Big Tom émettait des objections avec la régularité d'un métronome.

Quarante-cinq minutes plus tard, tout le monde en avait assez. Avant d'annoncer d'un coup de marteau la fin de la séance pour la journée, le juge Avary rappela aux jurés qu'ils seraient soumis à l'isolement pour la nuit – chose assez inhabituelle dans un circuit où les accusations aboutissaient souvent à des négociations de peine et les procès duraient rarement plus de quelques heures. Le juge ajouta en s'excusant qu'ils n'étaient pas autorisés à rentrer chez eux pour récupérer des vêtements propres, mais leur demanda de dresser une liste de ce dont ils avaient besoin, et des assistants se rendirent au domicile de chacun afin de se faire remettre leur nécessaire par leurs épouses et petites amies. Le juge les pria d'ignorer les informations relayées par la radio et la télévision et les envoya se reposer à l'hôtel situé au bout de la rue, au croisement des nationales 22 et 280 – le Horseshoe Bend Motel.

# 13

# L'homme d'Eclectic

Au moins, la climatisation fonctionnait. La salle d'audience était plus fraîche le mardi qu'elle ne l'avait été la veille, et tout aussi bondée. En réalité, le bâtiment entier était plein à craquer : la défense et l'accusation avaient cité à comparaître les témoins du camp adverse afin de les tenir éloignés du procès jusqu'à ce que vienne leur tour de se présenter à la barre, la salle de réunion était donc remplie des témoins de l'accusation, la bibliothèque grouillait de policiers, et le couloir était envahi par les témoins de la défense. Tom Young était convaincu que certains pouvaient entendre les discussions par-dessus le bruit de la climatisation, et il gardait l'œil sur un témoin en particulier, qui semblait rôder un peu trop près de la salle.

Tôt ce matin-là, l'accusation appela à la barre le seul autre Afro-Américain de la police d'Alexander City : un certain Joe Ennis Berry, qui, avec James Ware, avait été chargé de réguler la circulation devant le funérarium House of Hutchinson le jour du meurtre du révérend.

Berry servait son pays depuis qu'il était adolescent. À seize ans, il avait prétendu en avoir dix-huit pour s'enrôler dans l'armée et avait suivi les parachutistes sur les plages de Normandie, puis il avait servi dans l'armée de l'air avant de rentrer chez lui en Alabama. En 1966, époque où peu de forces de police souhaitaient mettre fin à la ségrégation dans leurs rangs, le maire d'Alexander City avait demandé à Berry de rejoindre la police de la ville.

Depuis lors, l'officier Berry exerçait ce métier et la défense entama son contre-interrogatoire en le questionnant au sujet des enquêtes sur les morts de Mary Lou Maxwell, John Columbus Maxwell, Dorcas Anderson Maxwell, James Hicks et, pour finir, Shirley Ann Ellington. Tom Young émit des objections à presque toutes les questions et demanda à nouveau un ajournement, que le juge Avary lui refusa.

En réponse, Tom Young appela à la barre l'officier Ware et, dans l'espoir de faire enfin entendre aux jurés les aveux de Robert Burns, il le questionna encore une fois sur le jour où le révérend Maxwell avait été abattu. Aussitôt, Tom Radney l'interrompit :

« Taisez-vous, monsieur Young. Taisez-vous juste une seconde.

— Ma foi, je pense…, commença Young.

— La ferme ! cria Radney. Je veux que vous la fermiez immédiatement.

— Allez vous faire voir », répliqua Young.

Le juge, habitué à jouer les arbitres avec ses deux petites filles en bas âge, Pye et Scottie, imposa un temps mort aux deux avocats. Il les renvoya à leurs tables respectives, leur laissa quelques minutes pour recouvrer leur sang-froid, puis commença à réprimander l'accusation. « Monsieur Young, dit-il, nous avons déjà parlé à moult reprises de cette déclaration, et je l'ai exclue. » Radney, soucieux de se faire passer pour le plus raisonnable des deux, fit savoir au juge qu'il ne souhaitait pas voir le procès ajourné, mais au contraire poursuivi afin de blanchir son client. Avary se rangea à son avis, et il était en train d'intimer aux deux avocats de se conduire décemment lorsque Young l'interrompit : « Votre Honneur, comment un homme peut-il se comporter décemment quand l'avocat de la défense lui parle comme à un chien ? »

Le juge fit sortir les jurés de la salle, puis passa un savon aux avocats. Il aurait dû laisser entrer les caméras de la télévision, finalement, leur dit-il ; ils y auraient peut-être réfléchi à deux fois avant de se ridiculiser de la sorte. Ce procès était en train de devenir un « carnaval » et un « cirque », et il pria Radney et Young de se comporter en professionnels. Cela valait aussi pour la presse et les spectateurs, qui avaient déjà été rappelés à l'ordre un nombre incalculable de fois par le juge, de plus en plus impatient. Deux cents personnes étaient venues assister au procès de Robert Burns, et la salle d'audience d'Alexander City était pleine à craquer. Les spectateurs hoquetaient en écoutant les légistes et ricanaient ou échangeaient des murmures à chaque nouveau témoignage, faisant grincer leur banc dès qu'ils se penchaient pour parler avec leurs voisins. Encore et encore, le juge exigeait le silence. Ça suffit, déclara-t-il : à partir de maintenant, les avocats étaient priés de se tenir à carreau.

Ayant à force de remontrances contraint son audience honteuse à une docilité temporaire, Avary rappela le jury et bientôt le dernier des témoins de l'accusation fut appelé à la barre. C'était Jimmy Burns, un des fils d'Ophelia, qui déclara, comme chacun s'y attendait, qu'il avait vu son oncle Robert abattre son beau-père aux funérailles de Shirley Ann. C'était un fait que personne ne remettait en question, pas même la défense, et la salle, qui quelques minutes plus tôt frôlait l'hystérie, menaçait à présent de s'endormir d'ennui. Mais pendant son contre-interrogatoire, Jimmy Burns fit une déclaration si stupéfiante que les spectateurs somnolents se redressèrent soudain sur leurs bancs. À la veillée mortuaire de Shirley, expliqua-t-il, la famille avait appris qu'un homme originaire d'Eclectic, une ville toute proche, faisait savoir à qui voulait l'entendre que le révérend Maxwell avait essayé de louer ses services pour tuer la jeune femme.

Tel le visiteur de Porlock qui empêcha Coleridge de terminer son poème, l'homme d'Eclectic interrompit de façon dramatique et irrévocable les discussions de la matinée. Cet homme se révéla être Alphonso Murphy, et il vivait en réalité plus près de Wetumpka à présent, au sud-ouest du lac Martin, dans le comté d'Elmore. Il était âgé de vingt-quatre ans et avait scié du bois pour le révérend pendant un mois. Il avait démissionné lorsqu'il avait appris le passé sordide de son employeur, se demandant sur qui le révérend détenait une assurance-vie, et s'il ne risquait pas d'être le prochain sur sa liste.

Ce n'était pas le cas. Cinq mois plus tard, poursuivit Murphy, le révérend s'était présenté chez lui pour lui faire une proposition. « Je suis sûr que t'as entendu des trucs à mon sujet, lui avait dit Maxwell avant de lui demander d'assassiner sa belle-fille, ajoutant qu'il était prêt à y mettre le prix. Je peux te donner tout ce que tu veux en récompense. Je peux te donner du liquide, te payer une nouvelle voiture, ou t'aider à acheter un terrain pour construire ta maison. » Les honoraires étaient négociables, de même que la nature du travail : « Je peux te laisser tout faire, tu peux la tuer toi-même, ou, si tu ne veux pas, tu peux juste faire semblant d'avoir bousillé la voiture. »

Tom Young aurait préféré ne jamais voir Murphy s'approcher du tribunal, mais Tom Radney brûlait d'impatience de l'appeler à la barre. C'était le premier témoin de la défense, et il offrit le témoignage le plus accablant du procès, ainsi que ce qui se rapprochait le plus d'une théorie sur les meurtres jamais rendue publique. D'après Murphy, le révérend avait expliqué que Shirley serait morte avant d'être placée dans la voiture et avait suggéré à Alphonso de s'infliger lui-même quelques entailles afin que l'« accident » paraisse plus réaliste. Tout ce que Murphy avait à faire, avait précisé le révérend, c'était rester sur place jusqu'à l'arrivée de la police. Enfin, à moins qu'il ait ses propres problèmes domestiques et craigne d'être trahi. « Si tu as peur que ta femme vende la mèche, lui avait suggéré Maxwell, je te conseille de la mettre dedans et de la buter aussi. »

Ces quelques minutes de témoignage suffirent à faire oublier à la salle toutes les rumeurs de vaudou. Il n'y avait ni poisons ni poudres, ni malédictions ni sorts. Les actes ignobles qui, sept ans durant, avaient été attribués à des phénomènes surnaturels, prirent soudain un visage humain : un homme était venu frapper à la porte d'un autre homme pour lui demander de commettre un meurtre. Le hoquet de stupeur collectif suscité par les déclarations de l'homme d'Eclectic se mua en un murmure indistinct tandis que l'audience se remémorait tous les autres accidents suspects et commençait à spéculer sur les complices potentiels.

Après avoir interrogé Murphy, Tom Radney appela à la barre la seule personne présente dans le tribunal qui ne pouvait être surprise par le témoignage de l'homme d'Eclectic : l'agent James Abbett de l'ABI, qui, des années plus tôt, avait recueilli deux témoignages similaires dans le cadre de l'enquête sur la mort de James Hicks. C'était également Abbett qui avait interrogé Alphonso Murphy, et les deux pages et demie de notes qu'il avait prises pendant cette conversation se révélèrent bien plus détaillées que le témoignage de Murphy à la barre ce jour-là.

À en croire les rapports d'enquête officiels d'Abbett, Murphy avait donné la date exacte de la proposition macabre du révérend : c'était le jeudi 19 mai et Maxwell était arrivé chez Murphy dans une Gran Torino deux portes de 1974 pour lui offrir une maison, une caravane ou du cash s'il acceptait de l'aider à tuer sa belle-fille d'ici le milieu du mois suivant. Le révérend Maxwell avait affirmé que Shirley essayait de l'empoisonner avec de mystérieuses capsules et qu'elle « demandait aux gens pourquoi il n'était pas mort ».

Paranoïaque et impatient, le révérend avait ajouté qu'en plus du paiement que Murphy recevrait d'avance, il pourrait aussi empocher une partie des indemnités que toucherait Maxwell après la mort de Shirley. Il expliqua à Murphy qu'il avait déjà choisi le lieu où mettre en scène l'accident : un endroit proche de Wind Creek State Park, une zone de camping ménagée sur la rive ouest du lac Martin. Il y avait dans, autour et le long du parc une multitude de routes isolées où abandonner la voiture, et il était fort commodément situé entre Eclectic et Alexander City. Quelques jours plus tard, lorsque le révérend revint pour connaître la décision de Murphy, ce dernier l'informa qu'il ne souhaitait jouer aucun rôle dans ce meurtre.

La défense n'aurait pu rêver d'une meilleure histoire ni d'un meilleur témoin pour la raconter au jury. Abbett, qui serait élu six fois shérif du comté de Tallapoosa, était un homme professionnel, méthodique et autoritaire. Après son témoignage, Radney et Young ne plaidaient plus dans l'affaire État d'Alabama contre Robert Burns, mais dans le peuple contre Willie Maxwell, et tous les termes du procès initial étaient inversés : le révérend, qui avait été assassiné, n'était plus présenté comme la victime mais comme un tueur de sang-froid ; Burns, qui selon trois cents témoins et de son propre aveu était bel et bien un tueur de sang-froid, se trouva dépeint comme un héros, la seule personne dans cette ville terrorisée qui avait eu le courage de faire ce qui devait être fait.

Naturellement, nul ne pouvait présenter directement les choses ainsi. L'homme d'Eclectic regagna Wetumpka lorsque Abbett quitta la barre, et le procès se poursuivit – quelle que fût la personne qu'il s'agissait de juger. Radney appela le premier de ses deux témoins experts, un certain Julian Woodhouse, qui travaillait à l'East Alabama Mental Health Center à Opelika.

Âgé de trente et un ans, Woodhouse avait étudié la psychologie à l'université d'État du Nouveau-Mexique, puis obtenu une maîtrise de psychologie clinique à l'université d'État de Floride. Après un internat en psychologie clinique à l'université du Texas, il avait travaillé dans l'unité de psychologie médico-légale de l'hôpital public de Floride, et obtiendrait son doctorat dès qu'il aurait terminé sa thèse. Comme le shérif adjoint William Burns, qui n'était pas tout à fait un shérif adjoint, le Dr Woodhouse n'était pas tout à fait un docteur.

« Cet homme n'est pas un docteur », objecta Young la première fois que Radney essaya de suggérer que c'était le cas. Oh, pour l'amour de Dieu, répliqua Radney, il ne lui restait que sa thèse à terminer, détail qui ne faisait aucune différence. Qu'importe que son témoin n'ait pas encore obtenu le grade de docteur, Big Tom maintint qu'il était plus que qualifié pour administrer et interpréter les tests psychologiques auxquels Burns avait été soumis. Radney consentit à appeler Julian « monsieur Woodhouse » plutôt que « docteur », mais en quelques questions, il avait déjà oublié sa résolution et se remit à enjoliver les références de son témoin. « Dites-moi, docteur, commença-t-il, pour se reprendre aussitôt : Pardonnez-moi, Julian », et il demanda à Woodhouse de décliner sa longue expérience clinique, qui incluait un été à l'hôpital des anciens combattants de St. Petersburg en Floride et plusieurs stages en Angleterre.

Young objecta de nouveau. « Avec la permission de la cour, dit-il, optant cette fois pour la politesse, je ne crois pas que cet homme soit un docteur, et je sais que M. Radney veut donner à son témoin tout le prestige que ce titre implique, mais M. Woodhouse lui-même a déclaré qu'il n'était pas docteur. » L'objection fut retenue et Woodhouse poursuivit sa déposition. Il avait évalué Robert Burns à deux reprises cet été-là, la première et la deuxième semaine de juillet, pendant deux séances de trois heures au cours desquelles l'accusé avait passé six tests psychologiques. Pour chaque test, le témoin expliqua au jury la méthodologie générale puis les conclusions spécifiques ; dès qu'il en avait l'occasion, Radney demandait au « docteur » Woodhouse de bien vouloir éclaircir tel point. Young objecta, objecta et objecta encore, pour finir par abandonner. Radney était expert dans l'art de répéter une chose jusqu'à ce qu'elle devienne vraie, si bien qu'avant la fin du témoignage de Julian, suite à une capitulation qui aurait en soi mérité une explication psychologique, même Tom Young appelait le témoin « docteur Woodhouse ».

Et lorsque, au terme de ce qui avait dû paraître le plus long et rigoureux examen jamais réalisé sur la psyché humaine, Radney demanda à son expert de décrire l'état d'esprit de l'accusé le jour du meurtre, c'est le « docteur » Woodhouse qui répondit : « Lorsque Robert Lewis Burns a appuyé sur la détente ce jour-là, il souffrait d'une maladie de l'esprit l'empêchant de distinguer le bien du mal. » Radney, qui souhaitait que Woodhouse développe son propos, demanda si « impulsion irrésistible » était un terme correct pour décrire ce que Burns avait ressenti dans le funérarium. Woodhouse déclara que oui et ajouta qu'il avait diagnostiqué chez M. Burns un « trouble de l'adaptation passager ».

Radney, ayant obtenu ce qu'il voulait de Woodhouse, appela à la barre son deuxième témoin expert, le Dr Frances Goodrich Gunnels. Gunnels était une vieille amie de Big Tom, qu'il avait connue à l'université d'Alexander City, où il enseignait parfois la politique et l'histoire à l'époque où elle dirigeait le département des sciences sociales et de psychologie. Young était furieux, mais, étrangement, la raison n'était pas cet évident conflit d'intérêts. Gunnels était le témoin qu'il avait, plus tôt, soupçonné d'écouter aux portes, aussi demanda-t-il à faire sortir le jury et, cela fait, il laissa éclater sa colère. Il devait craindre que le deuxième expert de Big Tom n'ait essayé de s'assurer que son témoignage corroborait celui du premier, ou de grappiller des réponses à d'éventuelles questions techniques, mais plutôt que d'expliquer ses véritables inquiétudes, il s'adressa au juge en agitant le poing.

« J'ai demandé un aparté hier pour exprimer mes réserves à la cour, et la cour sait que je veux m'opposer à ce que le Dr Gunnels témoigne dans le cadre de ce procès, dit-il au juge Avary. Déjà hier, et encore aujourd'hui, je l'ai vue devant la bouche d'aération, à la porte de la salle d'audience. Juste à côté de la barre des témoins, à deux mètres à peine, à écouter les débats. » Mais lorsque le juge interrogea le Dr Gunnels à ce sujet, celle-ci déclara que, certes, elle s'était trouvée dans le couloir pendant tout ce temps, mais n'avait rien entendu à cause du bruit de la climatisation. Du reste, elle était si dure d'oreille que même si elle avait collé sa tête au conduit, elle n'aurait pas pu écouter ce qui se disait dans la salle d'audience.

Avary, que Tom Young avait encore une fois échoué à convaincre, fit revenir le jury, et Gunnels témoigna. Elle déclina ses qualifications – diplômée en psychologie et enseignement spécialisé, elle avait une longue expérience au sein du centre psychopédagogique de Birmingham et de l'administration des anciens combattants – avant d'évoquer le cas de Robert Burns, avec qui elle s'était entretenue à trois reprises cet été-là, pendant un total de six heures. Gunnels déclara que Burns était un homme d'une intelligence normale, mais souffrant d'un trouble de la personnalité passive agressive qui se manifestait par la répression de sa colère, le prédisposant à « exploser » après une tragédie telle que le meurtre de sa nièce. Elle alla jusqu'à affirmer que Burns était « incapable d'éviter » ce qu'il s'était passé dans la chapelle du funérarium House of Hutchinson.

Young commença son contre-interrogatoire de Gunnels en minimisant ses qualifications, comme il l'avait fait, avec peut-être davantage de raisons, vis-à-vis du pas-tout-à-fait-docteur Woodhouse. « Vous étiez, en réalité, une sorte de conseillère d'orientation, dit-il au sujet de son travail à la clinique Birmingham Child Guidance. Au fond, c'est tout ce que vous êtes, n'est-ce pas ? » C'était faux. Comme le Dr Gunnels l'expliqua à Young et au jury, elle avait, au cours de ses dix ans d'expérience en tant que psychologue clinicienne, évalué et traité toutes sortes de troubles allant de la dyslexie à la schizophrénie.

Ayant échoué à discréditer le témoin, Young essaya de discréditer la psychologie en général. Était-ce, s'enquit-il, « un art, une science, ou autre » ? Il avait déjà tenté cette manœuvre pendant son contre-interrogatoire de Woodhouse, en demandant si un des tests auxquels Burns avait été soumis, le Minnesota Multiphasic Personality Inventory, était aussi efficace « sur les Noirs que sur les Blancs », et s'il était possible de comparer des sujets animaux tels que des souris à des êtres humains. Mais lorsqu'il évoqua de nouveau ce dernier point avec le second témoin, la question de Young se retourna contre lui ; Gunnels, qui s'occupait d'un laboratoire de souris au collège communautaire, était bien plus déterminée à défendre ses recherches que Woodhouse.

Les choses se gâtèrent encore pour Tom Young lorsque la défense se leva afin de soumettre le témoin à un réinterrogatoire. Lee Sims demanda au Dr Gunnels si elle avait déjà témoigné au tribunal en tant qu'experte. Il se trouvait que oui, et notamment pour l'État de l'Alabama. Et à présent, le témoin, auquel le procureur lui-même avait déjà fait appel pour son expertise, expliquait au jury qu'« aucun homme ni aucune somme d'argent n'auraient pu [lui] faire dire qu'un homme était fou si [elle n'en était] pas convaincue ». Et elle était convaincue que Robert Burns n'était pas en possession de toutes ses facultés mentales au moment où il avait tiré sur le révérend Willie Maxwell. Ce n'était pas un homme violent, déclara-t-elle, et il n'avait commis aucun acte violent avant cela, si ce n'est pendant son service militaire.

Tom Young, qui était en possession d'un dossier du FBI rempli d'allégations du contraire, fulminait sur sa chaise. Mais quelle que soit la direction que prenait l'interrogatoire, le témoin ne pouvait évoquer devant le jury les précédents épisodes violents de l'accusé, puisque Gunnels n'avait jamais discuté avec Burns de ses séjours dans l'Ohio, le Maryland et l'Illinois et ne savait rien des crimes qu'il était accusé d'avoir commis dans ces États. Il en alla de même pour tous les témoins de moralité appelés à la barre par Big Tom. Tous expliquèrent que c'était un homme bon, issu d'une famille extrêmement respectable ; ils ne savaient rien de ses visites à Cleveland, Laurel ou Chicago. Pour autant que le jury pût en juger, avant le meurtre du révérend, Burns était un homme aimé et admiré de tous.

Afin de renforcer encore cette impression, Big Tom appela la femme de son client à la barre. Vera Burns parla de leurs huit années de mariage, de la manière dont son mari l'aidait à élever leur fils adolescent et la petite fille handicapée qu'ils avaient adoptée. Elle assura aussi que Shirley Ann Ellington était très proche de leur fille, et que son mari adorait Shirley. Mais elle fit sa déclaration la plus convaincante lorsqu'elle raconta au jury qu'elle avait entendu parler de ce que le révérend Maxwell avait demandé à l'homme d'Eclectic et qu'elle l'avait évoqué devant son mari avant le meurtre. En l'apprenant, déclara-t-elle, Burns était dans tous ses états. « Il m'a dit que ça le rendait malade, il était bouleversé. Et il a dit qu'il avait peur que M. Maxwell tue les autres enfants de Nathaniel, expliqua-t-elle, avant d'ajouter : Il avait même peur que M. Maxwell essaie de nous faire du mal à nous.

— Laissez-moi vous poser une question, Vera, poursuivit Big Tom de sa voix la plus douce. Est-il vrai que tous les membres de la famille Burns étaient terrifiés par le révérend Maxwell ? »

Vera répondit que oui, ils l'étaient, et lorsque Radney demanda si elle aussi avait peur de Maxwell, elle répondit que oui, elle aussi. Quand il la questionna au sujet du vaudou, Mme Burns expliqua que des rumeurs avaient toujours circulé à ce sujet. C'était affreux, dit-elle, tout ce qu'ils avaient appris sur le révérend depuis la mort de Shell, alors le voir aux funérailles, c'était trop. Son mari avait en permanence son pistolet sur lui, et c'était sans mauvaise intention qu'il l'avait emporté aux funérailles. Elle n'était même pas présente quand il avait tiré, car elle était partie plus tôt avec une des sœurs de Shirley, que le service avait bouleversée.

C'était un témoignage convaincant, mais Big Tom, qui était bien conscient que les jurés pouvaient hocher la tête avec compassion ou se tamponner les yeux pendant les témoignages et malgré tout juger l'accusé coupable, souhaitait appeler un dernier témoin à la barre. Dorothy Moeling vivait à Alexander City et elle avait, des années plus tôt, été mise en contact avec Robert Burns dans le cadre d'un programme de correspondance organisé par une association locale pour les troupes servant à l'étranger. Bien qu'elle n'eût rencontré Robert Burns qu'une seule fois, elle avait échangé de nombreuses lettres avec lui alors qu'il combattait au Vietnam. « Mon mari et moi, nous trouvions ses lettres simplement merveilleuses, déclara-t-elle. C'était un vrai patriote, un homme dévoué à son pays. »

Tom Young souleva une objection, arguant que le témoignage de Moeling était hors de propos et devait par conséquent être exclu, mais Big Tom en appela à une autorité supérieure : « Chaque action, dit la Cour suprême, du berceau à la tombe, est admissible dans une défense fondée sur les troubles mentaux. » Avary rejeta l'objection de Young, et Big Tom lut presque en intégralité le formulaire de décharge DD214 de Robert Burns, qui faisait état de ses périodes de service, ainsi que des honneurs et médailles reçus. Puis il lut à voix haute des extraits d'une lettre que Burns avait adressée à Dorothy Moeling depuis le Vietnam. Il la remerciait d'abord d'avoir pris le temps de lui écrire, lui racontait ensuite son enfance près de Horseshoe Bend, puis expliquait qu'il était au Vietnam depuis cent trente-quatre jours et qu'il lui en restait deux cents trente-deux à servir. « Je veux que vous sachiez que je ne regrette pas un seul de ces jours, avait-il écrit avant de citer en les modifiant légèrement les célèbres paroles de Nathan Hale : Je regrette seulement de n'avoir qu'une vie à donner pour mon pays, et pour les gens comme vous. »

Il écrivait à la lumière d'une bougie, poursuivait Burns. Deux jours plus tôt, sa compagnie, Action Alpha, avait été impliquée dans de violents combats et avait tué cinquante-huit hommes et trois femmes, et blessé trois autres femmes. « Madame Moeling, concluait-il, nous allons gagner cette guerre, même si nous devons sacrifier beaucoup de vies, même si je dois sacrifier la mienne. » C'était un choix astucieux de la part de Big Tom, qui avait eu raison de se battre pour faire verser la lettre au dossier. Que les jurés pensent ou non que Burns avait agi en héros ce jour-là dans la chapelle, ils savaient à présent qu'il avait été un héros au Vietnam et qu'à l'instar de tout homme ayant combattu, tout pacifique qu'il ait pu être, il était rentré de la guerre profondément ébranlé.

À 15 h 50, Tom Radney annonça qu'il avait terminé. Quinze minutes plus tard, l'accusation fit de même, et les deux camps se préparèrent pour leur plaidoirie finale. L'assistant du procureur parla le premier, résumant les déclarations des témoins et exposant aux jurés l'argument très simple de l'accusation : Robert Burns avait abattu le révérend Willie Maxwell, et il était parfaitement sain d'esprit les trois fois où il avait pressé la détente. Anticipant le discours de la défense, il rappela ensuite aux jurés qu'ils auraient peut-être jugé coupable le révérend Willie Maxwell s'ils en avaient eu l'occasion, mais que ce n'était pas la raison de leur présence ici : « Que Willie J. Maxwell soit coupable de ces meurtres ou non, cela n'a absolument aucune incidence sur votre décision de condamner ou d'innocenter cet homme. » Au terme de son discours de conclusion, Jones souligna l'élément crucial des arguments de l'accusation, qui est également une pierre angulaire du système judiciaire américain. « Même si Willie Maxwell avait avoué ces meurtres en audience publique, ici, devant vous, dit-il, cela n'aurait pas donné à Robert Burns le droit de le tuer. »

Lee Sims, qui prononça la première plaidoirie de la défense, entreprit d'ignorer tout ce que Jones venait de dire. Il énuméra les accusations portées contre le révérend et rappela au juré les conclusions des témoins experts au sujet de l'état mental de Robert Burns. Puis il laissa la parole à Big Tom, qui se leva de derrière sa table et desserra sa cravate.

Les procès étaient la raison de vivre de Big Tom, et il était plus que jamais dans son élément pendant ce court moment où il se tenait devant le jury, délesté de toutes les motions, objections, témoignages et preuves, libéré de toute obligation autre que l'éloquence. Le jury savait ce qu'il y avait à savoir – ou en tout cas ce que Tom voulait qu'il sache – et il pouvait enfin leur parler comme il parlait à son jury personnel à la maison. Pour commencer, il plaida l'humilité, affirmant que Jones avait tort de dire de lui qu'il avait « déployé toute son éloquence », car, après tout, il n'était pas un grand orateur, mais un simple avocat de campagne. Puis Big Tom demanda au jury de bien vouloir lui pardonner s'il avait offensé qui que ce soit dans le feu des discussions, car tout ce qu'il avait fait, il l'avait fait dans l'intérêt de son client, un homme dont la liberté était en jeu. Enfin, il s'excusa que les jurés aient dû se plier à cette obligation, et qu'ils soient contraints de loger à l'hôtel, loin de leurs familles.

Une fois débarrassé de ces formalités, Big Tom rappela aux jurés que Robert Burns avait une famille qui dépendait de lui, que c'était un homme bon qui avait courageusement servi son pays. Il ajouta qu'avant qu'il commette l'irréparable, la moitié des habitants du comté de Coosa ne dormaient pas de la nuit, se demandant qui serait la prochaine victime du révérend. Il invoqua pour eux l'image de la balance de la justice et les invita à placer son client, Robert Burns, sur l'un des plateaux, et le révérend Willie Maxwell sur l'autre. À la fin de sa plaidoirie, Big Tom prononça une des phrases de conclusion pour lesquelles il était célèbre. Il leur demanda de prendre leur temps, en désignant l'accusé, ajoutant qu'il savait qu'il y avait au moins quelques jurés qui étaient prêts à « passer l'éternité – *l'éternité* – enfermés dans une pièce à délibérer plutôt que de condamner cet homme à un seul jour de prison ».

Le dernier mot du procès – à l'exclusion du verdict – revint à Tom Young, qui s'en servit pour invoquer une nouvelle fois l'importance du respect de la loi. « Nous ne vivons plus à l'époque nébuleuse du Far West, dit-il. Nous vivons à Alexander City, Alabama, et non Lynch City, Alabama. » Il s'en prit violemment à la presse qu'il accusa d'avoir attisé la haine du public à l'encontre de Willie Maxwell, et même d'être complice de son meurtre, puis focalisa son attention sur l'accusé et implora le jury de répondre à une question et une seule. C'était la question à laquelle, à 17 h 40 le mardi 27 septembre 1977 dans le cinquième circuit judiciaire d'Alexander City, le juge James Avary les chargea à son tour de répondre : « Robert Lewis Burns a-t-il illégalement et avec préméditation tué Willie J. Maxwell ? »

# 14

# Ce dont parlait Holmes

Quatre-vingts minutes plus tard, le jury était de retour. Non pour rendre son verdict, mais à la demande du juge, qui voulait faire un point avec le président. L. D. Benton, un ancien combattant de soixante ans qui avait gagné une étoile de bronze et une Purple Heart pendant la Seconde Guerre mondiale avant de travailler en tant que superviseur à Russell Mills, fit savoir au juge, aux avocats et à tous ceux qui étaient toujours présents dans la salle que le jury se dirigeait vers une impasse. Son annonce inquiéta certainement la défense autant que l'accusation, mais Avary le renvoya dans la salle des jurés, déclara que le dîner les aiderait peut-être à délibérer, et demanda à l'huissier de prendre leurs commandes de hamburgers et sandwiches.

À 21 heures, Avary rappela les jurés. Il était impatient et voulait savoir s'ils pensaient atteindre un verdict ce soir, ou même un verdict tout court. Benton annonça qu'ils n'avaient toujours pas délibéré, mais qu'ils avaient procédé à un vote. Avary lui demanda d'en donner le décompte, sans préciser s'il penchait en faveur de la condamnation ou de l'acquittement. Il n'y avait aucune raison de penser que l'état actuel des délibérations se refléterait dans le verdict, mais ce fut malgré tout un moment éprouvant pour l'accusé et ses avocats. Un acquittement était une défaite pour l'accusation, mais l'accusation avait déjà perdu de nombreux procès, tandis qu'une condamnation pour meurtre au premier degré signifierait probablement une peine de prison à vie pour Burns. Benton annonça qu'ils étaient à neuf contre trois, et le juge renvoya les jurés, en leur rappelant qu'ils pouvaient poser toutes les questions susceptibles de les aider à délibérer.

Quelques minutes plus tard, l'huissier revint dans la salle avec une question écrite. « Quelle action serait prise, voulait savoir le jury, si l'accusé était jugé non coupable pour cause de maladie mentale ? » Avary souhaitait donner au jury la réponse suivante : « Je l'enverrai à l'hôpital Bryce où sa santé mentale sera évaluée ; s'il est, à ce moment-là, jugé sain d'esprit, il sera libéré. »

Mais pour une fois, les avocats des deux camps étaient du même avis. Big Tom, craignant de raviver les discussions au sujet des portes tambour, déclara que toute réponse autre que les possibilités de peines déjà communiquées au jury serait préjudiciable ; l'accusation, craignant un vice de procédure si des instructions inappropriées étaient données, était d'accord. Convaincu, le juge Avary envoya aux jurés la note suivante : « Il n'est pas souhaitable que le jury prenne cette information en compte pour délibérer. »

À 22 heures, alors que cinquante personnes, parmi lesquelles Robert et Vera Burns, attendaient toujours impatiemment un verdict, le juge convoqua une quatrième fois le jury. Lorsque Benton annonça qu'ils étaient toujours dans une impasse et avaient déjà transmis leur seule question, Avary les informa que le tribunal leur avait réservé une autre nuitée au Horseshoe Bend Motel. Un procès juste et équitable, les avertit-il, pouvait durer plusieurs jours. Il leur laissait trente minutes supplémentaires pour délibérer avant de les envoyer à l'hôtel pour la nuit. Big Tom objecta à ce qu'il considérait comme une « charge de dynamite », arguant que le juge avait tout simplement menacé les jurés d'isolement. Pour la première fois depuis l'ouverture du procès, Big Tom demanda un ajournement. « Ce n'était qu'un pétard, répliqua sèchement Avary en rejetant la requête de Radney. Je garde la dynamite pour plus tard. »

Il n'en eut pas besoin. Au terme de leurs trente minutes, presque cinq heures exactement après le début des délibérations, le jury fit savoir par le biais de l'huissier qu'ils avaient atteint un verdict. Tom Young était déjà rentré chez lui pour la nuit, de même que la veuve du révérend, mais des dizaines de personnes attendaient toujours, dont Big Tom, qui avait d'ores et déjà rempli une demande d'appel qu'il se tenait prêt à remettre au juge. Mais avant cela, le président du jury avait son propre papier à remettre à Avary. Le juge le prit et le lut à voix haute : « Nous, le jury, déclarons l'accusé non coupable pour cause de maladie mentale. »

Robert Burns enfouit sa tête entre ses mains. Sa femme fondit en larmes. Des acclamations et des applaudissements emplirent la salle, et après que le jury fut sorti et que le juge eut invité Burns à s'approcher pour lui lire une nouvelle fois le verdict, ses amis et les membres de sa famille arrivèrent en courant pour l'étreindre et serrer la main de Big Tom. Le juge voulait envoyer Burns à l'hôpital Bryce immédiatement, mais Radney demanda qu'on l'autorise à passer la nuit avec sa famille, et Avary accepta.

Le lendemain matin, lorsque tous se retrouvèrent au tribunal, presque toute la ville savait ce que le juge avait voulu répondre à la question du jury : un accusé déclaré non coupable pour cause de maladie mentale est envoyé dans un hôpital psychiatrique afin d'être examiné, et libéré dès que le directeur de l'établissement donne son feu vert ; il n'y a pas de durée de séjour minimum, même pour un meurtrier. Tom Young, qui souhaitait que le jury soit au courant mais ne voulait pas risquer un vice de procédure, se présenta au tribunal ce matin-là avec une déclaration pour la presse : « Un meurtrier de sang-froid est donc devenu un héros, lut-il. Les troubles mentaux de l'accusé n'ont jamais été prouvés. C'est même le contraire qui a été démontré. Transférer Burns à l'hôpital Bryce serait une décision parfaitement ridicule, sans parler d'un gaspillage de l'argent du contribuable. S'il est envoyé là-bas, il n'aura même pas besoin de vêtements de rechange, un casse-croûte pour le déjeuner suffira certainement[112]. »

Young se trompait, mais de peu. Lorsque les psychologues de Bryce évaluèrent Robert Burns, ils établirent un diagnostic différent de celui des experts qui avaient témoigné à son procès. Ce n'était guère surprenant puisque, à ce moment-là, il était apparu que les experts n'étaient même pas d'accord entre eux. « D'une certaine manière, commenta plus tard le Dr Gunnels, tuer Willie Maxwell est la chose la plus sensée que quiconque ait faite cet été-là[113]. » Aucun jury du comté de Tallapoosa, poursuivit-elle, n'aurait déclaré Burns coupable, car « il avait simplement fait ce que la loi aurait dû faire depuis longtemps ». Puis elle ajouta, sans la moindre ironie : « Tenez, j'aurais même pu le tuer moi-même. »

Robert Burns fut conduit à Tallapoosa le 28 septembre 1977 et libéré de l'hôpital Bryce quelques semaines plus tard – une période plus courte que celle séparant le moment du meurtre de celui de son acquittement. Il rentra chez lui à temps pour fêter Thanksgiving avec sa famille.

Au fond, le procès de Burns reposait sur deux types de primitivisme : la croyance au surnaturel et la foi en une forme de justice personnelle. Ce n'était pas la première fois qu'un jury blanc de l'Alabama entendait des preuves incontestables de culpabilité et finissait par rendre un verdict d'acquittement. La vengeance est aussi vieille que la violence, et les valeurs morales de beaucoup de Sudistes blancs trouvent leurs racines dans les querelles de familles et duels de gentlemen, au-delà des rivières et des océans, jusque dans les cours médiévales et les dynasties bibliques. Ils venaient d'une société qui avait légitimé le vol dans ses traités conclus avec les Amérindiens et l'esclavage dans ses titres de propriété sur les vies des Afro-Américains ; une société qui, jusqu'à récemment, avait cru que la loi était assez malléable pour extraire le lynchage de la catégorie des homicides. De la même manière, le révérend Willie Maxwell avait été assassiné devant des centaines de témoins sans que personne soit jamais condamné pour ce crime.

Ce verdict de non-culpabilité pour maladie mentale dans le procès Burns exemplifiait ce qu'Oliver Wendell Holmes avait écrit dans son livre sur la *common law* américaine : « La première exigence d'un corpus juridique solide est qu'il soit conforme aux sentiments et besoins réels de la communauté, qu'ils soient justes ou non. Si le peuple souhaite assouvir la passion de la vengeance hors du cadre de la loi, si la loi ne l'a pas aidé, la loi n'a d'autre choix que de satisfaire ce besoin lui-même, et ainsi évite le mal plus grand encore qu'est la vengeance personnelle[114]. » Lorsque le *Montgomery Advertiser* cita cet extrait dans l'éditorial qu'il consacra à l'affaire Maxwell, il ajouta que les habitants de la région du lac Martin, accoutumés à vivre dans la peur du révérend, comprenaient ce dont parlait Holmes, car, de fait, la loi ne les avait pas aidés. Pourtant, lorsque le jury acquitta l'assassin de Maxwell, le même journal regretta cette décision. La justice personnelle était une pratique à la fois romantique et abjecte : trop commode pour être condamnée, trop dangereuse pour être pardonnée. Mais que le verdict ait été juste ou non, l'affaire était à présent close, et si certains avaient des scrupules, presque personne en dehors de sa famille proche et quelques policiers contrariés ne pleura la fin de la longue et étrange carrière du révérend.

Comme le barrage avait endigué la Tallapoosa, les portes s'étaient refermées sur l'affaire Maxwell, et, petit à petit, les eaux commencèrent à monter. À mesure que les semaines et les mois passaient, les histoires se mirent à changer, les dossiers à disparaître, les comptes rendus d'audience à se volatiliser. Ce n'était pas toujours des accidents. Des aspirants héros voulaient plus de reconnaissance ; ceux dont la réputation avait été ternie voulaient être laissés en paix ; les proches voulaient que la vie continue. D'autres pertes étaient liées à l'inévitable déclin de la mémoire et au pouvoir d'érosion du temps, le présent recouvrant inexorablement le passé jusqu'à ce qu'il disparaisse entièrement, jusqu'à ce que la vérité de la vie et la mort du révérend Willie Maxwell, insaisissable au moment des faits, rejoigne les fondations de pierre, les églises et les tombes qui reposent cinquante mètres sous la surface des eaux, englouties dans une couche de limon au fond du lac Martin. Mais avant que cette histoire sombre entièrement dans l'oubli, quelqu'un arriva qui essaya de la sauver.

TROISIÈME PARTIE

# L'ÉCRIVAINE

# 15

# La disparition

C'était difficile à croire, mais Maryon Pittman Allen n'avait pas trouvé un seul exemplaire de *Ne tirez pas sur l'oiseau moqueur* dans tout Washington. Mme James Browning Allen était la deuxième femme du sénateur junior du grand État de l'Alabama et à ce titre, on attendait d'elle non seulement qu'elle assiste au déjeuner des dames du Sénat, mais aussi qu'elle offre à Rosalynn Carter, la Première dame des États-Unis, un livre représentant l'État dont elle était originaire. Le choix d'Allen s'était naturellement porté sur ce livre, puisqu'il n'existait en Alabama aucune histoire plus célèbre que celle des aventures d'un garçon manqué prénommé Scout et de son héros de père, l'avocat Atticus Finch, mais bien qu'il y eût à l'époque des millions d'exemplaires du roman de Nelle Harper Lee en circulation, Allen n'en trouva pas un seul en vente dans la capitale de la nation.

Allen avait le même âge que Lee, et elles avaient toutes les deux abandonné leurs études à l'université d'Alabama à la même période. Lee avait arrêté le droit pour se consacrer à l'écriture, Allen le journalisme pour fonder une famille. Lorsque son premier mariage échoua et qu'elle se retrouva avec trois bouches à nourrir, elle commença à travailler pour quelques journaux de Birmingham. C'est dans ce contexte qu'elle rencontra son second mari, qui était à l'époque le lieutenant-gouverneur James Browning Allen, un veuf père de deux enfants. Elle entendit sonner des cloches alors qu'elle le rejoignait pour l'interviewer, et elle espéra que ce n'était pas un signe, mais quatre mois plus tard, ils étaient mariés, et quatre ans après cela, ils s'installaient à Washington pour qu'il prenne ses fonctions au Sénat des États-Unis. Allen ne voulait pas faire tout un cinéma de son rôle de dame du Sénat, mais elle ne voulait pas non plus embarrasser son mari ni son État. Elle était donc déterminée à offrir le cadeau parfait à Mme Carter. N'ayant pas trouvé le livre, elle se mit en quête de son auteure.

Allen savait que Lee et elle avaient un ami commun, qu'elles avaient toutes les deux rencontré à Tuscaloosa, et elle se dit qu'il connaissait peut-être un moyen de la joindre. Tous les habitants de l'Alabama ou presque auraient reconnu la voix de John Forney, et pour les supporters du Crimson Tide, qui en représentaient une bonne moitié, c'était tout simplement la voix de Dieu : Forney commentait les matches de l'équipe de football de l'État depuis plus de dix ans. « John, dit Allen lorsque le commentateur sportif décrocha, tu sais où se trouve Nelle Lee ? J'ai besoin d'un exemplaire de son livre[115]. » Après qu'elle lui eut expliqué pourquoi elle en avait tant besoin, Forney répondit que Lee était à Alexander City.

Allen connaissait bien Alex City ; son premier mari y était né et y avait grandi. À l'époque où son propre père construisait des digues sur le Mississippi et qu'elle vivait avec sa mère dans une tente dressée sur sa rive, son futur ex-beau-père frayait avec le Sénat de l'Alabama. Plus tard, J. Sanford Mullins s'était installé à Alex City, où il avait occupé pendant plus de trois décennies le poste de procureur local. Pour autant qu'elle se souvienne, la chose la plus excitante dont elle ait jamais été témoin autour du lac Martin était une performance de son beau-père, qui avait grimpé sur la plate-forme d'un camion pour prononcer un de ses discours, des numéros immanquablement explosifs capables de rassembler des spectateurs de trois comtés différents. Mais l'orateur génial de Channahatchee Creek était mort depuis longtemps, et elle ne pouvait imaginer ce qui avait pu attirer dans le comté de Tallapoosa une écrivaine célèbre dans le monde entier. « Mais que peut-elle bien faire à Alex City[116] ? » demanda Allen, incrédule, à Forney.

Lee était là-bas pour écrire, répondit-il, et si Allen lui laissait un peu de temps, il essaierait de la contacter. Quelques heures plus tard, Forney la rappela pour lui annoncer que Lee logeait au Horseshoe Bend Motel – peut-être connaissait-elle, c'était ce bâtiment en forme d'hexagone sur la nationale 280 – et qu'elle l'avait autorisé à lui communiquer son numéro de téléphone personnel. « J'ai eu l'impression qu'elle se cachait derrière ces fichus arbres là-bas, se souviendrait Allen, mais j'ai obtenu le numéro secret, et nous avons bavardé pendant plus d'une heure[117]. »

Elles discutèrent des avocats des petites villes, puisque Allen se demandait si Lee avait déjà entendu parler de son ex-beau-père, et de journalisme, Lee étant une lectrice assidue des colonnes qu'Allen publiait dans divers journaux sous le titre « Caquetages sur l'actualité ». Lorsque Allen demanda finalement pourquoi Lee avait déposé ses valises à Alex City, l'auteure se montra très évasive, expliquant simplement qu'elle était sur place depuis quelques mois et travaillait sur une histoire en lien avec un prêtre vaudou. En revanche, elle lui assura qu'un exemplaire de son livre lui parviendrait d'ici le 15 mai 1978, à temps pour le déjeuner.

Lee tint parole et lui envoya une première édition du roman. Sur la première page, elle avait inscrit les mots « À Rosalynn Carter », suivis d'un vers d'un des hymnes à la sagesse du livre des Proverbes : « Ses voies sont des voies agréables, et tous ses sentiers sont paisibles[118]. » Mme Allen offrit le livre à Mme Carter au déjeuner des dames du Sénat – qui serait d'ailleurs le dernier auquel Allen assisterait. Deux semaines plus tard, alors qu'ils étaient retournés en Alabama pour la pause estivale, le sénateur James Browning Allen mourut d'une crise cardiaque dans leur maison sur une plage de Gulf Shores. Peu de temps après, le gouverneur George Wallace confia le siège de son mari à Maryon Pittman Allen, faisant d'elle la deuxième sénatrice de l'État. Débordée aussi bien sur le plan personnel que politique, elle oublia complètement la gagnante du prix Pulitzer qui vivait terrée dans une chambre du Horseshoe Bend Motel.

Il était facile d'oublier Harper Lee à cette époque. *Ne tirez pas sur l'oiseau moqueur* était sorti dix-huit ans plus tôt, et pendant toutes ces années, Lee n'avait presque rien publié. Trois courts essais dans des magazines sur papier glacé, deux minuscules portraits pour rendre service à son ami Truman Capote, une recette satirique de *crackling bread* dans un livre de cuisine : en près de deux décennies, c'étaient là les seuls textes qu'elle avait offerts au monde. Aucun deuxième roman n'avait suivi le premier, et elle n'avait pas donné d'interview depuis quatorze ans. La dernière fois qu'elle avait simplement accepté d'être citée à l'écrit était à l'occasion d'une autre faveur pour Capote. En 1976, il avait demandé à Lee d'être à ses côtés lors d'une interview pour *People*, qui publiait son portrait, et elle avait prononcé un total de douze mots, dont sept étaient : « Nous sommes liés par une angoisse commune[119]. »

Si *Ne tirez pas sur l'oiseau moqueur* avait rendu Lee prodigieusement riche, la manière dont elle vivait n'en laissait rien paraître. Quand elle était à New York, elle logeait dans un petit appartement à loyer plafonné de l'Upper East Side ; en Alabama, elle séjournait chez une de ses sœurs, dans une modeste maison de brique à Monroeville, leur ville natale. Où qu'elle se trouvât, elle évitait la presse, ses admirateurs, et tout ce qui lui semblait trop proche du monde littéraire ; elle essayait de vivre sa vie comme si elle n'avait jamais publié un des romans les plus populaires de l'histoire des États-Unis. En 1962, l'année de la sortie de *Du silence et des ombres*, l'adaptation cinématographique de son livre – celle qui valut à Gregory Peck un Oscar et contribua à immortaliser son portrait d'une petite ville du Sud dans la mémoire collective de la nation –, Lee confia à un journaliste qu'elle voulait disparaître, et elle le fit.

À présent, seule dans un motel au milieu de nulle part, sans le monde pour l'observer, elle était presque aussi libre qu'elle l'avait été dans le petit appartement où elle avait écrit *Ne tirez pas sur l'oiseau moqueur*. C'était ce qu'elle avait choisi de ne pas révéler à Maryon Pittman Allen ce jour-là au téléphone : Harper Lee était à Alexander City parce que, enfin, après toutes ces années, elle allait écrire un nouveau livre.

# 16

## Un semblant d'âme

Les trente-quatre premières années de sa vie, on l'avait appelée Nelle. C'était « Ellen » à l'envers : le nom de sa grand-mère maternelle, Ellen Rivers Finch. Son deuxième prénom, celui qu'elle rendrait célèbre, était le nom de famille d'un pédiatre de Selma qui avait sauvé la vie de sa sœur aînée. Quand vint le moment de publier un livre, Lee décida de ne laisser sur la couverture qu'un seul de ses deux héritages familiaux. « Nous devons discuter du ou des noms sous lesquels je vais me faire connaître, écrivit-elle à ses agents l'été précédant la publication de *Ne tirez pas sur l'oiseau moqueur*. J'ai signé "Harper Lee" tout simplement parce que l'orthographe de mon prénom est particulière, et la plupart des gens comprennent Nellie quand ils le lisent (sur les chèques ou les demandes d'emploi) – chose que je ne supporte pas. Je l'ai supprimé uniquement pour éviter cette confusion[120]. » En fin de compte, cette décision ne fit que remplacer une confusion par une autre puisque, toute sa vie, certains lecteurs se méprendraient sur son sexe. Mais la gamine turbulente qui jouait au foot avec les garçons, fumait cigarette sur cigarette et dormait en pyjama d'homme avait l'habitude de confondre son entourage.

Née en 1926, soit un an après le révérend Maxwell et six ans avant Tom Radney, Nelle Harper Lee était la quatrième enfant de Frances Cunningham Finch et Amasa Coleman Lee. Même selon les standards très flexibles des mœurs excentriques du Sud, les Lee formaient une drôle de famille. Descendant d'un soldat confédéré – mais pas le célèbre général –, Amasa, qui se faisait appeler A. C. et parfois Coley, avait grandi dans une ferme en Floride et n'avait reçu que quelques années d'éducation formelle. En revanche, il sut très tôt qu'il ne voulait pas travailler toute sa vie dans les champs ; alors qu'il n'avait pas encore vingt ans, il passa l'examen pour devenir enseignant, puis commença à travailler dans les écoles qu'il avait à peine fréquentées. Après cette première expérience, il décrocha un poste d'employé administratif dans une scierie, puis de comptable, et c'est ce dernier métier qui l'amena dans le comté de Monroe, où il rencontra sa femme, une Finch des Finch de Finchburg. Le couple se maria en 1910 et finit par s'installer à Monroeville, où A. C. géra le dossier d'une ligne de chemin de fer voisine pour un cabinet d'avocats local, Barnett & Bugg.

Le siège du comté de Monroe, Monroeville, avait à l'origine été baptisé Centerville, mais la bourgade portait si mal son nom qu'elle décida finalement d'en changer. On racontait que l'arpenteur chargé de déterminer le centre du comté avait été convaincu à grand renfort d'alcool de le déplacer de quelques kilomètres, mais à la mort du président James Monroe, les résidents abandonnèrent le subterfuge, et c'est ainsi que Centerville devint Monroeville. Dans les années 1930, la commune comptait environ mille trois cents habitants – soit un peu plus que Nixburg mais beaucoup moins qu'Alexander City. Éloignée à la fois de la rivière et de la ligne de chemin de fer, c'était une ville difficile à atteindre, et plus difficile encore à quitter.

Tout en travaillant pour Barnett & Bugg, A. C. Lee commença à étudier seul le droit et il continua d'y travailler après avoir réussi l'examen du barreau de l'État – ce qui était à l'époque possible sans avoir le moindre diplôme. Lorsqu'il fut nommé associé, le cabinet devint Barnett, Bugg & Lee, et il prospéra, même pendant la Grande Dépression. En 1929, alors que tout le pays était en faillite, A. C. acheta le quotidien local, *The Monroe Journal*, qu'il conserva jusqu'en 1947, et gagna un siège à la Chambre des représentants de l'Alabama, qu'il occupa jusqu'en 1938.

L'argent fait des merveilles pour les inadaptés. Grâce à la notoriété de leur père, les enfants Lee pouvaient être aussi bizarres qu'ils le voulaient. Cette excentricité commençait par leurs âges : Nelle, le bébé de la famille, avait six ans de moins que son plus jeune frère, Edwin Coleman Lee ; dix de moins que sa sœur Frances Louise Lee, que tout le monde appelait Louise ; et quinze de moins que son autre sœur, Alice Finch Lee. Ces écarts d'âge entre les enfants tenaient en partie au fait que Louise avait failli mourir alors qu'elle était bébé. Le stress avait causé à sa mère des « troubles nerveux[121] » trop complexes pour être soignés par les médecins de la ville, qui l'avaient conduite à consulter un spécialiste à Mobile. Elle y avait passé presque un an avant de rentrer chez elle à Monroeville.

En raison de leur différence d'âge, les quatre Lee grandirent presque comme des enfants uniques. Lorsque Nelle commença à apprendre à lire, sa sœur la plus âgée étudiait déjà à l'université ; l'année où elle reçut un vélo à Noël, sa deuxième sœur se maria. À quatorze ans, elle avait déjà un neveu. C'était de son frère qu'elle était le plus proche, tandis que ses sœurs étaient davantage comme des mères pour elle. Sa vraie mère, qui avait été élevée dans un pensionnat et y avait développé un goût marqué pour l'art, apprit à Nelle à jouer du clavecin, lui transmit sa passion pour les mots croisés et lui faisait la lecture, mais seulement quand elle allait bien, et ce n'était pas souvent. Les terribles allergies dont souffrait Frances rendaient misérable sa vie dans le Sud agraire, qui, avec ses trains de charbon, ses égreneuses de coton et ses saisons poussiéreuses, pouvait être aussi nocif que le Nord industrialisé, et sa santé mentale ne se remit jamais complètement de la dépression dont elle souffrit après sa deuxième grossesse. Elle s'en allait parfois pour de longues périodes et quand elle revenait à Monroeville, elle n'était pas en état de s'occuper des tâches ménagères, qu'elle déléguait à ses deux filles aînées et aux domestiques afro-américaines qui se succédèrent dans la maison. Les enfants Lee affirmaient tous que leur mère était une personne douce et gentille, mais la patience dont ils faisaient preuve envers sa santé fragile n'était partagée ni par leur ville ni par leur époque. Les voisins racontaient que Frances jouait du piano à des heures indues, s'époumonait sur le porche, radotait souvent ou, inversement, se murait parfois dans le silence en regardant dans le vide, incapable des politesses et bavardages que l'on attendait des dames du Sud.

Avec une mère malade et un père qui travaillait toute la journée et s'absentait par intermittence pour remplir ses obligations législatives à Montgomery, Nelle passa le plus clair de ses jeunes années livrée à elle-même. Mais cela n'avait rien d'inhabituel pour les enfants de Monroeville, qui pouvaient faire toutes les bêtises qu'ils voulaient tant qu'ils rentraient à la maison à temps pour se laver les mains avant le dîner et dompter leurs épis avant l'église. C'était une époque où les enfants avaient non seulement le droit, mais presque aussi le devoir de s'amuser. Les chanceux qui avaient dix cents pour se payer une place de cinéma devaient ensuite rejouer tout le film pour les autres (Nelle, trop jeune pour voir le *Frankenstein* de Boris Karloff à sa sortie, fut terrifiée par la reconstitution d'une de ses sœurs et fascinée, des années plus tard, par sa justesse). Mais la plupart du temps, ce qu'ils faisaient pour s'amuser, ils le faisaient gratuitement. Ils transformaient les plantations de maïs en champ de bataille de Gettysburg et les étendues de massette en jungles de l'Afrique de l'Ouest. S'ils fixaient le sol, ils menaient des brigades de fourmis à travers champs et montagnes ; s'ils levaient les yeux vers le ciel, ils volaient tels Amelia Earhart ou Lucky Lindy à travers l'Atlantique. Lorsqu'ils étaient assez nombreux, ils jouaient au courant électrique, à chat perché et au fermier dans son pré, à l'huile chaude dans la cuisine et à la sorcière dans le fossé ; quand ils étaient seuls, ils s'ennuyaient, et s'y habituaient.

Même lorsque la vie n'était pas ennuyeuse, elle était rarement excitante pour autant. Monroeville était le genre d'endroit où, si votre sœur servait du gâteau un vendredi, le journal consacrait un article à sa « réception[122] » et où il suffisait que votre copain célèbre ses huit ans avec du punch aux fruits et des petits cadeaux pour que sa fête d'anniversaire fasse les gros titres. Ouvrez n'importe quel numéro du *Monroe Journal* paru dans les années 1930 et 1940 et vous y trouverez une mention des Lee – en partie parce que leur père possédait la gazette et rédigeait la plupart de ses éditoriaux, mais surtout parce que les pages étaient nombreuses et les informations rares. Louise s'était rendue à Washington D.C. pour le camp national du club 4-H ; un banquet avait été organisé en l'honneur d'Edwin et du reste de l'équipe de football de championnat ; la ligue Epworth de l'Église méthodiste s'était réunie pour une conférence sur les croisades, suivie d'une allocution sur l'état du monde, prononcée par la petite Nelle, douze ans, et intitulée : « Quelle est la cause de cette confusion[123] ? »

Voilà ce qui passait pour de grands jours dans une petite ville. Pour les enfants, seule l'école interrompait les longues heures d'oisiveté. Nelle fréquenta les établissements publics du comté de Monroe, où l'on pratiquait toujours la ségrégation ; il est peu probable qu'elle ou les autres membres de la fratrie aient un jour mis le pied à l'école Rosenwald de la ville, un des cinq mille établissements fondés par Booker T. Washington et financés par le philanthrope Julius Rosenwald pour l'éducation des enfants noirs dans les États du Sud. Bien que l'école de Nelle se trouvât à deux pas de la maison des Lee, ses camarades firent en sorte qu'elle ne se sente jamais chez elle. Elle portait les mauvais vêtements, avait les cheveux trop courts ; elle se battait avec les garçons et n'aimait pas jouer avec les filles. Quand les voisins regardaient par la fenêtre, ils voyaient souvent Nelle, affublée d'une salopette, qui galopait en poussant des cris de triomphe tel un Bâton Rouge luttant contre Old Mad Jackson pendant la guerre creek.

Nelle ne parvenait pas à s'intégrer socialement – même sur les photos de classe, elle émerge du lot, littéralement – et sur le plan scolaire, elle était en avance de plusieurs années, ayant très tôt appris à lire. Elle commença par les aventures de Raiponce, des Rover Boys et d'Uncle Wiggily, puis celles des jumeaux Bobbsey et de Tom Swift, et bientôt, elle partait à Avonlea avec Anne de *La Maison aux pignons verts* et assistait à des réunions du Fair & Square Club avec Seckatary Hawkins. En entrant au CP, elle aurait été capable de lire à la fois le *Monroe Journal* et le *Mobile Press*, un exploit dont peu d'adultes de Monroeville auraient pu se targuer.

Si Nelle était une enfant étrange, ce n'était rien en comparaison de son meilleur copain, le petit garçon qui était un jour apparu tel un enfant des fées devant la maison voisine. Sa mère, Lillie Mae Faulk, avait grandi à Monroeville avec quatre cousins mais avait quitté la ville à dix-sept ans lorsqu'elle avait épousé Archulus Persons, un avocat de formation aux cheveux blonds et lunettes à double foyer qui avait abandonné le droit pour devenir une sorte de P. T. Barnum miniature – au cours de sa carrière, il managea un boxeur, organisa des excursions en bateau sur le Mississippi, et mit en scène un spectacle de variétés avec un artiste que les affiches décrivaient comme « La Plus Grande Énigme Mondiale[124] ». (Lorsque Persons fit venir le spectacle à Monroeville, il enterra l'énigme mondiale dans le jardin de l'école primaire de Nelle avec un tuyau pour respirer et l'y laissa pendant deux jours ; les intéressés pouvaient payer un dollar pour regarder dans le trou.) Personne ne fut surpris, si ce n'est Lillie Mae, lorsque toutes leurs économies furent englouties avant la fin de leur lune de miel. Elle tomba enceinte et voulut avorter ; il voulait un fils, et il eut gain de cause. Quand le garçon arriva, son père l'appela Truman, en l'honneur d'un ancien camarade d'école, et Streckfus, en l'honneur d'une compagnie de croisières sur le Mississippi.

Truman Streckfus Persons vint au monde en 1924 et vécut à Monroeville de 1928 à 1932. Les cousines de Lillie Mae, qui s'étaient occupées d'elle avant le mariage, s'occupèrent de son fils après. Seul un muret de pierre séparait leur maison de celle des Lee, et dès que Nelle sut marcher, elle et Truman ne se quittèrent plus d'une semelle. Ils faisaient voler des cerfs-volants, mettaient en scène des baptêmes dans le bassin à poissons de la famille du garçon et grimpaient dans la cabane que le père de Nelle avait construite dans leur jardin entre les branches d'un margousier. À l'époque où ils ne savaient pas encore lire, le frère de Nelle leur faisait la lecture, puis, tous les trois, ils mettaient en scène l'intrigue, distribuant les rôles en fonction de leur âge, leur taille, ou leur entêtement. Finalement, Nelle et Truman commencèrent à lire tout seuls et lorsqu'ils eurent terminé toutes leurs histoires, ils décidèrent de les écrire eux-mêmes, puisant leurs héros et leurs méchants dans la population familière de South Alabama Avenue. Quand le père de Nelle lui offrit une machine à écrire déglinguée, elle passa plusieurs heures chaque jour à taper des poèmes et des scènes, consentant occasionnellement à partager l'objet avec Truman.

Si l'école pouvait être une expérience pénible pour Nelle, elle l'était bien davantage pour Truman Streckfus Persons, un garçon deux fois plus petit que son nom et deux fois plus étrange. Nelle était plus jeune mais plus grande, plus féroce, et plus encline à rendre les coups, c'était donc elle qui le protégeait. La plupart du temps, cependant, ils restaient ensemble et se tenaient à l'écart des autres ; ils étaient tous les deux « différents[125] », comme il l'expliquerait beaucoup plus tard, lorsque le monde le connaîtrait sous le nom de Truman Capote. Ses parents avaient divorcé après que sa mère se fut entichée d'un autre homme, Joseph Garcia Capote, un Cubain qui travaillait en tant que directeur commercial dans un cabinet de Wall Street. Ils se disputèrent la garde de leur fils au tribunal, et c'est finalement Lillie Mae, qui se faisait désormais appeler Nina, qui en obtint la garde exclusive. Il partit vivre avec elle à New York et changea de nom de famille, mais revenait rendre visite à ses cousins pendant de longues périodes tous les étés. « M. Truman Capote de New York City est arrivé dimanche, rapporta le *Monroe Journal* au sujet d'une de ces visites en juin 1935, pour passer plusieurs semaines à Monroeville avec les demoiselles Faulk[126]. »

La perte de « M. Truman » comme voisin à temps complet fut un coup dur pour Nelle, mais elle le revoyait tous les étés, ce qui était toujours mieux que rien, et surtout, dès que Truman traversait la ligne Mason-Dixon, il apportait avec lui le monde entier : jetons de métro, gratte-ciel, écoles privées, smokings, langues étrangères. Lorsqu'il repartait, l'univers de Nelle redevenait Monroeville, et Monroeville, pour elle, se résumait à sa famille : l'amour attentif de son père et l'affection distraite de sa mère ; l'œil vigilant et encourageant de sa plus grande sœur, Alice, qu'elle appelait « Ours » depuis une visite au zoo de Montgomery ; la présence protectrice d'Ed, qui serait bientôt pilote dans l'armée de l'air ; et l'adoration de sa sœur Louise, surnommée Weezie, qui partit s'installer de l'autre côté de l'État, à Eufaula, pour fonder un foyer alors que Nelle, que le reste de la famille appelait Dody, avait à peine dix ans.

Lorsque Nelle Harper Lee finit par lier une nouvelle amitié au lycée, ce ne fut pas avec un camarade mais avec une enseignante, Gladys Watson Burkett, qui portait ses lunettes autour du cou et sa passion pour la littérature en étendard. « C'est un des rares professeurs que j'ai connus qui vouaient un amour absolu à sa matière, déclara Nelle à son sujet. Elle m'a appris tout ce que je sais sur la langue anglaise[127]. » Burkett vivait en face des Lee et se prit d'une telle affection pour Nelle que les deux femmes restèrent liées jusqu'à la mort de Burkett. « C'est ma plus proche amie à Monroeville, et elle l'a été toute ma vie », confia Lee, une déclaration qui met en lumière non seulement son appétit pour les amitiés intellectuelles, mais aussi la profonde aliénation que devait ressentir la jeune femme dans sa ville natale.

Quand vint le moment d'aller à l'université, Capote n'en fit rien. Il savait qu'il voulait devenir écrivain, et ne voyait pas l'intérêt d'apprendre à le faire lorsqu'il pouvait se contenter de se jeter à corps perdu dans le travail. Nelle avait deux ans de moins que lui et, quand elle se retrouva confrontée à la même décision, il vivait déjà sur Park Avenue et s'était fait embaucher en tant que garçon de bureau pour le *New Yorker*. Il arpentait les couloirs du 28 West 44th Street telle une ballerine, portant des crayons et une cape ; la première fois que le rédacteur en chef, Harold Ross, vit Capote, il demanda : « C'est quoi, ça[128] ? »

La réponse serait : un écrivain et collaborateur de talent. Nelle voulait écrire également, mais ses parents étaient aussi présents que ceux de son ami étaient absents, et ils attendaient de tous leurs enfants, en particulier les filles, qu'ils étudient. Résultat, en 1944, Lee quitta Monroeville pour intégrer Huntingdon College, à Montgomery.

Située sur un splendide campus non loin de la maison où F. Scott et Zelda Fitzgerald avaient vécu, Huntingdon est une petite université pour femmes gérée par l'Église méthodiste. Alice l'avait fréquentée et adorée, mais Nelle s'y sentait à l'étroit, au milieu de ces cinq cents filles sur un campus de vingt-trois hectares, qui devaient chaque matin se lever à l'aube pour aller à la chapelle. Elle rejoignit la société honorifique littéraire Chi Delta Phi et la chorale, mais ne s'adapta jamais vraiment à la vie étudiante. Elle avait l'impression d'être revenue à l'école primaire : les activités auxquelles s'adonnaient ses camarades n'intéressaient pas Lee, et inversement. Elle ne voulait porter ni chapeaux ni maquillage, et elle ne dansait pas ni n'allait à des rendez-vous galants ; en revanche, elle fumait cigarette sur cigarette, passait ses nuits à lire des auteurs victoriens, et jurait comme les garçons contre lesquels les mères de ses camarades les avaient mises en garde.

Le seul lieu où Nelle Lee se sentait chez elle était dans les pages des publications du campus. Pendant son année à Huntingdon, elle rédigea notamment des critiques de *Lost Waltz* de Bertita Harding (la romancière, se plaignait-elle, était bien trop complaisante avec la maison de Habsbourg) et de *Good Inheritance* de Norman Cousins (dont la prose académique était « un vrai soulagement au milieu de toute cette littérature dite "réaliste" qui sévit aujourd'hui[129] »). Elle publia également ses deux premiers textes de fiction dans *Prelude*, la revue littéraire étudiante. « Cauchemar » parlait d'une jeune fille qui observe un lynchage à travers la fissure d'une clôture ; « Un clin d'œil à la justice » était une scène de tribunal dans laquelle un juge aligne huit Afro-Américains accusés de s'être livrés à des jeux d'argent et examine leurs mains afin de voir si elles sont assez rugueuses pour prouver qu'ils ne sont pas des joueurs mais d'honnêtes travailleurs. Bien qu'il s'agisse clairement d'œuvres de jeunesse, les deux histoires portaient déjà en elles des éléments du chef-d'œuvre à venir, comme la fureur lyncheuse qui s'emparerait de tant d'habitants de Maycomb, et le tribunal représenté comme un théâtre de la moralité.

Ne s'étant jamais sentie à sa place à Huntingdon, Nelle quitta l'établissement au bout d'un an pour rejoindre l'université d'Alabama. À l'époque où elle s'y trouvait, le campus de Tuscaloosa recevait plus de huit mille étudiants et elle s'y plut dès le début, notamment en raison des horaires : sans présence obligatoire à la chapelle au petit matin, elle pouvait se coucher aussi tard qu'elle le voulait. Elle dormait trois ou quatre heures par nuit et carburait aux cigarettes, bonbons et douches chaudes. Sa vision du paradis, expliqua-t-elle au journal étudiant, était « un lieu où les étudiants en droit et écrivains studieux montent après la mort et peuvent rester éveillés pour l'éternité sans se droguer à la Benzédrine[130] ».

Lee entama la période d'essai pour intégrer la sororité Chi Omega, mais elle suscita la même perplexité chez ses membres que chez ses camarades à Huntingdon ; aucune aspirante avant elle n'avait osé corriger la prononciation de ses futures sœurs pendant une initiation, et la plupart d'entre elles soignaient davantage leur apparence que leur éducation. Lee ne tarda pas à abandonner la maison de la sororité pour une des résidences classiques, même si le lieu où elle rangeait sa brosse à dents n'avait guère d'importance puisqu'elle vivait pratiquement à l'Union, le bâtiment qui hébergeait les rédactions de tous les journaux étudiants.

Pour certains, comme Nelle, c'était un sanctuaire, le premier endroit qu'elle avait trouvé en dehors de sa propre maison où personne ne ressentait le besoin de faire des remarques si elle passait la journée courbée sur sa machine à écrire ni ne la regardait de travers quand elle évoquait Childe Roland ou récitait de longs extraits de Swinburne. C'est aussi à l'Union qu'elle rencontra un de ses amis les plus proches – encore une fois, pas un étudiant mais un professeur. James McMillan, Jim, était le directeur de la toute nouvelle University of Alabama

Press, qui avait ses bureaux à l'Union, et presque tous les matins, quand il arrivait et préparait le café, Nelle le rejoignait en titubant pour se servir une tasse après une nuit passée à travailler. Ils parlaient d'histoire, de botanique, de littérature et de linguistique, de ce qu'elle écrivait ou de ce qu'il publiait, avant qu'elle finisse par rejoindre sa chambre pour s'accorder quelques heures de sommeil.

En arrivant sur le campus, Nelle pensait se faire embaucher par le journal étudiant, mais elle déchanta rapidement : la chose était bien moins aisée sans un père rédacteur en chef. En revanche, elle réussit d'emblée à se faire publier dans la revue humoristique, le *Rammer-Jammer*, et avant la fin de son premier semestre, elle en faisait déjà la une ; un an plus tard, à l'automne 1946, elle devint rédactrice en chef, un poste qui attestait non seulement de son talent mais aussi de l'époque, puisque dans le journalisme universitaire, comme dans toutes les professions, quatre années à envoyer les hommes à la guerre avaient créé de nouvelles opportunités pour les femmes. En plus de mener la barque, Nelle continuait d'écrire des textes pour la plupart des numéros. Elle s'était notamment fendue d'une version campus de *Roméo et Juliette*, d'une parodie de journal local portant le titre *The Jackassonian Democrat* qui n'était guère différent du *Monroe Journal* de son père, et d'une parodie d'*Esquire* intitulée « Certains écrivains de notre temps », qui dressait la liste de tout ce dont un écrivain était censé avoir besoin pour connaître le succès : un père sadique, une mère alcoolique, « un semblant d'âme », et, surtout, être né dans une ville du Sud. Son ami Truman Capote y faisait une apparition éclair, dans laquelle il se lamentait en zozotant des difficultés qu'il éprouvait à terminer son chef-d'œuvre en cours d'écriture : « Chérie, z'ai un problème. Z'écris un roman qui parle d'un garfon fenfible de douze ans[131]... » Mais la meilleure de ses contributions était sans doute « L'heure est venue pour tous les hommes bons... », une pièce en un acte au sujet de l'amendement Boswell, une véritable tentative en 1946 d'empêcher les Noirs de l'Alabama de s'inscrire sur les listes électorales ; dans sa parodie, l'honorable Jacob F. B. MacGillacuddy, président du comité citoyen pour l'éradication de la peste noire, conçoit un test d'alphabétisation si complexe que même lui échoue et se voit contraint de plaider pour une dérogation auprès de la Cour suprême des États-Unis.

Les textes que Nelle écrivit pour le *Rammer-Jammer* se caractérisaient pour la plupart par leur humour potache, digne d'étudiants en deuxième année (ce qui, dans les circonstances, était plutôt opportun), mais ils n'étaient pas mauvais, et ils étaient nombreux, ce qui lui permit de décrocher une colonne dans le journal étudiant, le *Crimson-White*. Tous ceux qui n'avaient jamais été confrontés aux remarques acerbes de Nelle Lee dans une salle de classe eurent le plaisir de les découvrir dans son « Commentaire caustique », qui n'épargnait personne, des employés de la sécurité du campus aux secrétaires du service des inscriptions. Une de ses colonnes fustigeait les philistins de la bibliothèque qui, ayant refusé de prêter à un ami à elle un exemplaire d'*Ulysse*, le convainquirent de se contenter d'une version amputée du chapitre « Pénélope ».

Pendant que Nelle empilait les mégots et les rubans de machine à écrire, sa sœur Alice, retournée vivre chez leurs parents, avait gagné son propre bureau dans les locaux de Barnett, Bugg & Lee. Elle avait choisi de faire carrière dans le droit, emboîtant le pas de son père, et s'était découvert un don pour la fiscalité ; cette vocation n'était peut-être pas sans lien avec la taxe de la victoire instaurée après la guerre qui avait contraint tous les contribuables, y compris ceux aux revenus les plus modestes, à solliciter de l'aide pour leur déclaration fiscale. Entre son père et sa sœur, Nelle avait passé des années au palais de justice du comté de Monroe. Si une place de cinéma coûtait dix cents, les procès étaient gratuits et elle s'installait souvent dans la salle d'audience, dont le plafond d'étain sculpté brillait au-dessus de sa tête et le plancher de gommier miroitait sous ses pieds, pour écouter en secret les avocats plaider toutes sortes d'affaires allant du larcin au meurtre.

Avant même que Nelle fût en âge de lire des ouvrages de droit, son père avait évoqué l'idée de renommer son cabinet « A. C. Lee et filles, avocats[132] ». Que ce rêve eût ou non un quelconque attrait pour elle, Nelle avait toujours voulu faire plaisir à son père, et au terme d'une année à l'université d'Alabama, elle sollicita une admission anticipée à la faculté de droit. En 1947, elle y étudiait officiellement, perdant encore plus d'heures de sommeil à éplucher des contrats et à apprendre les différents types d'actes délictuels. Elle affirmerait plus tard qu'elle s'était inscrite dans l'unique but d'avoir accès à la bibliothèque de droit, mais à l'époque, elle raconta à sa famille qu'une formation dans ce domaine lui inculquerait la discipline dont elle aurait besoin pour écrire et qu'étudier le droit lui apprendrait à réfléchir.

L'été suivant, Nelle Lee avait réfléchi assez dur pour quitter l'Alabama. Elle avait été acceptée au programme d'échange avec l'université d'Oxford, et le 16 juin 1948, à l'époque où le révérend Willie Maxwell rentrait chez lui après son service militaire, elle partit pour Southampton sur le *Queen Elizabeth*. Elle passa cet été au collège Lady Margaret Hall, à lire de la littérature britannique et à explorer ce qui, aux yeux d'une femme qui avait grandi sur les vastes étendues du Sud profond, devait paraître un pays étrange et minuscule. À l'instar de beaucoup de gens du Sud, Nelle considérait le Royaume-Uni comme le berceau de la civilisation, et elle se passionnait pour son histoire dans ses moindres aspects, jusqu'aux plus obscurs évêques anglicans et politiciens du parti whig. Elle affectionnait tant la campagne anglaise qu'au terme de son programme d'échange, elle loua un vélo et parcourut seule le pays, dormant dans des auberges de jeunesse. Lorsque le récit de ses aventures arriva à Monroeville, ses voisins s'inquiétèrent, mais les Lee, qui avaient depuis longtemps accepté Nelle telle qu'elle était, attendaient simplement avec impatience le prochain épisode des « Aventures d'un garçon manqué à l'étranger », qui comporterait le récit d'une traversée de Londres à vélo et d'une rencontre impromptue avec Winston Churchill au goûter.

C'était à tout point de vue une rencontre mémorable, mais en matière de rencontres avec des célébrités, Lee faisait pâle figure à côté de son ami Truman Capote, qui évoluait déjà dans les cercles mondains qu'il fréquenterait toute sa vie. Capote était lui aussi en Europe cet été-là, mais au lieu d'étudier les géants littéraires, il frayait avec eux : un dîner avec Noël Coward, Somerset Maugham et Evelyn Waugh en Angleterre avant de filer à Paris pour rencontrer la compagne de Gertrude Stein, Alice B. Toklas, et, selon les rumeurs, coucher avec Albert Camus. C'était un itinéraire enviable, ou en tout cas glamour. Lee était toujours étudiante, mais Capote était déjà en passe de devenir une célébrité internationale. Il rentra à bord du *Queen Mary* la première semaine d'août en compagnie de Tennessee Williams, croisant pendant la traversée Clark Gable et Spencer Tracy. Lee monta à bord du même paquebot deux semaines plus tard, et n'y rencontra personne si ce n'est une poignée d'autres étudiants qui avaient comme elle participé à des programmes d'échange.

Nelle arriva à New York le dernier jour du mois d'août et embarqua directement dans le Crescent Limited pour rejoindre l'Alabama, où l'attendaient ses cours de droit constitutionnel et procédures civiles. Alors qu'elle déboursait de l'argent pour assister à des conférences et passer des examens, son ami en gagnait pour chaque mot qu'il écrivait. Truman était un paon qui se pavanait d'un bout à l'autre du globe ; Lee, un pigeon qui tournait en rond dans sa volière. Quoi qu'elle eût pensé jusqu'à présent de la faculté de droit – que c'était un moyen d'apprendre la discipline ou de réaliser les rêves de son père –, cela ne lui suffisait plus. À six semaines de la remise des diplômes, Nelle Lee abandonna ses études. Il était désormais évident pour elle qu'un écrivain était quelqu'un qui écrivait, et que tôt ou tard, tout le monde déçoit ses parents : dans les deux cas, il était temps de s'y mettre.

## 17

# Le cadeau

Nelle Lee avait vingt-trois ans quand elle s'installa à Manhattan. Le jour de son arrivée, Truman Capote s'était déjà suffisamment lassé de New York pour entamer un autre de ses fabuleux périples. Ne pouvant l'accueillir puisqu'il se trouvait cet été-là au Maroc, il se rendit à la poste britannique de Tanger et écrivit à un ami pour lui demander de s'occuper d'elle. Deux ans plus tôt, Michael Brown avait quitté Mexia au Texas pour s'installer à New York dans l'espoir de faire carrière en tant que parolier, et lorsqu'il reçut son courrier, il n'hésita pas : le code des Sudistes déplacés l'obligeait à aller accueillir la jeune femme qui avait jadis été la voisine de Capote dans leur minuscule bourgade de l'Alabama.

« Nelle et moi sommes immédiatement devenus amis[133] », raconterait Brown. En plus d'être tous deux originaires du Sud, ils avaient beaucoup en commun : lui aussi avait été en grande partie élevé par une sœur bien plus âgée après le décès de sa mère ; lui aussi idolâtrait son père, un médecin qui avait toujours subvenu aux besoins de sa famille et qui l'avait aidé à payer ses études. Et il tenait tellement à se débarrasser de son identité provinciale qu'il avait commencé, comme Nelle le ferait plus tard, par changer de nom. Né Marion Martin Brown, il avait décidé de se faire appeler Michael en arrivant à New York à la fin de la Seconde Guerre mondiale, après avoir, comme le frère de Nelle, servi dans l'armée de l'air.

Brown écrivait des chansons sur des jaquettes de livres et des serviettes en papier tout en gagnant sa vie en tant que dactylographe, et bientôt, Nelle aussi se trouva un petit boulot. Au printemps 1949, elle décrocha un poste d'assistante de rédaction pour *The School Executive*, un mensuel de l'American School Publishing Corporation. Pour trois dollars par an, les lecteurs de la revue pouvaient se tenir au courant des dernières tendances en matière d'enseignement, découvrir de nouveaux manuels et outils pédagogiques, lire des commentaires sur la politique éducative et des portraits des différents systèmes éducatifs du pays. Mais ce travail d'écriture mobilisait les zones du cerveau dont Nelle avait le plus besoin pour ses propres projets, et elle l'abandonna au bout de six mois. Elle trouva un poste au service des réservations de la compagnie aérienne belge Sabena, puis à la British Overseas Airways Corporation. L'avion était à l'époque un moyen de transport à la fois coûteux et excitant (pour son plus grand plaisir, elle avait un jour reçu un appel de Sir Laurence Olivier, qui souhaitait réserver un vol pour rentrer chez lui à Londres), et Nelle pensait qu'en plus de payer ses factures, ce poste pourrait lui permettre, comme Olivier, de s'offrir un billet pour l'Angleterre. En fin de compte, elle ne se servirait des réductions employés que pour rentrer en Alabama, l'endroit même qu'elle avait essayé de laisser derrière elle. Comme lorsqu'elle écrivait pour le *School Executive*, son travail était à la fois adjacent à la vie à laquelle elle aspirait, et à mille lieues de celle-ci. À la même période, Lee s'installa dans un appartement au 1540 de la Second Avenue, dans le quartier de Yorkville, Upper East Side. Il n'était qu'à quelques rues de l'East River et ce qui devait lui sembler un million de miles de Monroeville : assez loin pour qu'elle puisse porter des tennis et un jean sans craindre d'attirer les regards, assez loin pour qu'elle puisse oublier le diplôme de droit qu'elle n'avait jamais obtenu, assez loin pour qu'elle puisse essayer de faire quelque chose de tous ces mots. Quand elle ne travaillait pas pour les compagnies aériennes, elle écrivait – de petites scènes et sketches comme à l'époque de la fac – et quand elle n'écrivait pas, elle bavardait avec d'autres expatriés du Sud, parmi lesquels des amis de l'université d'Alabama comme John Forney, qui s'était installé à New York pour travailler dans une agence de publicité et avait fini par participer à la production du programme de télévision local de Joe DiMaggio.

Capote ne faisait pas partie de ces expatriés, puisqu'il était toujours à l'étranger, où il écrivait un autre roman. Le premier, celui que Nelle avait parodié dans le *Rammer-Jammer*, était paru en janvier 1948. *Les Domaines hantés* était un conte gothique qui se déroulait en Louisiane et dans le Mississippi, et Capote le fit rapidement suivre d'un recueil de nouvelles. À présent, il essayait d'écrire un autre roman, cette fois au sujet de Monroeville et des sœurs Faulk qui l'avaient élevé. Bien que les pages de *La Harpe d'herbes* soient peuplées de lilas de Perse, balles de coton, vin de mûre, papillons de nuit, remèdes antihydropiques, et poissons-chats du comté de Monroe, Capote l'écrivit en grande partie sur l'île d'Ischia, près de Naples, face au détroit de Gibraltar au Maroc, et dans les ombres de l'Etna en Sicile. Il vivait avec son partenaire, Jack Dunphy, ainsi qu'un entourage toujours plus nombreux de bêtes en tout genre – deux perroquets, un chat siamois et une petite grenouille verte qu'ils avaient d'après eux réussi à apprivoiser – et ils étaient plus souvent en vadrouille qu'à New York.

Capote écrivait à temps plein, et ses histoires semblaient passer sans effort de son esprit aux pages des magazines et étagères des librairies. Nelle, de son côté, était trop occupée à travailler afin de couvrir les dépenses qu'engendre même la plus frugale des existences à New York, et trop distraite par la ville elle-même. Comme beaucoup de rats de bibliothèque ayant grandi dans une petite bourgade, elle était trop éduquée pour être considérée comme une véritable plouc, mais trop provinciale, même après Montgomery et Tuscaloosa, pour ne pas se laisser hypnotiser par Manhattan. Elle avait suffisamment de livres à lire, de films à voir et de musées à visiter pour l'occuper plusieurs vies. La ville la submergeait autant qu'elle la ravissait. Dans l'unique lettre datant de cette période, elle décrivait comment elle était tombée amoureuse du Met, même si c'était « le bordel » ; comment elle avait lu une histoire du judaïsme en six volumes, parce qu'elle « voulait juste apprendre quelque chose au sujet des juifs » ; et comment elle avait vu un documentaire sur l'Everest qu'elle avait trouvé « sublime »[134]. Elle avait été moins impressionnée par une adaptation cinématographique de *La Chute de la maison Usher*, qu'elle avait décidé d'améliorer en doublant le film elle-même, provoquant le fou rire d'un ami et la colère de la direction.

Moins de deux ans après son arrivée à New York, Nelle dut retourner en hâte à Monroeville. Sa mère était malade, et cette fois, ce n'était ni ses allergies ni ses nerfs. Incapable d'établir lui-même un diagnostic, son médecin envoya Frances Lee passer des examens à Selma, où son mari la déposa en se rendant à une conférence pour l'Église méthodiste. Lorsque A. C. revint, les médecins avaient diagnostiqué à Frances un cancer du foie et des poumons, et lui avaient annoncé qu'elle n'avait plus que quelques mois à vivre.

Nelle avait déménagé, mais son frère et ses deux sœurs vivaient toujours en Alabama. Alice habitait dans la maison familiale et pratiquait le droit dans le cabinet de son père. Edwin, qui était devenu un brillant pilote et avait survécu à deux théâtres de la Seconde Guerre mondiale, l'Europe et le Pacifique, avait fondé une famille à Monroeville mais avait été rappelé au début de la guerre de Corée et vivait désormais sur la base aérienne Maxwell à Montgomery. Louise habitait avec son mari et leurs deux enfants dans le comté de Barbour. Si tous trois n'avaient qu'à prendre leur voiture et rouler quelques heures pour aller voir leur mère, Nelle avait mille sept cents kilomètres à parcourir.

Elle reçut l'appel un vendredi soir, mais son père lui demanda d'attendre qu'ils en sachent davantage avant d'organiser sa venue. Le samedi matin, alors que Nelle patientait près du téléphone à New York, le reste de la famille Lee se retrouva au Vaughan Memorial Hospital à Selma, un haut bâtiment de brique orné de colonnes, non loin de la rivière Alabama. Au terme d'une visite de plusieurs heures, ils décidèrent d'aller manger ; en leur absence, Frances eut un arrêt cardiaque. Lorsque la famille revint à l'hôpital, elle était inconsciente ; le soir, un jour seulement après avoir reçu le diagnostic, elle était morte.

Nelle n'apprécia jamais autant son emploi à la compagnie aérienne que le samedi 2 juin 1951, lorsqu'elle prit un avion qui lui permit d'arriver à temps pour les funérailles. Elle regarda sa mère descendre en terre, la première des Lee à rejoindre le caveau familial. Nelle avait alors vingt-cinq ans, et c'était pour elle une perte immense. Des années plus tard, lorsque le monde entier la verrait comme la fille de son père, Louise, sa sœur aînée, dirait que Nelle était tout autant la fille de sa mère : « Papa avait l'esprit pratique, maman pas vraiment[135]. » Leur mère, une artiste à sa manière, qui, par choix ou par nécessité, ne s'était jamais conduite selon les codes de la féminité du Sud, avait autorisé ses filles à devenir celles qu'elles voulaient. Si A. C. s'était assuré que Nelle ait toujours « un pied sur terre », c'était Frances, expliquerait Louise, qui avait fait d'elle « une rêveuse ».

La perte de sa mère marqua le début d'une période difficile pour Nelle Lee. Elle était rentrée à New York et avait tout juste recommencé sa routine faite de changements de vol la journée et d'écriture la nuit lorsqu'elle reçut un autre appel téléphonique de l'Alabama, encore plus douloureux que le premier. Le 12 juillet, seulement six semaines après la mort de sa mère, son frère chéri avait été victime d'une rupture d'anévrisme cérébral et avait été retrouvé sans vie dans sa chambrée de la base aérienne de Montgomery. Encore une fois, Nelle prit l'avion, choquée et bouleversée. La perte de sa mère avait été une épreuve terrible ; la perte de son frère, à tout juste trente ans, était une chose impensable et insupportable. C'était le seul de la fratrie avec lequel elle avait vraiment grandi, celui qui lui avait lu des histoires et avait écouté celles qu'elle avait écrites, qui avait joué avec elle dans la cabane dans l'arbre et avait pris son petit déjeuner, déjeuner et dîner à ses côtés jour après jour. Toute sa vie, elle l'avait appelé non pas Edwin ou Ed, mais simplement « frérot » : le seul qu'elle aurait jamais. Peu de temps après l'avoir perdu, elle perdit aussi la maison qu'ils avaient partagée. Comme s'il ne pouvait plus supporter de vivre là où ils avaient jadis été une famille, A. C. vendit leur propriété de South Alabama Avenue et s'installa avec Alice dans une maison plus petite à quelques rues de là.

Épuisée par le chagrin, Nelle rentra à New York et essaya encore une fois de se consacrer tout entière à son travail. Elle voulait depuis quelque temps écrire sur son enfance afin de préserver par les mots un mode de vie qu'elle savait en train de mourir ; à présent, son désir de célébrer cette période revêtait une urgence et une émotion nouvelles. Mais, comme cela semblait toujours être le cas à l'époque, son plus vieil ami la devança. Capote était rentré d'Europe en août, et en octobre, il publia *La Harpe d'herbes*, le roman inspiré de son enfance à Monroeville sur lequel il travaillait depuis quelque temps. Voir leurs jeux et leurs fables, leurs porches et leurs jardins charmer le reste du monde renforça son désir de rendre de la même manière hommage à son frère et à l'enfance provinciale qu'ils avaient partagée.

Mais Lee peinait à coucher la moindre ligne sur le papier. Elle n'avait jamais suivi de cours d'écriture créative, et même si elle avait publié de nombreux textes dans des journaux étudiants, ils ne dépassaient jamais quelques feuillets. Écrire une unique page de prose qui la satisfasse pouvait lui prendre une journée entière. « Je suis davantage une réécrivaine qu'une écrivaine[136] », déclara Lee, expliquant que tout ce qu'elle écrivait, elle l'écrivait au moins trois fois. Pour elle, « rien ne peut remplacer l'amour de la langue, la beauté de la phrase anglaise. Rien ne peut remplacer la souffrance, s'il faut souffrir pour l'atteindre[137] ».

Cinq années furent englouties par cette souffrance, cinq années à osciller entre le perfectionnisme et le désespoir, qui ne produisirent rien d'autre que les bulletins de salaire d'emplois qu'elle n'aimait pas. Lee vivait toujours modestement, désormais au 1539 York Avenue, au deuxième étage d'un immeuble sans ascenseur, dans un appartement dépourvu non seulement d'eau chaude mais aussi de cuisinière pour en faire chauffer. Pire encore pour elle, il n'y avait pas de bureau. Elle en fabriqua un elle-même à partir d'une vieille porte qu'elle remonta du sous-sol et posa sur des cageots de pommes.

Quand elle ne pouvait pas écrire, elle peignait, un exutoire pour un appétit visuel qu'elle n'avait pas satisfait depuis le lycée, où elle avait étudié la photographie et appris à se servir d'une chambre noire. Le pinceau était alors plus facile à manier que la plume, et Lee apaisa les tempêtes émotionnelles de sa vie en figeant sur la toile des scènes calmes, qui évoquaient les pièces nues et paysages désolés d'Edward Hopper. Ours reçut une marine peinte à cette période, Weezie un tableau très expressif d'un banc vide sous une fenêtre.

Alors que Lee vivait de sandwiches au beurre de cacahuètes, ses amis profitaient de leur célébrité, comme

Capote, ou fondaient une famille, comme Michael Brown. Celui qui était autrefois, selon ses propres mots, « un gars encore plus morose que Charles Addams » était devenu le « boute-en-train de Tin Pan Alley[138] » depuis qu'il était tombé amoureux de la seule danseuse américaine du ballet de Paris. Joy Williams portait la clé Phi Beta Kappa de Michael autour du cou comme s'il s'était agi du plus précieux diamant au monde, et une fois que la carrière de Michael décolla, les Brown achetèrent une maison de ville et fondèrent une famille.

Toute sa vie, Nelle chercha la compagnie de couples mariés et de familles, enchantant ses neveux avec des interprétations spontanées des opéras comiques de Gilbert et Sullivan et se cachant avec les enfants quand elle voulait échapper à la corvée des réunions d'adultes. La vie rangée de son ami l'attirait bien plus que celle de bohème que menait Capote. Truman avait d'abord vécu à Manhattan, sur Park Avenue, mais il aimait séjourner dans une maison de Middagh Street à Brooklyn, occupée selon les périodes par W. H. Auden, Richard Wright, Benjamin Britten, Gypsy Rose Lee, Carson McCullers, et un chimpanzé. Lorsque le propriétaire déménagea dans une autre maison près de Willow Street et commença à recruter le même genre de personnages originaux, le petit prodige de la littérature et fils d'un bonimenteur décida de poser ses valises à Brooklyn Heights. Nelle pouvait marcher jusqu'au bout de sa rue et contempler le quartier de Capote qui s'étendait au sud de l'autre côté de l'East River, mais c'était pour elle comme revenir en Alabama : des cliques dont elle ne faisait pas partie, des fêtes auxquelles elle n'aimait pas aller, d'incessantes distractions qui l'empêchaient d'écrire. Comme beaucoup de personnes auto-exilées, elle se sentait tiraillée entre deux mondes : elle voulait écrire sur l'Alabama quand elle était à New York et elle voulait retourner à New York dès qu'elle rentrait en Alabama.

Et elle rentrait beaucoup plus souvent qu'elle ne l'avait imaginé. Depuis quelque temps déjà, son père souffrait d'arthrite, et Alice ne pouvait plus s'occuper seule de lui ; le jour où il fit une crise cardiaque, Nelle décida de revenir à Monroeville pour aider sa sœur. Les injections de cortisone pour soulager la douleur avaient causé une hémorragie interne, et un ulcère l'empêchait de se nourrir correctement ; son rétablissement se fit au rythme d'un petit pot pour bébé après l'autre. Nelle eut un choc, à l'été 1956, lorsqu'elle vit à quel point son père avait vieilli, et à quel point, en vieillissant, il avait régressé. « J'ai fait des choses pour lui que je n'aurais jamais imaginé faire pour qui que ce soit, pas même les bébés Brown[139] », confia-t-elle à un ami. Son père, qui avait été aussi sage que Salomon quand elle était petite, lui paraissait tout à coup aussi vieux qu'Abraham. « J'ai regardé son beau et vieux visage, écrivit-elle un jour, assise avec lui à la table de la cuisine, et une soudaine vague de panique m'a envahie, qui était, je pense, un écho de la peur et la désolation que j'ai ressenties quand il a failli mourir. »

Malgré tout l'amour qu'elle portait à son père, ses séjours en Alabama étaient pour elle éprouvants. Elle commença à signer ses lettres envoyées de Monroeville « Francesca da Rimini[140] », d'après la jeune Italienne qui émeut tellement Dante lorsqu'il la trouve piégée en enfer qu'il s'évanouit de pitié, et « Le prisonnier de Zenda[141] », d'après le héros d'un roman du XIXe siècle, un futur roi que ses rivaux droguent et emprisonnent la veille de son couronnement pour l'empêcher d'accéder au trône. Ce n'était pas seulement la santé déclinante de son père qui l'éprouvait, mais aussi la compagnie de ses pairs, qu'elle n'appréciait pas davantage à trente ans qu'à dix ans : « Écouter parler pendant une heure des gens avec qui vous êtes allée à l'école est insoutenable – entendre la même conversation jour après jour est une véritable torture, plus efficace que le supplice de la goutte d'eau[142]. » Mais le pire, admit-elle, était qu'elle ne pouvait pas travailler là-bas. « Je sais que le génie surmonte tous les obstacles, etc., et que ce n'est pas une excuse », dit-elle cet été-là avec l'autodérision qui la caractérise, mais elle ressentait aussi le besoin de plus en plus impérieux de retourner à son bureau de fortune dans son appartement de fortune, pour enfin produire quelque chose.

Pourtant, d'une certaine manière, Nelle produisait quelque chose en Alabama. Ses amis citadins étaient captivés par ses lettres de Monroeville, et lorsqu'elle rentra à New York cet automne, Michael Brown lui ordonna d'aller discuter avec un agent littéraire, ou en tout cas le genre d'agent qu'il se trouvait connaître. « Annie Laurie Williams, Inc. » était en réalité une agence spécialisée dans le théâtre et le cinéma, au sein de laquelle sa directrice éponyme vendait des droits d'adaptation à la scène et à l'écran, tandis que son mari, Maurice Crain, travaillait en tant qu'agent littéraire dans le bureau voisin. Crain et Williams, qui s'étaient connus au Texas Club de New York, privilégiaient les histoires et les conteurs du Sud, et Brown espéraient qu'ils prennent en pitié cette écrivaine en herbe tout droit débarquée de l'Alabama qui parlait avec un accent à couper au couteau et affirmait avoir peur des consonnes.

Nelle se présenta à l'agence le 27 novembre 1956. Les bureaux se trouvaient sur East 41st Street, à deux pas de la bibliothèque municipale et des majestueux lions de pierre qui en gardent l'entrée, Patience et Fortitude. À court de l'une comme de l'autre, Nelle dut faire trois fois le tour du quartier pour rassembler le courage d'en franchir la porte. Lorsqu'elle s'y résolut enfin, elle se contenta de mentionner timidement qu'elle était une amie de Truman Capote et de laisser quelques histoires à Annie Laurie Williams. Elles étaient au nombre de cinq et portaient des titres tantôt évocateurs (« Le Pays de la douceur éternelle »), tantôt mystérieux (« Voir et être vu »)[143]. Aucune ne survécut, mais quel que fût leur contenu, Maurice Crain, qui avait été prisonnier de guerre dans le stalag 17 et en était revenu avec un tempérament morne dont ses collègues de l'agence se moquaient gentiment en l'appelant « Vieux Grincheux[144] », sortit de son personnage et de son bureau en se répandant en éloges sur ce qu'il venait de lire.

Crain était particulièrement impressionné par « Neige-sur-la-Montagne », l'histoire d'une femme atteinte d'un cancer et de ses précieux camélias, mais lorsqu'il finit par rencontrer Lee, il lui suggéra d'arrêter de bricoler de petits récits et d'essayer d'écrire quelque chose de plus ambitieux. Il était bien plus facile, expliqua-t-il, de vendre un roman que de placer une nouvelle dans une revue. « Pourquoi n'écririez-vous pas un livre au sujet des gens que vous connaissez si bien[145] ? » suggéra-t-il en guise d'encouragement.

C'était la première semaine de décembre, et Lee n'avait jamais été si pleine d'espoir, ou de désespoir. Il lui avait fallu sept ans pour écrire ces histoires, et Crain voulait qu'elle compose tout un roman ? Elle ne savait pas comment s'y prendre, et son travail à la compagnie aérienne ne lui laissait guère de temps pour essayer. Elle raconta sa rencontre aux Brown et convint de célébrer Noël avec eux, puisqu'elle ne rentrerait pas en Alabama pour les fêtes et avait toujours le mal du pays en cette saison.

Elle passa donc le réveillon avec les Brown, dans leur maison de ville. Lorsqu'un de leurs garçons la tira du sommeil aux aurores le lendemain, comme souvent les enfants le jour de Noël, elle l'accompagna au rez-de-chaussée. C'était agréable d'être entourée d'une famille, même si ce n'était pas la sienne, et de dormir dans une vraie maison, même si ce n'était que pour une nuit. Les garçons déballèrent leurs fusées tandis que Nelle honorait la tradition familiale en offrant à ses amis anglophiles le meilleur cadeau qu'elle avait réussi à dénicher pour la plus petite somme d'argent : un portrait du révérend Sydney Smith, un obscur ecclésiastique anglais, et les œuvres complètes de Margot Asquith, une comtesse et écrivaine anglaise légèrement moins obscure. Lorsque vint finalement le tour de Nelle d'ouvrir son cadeau, les Brown désignèrent une enveloppe suspendue entre les guirlandes et boules du sapin. À l'intérieur se trouvait un chèque libellé à son nom, d'un montant non négligeable, accompagné d'un mot sur lequel on pouvait lire : « Tu as un an de congé pour écrire ce que tu veux[146]. »

C'était le cadeau de Noël le plus fou que Lee ait jamais reçu, et sans doute l'un des plus importants de l'histoire de la littérature américaine. Les Brown n'étaient pas riches, mais ils avaient eu une année relativement prospère, et ils se disaient que si Nelle pouvait se consacrer à sa fiction avec autant de dévotion qu'à la vente de billets d'avion, elle serait capable d'écrire quelque chose de splendide. C'était un ancien type de patronage importé à Manhattan, une façon d'aider une artiste à travailler sans qu'elle ait à se demander comment elle allait se nourrir ou payer ses factures d'électricité. « Ils avaient économisé un peu d'argent et ils se sont dit qu'ils ne pouvaient pas me laisser continuer comme ça, expliquerait Nelle des années plus tard au sujet de leur générosité dans un essai pour *McCall's*. C'était leur manière de me montrer qu'ils croyaient en moi. Que je vende quoi que ce soit n'avait aucune importance. Ils voulaient me donner une véritable chance d'apprendre mon art en me soulageant du fardeau d'un travail alimentaire[147]. »

Nelle quitta promptement le travail en question et commença à écrire. Comme elle l'expliqua à un ami du Sud, elle sortit de son placard trois bermudas qu'elle porterait toute l'année, partant du principe qu'elle travaillerait si dur qu'elle ne quitterait jamais son appartement. « Les Brown se fichent que je gagne le moindre cent avec ce que j'écris, dit-elle. Ils veulent m'encourager à prendre un tant soit peu mon talent au sérieux[148]. » C'était ce qu'elle voulait aussi, et elle ne cacha ni sa joie ni sa gratitude. Mais elle ajouta une remarque étrangement sombre pour quelqu'un dont le plus grand souhait venait d'être exaucé. Elle confia, au sujet de son travail d'écriture : « Le prendre au sérieux détruira tout ce qu'il y a d'aimable dans mon caractère, mais cela me mettra sur la voie d'un semblant de carrière » avant d'ajouter : « J'ai l'horrible sentiment que je *vais* y arriver. »

Et ce fut le cas. Stimulée par la confiance de ses amis, elle parvint à noircir plus de pages en quelques semaines qu'elle ne l'avait fait en plusieurs années. Lorsqu'elle rencontra de nouveau Crain en janvier, elle avait déjà terminé une autre histoire pour lui, « Le Miaulement du chat[149] », qu'elle espérait le voir placer dans une revue. Plus prometteur encore, et presque incroyable, elle avait déjà rédigé les cinquante premières pages d'un roman. Il tirait son titre d'un extrait de la prophétie d'Ésaïe sur la chute de Babylone. *Va et poste une sentinelle* racontait l'histoire d'une petite ville du Sud et d'un avocat nommé Atticus. La narratrice était une jeune femme de vingt-six ans, Jean Louise Finch, que tout le monde appelait Scout, et le roman s'ouvrait sur son départ en train de New York pour le Sud. En arrivant chez elle, elle trouvait son père vieillissant et leurs voisins blancs vent debout contre le mandat du gouvernement fédéral mettant un terme à la ségrégation dans leurs écoles.

Crain adora l'histoire et l'exhorta à écrire la suite. Les lundis avec Maurice devinrent un rendez-vous régulier pour la jeune auteure, qui se présenta avec cinquante nouvelles pages la semaine suivant cette première réunion, et cinquante autres la semaine d'après. Elle s'accorda une pause la première semaine de février, mais revint le lundi suivant avec les pages 153 à 206, réussit à en composer presque quarante de plus pour la semaine d'après, et, enfin, le 27 février 1957, elle lui remit les quarante-huit derniers feuillets de son manuscrit désormais terminé.

C'était un exploit incroyable. Alors qu'elle n'avait presque rien écrit en sept ans, elle avait en deux mois rédigé un roman entier. Le mardi suivant la remise des ultimes feuillets, le dernier jour de février, Crain l'envoya à G. P. Putnam's Sons. Quelques semaines plus tard, il reçut une réponse négative. En avril, Crain le soumit à Harper & Brothers. Il essuya encore une fois un refus, l'éditeur de la maison ne voyant pas en quoi, comme l'affirmait Crain dans sa lettre d'accompagnement, « Mlle Lee » permettrait « aux habitants du Nord d'ouvrir les yeux sur les positions des Sudistes et les raisons de celles-ci dans le conflit de la ségrégation[150] ». Le jour où il reçut leur refus, Crain envoya le manuscrit à J. B. Lippincott.

Alors que *Va et poste une sentinelle* était toujours en quête d'un éditeur, Lee récupéra les nouvelles « Neige-sur-la-Montagne » et « Le Miaulement du chat » et avant la fin du mois de mai, elle les avait incorporées à un autre roman qui comptait pour l'heure cent onze pages et qu'elle appelait *Le Long Adieu*. Ce deuxième roman était, de l'avis de Crain, meilleur que le premier, et il l'encouragea à continuer à travailler dessus. Lorsque, au milieu du mois de juin, elle lui remit son manuscrit, il l'envoya également à Lippincott. Il mettait en scène ce que Crain décrivit dans sa lettre d'accompagnement comme « les histoires d'enfance » de Scout Finch, qui étaient « merveilleusement émouvantes[151] » et dont il pensait qu'elles feraient un meilleur début que celui qu'il possédait déjà. Lippincott était du même avis, et s'il rejeta le manuscrit de *Va et poste une sentinelle*, il exprima son intérêt pour le nouveau livre.

Crain souhaitait organiser au plus vite une rencontre entre Lee et l'équipe éditoriale, mais, comme souvent dans le monde de l'édition, il se trouvait que le mot « intérêt » était une manière polie d'exprimer un sentiment complexe. Si Lee pénétra dans les bureaux de Lippincott avec plus d'assurance que lorsqu'elle était entrée pour la première fois chez son agent littéraire, c'était uniquement parce qu'elle ignorait le peu de bien que la plupart des éditeurs pensaient de son manuscrit. Malgré tout, l'éditrice Therese von Hohoff Torrey fut charmée par ses personnages et, lors de leur réunion en juin, elle fut aussi charmée par leur créatrice. Tay Hohoff, comme on l'appelait, portait des costumes à rayures et un chignon serré ; sa voix était rauque à force de cigarettes, et ses cheveux gris trahissaient les longues années qu'elle avait passées dans le monde de l'édition. Pur produit de Brooklyn, elle avait travaillé avec d'autres auteurs du Sud, notamment Zora Neale Hurston, dont les romans et études anthropologiques du folklore et du vaudou avaient été publiés par Lippincott vingt ans plus tôt.

Hohoff n'était pas prête à acheter le roman en l'état, expliqua-t-elle à Lee, mais elle était intriguée, et elle renvoya l'écrivaine chez elle avec quelques propositions de modification. Lee, intimidée, écouta avec attention toutes ses suggestions, assura qu'elle incorporerait les changements, et, un « oui madame » après l'autre, regagna la porte. Elle envoya plusieurs modifications en juillet, bien qu'elle se plaignît auprès de Maurice Crain et des Brown de la difficulté qu'elle avait à combiner les deux récits, *Le Long Adieu* et *Va et poste une sentinelle*, en un seul roman. Crain avait une solution élégante quoique exaspérante : arrêter de vouloir faire un livre à partir de deux, et simplement continuer d'écrire l'enfance de Scout. En août, elle avait déjà progressé ; en octobre, elle avait une nouvelle version. Impressionnée que la romancière en herbe ne se soit pas laissé décourager par ce travail de révision, Hohoff lut le nouveau manuscrit et constata que « l'étincelle de la véritable écrivaine jaillissait à chaque ligne[152] ». Néanmoins, elle remarqua aussi qu'il comprenait d'importants défauts de structure, des « fils d'intrigue décousus[153] », et que le manuscrit était « davantage une série d'anecdotes qu'un véritable roman[154] ». Malgré tout, elle aimait les personnages et en fin de compte, ce fut grâce à eux quatre – Scout, Dill, Jem et Atticus – que Lee vendit son livre.

Hohoff lui offrit mille dollars pour le manuscrit qu'ils appelaient pour l'heure *Atticus* – une petite somme pour l'éditeur, mais une fortune pour l'auteure. À la fin du mois, Lippincott lui avait versé le premier quart ; elle recevrait le prochain, lui expliqua Hohoff, lorsqu'elle livrerait une version du manuscrit que l'éditeur jugerait acceptable. Lee n'arrivait pas à en croire sa chance, ni la direction que prenait sa vie. Dix mois à peine étaient passés depuis que les Brown l'avaient convaincue de quitter son boulot, et elle avait déjà vendu le livre qu'ils lui avaient permis d'écrire. Ses bienfaiteurs, en revanche, n'avaient aucun mal à y croire. « C'était une écrivaine au plus profond de son âme, dirait plus tard Michael Brown au sujet de cette année incroyable. Cela serait arrivé avec ou sans nous – tout ce que nous avons fait, c'est accélérer un peu les choses[155]. »

En tout, il fallut deux années supplémentaires à Tay Hohoff pour convaincre Lee de la nécessité des changements structuraux, politiques et esthétiques qui feraient de *Va et poste une sentinelle* et *Le Long Adieu* le livre finalement intitulé *Ne tirez pas sur l'oiseau moqueur*. « Nous en avons discuté, déclara Hohoff, parfois pendant des heures. C'était tantôt elle qui se rangeait à ma pensée, tantôt moi qui me rangeais à la sienne, et il arrivait que la discussion aboutisse à un tout autre sujet[156]. »

Le problème le plus délicat se révéla être le point de vue. La protagoniste de l'histoire était toujours Scout, mais ce qu'elle savait d'elle-même et de la communauté au sein de laquelle elle vivait changeait considérablement d'un brouillon à l'autre. Lee avait d'abord écrit une Jean Louise adulte qui retournait à Monroeville et perdait son innocence en découvrant le monde de son enfance avec ses yeux d'adulte. Mais Hohoff avait, à raison, jugé les scènes avec les enfants comme les plus fortes des deux manuscrits, et elle pensait que la jeune Scout ferait la meilleure narratrice. Lee, qui avait écrit son premier roman à la troisième personne, écrivit le second à la première, avant de finalement se décider pour la narration stéréoscopique où s'entremêlent la voix de l'enfant et celle de l'adulte qui apparaît dans *Ne tirez pas sur l'oiseau moqueur*.

D'autres choix découlèrent de ce premier, qui ne furent ni rapides ni faciles, mais toujours nécessaires. Bien que le cadre géographique du roman ne changeât pas – l'intrigue se déroulait toujours sur les terres rouges d'un village de la Black Belt de l'Alabama modelé sur Monroeville ; même dans *Va et poste une sentinelle*, Jean Louise ne fait que *penser* à New York –, Lee modifia le cadre temporel, qui se rétracta petit à petit jusqu'à ce que finalement, au lieu de vingt-cinq ans de la vie de Jean Louise Finch, l'intrigue se résume à trois courtes années de son enfance, de l'été 1933 à l'automne 1935.

Ne pas pousser l'intrigue jusqu'aux années 1950 épargna à Lee deux entreprises difficiles. Premièrement, elle n'eut pas à écrire d'histoire sentimentale – un soulagement, puisque la relation entre Jean Louise et Henry Clinton dans *Va et poste une sentinelle* semble avoir été imaginée par quelqu'un qui n'a jamais connu de véritable relation amoureuse, ce qui, pour autant que quiconque sache, est le cas. Deuxièmement, cela signifiait que les lecteurs de Lee se plongeraient dans une histoire qui se déroulait vingt ans dans le passé, de sorte que le mouvement des droits civiques planait vertueusement dans les marges du roman au lieu d'entrer en confrontation directe avec ses personnages.

Cet aspect, à son tour, donna lieu au changement le plus crucial de tous : contrairement à *Va et poste une sentinelle*, *Ne tirez pas sur l'oiseau moqueur* pouvait avoir un héros en plus d'une héroïne. Dans la première version, Jean Louise rentre chez elle afin de rendre visite au père qu'elle a toujours idolâtré pour son humanité et sa vision égalitaire du monde, et découvre avec horreur qu'il participe au conseil des citoyens blancs et s'oppose au travail de la NAACP. En limitant le livre au point de vue de la petite Scout, Lee pouvait faire d'Atticus un modèle de moralité, l'avocat qui défend un Noir innocent du courroux d'une foule raciste. Aux yeux de sa fille, Atticus était un homme en avance sur son temps, mais dans *Va et poste une sentinelle*, le temps non seulement le rattrape mais finit par le dépasser ; dans *Ne tirez pas sur l'oiseau moqueur*, il reste à jamais un héros.

Il ne fait aucun doute que Tay Hohoff aida Lee à améliorer son livre, mais Maurice Crain avait raison lorsqu'il disait que son premier roman, bien que souffrant de nombreux défauts, offrait une analyse éclairante du racisme dans le Sud. Hohoff avait peut-être éprouvé des difficultés à se figurer des ségrégationnistes méprisant le Klan, mais Lee savait que sa région natale foisonnait de tels individus. Elle avait connu des dizaines de personnes semblables à l'Atticus de *Va et poste une sentinelle*, prêtes à défendre un homme noir au tribunal pour ensuite lui interdire l'accès aux bureaux de vote, et même au tabouret de bar voisin du leur. En réalité, la majorité des Blancs de l'Alabama ne se seraient jamais livrés à un lynchage, mais s'opposaient pourtant ouvertement à la déségrégation des écoles, et de tout le reste. Malheureusement, les efforts de Lee pour exprimer cette complexité avaient fait de *Va et poste une sentinelle* une pièce de théâtre didactique entre la « jeune fille éclairée » et son « père obscurantiste », et les personnages ne pouvaient porter leur poids politique.

Hohoff voulait libérer la fiction de Lee de son ton moralisateur, et elle argua qu'elle toucherait davantage de lecteurs en leur racontant une histoire qu'en les sermonnant. En tant que quaker qui écrivait à l'époque une biographie de John Lovejoy Elliott, et activiste sociale du mouvement de la culture éthique dont le grand-oncle avait été assassiné par une foule lyncheuse, Hohoff voulait que Lee crée un récit rédempteur sur la tolérance. Et ce qu'elle voulait, elle l'obtenait la plupart du temps : ce n'était pas pour rien qu'on la surnommait à New York « la Hitler quaker[157] ». Il était plus facile, argua Hohoff, de structurer une intrigue autour d'un personnage comme Bob Ewell, l'homme blanc, pauvre et oisif que tout le monde s'accorderait à juger infâme, qu'essayer de convaincre des lecteurs naïfs et souvent de mauvaise foi que des hommes en apparence aussi respectables qu'Atticus puissent être racistes. Et il valait mieux, insista Hohoff, que le tribunal du comté de Maycomb soit le théâtre d'un procès relativement équitable que d'un rassemblement raciste, de même qu'il valait mieux convertir les lecteurs à la cause de la justice raciale avec la perte d'innocence d'une enfant que les condamner par le biais de la voix désenchantée d'une adulte.

Au cours de ces deux années pendant lesquelles Lee parcourut son manuscrit avec son éditrice, elle fit également des allers et retours entre New York et le Sud pour s'occuper de son père, dont la santé avait encore décliné. C'était du temps en moins qu'elle passait sur son livre, mais qui lui permettait d'interagir avec ses sujets – sa terre natale et ceux qui y avaient grandi. Elle et ses sœurs se relayaient au chevet de leur père, Alice travaillant au cabinet d'avocats la journée et prenant la relève de Nelle le soir. « Elle rentrait à la maison pour s'occuper de papa, et je venais ici pour écrire[158] », déclara Lee au sujet des bureaux de Barnett, Bugg & Lee. Ces bureaux se trouvaient sur la place du tribunal, dans une Monroeville qu'elle transformait en Maycomb pendant que le monde dormait autour d'elle. À ce moment-là, elle s'était si profondément plongée dans la perspective de Scout qu'elle la vivait réellement. « Une nuit, j'étais en train d'écrire le chapitre où les gamins se font pourchasser par le vieux, raconterait Lee plus tard, et j'ai eu si peur que j'ai foncé à la maison en courant[159]. »

En novembre 1959, tout était enfin là : le bras cassé de Jem, l'église de Calpurnia, la méchante Mme Dubose avec son pistolet sous son châle, tante Alexandra et oncle Jack, Atticus et sa montre à gousset, le Merlin de poche qui vivait chez les voisins, Tom et Helen Robinson, le porche branlant de la maison des Radley, le chêne et son trou rempli de mystères, la galerie du tribunal, et Scout, cette héroïne prodigieuse entre toutes. Le 10 de ce mois, Lee reçut ce qu'elle pensait être son tout dernier chèque de Lippincott, et attendit de voir ce que le monde ferait de Maycomb.

# 18

# L'abîme appelle l'abîme

Harper Lee n'était pas le premier choix de Capote. Il avait d'abord décidé d'emmener son ami Andrew Lyndon, un autre jeune écrivain sudiste, et ce n'est que lorsque ce dernier répondit qu'il ne pouvait l'accompagner que Capote fit appel à Lee. Il quittait la ville pour mener une enquête, lui expliqua-t-il, dans une région du pays qu'il connaissait à peine, et il avait besoin d'une « assistante de recherches[160] ». Le travail consistait à l'aider à réaliser des interviews et à rassembler des informations, et pour cela à l'accompagner au Kansas.

Le 15 novembre 1959, dans la minuscule communauté de Holcomb au sud-ouest de l'État, un fermier du nom de Herb Clutter, sa femme Bonnie et leurs enfants Nancy et Kenyon, âgés respectivement de seize et quinze ans, avaient été retrouvés assassinés dans leur maison. Les Clutter étaient une famille prospère et appréciée de la communauté, et la nouvelle de leur meurtre était si choquante que même le *New York Times* lui avait consacré un court article. C'est en lisant ce fragment d'histoire que Capote avait décidé d'en faire un véritable récit pour le *New Yorker*, dans lequel il ne se contenterait pas de décrire le crime ou ses victimes, mais dresserait un portrait de toute la ville.

« Il a précisé que ce serait un travail extrêmement complexe[161] », se rappellerait plus tard Lee, et le hasard du calendrier faisait qu'elle était extrêmement disponible. Les Clutter avaient été assassinés cinq jours après qu'elle avait remis le manuscrit final de *Ne tirez pas sur l'oiseau moqueur*, et elle n'avait aucune idée de ce qu'elle ferait ensuite. Il se trouve que publier un roman, comme le vendre à un éditeur, prend du temps, et entre le moment où l'on remet son manuscrit et celui où l'on voit le livre sur les rayonnages des librairies, le chemin est long : un peu comme une grossesse, sauf que lorsque vous pensez avoir enfin terminé, vous avez neuf mois supplémentaires à attendre. Lee venait d'entamer cette longue période d'incertitude et elle ne voulait pas retourner travailler pour la compagnie aérienne. Le poste d'« assistante de recherches » que lui proposait Capote l'occuperait pendant quelque temps, et l'aider à écrire une chronique pour le *New Yorker* pourrait lui permettre de décrocher ses propres missions. « Elle envisageait de publier un livre de non-fiction, expliqua-t-il, et elle voulait apprendre ma technique de reportage[162]. »

Capote, qui ne ratait jamais une occasion de s'autoglorifier, semblait avoir oublié que son amie était la fille du rédacteur en chef de la gazette de Monroeville et qu'elle avait déjà quelques notions de journalisme. Même si son séjour au Kansas se révélerait une sorte de répétition de celui qu'elle effectuerait à Alexander City, elle n'y allait pas en tant qu'apprentie de Capote. C'était davantage, pour tous les deux, un retour à l'enfance : une fois encore, quoique beaucoup plus littéralement cette fois, ils étaient partenaires dans le crime. « C'était comme si l'abîme appelait l'abîme, dirait-elle plus tard, citant le livre des Psaumes. Ce crime l'intriguait, je suis intriguée par le crime… et mince, je voulais vraiment y aller[163] ! » Ils se mirent d'accord sur son cachet – neuf cents dollars, soit presque autant que ce qu'elle avait reçu pour son roman, plus les dépenses – et ils montèrent ensemble à bord d'un train à Grand Central Station, dont le plafond d'étoiles offrait un minuscule aperçu de celui qu'ils verraient bientôt au-dessus des Grandes Plaines.

La route était longue du Manhattan qu'ils quittaient à Manhattan, Kansas. Et lorsqu'ils arrivèrent là-bas dans un train de nuit, il leur restait encore six cents kilomètres à parcourir jusqu'à Garden City, seule ville à proximité de Holcomb, le village de deux cent soixante-dix habitants où les Clutter avaient été assassinés. Sur la route, ils eurent tout le temps de bavarder, planifier, et évoquer des souvenirs. Quand Lee se disait intriguée par le crime, elle entendait par là toutes sortes de crimes, réels ou non ; elle avait grandi au milieu de piles du magazine *True Detective Mysteries*, s'était fait les dents sur Sherlock Holmes, et aimait toujours les histoires de meurtre. Il y avait aussi tous ces procès auxquels elle avait assisté depuis la galerie du tribunal du comté de Monroe, et contrairement à Capote, elle avait étudié le droit pénal.

Capote, en revanche, avait connu personnellement un assassin. Un été, alors qu'il séjournait à Monroeville, une adolescente de seize ans venue visiter de la famille s'était prise d'affection pour Capote, au plus grand agacement de Nelle. (« J'étais jalouse, dirait-elle plus tard, de tout le temps que Truman passait avec Martha – cette femme mûre et exotique[164]. ») Finalement, la fille convainquit Capote de s'enfuir avec elle dans une ville à quelques kilomètres de là. La fugue tourna court et ils furent renvoyés l'un chez ses tantes, l'autre chez ses parents. Treize ans plus tard, Martha Beck rencontra par le biais d'une petite annonce un ancien détenu adepte du vaudou avec qui elle commit une série de meurtres qui leur valut le surnom de « Tueurs de la lune de miel ».

Lorsque Lee et Capote atteignirent Garden City – Holcomb ne possédant pas d'hôtel, ils avaient décidé de loger dans la ville la plus proche, à onze kilomètres du village en suivant la rivière Arkansas –, ils étaient prêts à jouer les rôles que le partenaire de Capote, Jack, leur avait assignés pour plaisanter avant leur départ : Perry Mason et son assistante, Della Street. Ils arrivèrent quelques semaines seulement après les meurtres, dans une région encore si terrifiée que les habitants laissaient leurs lumières allumées toute la nuit. « Au début, j'ai eu l'impression d'être sur une autre planète, écrivit Lee, une vaste terre indifférente aux créatures qui la peuplaient, mais terriblement méfiante à l'égard de toute personne étrangère à la région[165]. »

Ils prirent des chambres adjacentes à l'hôtel Warren. Capote, qui craignait sans doute de mourir de faim dans une ville qui n'était pas New York, avait emporté toute une cantine remplie de provisions. Dès son arrivée, il se méfia du Kansas et le Kansas le lui rendit bien : la plupart des habitants de Garden City ne savaient absolument pas quoi penser de l'orchidée qui venait d'éclore au milieu de leurs champs de blé. Au début, tout le monde refusait de lui parler. Sa voix était étrange, ses vêtements déconcertants, et, aux yeux des habitants du comté de Finney, il était lié aux meurtriers. Capote, indifférent mais conscient de l'impression qu'il donnait, avait été alerté par un ami que les gens de Holcomb risquaient de ne pas apprécier de voir « ce petit gnome, en gilet à carreaux, courir partout pour poser des questions et chercher à savoir qui avait tué qui[166] ».

Malgré tout, Capote n'avait pas anticipé autant de résistance. Il pensait interroger tout le monde en quelques jours et n'avait pas apporté assez de victuailles pour un séjour plus long. Avec Lee, ils avaient prévu de partir enquêter tous les matins et de se retrouver tous les soirs à l'hôtel pour rédiger leurs notes : elle taperait les siennes à la machine pendant qu'il écrirait les siennes à la main, puis ils les reliraient et corrigeraient ensemble, comme ils le faisaient quand ils inventaient des histoires sur South Alabama Avenue. Capote aimait à dire qu'il était un Dictaphone humain (même si, se contredisant tout seul, il déclarait selon les jours se souvenir de 95, 97 ou 99 % des informations), mais Lee était presque une caméra humaine : elle avait une oreille excellente pour les dialogues, mais aussi l'œil pour les décors et les atmosphères. Elle prenait toujours soin de noter ce que portait une personne, ce qu'elle faisait de ses mains ou ce qui passait à la télévision en fond sonore, et c'était Lee qui dessinait les schémas, dressait les listes, reconstituait les itinéraires et les chronologies à partir de sources multiples.

Ils arrivèrent dans le village le mardi 15 décembre et commencèrent à enquêter dès le lendemain. Ils se rendirent d'abord au tribunal du comté de Finney, où ils essayèrent d'interroger l'agent Alvin Dewey du KBI, le Kansas Bureau of Investigation, qui refusa catégoriquement de répondre à leurs questions. À ce moment-là, d'autres reporters travaillaient sur cette histoire depuis déjà trois semaines, et nombre d'entre eux étaient de la région. Pour Dewey et presque tous les habitants de Garden City, le *New Yorker* n'était qu'un énième journal régional, et l'homme qui affirmait travailler pour lui aurait tout aussi bien pu écrire pour le *Courrier martien*. Dewey conseilla à Capote de revenir pour la conférence de presse officielle et de le faire avec son accréditation.

Ce fut une première déconvenue. Qu'importait la qualité de ses « techniques de reportage », Capote était arrivé au Kansas sans la moindre preuve qu'il était journaliste, et les forces de l'ordre n'étaient pas prêtes à le croire sur parole. L'affaire sur laquelle ils travaillaient était sensible, et ils voulaient protéger à la fois l'intégrité de l'enquête et la vie privée des deux filles Clutter toujours en vie, qui étaient âgées d'une petite vingtaine d'années et avaient déjà quitté la maison au moment où le reste de la famille avait été assassiné. Capote passa quelques coups de fil et réussit à convaincre un employé de Random House – très certainement le rédacteur en chef, Bennett Cerf – d'intercéder en sa faveur auprès du FBI. Comme prévu, quelqu'un contacta le Bureau, qui consulta ses fichiers, jeta un coup d'œil dans le Bottin mondain de la haute société américaine et, malheureusement pour Capote, jugea qu'il n'était pas assez « légitime[167] » pour qu'ils interviennent auprès du bureau local.

Capote n'ayant pas eu plus de chance lorsqu'il plaida directement sa cause auprès de Dewey, Lee et lui firent de leur mieux sans accès aux fichiers de la police, rassemblant des coupures de journaux locaux, des dépliants touristiques, et épiant les conversations dans les cafés et au bureau de poste. Lee chercha à en apprendre autant que possible sur le cadre de l'affaire, de l'histoire agricole de la région à ses traditions sociales et religieuses en passant par son charlatan le plus célèbre – un certain John Romulus Brinkley, qui pratiquait des greffes de testicules de boucs sur les hommes pour soigner leur libido défaillante, une sorte de Viagra avant l'heure, et dont l'épouse avait un jour fustigé Bertrand Russell pour avoir promu l'amour libre alors qu'elle et son mari essayaient de le vendre.

Mais le contexte était une chose ; la tragédie elle-même en était une autre. Chaque fois que Lee et Capote tentaient d'aborder une source prometteuse, comme les voisins des Clutter et des proches des deux adolescentes qui avaient découvert les corps, ils se faisaient rabrouer ou ignorer. Même dans des circonstances idéales, les arcanes d'un petit village comme Holcomb sont difficiles à maîtriser, et dans une période de peur et de chagrin aussi immenses, les habitants faisaient tout ce qui était en leur pouvoir pour se protéger des étrangers. Mais aux yeux des villageois inquiets, Lee était tout ce que Capote n'était pas : chaleureuse, compréhensive, et assez amicale pour qu'ils aient l'impression que leur histoire était avec elle entre de bonnes mains. « Une dame absolument formidable. Elle m'a vraiment beaucoup, beaucoup plu[168] », déclara Harold Nye, un des agents du KBI qui travaillaient sur l'affaire Clutter. Au sujet de Capote, en revanche, il se montra un peu moins enthousiaste : « Ce petit connard ne m'a pas fait bonne impression. »

Cette impression n'était peut-être pas sans lien avec le fait que lorsque Nye et trois autres agents leur avaient rendu visite à l'hôtel Warren pour se présenter, Capote leur avait ouvert en déshabillé rose. Malgré tout, ni la lingerie ni le bar lesbien de Kansas City où l'auteur emmènerait plus tard Nye et sa femme ne pouvaient altérer la sympathie que le couple éprouvait pour Lee. Mais surtout, l'agent Dewey, qui dirigeait l'enquête, ressentait la même chose. « Quand Capote choquait les gens, elle était là pour absorber le choc, déclara Dewey. C'était une femme simple, au sourire amical, qui avait toujours le mot juste[169]. » Dolores Hope, journaliste locale et épouse de Clifford Hope, l'avocat de la famille Clutter, expliqua que « Nelle jouait en quelque sorte le rôle de sa gardienne ou de sa mère. Elle brisait la glace pour lui[170]. »

Charmé par les bonnes manières sudistes de la jeune femme et intrigué par les extravagances de son étrange ami, le village qui s'était refusé à partager son choc et son chagrin avec des inconnus commença à accueillir les deux écrivains dans ses salons. Mais surtout, Lee et Capote furent bientôt autorisés à visiter la maison des Clutter, bien qu'elle fût toujours considérée comme une scène de crime. Ils empruntèrent l'escalier jusqu'aux chambres des enfants, où les corps de la mère et de la fille avaient été découverts, puis descendirent au sous-sol, où avaient été tués le père et le fils. Tout le sang avait été nettoyé par quatre amis de Herb Clutter, qui étaient arrivés le lendemain des meurtres munis de serpillières, brosses à récurer, torchons et seaux, mais on devinait toujours les taches que les corps avaient laissées sur le sol, et il régnait dans la maison une atmosphère sépulcrale.

Après cette visite, Capote et Lee prirent la route pour rentrer et, quinze minutes plus tard, commencèrent à faire le point à l'hôtel Warren. Il écrivit trois pages ce soir-là ; elle en tapa neuf, qui incluaient des détails sur chacune des quatorze pièces de la maison des Clutter, tels que la hauteur des placards de la cuisine et les titres des livres, la couleur des murs et les motifs du linoléum, le calibre des fusils dans l'armoire, les autographes sur les photos encadrées, la présence d'une table mais l'absence de balles de ping-pong. Elle dessina des plans de niveau du rez-de-chaussée, du premier étage et du sous-sol, ainsi qu'une carte de la propriété et des aménagements paysagers.

Inévitablement, Lee commença aussi à tirer des conclusions sur la famille qui avait habité cette maison. À bien des égards, les Clutter ressemblaient aux Lee, et ces similitudes lui permirent de comprendre des aspects de leur vie inaccessibles à Capote. Elle avait vécu les cycles liturgiques de leurs années au sein de l'Église méthodiste et, comme les enfants Clutter, elle avait tenu un journal pour son club 4-H. Mais le plus frappant était qu'elle avait grandi dans une famille semblable à la leur : un père self-made-man dont l'excellente réputation traversait la frontière du comté, une mère à la santé mentale fragile contrainte d'aller chercher des traitements dans des villes lointaines tout en restant parfois mystérieusement cloîtrée chez elle, et des enfants avec de grands écarts d'âge – les deux aînées avaient déjà quitté la maison, la troisième était une travailleuse acharnée dont le journal intime révèle ses efforts pour satisfaire son père et apaiser sa mère, et le petit dernier un solitaire qui trouvait refuge dans les livres qu'il gardait à côté de son lit.

Pour Capote, ils étaient une histoire ; pour Lee, ils étaient une famille. Elle réalisait déjà un portrait psychologique des victimes, et sa capacité à les considérer comme des êtres humains la rapprocha des habitants de la ville qui les avaient connus. Pendant la troisième semaine de décembre, les Hope appelèrent l'hôtel Warren pour inviter Lee et son ami à un repas de Noël, s'inquiétant qu'ils n'aient nulle part où aller. De leur côté, les écrivains s'inquiétaient de ne pas réussir à écrire quoi que ce soit cette semaine-là, mais si les portes du tribunal et des divers commerces et institutions étaient fermées pour les fêtes, celles des habitants s'ouvraient enfin.

Après que les Hope eurent accueilli chez eux l'étrange couple de l'Alabama, tous les habitants du village voulurent les rencontrer à leur tour, y compris les Dewey. Capote et Lee avaient surnommé l'agent Dewey « Foxy » pour sa méfiance de renard et la férocité avec laquelle il protégeait son enquête (et peut-être aussi parce qu'il était charmant, une caractéristique que mentionna Nelle dans une lettre à ses agents en illustrant son propos par des cœurs de collégienne). Mais sa femme, Marie, qui était originaire de La Nouvelle-Orléans, était prête à étendre son hospitalité sudiste même aux journalistes de la grande ville, et elle les invita à dîner. Tandis qu'ils faisaient connaissance avec la famille, composée de deux petits garçons et d'un gros chat tigré, Courthouse Pete, Mme Dewey remplissait leurs verres de sauternes et leurs assiettes de salade d'avocat, d'escalopes panées, et d'une spécialité cajun à base de riz, haricots blancs et bacon. Pourtant, aucun de ces mets ne constituait le plat principal. Car ce soir-là, l'agent Dewey reçut un appel téléphonique : les hommes qui avaient assassiné les Clutter avaient été arrêtés à Las Vegas, à des milliers de kilomètres de là.

Cette nouvelle était un soulagement pour les habitants du comté de Finney, qui purent enfin éteindre leurs lumières lorsqu'ils allaient se coucher et retirer les longs clous des châssis de leurs fenêtres, mais elle compliquait les choses pour Capote. Au départ, il n'avait pas prévu de couvrir l'enquête jusqu'à sa conclusion ; le jour de son arrivée dans le village, il avait froidement déclaré qu'il se fichait que les meurtres soient résolus un jour. Lee et lui avaient déjà interrogé des dizaines de personnes et il avait des rames entières de notes à rapporter à New York – largement assez d'informations pour la chronique qu'il avait vendue au journal. Mais à présent que les suspects avaient été arrêtés, Capote savait qu'il allait aussi devoir raconter leur histoire, ce qui signifiait que Lee et lui allaient devoir prolonger leur séjour au Kansas.

Au début du mois de janvier, les deux écrivains attendaient devant le tribunal du comté de Finney – elle, les pieds engourdis, lui les oreilles rougies par le froid cinglant – lorsque Perry Smith et Dick Hickock émergèrent menottes aux poings des voitures de police. Ils étaient aussi présents le lendemain, quand les deux hommes furent inculpés d'homicides volontaires et déclarèrent renoncer à une audience préliminaire, Hickock d'une voix de cow-boy tandis que Smith évoquait davantage un curé. Le lundi suivant, Capote paya cinquante dollars par tueur pour pouvoir les interroger, et Lee l'accompagna. Perry Smith, fils d'une Cherokee et d'un Irlandais, refusa de s'asseoir avant Lee, et refusa également de parler, si ce n'est pour admettre qu'il envisagerait de discuter avec eux pour leur article. À l'inverse, Dick Hickock, un mécanicien blond et tatoué qui avait grandi dans l'est du Kansas, coopéra immédiatement ; il s'adressait à Lee en l'appelant « ma'am », répondait à toutes les questions des deux écrivains, et aurait continué à parler toute la journée si l'agent Dewey ne l'avait pas renvoyé dans sa cellule.

Une semaine plus tard, les deux hommes revinrent dans le bureau de Dewey pour un autre entretien, et cinquante dollars de plus. Ce jour-là, Smith était disposé à parler, et Hickock encore plus volubile que la première fois : ils expliquèrent tous les deux pourquoi ils avaient choisi les Clutter (une rumeur selon laquelle Herb Clutter possédait un coffre-fort rempli de liquide sur sa propriété) et où ils avaient voyagé pendant leur cavale (un itinéraire compliqué traversant la frontière de plusieurs États et celle avec le Mexique). Lee percevait déjà l'intérêt excessif que Capote portait à Perry Smith, qui était peut-être lié à une certaine ressemblance physique entre les deux hommes, mais surtout à leurs expériences émotionnelles communes. Ils étaient tous deux taillés comme des pommes sauvages, et tous deux tombés du même genre d'arbre : leurs pères étaient absents, leurs mères alcooliques. Pour Lee, il était évident que l'intention d'auteur basculait déjà de l'élégie à l'apologie ; la description des victimes manquerait de profondeur, car Capote se consacrerait entièrement à ses nouveaux protagonistes, les hommes qui les avaient tuées.

Capote en savait désormais long sur le pourquoi des meurtres grâce à ses entretiens avec les accusés, et Lee avait convaincu l'agent Dewey de lui donner quelques extraits des transcriptions des interrogatoires, qui ajoutaient le quand, le où et le comment. Au total, Capote décida qu'il avait assez d'informations pour commencer à écrire ce qu'il appelait désormais un « roman de non-fiction[171] », autrement dit une tentative d'utiliser les techniques de la fiction pour raconter une histoire vraie, et Lee et lui quittèrent le Kansas le lendemain. Ils s'offrirent un billet en train de luxe, passèrent une nuit à Chicago, et revinrent à New York le 18 janvier 1960. À Grand Central, ils se séparèrent, Nelle regagnant Manhattan et Capote Brooklyn. Avant la fin de la semaine, il avait déjà convaincu les éditeurs du *New Yorker* de faire de sa chronique du Kansas une série en plusieurs parties et signé un contrat d'édition avec Random House.

Peu de temps après leur retour à New York, Nelle déménagea. Elle ne quitta pas Yorkville, mais s'installa dans un appartement à quelques rues au sud de celui qu'elle occupait, au 403 East 77th, où elle avait à la fois du chauffage et de l'eau chaude. Pendant que Capote fêtait la vente de son dernier projet de livre, Nelle fignolait son premier : en rentrant chez elle, elle trouva les épreuves de l'*Oiseau moqueur*, qu'elle devait à présent relire. Mais ce n'était pas le seul travail qui l'attendait. En partie pour gagner un peu d'argent, ayant depuis longtemps dépensé l'avance sur son livre et ne sachant pas si elle toucherait un jour des droits d'auteur, et en partie pour rendre service à Capote, puisqu'ils étaient tous deux conscients qu'il devait rester dans les bonnes grâces des habitants du Kansas, elle avait accepté sa propre mission liée à l'affaire Clutter. Avant d'entrer au KBI, Alvin Dewey avait travaillé pour le FBI, et Lee avait consenti à rédiger son portrait pour la revue la plus obscure du pays : le *Grapevine*, la lettre d'information de la Société des anciens agents spéciaux du FBI.

Le style du *Grapevine* oscillait entre notes d'anciens étudiants et rapports d'autopsie, et le portrait de Lee ne faisait pas exception. Son texte était pris en sandwich entre des portraits d'agents partis à la retraite ou décédés et des annonces pour des congrès et événements divers, et que ce soit à dessein ou à la faveur d'un grossier travail d'édition, il semblait parfaitement à sa place dans le *Grapevine*. Dépourvu de style et de signature, envoyé aux anciens G-men sur des polycopiés, il constituait malgré tout son premier article publié depuis l'université.

Magazine de potins pour l'organisation la moins portée sur les potins au monde, le *Grapevine* n'est connu que des membres du FBI et l'article de Lee parut en mars 1960 et disparut presque aussitôt des mémoires. Même s'il avait été signé, presque personne à l'époque n'aurait reconnu le nom de l'auteure, mais le portrait permit à Capote de rester proche des Dewey, ainsi qu'à Lee ; plus tard ce printemps-là, lorsque Capote retourna au Kansas pour la vente de la ferme des Clutter et le procès de Hickock et Smith, elle l'accompagna. Cette fois, ils emmenèrent le photographe Richard Avedon, surtout connu pour ses photos de mode et portraits de célébrités.

Bien qu'elle n'apparaisse sur aucun des clichés imprimés plus tard dans le magazine *Life*, Lee est visible sur les planches-contacts d'Avedon, et, comme lors de sa première visite, elle se rendit tous les jours sur place pour enquêter. Sa présence se justifiait d'autant plus cette fois-ci qu'elle avait passé toute sa vie dans des tribunaux et aurait pu, à un semestre près, être diplômée en droit. Lorsque Smith et Hickock passèrent en jugement le 22 mars, Capote et Lee se trouvaient tous les deux dans la salle d'audience, mais elle seule prit des notes au sujet des jurés – qui, sept jours plus tard, après moins d'une heure de délibération, jugèrent les deux hommes coupables et les condamnèrent à la peine capitale. « Pourquoi ils ne regardent jamais les gens qu'ils ont condamnés à mort, je ne le saurai jamais[172] », écrivit Lee au sujet des jurés dans ses notes, faisant écho à un sentiment qu'elle prête à Scout dans *Ne tirez pas sur l'oiseau moqueur*. Quelques jours plus tard, le couperet tomba : le juge fixa la date de l'exécution au 13 mai 1960.

Capote écrirait ce livre comme il avait écrit le précédent : au bord de la Méditerranée, loin des tentations sociales et obligations professionnelles de New York. Soucieuse d'aider son ami, Lee reprit toutes ses notes du Kansas pour lui présenter, avant son départ, cent cinquante pages tapées à la machine. Elle les avait divisées en dix sections : une sur la ville, une sur le paysage, une sur le crime, une sur chacune des quatre victimes, une pour les deux filles qui avaient survécu, une sur leur entretien avec elles, et une sur le procès. Elle avait également inclus une dédicace, adressant son travail « À l'auteur du feu et de la flamme et à la petite personne qui l'a si vaillamment supporté[173] » – un clin d'œil tendre à certaines œuvres de jeunesse de Capote et une reconnaissance des trois décennies pendant lesquelles ils avaient collaboré avant de mettre le pied au Kansas.

Lorsque, près de vingt ans plus tard, elle mènerait sa propre enquête criminelle à Alexander City, elle utiliserait ce modèle pour structurer son reportage. En haut de toutes les pages ou presque, au-dessus de la substance des entretiens eux-mêmes, Lee avait précisé la date où chacun avait été réalisé, ou celle à laquelle il correspondait dans la chronologie de l'affaire Clutter, ainsi que le nom des personnes à qui ils avaient parlé et où ils l'avaient fait. Dès que possible, elle avait tracé un petit croquis qui permettrait à Capote, même s'il ne revenait aux notes que beaucoup plus tard, de se transporter dans le salon, la salle à manger ou le tribunal où l'entretien avait eu lieu. Elle avait aussi commencé à faire dialoguer toutes les voix qu'ils avaient entendues, classant en plusieurs sections ce que chacune de leurs nombreuses sources avait déclaré au sujet de Mme Clutter, M. Clutter, Kenyon et Nancy, et ponctuant son travail de questions et théories sur les crimes.

Lee avait ainsi donné la parole à plus de cinquante personnes, y compris certaines qu'elle avait interrogées sans Capote : des amis des enfants Clutter, des voisins de la famille, le légiste du comté, les agents du KBI, détectives, membres du clergé, juge, shérif, jurés, commères du café et anxieux du bureau de poste. Ses notes regorgeaient de déclarations de témoins qui s'étaient exprimés sur l'affaire Clutter uniquement parce qu'ils pouvaient lui parler, à elle. Bobby Rupp, le petit ami de Nancy Clutter et la dernière personne à avoir vu la famille avant les meurtres, déclara que si Capote avait été le seul à réaliser les entretiens, il « aurait probablement quitté la pièce[174] ».

Plus que de simples transcriptions, les notes volumineuses de Lee témoignent de son sens aigu de l'observation, de ses grandes connaissances juridiques, et de ses talents de chroniqueuse tragi-comique de l'histoire américaine. Elle détailla pour Capote la hauteur des chaussettes de Mme Clutter et du miroir de Nancy Clutter – le renseignant même sur les reflets qui échappaient à la jeune fille et ceux qu'elle pouvait voir précisément de sa personne chaque matin avant de partir à l'école. Elle résuma les témoignages du procès, expliqua les stratégies juridiques, et esquissa des portraits psychologiques des jurés. Elle offrit à Capote des descriptions de choses qui n'avaient rien à voir avec les meurtres mais tout à voir avec le lieu où ils s'étaient produits – ses chats, ses mœurs, ses charlatans et ses saisons. Loin d'être de simples notes de reportage, c'était un livre attendant d'être écrit.

Mais il n'y a pas que les jurés qui peinent à regarder les condamnés dans les yeux. Des années passeraient avant que Hickock et Smith épuisent leurs dernières options légales et soient finalement conduits à la potence, et il faudrait autant d'années à Capote pour parvenir à écrire leur histoire. Au bout du compte, ce n'est qu'après la mort des deux hommes qu'il terminerait *De sang-froid*, qui deviendrait le best-seller qu'il avait tant espéré. Mais cinq ans devaient encore s'écouler, et d'ici là, Harper Lee aurait déjà publié son propre best-seller.

# 19

# Du malheur d'être célèbre

Parmi toutes les raisons pouvant expliquer pourquoi un écrivain cesse d'écrire – problèmes d'addiction, anxiété, dépression, le vitriol des critiques, la distraction de l'amour, l'arrivée d'un enfant, le manque d'idées, une avalanche de doutes –, la moins évidente est peut-être les impôts. Pourtant, avant même que *Ne tirez pas sur l'oiseau moqueur* ne vienne remplir les rayons des librairies, Harper Lee déclara que le fisc l'empêchait d'écrire.

Cette étrange déclaration fut pour la première fois recueillie par Dolores Hope, la journaliste que Lee avait rencontrée au Kansas. Dans le « Distaff Side », sa chronique presque quotidienne pour le *Garden City Telegram*, Hope écrivait sur une grande variété de sujets allant des livres de cuisine aux régimes en passant par une proposition de « Journée de la gaine », et après avoir rencontré Capote et Lee en 1959, elle publia un article sur le roman à venir de cette dernière. C'était deux jours avant le Tax Day, et Hope révéla que, même si *Ne tirez pas sur l'oiseau moqueur* ne serait pas publié avant juillet, il avait déjà été acheté par le Literary Guild et le Reader's Digest pour être réimprimé et vendu par leur biais. Pour la plupart des auteurs, écrivit Hope, « c'est ce qu'on appelle toucher le jack-pot », mais pas pour Lee, qui ne voulait plus travailler de manière indépendante au motif qu'elle « ne pouvait pas se permettre de gagner plus d'argent[175] ». Au lieu d'éloges sur son livre, ajoutait Hope, Lee souhaitait que son nom soit inscrit sur une future fusée, car elle envisageait d'en financer une. C'était une réaction quelque peu excessive, mais il est vrai que les riches étaient à l'époque soumis à de lourds impôts, la prospérité de l'Amérique d'après-guerre étant en partie garantie par des taux d'imposition qui pouvaient aller jusqu'à 90 %. D'après Hope, Lee se plaignait que « le gouvernement recevrait au moins 70 % de ses revenus ».

C'était un comble : Harper Lee, l'écrivaine sans le sou, qui avait vécu dans un taudis sans eau chaude, travaillé sur un bureau de fortune, marché des kilomètres pour ne pas payer le bus, supplié son agent de lui verser une avance sur ses droits pour couvrir ses dépenses, gardé l'appartement de Truman Capote et Jack Dunphy pour ne pas avoir de loyer à payer, et s'était nourrie de beurre de cacahuètes et des repas qu'elle réussissait à se faire offrir par ses amis – cette même Harper Lee était soudain si riche qu'elle ne pouvait plus se permettre de travailler. Très peu de gens savent précisément à combien s'élevait sa fortune, hormis ses agents, son éditrice et sa sœur Alice, dont l'expertise en fiscalité lui était soudain devenue très précieuse. Mais si Lee s'attendait à être imposée à 70 % cette année-là, elle avait probablement déjà gagné l'équivalent de sept cent mille dollars actuels – un montant énorme pour une romancière, même aujourd'hui, qui représentait près de cent fois celui de son avance.

Et c'était avant même la sortie du livre. *Ne tirez pas sur l'oiseau moqueur* parut le 11 juillet 1960. Il entra immédiatement dans la liste des meilleures ventes, et continua de se hisser vers le sommet, propulsé par des critiques toujours plus dithyrambiques. En décembre, il figurait dans tous les classements et bilans de fin d'année ; en janvier 1961, les droits d'adaptation cinématographique furent vendus, et peu de temps après, le public apprit que Horton Foote écrirait le scénario et que Gregory Peck jouerait le rôle d'Atticus Finch. Les éditeurs français, allemands, italiens, espagnols, hollandais, danois, norvégiens, suédois, finlandais et tchèques achetèrent les droits de traduction. En mai, le roman reçut le prix Pulitzer. Au moment de son premier anniversaire, un demi-million d'exemplaires avaient déjà été vendus. Le film sortit le 25 décembre 1962, fut sélectionné pour huit Oscar peu de temps après, et en gagna trois en avril 1963. Il n'y avait pas d'accalmie dans les louanges, pas de ralentissement des ventes ni de baisse des droits d'auteur, et pas de fin aux impôts.

Alice pouvait dispenser tous les conseils financiers qu'elle voulait à sa sœur, mais personne ne pouvait apprendre à Harper Lee comment payer ses impôts de bon cœur. Lorsque le très estimé professeur Hudson Strode, dont Lee avait suivi les cours sur Shakespeare à l'université d'Alabama, lui écrivit pour lui confier à quel point il avait aimé son roman et demander si M. Atticus Finch n'était pas en réalité A. C. Lee, elle répondit : « Oui, Atticus était mon père. Maintenant, il essaie de m'apprendre à payer mes impôts de bonne grâce, mais sans grand succès[176] ! » Lorsqu'un journaliste accompagna Lee en visite sur le plateau de l'adaptation du film à Hollywood, elle se plaignit tellement qu'il termina son article par cette observation : « Le succès ne lui est pas monté à la tête, mais il a changé sa vie. Elle ne parvient pas tout à fait à convaincre les gens que le livre n'a pas fait d'elle une millionnaire. Le fait est que la législation fiscale peut être une aubaine pour les magnats du pétrole et les stars de cinéma rusées, mais c'est un enfer pour les auteurs[177]. » Ses agents se trouvaient dans cette situation inhabituelle de devoir s'excuser auprès d'un client pour la quantité de chèques qu'il recevait : « On ne peut pas les arrêter une fois qu'ils commencent à arriver, et nous savons que vous ferez tout votre possible pour garder une partie de l'argent. Il est terrible que vous soyez obligée de payer autant d'impôts[178]. » Plus de cinquante ans plus tard, alors que Lee avait déjà largement dépassé les quatre-vingts ans, elle écrivit à Virginia Van der Veer Hamilton, la grande historienne de l'Alabama, afin de la féliciter pour son mémoire – qui s'intéresse à la *gentry* du Sud à l'époque de l'entre-deux-guerres – et la prévenir qu'il valait mieux qu'elle en vende moins de trois millions d'exemplaires : « Si vous en vendez plus, les percepteurs viendront vous traquer[179] ! »

C'était, comme l'avait dit Dolores Hope, le genre de problème dont la plupart des écrivains ne pouvaient que rêver. Moins de quelques années après sa publication, *Ne tirez pas sur l'oiseau moqueur* se vendait à un million d'exemplaires par an. Lee perçut des droits d'auteur sur ces livres ainsi que sur toutes les éditions étrangères et spéciales, et un pourcentage des énormes profits du film, puisque Annie Laurie Williams avait négocié un contrat extrêmement favorable à Lee, qui lui permettait de toucher moins d'argent à la signature contre un pourcentage plus élevé des royalties à perpétuité. Rares sont les doubles paris à avoir connu un tel succès. Le film devint un classique du cinéma américain, et la popularité du roman n'a pratiquement pas baissé depuis son *annus mirabilis* ; à ce jour, quelque quarante millions d'exemplaires ont été vendus.

Plus le livre gagnait en popularité, plus son auteure semblait mal le vivre, et si Lee n'appréciait pas les impôts, elle haïssait profondément la publicité. L'été de la sortie du roman, elle écrivit ceci à un ami : « Je suis allée à New York, où je suis devenue Célèbre ; dans le Connecticut, où les Célèbres vont pour s'habituer à leur célébrité ; à East Hampton, où les Célèbres vont une fois qu'ils s'y sont habitués[180]. » Mais Lee ne s'y habitua jamais. *Newsweek* publia son portrait, écrit à partir d'une interview réalisée à l'hôtel Algonquin, dans lequel elle feignait d'ignorer sa propre célébrité. *Life* organisa une longue séance photo à Monroeville et lui consacra une double page qui la montre, pas toujours très à l'aise, jouant au kickball dans la cour de son ancienne école, posant sur la galerie du tribunal du comté de Monroe, feignant de taper sur une machine à écrire dans les locaux de Barnett, Bugg & Lee, s'adressant à la classe de son enseignante préférée, Gladys Watson Burkett, jouant au golf avec des amis sur le terrain de la ville, lisant assise en compagnie de son père et sa sœur sur leur porche, et regardant à travers les fenêtres d'une maison sur laquelle elle aurait modelé celle de Boo Radley.

Toutes les librairies espéraient recevoir Lee pour une séance de dédicaces, et tous ses anciens camarades, professeurs, voisins, serveurs, libraires, barmans, logeurs et caddies de golf voulaient qu'elle signe leur exemplaire de son roman. Ils rêvaient aussi tous de jouer un rôle dans son histoire et n'hésitaient pas pour y parvenir à déformer la vérité, à l'époque et pour le restant de sa vie : quelques minutes avec n'importe quel membre de la famille Lee devenait une interaction épique, et des gens qu'elle connaissait à peine se faisaient passer pour ses plus proches confidents.

Lee elle-même n'avait aucune patience pour ce complexe industriel qu'était en train de devenir son nom. Et si elle refusait de plus en plus souvent d'être interviewée ou de participer à des événements médiatiques, le courrier, lui, continuait d'affluer. La plupart des lettres qu'elle recevait étaient élogieuses, mais certaines étaient de violentes critiques qui l'accusaient d'avoir trahi sa terre ancestrale en tant que sudiste, ou sa race en tant que femme blanche. Les lettres arrivaient tous les jours par dizaines, et Lee tenait à répondre à chacune, moins par gratitude que par obligation. Ses jeunes admirateurs, en particulier, lui paraissaient mériter un mot de sa part ; on pourrait remplir toute une bibliothèque avec les seules notes que Harper Lee écrivit en réponse aux enfants qui avaient lu son roman.

Par conséquent, elle passa une grande partie de l'année qui suivit la publication de *Ne tirez pas sur l'oiseau moqueur* à rédiger des lettres, mais parvint malgré tout à produire quelques courts textes. Il y eut l'essai pour

*McCall's* au sujet de ses amis les Brown et de leur cadeau miraculeux. Mais aussi une recette humoristique de *crackling bread* pour un livre de cuisine, dont le ton évoquait les textes qu'elle composait pour le *Rammer-Jammer*. « Premièrement, attrapez votre cochon[181] », écrivait-elle avant de conseiller aux chefs en herbe de l'envoyer à l'abattoir le plus proche, de faire frire et cuire les différents morceaux qui en revenaient, et d'y ajouter de la semoule de maïs, du sel, de la levure, des œufs et du lait. Elle avertissait ensuite le lecteur que ce qu'il sortirait du four lui aurait coûté deux cent cinquante dollars : « Selon certains historiens, cette recette seule a suffi à faire tomber les confédérés. »

Elle écrivit aussi un texte de deux pages pour le numéro du 15 avril 1961 de *Vogue* intitulé « L'amour, en d'autres mots », que, dans ses dossiers, son agent Maurice Crain renomma judicieusement « L'évangile selon Nelle Harper[182] ». Cet essai, qui se voulait une réflexion sur l'amour, était en réalité un émouvant fouillis de références à tous les textes et auteurs se bousculant dans son cerveau : Cervantes, Shakespeare, la première lettre de Paul aux Corinthiens et la biographie de la reine Victoria par Lytton Strachey. Mais il possédait aussi une dimension autobiographique, sous la forme d'une vignette dépeignant un adolescent de seize ans qui apporte en secret des hamburgers à son grand-père mourant à l'hôpital. Le garçon était un de ses neveux et l'homme à l'hôpital était le père de Lee, dont la santé s'était encore détériorée.

Lee partageait toujours son temps entre New York et l'Alabama, et à l'automne 1960, elle rentra dans le Sud pour rendre visite à son père et sa sœur à Monroeville, puis à sa sœur aînée à Eufaula. Dans les deux villes, elle fut reçue comme l'enfant prodigue. Ses allées et venues faisaient la une des journaux ; malheureusement pour elle, les photos étaient de rigueur, et elle appréciait généralement aussi peu le processus que le résultat, notamment parce qu'elle n'était plus la gamine qu'elle était jadis. Jugeant son poids trop élevé, elle entama une série de « régimes draconiens[183] » qui se poursuivrait pendant une décennie.

À New York, les amis qui avaient vu Lee se battre pour vivre de sa plume depuis l'époque du *School Executive* étaient ravis pour elle. C'était notamment le cas de celle qui avait loué l'appartement voisin de celui où vivait désormais Lee sur East 82nd Street : Marcia Van Meter, qui venait du Massachusetts et avait comme Lee fait partie de la sororité Chi Omega et chanté dans une chorale. Un soir, elles étaient en train de faire la lessive au sous-sol lorsqu'elles trouvèrent un chaton polydactyle ; elles s'empressèrent de l'emmener chez un vétérinaire, prirent soin de lui jusqu'à ce qu'il se rétablisse, puis l'offrirent dans un panier Abercrombie à Tay Hohoff, qui le baptisa Shadrach, en fit un résident permanent de sa maison, et lui donnerait plus tard une place de choix dans son mémoire *Les Chats et les Autres*.

Marcia Van Meter avait travaillé en tant qu'éditrice pour le College Board, puis pour le *New Yorker*. Lee et elle voyageaient ensemble, assistaient à des matches de base-ball en ville, et géraient mutuellement leurs affaires. Lorsque Annie Laurie Williams et Maurice Crain écrivirent à Lee un télégramme pour le premier anniversaire de la publication de *Ne tirez pas sur l'oiseau moqueur*, ils l'adressèrent aux bons soins de Van Meter : « Chère Nelle – DEMAIN C'EST MON

PREMIER ANNIVERSAIRE ET MES AGENTS PENSENT QUE J'AI BESOIN D'UN DEUXIÈME LIVRE POUR ME TENIR COMPAGNIE. PENSES-TU POUVOIR EN COMMENCER UN AVANT MON DEUXIÈME ANNIVERSAIRE[184] ? »

C'était précisément ce que Lee essayait déjà désespérément de faire, mais l'écriture de ce deuxième roman se révélait une tâche bien plus ardue que celle du premier. Elle n'avait pas assez de temps et trop d'interruptions. Elle avait besoin de calme. Même dans les meilleures circonstances, elle pouvait passer une journée entière à déplacer un personnage à travers une pièce. Elle avait déjà commencé à se plaindre du « cafard du deuxième roman » en août 1960, et en septembre de l'année suivante, elle déclara à un ami : « Si j'avais eu un peu de bon sens, je l'aurais jouée à la J. D. Salinger[185] », ajoutant qu'un écrivain pouvait facilement « passer le reste de sa vie à se rendre à des déjeuners, des cocktails et des dîners avec des gens qui doivent ABSOLUMENT le rencontrer[186] ».

Elle trouva un peu de répit dans une ancienne ferme du Connecticut appartenant à ses agents, où elle se réfugiait dès qu'elle pouvait louer une voiture ou grimper dans la leur, passant parfois des semaines entières loin de la ville. Mais la santé de son père avait continué à se détériorer et, à la fin de l'année 1961, elle rentra chez elle en hâte en apprenant qu'il avait été victime d'une deuxième crise cardiaque. Elle resta deux mois à son chevet. C'était à l'époque du tournage de l'adaptation cinématographique de son livre, et en novembre, le directeur artistique descendit en repérage dans le comté de Monroe. Lee l'emmena voir les amandiers et les parcelles de chou cavalier, les cabanes où vivaient les familles noires, quelques maisons plus cossues qui auraient pu passer pour celle des Finch, et le palais de justice qui deviendrait bientôt le plus célèbre d'Amérique. En janvier, Gregory Peck descendit à son tour et lui aussi eut le droit à une visite guidée de la vraie Maycomb.

Les courriers d'admirateurs la suivirent dans le Sud, en particulier quand ses lecteurs comprirent que tout ce dont les services postaux avaient besoin pour lui faire parvenir une lettre en Alabama, c'était un timbre et le nom Lee sur l'enveloppe. Truman Capote, qui était plus vert de jalousie que tous les pins de l'État, constata les ravages du succès sur le Miracle de Monroeville. À un ami commun, il confia : « Il y a peu de temps, elle m'a écrit qu'elle allait se reposer quelques semaines en Alabama ; la pauvre, elle semble souffrir d'une sorte de dépression nerveuse de bonheur[187] » ; aux Dewey, il écrivit : « La pauvre – elle est pratiquement folle : elle dit qu'elle a renoncé à essayer de répondre à toutes ses “lettres de fans” le jour où elle en a reçu soixante-deux d'un coup. Si seulement elle pouvait se détendre et en profiter un peu plus[188]. »

Lorsque Lee revint finalement à New York à la mi-février, elle essaya aussi de revenir à son travail, mais elle avait à peine commencé à reprendre le cours de sa vie là-bas que son père fut victime d'une nouvelle crise cardiaque. C'était le 12 avril 1962. Harper Lee avait alors trente-cinq ans et dix ans avaient passé depuis qu'elle avait perdu sa mère et son frère, dix ans à porter le fardeau de la santé chancelante de son père. Une décennie durant, elle s'était inquiétée chaque fois que son extrême fatigue l'empêchait d'aller travailler et redoutait le jour où son arthrite serait si sévère qu'il ne pourrait plus consulter l'heure sur sa célèbre montre à gousset ou retourner entre ses mains son canif. Elle était tant de fois descendue à Monroeville pour aider Alice et Louise à s'occuper de lui que lorsqu'elle reçut l'appel, elle eut conscience de chacun des mille sept cents kilomètres qu'elle aurait à parcourir pour se rendre à son chevet. Cette fois, en revanche, il n'y aurait pas de retour de l'hôpital, pas de long et lent rétablissement pendant lequel il réapprendrait petit à petit à marcher, une canne dans une main, une de ses filles ou un de ses petits-enfants soutenant l'autre. Le père de Harper Lee mourut trois jours plus tard, tôt le matin du dimanche des Rameaux.

Au moment de sa mort, A. C. Lee avait quatre-vingt-deux ans. La déception qu'il avait éprouvée à voir sa cadette se détourner de la voie juridique s'était effacée, et avec la publication de *Ne tirez pas sur l'oiseau moqueur*, ses craintes quant à la vocation qu'elle avait choisie s'étaient muées en une fierté absolue. « Je n'aurais jamais imaginé qu'une telle chose soit possible, avait-il confié au *Monroe Journal*. C'était une surprise, car il est très rare que ce genre de choses arrive à une fille de la campagne qui décide de s'installer à New York[189]. » Il avait appris à Nelle à lire et lui avait toute sa vie donné des livres, mais il n'aurait jamais pensé qu'elle écrirait un des romans les plus populaires au monde ou qu'il serait le modèle de son héros. Avant sa mort, A. C. s'était mis à répondre au nom d'Atticus et à signer ainsi lorsqu'on lui demandait de dédicacer le roman de sa fille ; l'année suivant son décès, Gregory Peck portait sa montre à gousset quand il accepta l'Oscar du meilleur acteur.

*Ne tirez pas sur l'oiseau moqueur* n'était pas une biographie du père de Nelle Lee, et pourtant, elle avait immortalisé sur le papier certaines de ses caractéristiques essentielles, partageant ses vertus au moment où les lecteurs voulaient plus que jamais croire qu'il y avait des Blancs respectables dans le Sud et que les hommes bons pouvaient le rester même dans les périodes les plus sombres. Cet automne-là, Nelle fit un don à la première église méthodiste de Monroeville, où s'étaient tenues toutes les funérailles des membres de sa famille, pour couvrir le coût des rénovations et agrandissements en souvenir de ses parents et de son frère. Mais son véritable mémorial à sa famille resterait toujours son œuvre, et lorsqu'elle rentra à New York, elle essaya de reprendre l'habitude d'écrire.

Elle essaya au Connecticut, dans la vieille maison de pierre de ses agents ; elle essaya à Saltaire, sur Fire Island, où les Brown avaient une résidence secondaire ; elle essaya à West Brattleboro, dans le Vermont, où son amie Lucile Sullivan, qui travaillait pour Annie Laurie Williams, loua une maison de vacances puis un appartement. Mais son chagrin la suivait partout où elle allait, ainsi que les demandes de promotion de ce qu'elle avait pris l'habitude d'appeler « l'Oiseau », comme s'il avait été vivant et doté d'une existence propre, indépendante de la sienne. Il y avait en outre les pressions de sa maison d'édition. Bien que ses collègues de Lippincott se souvinssent de Hohoff comme d'« un vrai pitbull[190] », qui protégeait férocement la carrière de son auteure la plus célèbre, personne ne pensait qu'il était souhaitable pour Lee qu'elle passe plus de quelques années sans publier un autre livre.

Pendant ce temps, Capote tardait lui aussi à publier son nouveau livre, mais ce n'était pas faute de parvenir à l'écrire. À la faveur d'appels et de délais sans fin, Perry Smith et Dick Hickock étaient toujours en vie. Lee et lui étaient allés les voir en prison l'année précédente, juste après la visite de Gregory Peck à Monroeville. Capote avait le sentiment de ne pas pouvoir conclure son livre tant que leur sort n'aurait pas été scellé. Il avait rédigé la presque totalité de ce qu'il appelait déjà *De sang-froid*, et, en avril 1963, Lee et lui se rendirent pour la dernière fois ensemble au Kansas. Capote avait acheté une nouvelle Jaguar, qu'il surnommait son Fabergé sur roues, et il passa chercher Lee à Monroeville, où elle logeait depuis les fêtes et où il n'avait quant à lui pas mis les pieds depuis huit ans. Ses proches organisèrent une réception, et quarante de leurs amis vinrent rendre hommage aux enfants du pays.

À eux deux, Capote et Lee n'avaient plus qu'un parent en vie. Le père et la mère de Lee étaient décédés, et la mère de Capote avait succombé à une overdose de scotch et sécobarbital. Nostalgique de ses années passées dans le comté de Monroe, Capote emprunta une route sinueuse jusqu'à Garden City, en faisant une escale à Shreveport, Louisiane, pour rendre visite à son père, qu'il n'avait pas vu depuis les funérailles de sa mère près de dix ans plus tôt. Alors que presque tous les journalistes du pays se rendaient en Alabama pour couvrir le mouvement des droits civiques, Lee et Capote le laissaient derrière eux, roulant vers l'ouest pour rejoindre le Kansas ; ils arrivèrent à Garden City au moment où Martin Luther King Jr. rédigeait sa « Lettre de la prison de Birmingham » et y restèrent une semaine, le temps que Capote fasse le point avec ses sources, puis ils rentrèrent par des chemins détournés, s'arrêtant à Colorado Springs pour célébrer le trente-septième anniversaire de Lee à l'hôtel Broadmoor.

Cela faisait plus de trois ans que les deux amis étaient arrivés au Kansas pour la première fois. Capote avait presque fini d'écrire son livre, que son éditeur qualifiait d'ores et déjà de chef-d'œuvre, mais Lee s'était vu refuser l'unique autre texte de fiction qu'elle avait soumis à publication. « Répétition générale[191] » était une histoire qu'*Esquire* avait d'abord commandée puis rejetée au motif qu'elle était trop didactique, mais également en raison de son portrait complexe du racisme dans le Sud. À l'instar de *Va et poste une sentinelle*, il montrait, selon les propres mots de l'auteure, « des Blancs qui défendaient la ségrégation tout en haïssant le KKK ». D'après elle, le rédacteur en chef considérait cette prémisse comme « une impossibilité axiomatique », une inquiétude que Lee, de son côté, jugeait ridicule : « Dans ce cas, les neuf dixièmes du Sud sont une impossibilité axiomatique[192]. »

Elle avait raison, et pas uniquement au sujet du Sud. Non seulement les personnes qu'elle décrivait dans son histoire existaient, mais elles étaient nombreuses. En 1961, un sondage Gallup révéla que moins d'un Américain sur quatre approuvait les tentatives des Freedom Riders de mettre fin à la ségrégation des bus, alors même que la Cour suprême avait déjà déclaré anticonstitutionnelle la ségrégation dans les transports interétatiques. Cette majorité écrasante qui s'y opposait comprenait beaucoup de gens qui auraient été incapables de distinguer un *klavern* d'un *kleagle*, ou qui connaissaient le Klan mais désapprouvaient ses activités ; Lee elle-même faisait partie de ces gens. Quand, pendant une conférence de presse, un journaliste l'interrogea sur les Freedom Riders, elle déclara : « Je ne pense pas que l'on puisse accomplir grand-chose en grimpant dans des bus pour défier les lois de l'État, si ce n'est beaucoup de publicité et de violence[193]. » (Elle fit cette déclaration après que le photographe et le journaliste venus à Monroeville pour réaliser son portrait avaient été passés à tabac par la foule à Montgomery alors qu'ils essayaient de couvrir un des Freedom Rides.)

*Ne tirez pas sur l'oiseau moqueur* avait été lu comme un appel de clairon pour les droits civiques, mais les véritables opinions de Lee étaient bien trop complexes pour qu'un éditeur accepte de les publier. Elle maintenait que son roman était plus que la somme de ses parties antidiscrimination. « Mon livre a un thème universel, insista-t-elle. Ce n'est pas un "roman sur la race". Il dépeint un aspect de la civilisation – pas nécessairement la civilisation du Sud[194]. » Bien que le livre soit profondément ancré en Alabama, Lee expliqua que *Ne tirez pas sur l'oiseau moqueur* était « le roman de la conscience d'un homme, universel dans le sens où cela pourrait arriver à n'importe qui, dans n'importe quel lieu où les gens vivent ensemble ».

De la même manière que son livre esquive le débat sur la ségrégation en se retranchant dans les années 1930, Lee elle-même demeura étrangement silencieuse sur le sujet des droits civiques. Alors que sa voix aurait pu être une des plus puissantes du pays, elle ne la prêta pas au mouvement, même lorsque celui-ci traversait l'Alabama en bus, défilait dans ses rues, et inscrivait les Afro-Américains sur les listes électorales dans des zones rurales très similaires au comté de Monroe. Dans une lettre, elle plaisanta en se disant membre de la NAACP, mais elle ne s'aligna jamais publiquement sur les positions de l'organisation ; si elle se trouvait à la Maison-Blanche le jour où le Sénat mit fin à sa longue obstruction parlementaire au Civil Rights Act, ce n'était que pour féliciter au côté de Lyndon Johnson les lycéens brillants désignés *Presidential Scholars* ; elle ne fit aucune déclaration à la presse, que ce soit pendant ou après sa visite, sur la loi monumentale qui venait d'être adoptée. Des années plus tard, elle dédicacerait un exemplaire de *Ne tirez pas sur l'oiseau moqueur* à Morris Dees, le cofondateur du Southern Poverty Law Center – quelqu'un qui, écrirait-elle, « demeurera dans les mémoires comme celui qui a parlé lorsque les hommes bons n'ont rien dit, et celui qui a agi lorsque les hommes bons n'ont rien fait[195] ». Mais elle ne s'exprima jamais personnellement sur le sujet ; elle laissa son roman parler pour elle.

De fait, Lee laissa son roman parler pour elle sur presque tous les sujets. En 1964, quatre ans après la publication de *Ne tirez pas sur l'oiseau moqueur*, elle s'embarqua à trente-sept ans dans un silence qui durerait un demi-siècle. Elle donna sa dernière véritable interview à un critique littéraire, Roy Newquist, qui avait également reçu Jessica Mitford, Ian Fleming, John Fowles, Doris Lessing, Lillian Ross, et quantité d'autres écrivains célèbres dans le cadre de son émission de radio, *Counterpoint*. Newquist retrouva Lee à l'hôtel Plaza, alluma son Dictaphone, et, pendant l'heure qui suivit, la questionna sur son enfance et son éducation, son travail d'écriture et la discipline qu'elle s'imposait, sa vie à New York et ses ambitions en tant qu'écrivaine.

« J'écris depuis que je suis capable de former des mots[196] », lui confia Lee. Elle expliqua aussi que sa vocation était une sorte de spécialité régionale, comme le gruau de maïs ou le chou cavalier : le Sud, dit-elle,

« produit naturellement plus d'écrivains que, disons, 82nd Street à New York ». Mais bien qu'elle se fût toujours considérée comme une écrivaine, l'avalanche de louanges qui accueillirent son roman l'avait prise totalement au dépourvu ; c'était comme « recevoir un coup de massue sur la tête », qui l'avait laissée dans un état de « profonde stupeur ». Cette sensation était absolument incompatible avec les conditions qu'elle considérait comme essentielles à l'écriture. Les bons écrivains, selon elle, traitaient leur travail « comme une sorte de sacerdoce moyenâgeux », et se claquemuraient pour l'accomplir correctement. « Ils n'écrivent pas pour communiquer avec les autres, expliqua Lee, mais pour communiquer plus sûrement avec eux-mêmes. »

Newquist était le meilleur des interlocuteurs auxquels Lee eut affaire pendant les quelques années où elle accepta de se plier à l'exercice de la promotion, et elle se montra plus loquace que jamais sur les exigences et difficultés du travail d'écriture. « Parfois, j'ai peur de trop l'aimer, car quand je commence à travailler, je ne veux plus m'arrêter. Résultat, je passe des journées entières sans jamais quitter mon appartement ou l'endroit où je me trouve. Je sors le temps d'acheter le journal et de quoi me nourrir, et c'est tout[197]. » Écrire, d'après Lee, est une éternelle exploration de soi-même, « un exorcisme – pas nécessairement de ses démons, mais de son insatisfaction divine ».

Sa propre introspection avait pour elle consisté en quatre années d'errance dans le désert, et lorsque Harper Lee donna cette interview, il était évident qu'elle s'était repliée sur elle-même. Certes, elle passait toujours le plus clair de son temps à taper frénétiquement sur sa machine à écrire, mais nul n'avait jamais vu le fruit de ses efforts. L'été précédent, ses deux sœurs étaient venues lui rendre visite, inaugurant ce qui deviendrait une aventure semi-annuelle pendant laquelle elles exploraient ensemble une partie du pays. Cette année-là, elles s'étaient rendues en Nouvelle-Angleterre puis au Québec, et Lee put enfin présenter sa véritable famille à sa famille littéraire, Annie Laurie Williams et Maurice Crain. Elle n'en savait rien, mais la rencontre de ces deux mondes n'était pas le fait du hasard : tous deux s'inquiétaient pour elle. Alice, qui gérait toujours ses contrats et droits d'auteur, était régulièrement en contact avec Williams et Crain et, au fil du temps, ils lui écrivirent de moins en moins au sujet de signatures et de bilans et de plus en plus au sujet de stratégies pour aider leur artiste en souffrance. Ensemble, ils commencèrent à surveiller ses voyages, s'assurant qu'elle avait toujours un endroit où travailler et quelqu'un pour vérifier qu'elle le faisait. Ils l'escortaient entre le Connecticut et New York, et entre New York et l'Alabama ; ils la laissaient de plus en plus souvent décliner les demandes de publicité. Pourtant, aucun de leurs efforts ne semblait porter ses fruits. Crain et Williams étaient si inquiets qu'ils conseillèrent de ne pas laisser Lee seule un hiver de plus.

En janvier 1965, alors qu'elle était à Monroeville pour les fêtes, Lee se brûla en faisant frire du poulet. La graisse avait pris feu, et lorsqu'elle essaya de l'éteindre, les flammes dévorèrent sa main droite. Pendant des semaines, elle porta un bandage, et à son retour à New York, elle consulta un chirurgien esthétique, qui jugea qu'elle devait être opérée. Les détresses émotionnelles peuvent se manifester de toutes sortes de manières, et nombreux furent ses amis à se demander si l'incapacité de Harper Lee à écrire ne s'était pas matérialisée dans cette blessure. L'accident était assez grave pour que Lee se sépare de son clavecin ; mais, finalement, elle retrouva la capacité de tenir un stylo.

Truman Capote mentionna la brûlure de son amie dans une lettre à Perry Smith et Dick Hickock, mais Lee elle-même leur écrivait de moins en moins souvent et lorsqu'ils lui demandèrent de venir assister à leur exécution le 15 avril – date qui marquait le troisième anniversaire de la mort de son père – elle ignora leur télégramme, puis exprima clairement son refus par téléphone quand Capote retrouva sa trace dans le Connecticut. Cet automne-là, comme pour revisiter l'insouciance de ses jeunes années, elle emmena sa professeure de lycée, Gladys Watson Burkett, en voyage en Angleterre ; les deux femmes montèrent à bord du *Queen Elizabeth* le 7 octobre et passèrent un mois à visiter les demeures de tous les auteurs anglais célèbres qu'elles avaient lus.

En son absence, Annie Laurie Williams écrivit à Alice pour discuter de leur pupille commune. Avant de partir en voyage, Lee avait passé une longue partie de l'été sur Fire Island avec les Brown puis dans le Connecticut chez ses agents, et pourtant, il n'y avait toujours pas de manuscrit en vue. « Je lui ai dit qu'il valait mieux que les choses se déroulent ainsi pour son deuxième livre, expliqua Williams à la sœur de Lee. Il n'a pas à être écrit en fonction du planning de l'éditeur[198]. » Elle suggéra ensuite que Lee prenne son temps et ignore le livre jusqu'à son retour en Alabama. « *Mais c'est une écrivaine*, ajouta Williams avec emphase, comme pour se convaincre elle-même autant que sa destinataire. Son prochain livre sera aussi un succès, et il aura en partie la même saveur que le premier. Je vous dis tout ça car je veux que vous sachiez qu'elle était déprimée quand elle est revenue de Fire Island sans un manuscrit terminé. »

De la bouche de son agent, de son éditeur, de ses sœurs, voilà ce que le monde savait : Harper Lee travaillait sur son deuxième roman. Mais lorsque l'écrivaine elle-même sortait de son mutisme pour parler de la progression dudit roman, elle se montrait beaucoup moins optimiste. En visite au Sweet Briar College en Virginie pour une rare apparition publique, à laquelle elle avait consenti pour la seule raison qu'un de ses anciens professeurs d'histoire avait été nommé président de l'université, Lee dit aux étudiants : « Pour être un écrivain sérieux, vous avez besoin d'une discipline de fer. Vous devez écrire, que vous pensiez ou non en être capable. Chaque jour. Seul. Sans interruption. Contrairement à ce que croient la plupart des gens, il n'y a rien de glamour au métier d'écrivain. En réalité, la plupart du temps, c'est un crève-cœur[199]. » C'était en octobre 1966, soit deux ans et demi à peine après que Lee eut dit à Newquist qu'elle aimait tellement écrire qu'elle ne parvenait pas à s'arrêter.

Chagrin, douleur, souffrance : c'était dans ce registre du deuil que Harper Lee parlait désormais de son travail, et encore fallait-il qu'elle consente à en parler. En novembre, lorsque Capote la convia à son célèbre bal en noir et blanc, elle déclina l'invitation. Elle accepta en revanche de siéger au Conseil national des arts du président Johnson et se rendait à Tarrytown, New York, pour assister aux séances, mais elle s'exprimait rarement devant le groupe. Elle continuait de se rendre au

Vermont et dans le Connecticut pour essayer d'écrire, mais même ces séjours se faisaient de plus en plus rares. Maurice Crain souffrait d'un cancer du poumon, et la tristesse qui avait tourmenté Lee pendant sa vingtaine et sa trentaine l'accabla de nouveau, se joignant à la souffrance qu'elle éprouvait de ne pas réussir à écrire.

Crain, ancien prisonnier des Allemands pendant la Seconde Guerre mondiale, avait survécu à des horreurs indicibles, mais il ne survécut pas à celle-ci. Un an avant sa mort, Lee le conduisit pour la dernière fois chez lui au Texas, le rendant à sa famille et à leur ferme à Canyon avant que la maladie l'empêche définitivement de quitter son lit. Il perdit d'abord son appétit puis ses forces ; à la fin, il avait besoin d'une assistance permanente. Crain, qui était devenu si proche de Lee que certains disaient qu'il nourrissait pour elle des sentiments amoureux, était ravi de la laisser prendre soin de lui la journée pendant qu'Annie Laurie Williams faisait tourner l'agence. Pour Lee, c'était un chevet différent, mais une routine familière : elle s'occupait de Crain comme elle s'était occupée de son père, s'efforçant de barrer le passage à la mort, espérant qu'elle ne trouverait pas le moyen d'entrer. Inévitablement, la mort finit par avoir le dessus. Crain s'éteignit le 23 avril 1970, huit ans et quelques jours après la mort d'A. C. Lee.

L'année suivante, Annie Laurie Williams, qui souffrait d'arthrite aiguë, se remettait d'une côte cassée et portait toujours le deuil de son mari, ferma les bureaux où la jeune Nelle Lee avait timidement déposé un paquet de nouvelles quinze ans plus tôt. Le New York que Harper Lee avait connu était en train de changer, comme pour beaucoup, d'ami en ami, de bâtiment en bâtiment. Elle y vivait alors depuis vingt-deux ans, soit presque aussi longtemps qu'elle avait vécu en Alabama avant de s'installer dans la grande ville pour commencer sa nouvelle existence d'écrivaine. Cet été-là, elle se fit agresser, et confia par la suite à un ami qu'elle prévoyait de passer moins de temps à Manhattan. « Je suis fatiguée de me battre contre des drogués et trop vieille pour continuer de prétendre que NY est le centre du monde, plaisanta-t-elle avant d'ajouter, sur un ton plus sombre : Harper Lee s'épanouit, mais aux dépens de Nelle[200]. »

Pour quiconque la connaissait, c'était depuis longtemps une évidence. Lee n'éprouvait pas seulement des difficultés à écrire son deuxième roman ; elle éprouvait des difficultés à vivre. Pendant quelque temps, sa sœur Alice avait raconté une histoire peu crédible selon laquelle un manuscrit aurait été volé dans l'appartement de Lee à Manhattan alors qu'elle était absente, mais bientôt, même Alice cessa d'aborder le sujet du travail de sa sœur et finalement, plus personne ne posa de questions, hormis la presse. Il ne restait dans le monde plus que quelques personnes avec qui Lee pouvait parler d'écriture et très vite, elle perdrait l'une des plus importantes. Au début du mois de janvier 1974, Tay Hohoff, qui avait pris sa retraite, mourut subitement dans son sommeil. Lorsque sa fille et son beau-fils se rendirent à l'appartement le lendemain matin, ils durent secourir Shadrach, le chaton polydactyle désormais vieux matou polydactyle que Lee et Marcia Van Meter avaient trouvé au sous-sol de leur immeuble.

Pour Harper Lee, cette période de repli sur soi s'était transformée en une période de perte : perte de plusieurs êtres aimés, perte de ses repères. En situant son roman pendant la Grande Dépression, elle avait publié un livre qui paraissait deux décennies plus vieux qu'il ne l'était réellement ; à présent, son auteure semblait tout aussi anachronique. La plupart des New-Yorkais avaient oublié qu'elle vivait dans leur ville, et même qu'elle vivait tout court. Les amis qui habitaient dans son immeuble, en revanche, auraient difficilement pu oublier son existence. Quand quelqu'un frappait bruyamment à leur porte tard le soir, ils savaient que c'était elle, ivre et désespérée, car ce n'était pas la première fois qu'elle agissait de la sorte. Il y avait parmi ces amis George Malko, un écrivain qui avait appris le journalisme auprès de son mentor Studs Terkel, et sa femme Elizabeth, qui était graphiste. Ils avaient fait la connaissance de Lee lorsqu'ils avaient emménagé dans le même immeuble, et comme beaucoup d'autres, ils étaient tantôt charmés par son esprit et son intelligence, tantôt attristés par les problèmes personnels qui faisaient obstacle à son talent.

« Elle buvait beaucoup à l'époque, raconterait plus tard George Malko. Ce n'est pas à moi de juger ses démons, mais on savait qu'ils étaient là et ils étaient violents[201]. » Un martini matinal n'avait rien d'inhabituel pour elle, mais un soir, elle frappa à la porte des Malko pour leur demander de la vodka. Lorsque George mentit en disant qu'ils n'en avaient pas, Lee plaida sa cause : « Je viens de jeter trois cents pages d'un manuscrit dans l'incinérateur. » Cette impulsivité, qui n'était qu'un aspect parmi d'autres de son tempérament le reste du temps, était susceptible de prendre le dessus quand elle avait trop bu, comme certains amis qui reçurent des appels téléphoniques énervés purent en attester. Truman

Capote, affligé par les mêmes démons et bien d'autres encore, confia un jour à un journaliste : « Elle buvait puis vous envoyait balader – on en était là. C'était vraiment quelqu'un. Les gens avaient réellement peur d'elle[202]. »

À ce moment-là, Capote et Lee n'étaient plus en contact étroit, mais un jour de 1976, Lee eut la surprise de recevoir un appel de son vieil ami. Le magazine *People* allait publier son portrait, non pour l'anniversaire de *De sang-froid*, mais pour son nouveau projet – une sorte de recueil de confessions dans lequel il confessait surtout les secrets des autres. Il avait signé le contrat d'édition dix ans plus tôt et l'avait moult fois renégocié, mais comme son amie, il n'avait jamais pu finir son livre. Il l'appelait *Prières exaucées*, une expression que Lee reconnut certainement puisqu'il l'avait empruntée à sainte Thérèse d'Avila : « Il y a plus de larmes versées sur les prières exaucées que sur celles qui ne le sont pas[203]. »

Plusieurs coups de fil furent nécessaires, mais Lee finit par consentir à se joindre à Capote pour l'interview et à rencontrer le photographe, Harry Benson, près de l'appartement de Capote sur l'UN Plaza. Les vieux amis de la cabane dans l'arbre cheminèrent le long de Second Avenue en discutant, selon Benson, dans un langage presque secret, avec douceur et affection, comme s'ils avaient été frère et sœur. Leur amitié avait connu bien des épreuves à ce moment-là, mais nulle mention ne fut faite de la jalousie, la colère et la désapprobation qu'ils avaient pu nourrir l'un envers l'autre : ils avaient désormais les cheveux gris, et marchaient plus lentement qu'autrefois, mais les deux amis déambulaient dans New York comme s'il s'était agi de la vieille place familière du palais de justice. Bien que Lee et Capote eussent respectivement fêté leurs cinquantième et cinquante-deuxième anniversaires cette année-là, ils parvenaient à évoquer leur enfance avec une étonnante facilité. Un instituteur de maternelle avait tapé sur la main de Capote avec une règle parce qu'il avait trop bien lu, raconta Lee au journaliste, une anecdote mineure, mais qui en disait long sur la vie des deux petits génies incompris dans leur bourgade du Sud. C'est dans cette interview que Lee avait fait cette déclaration aussi évocatrice que mystérieuse : « Nous sommes liés par une angoisse commune. »

Cette angoisse, qu'elle fût commune ou non, avait corseté et assombri la vie de Lee pendant plus de quinze ans. Son éditrice était morte, son agent était mort, et un an après cette interview pour *People*, Annie Laurie Williams mourut à son tour. En mai 1977, tous ceux qui avaient participé à la création de *Ne tirez pas sur l'oiseau moqueur*, à l'exception de l'auteure elle-même, étaient morts. Si Lee avait travaillé sur des projets sérieux depuis, ils avaient été dérobés dans son appartement, réduits à néant par les flammes d'un incinérateur, ou, tout simplement, jamais couchés sur le papier.

Mais Lee n'avait pas terminé. Peut-être la douceur inattendue de ses retrouvailles avec Capote avait-elle ressuscité la joie de l'enfant qui commence à écrire et entend y consacrer toute sa vie, peut-être la rivalité entre les deux amis avait-elle éveillé en elle le désir de faire mieux que ce qu'ils avaient fait au Kansas. Ou peut-être était-ce simplement une histoire étrange qu'elle avait entendue par hasard au mois de juillet. Peu après avoir revu son ami, Nelle avait reçu une invitation d'un autre ami de l'Alabama, Ned McDavid. Il la conviait à une fête dans son restaurant de l'Upper West Side, The Library, où les livres étaient purement décoratifs et l'alcool coulait à flots. Contre toute attente, elle s'y rendit, et descendit des gin-tonics en compagnie de trois cents autres convives venus du Sud, la plupart pour désigner Jimmy Carter à la présidence. C'était la veille de la convention démocrate de 1976, et McDavid, ami de Lee depuis l'époque du Crimson Tide, l'avait convaincue de venir faire un saut à la réception qu'il avait décidé d'organiser avant le coup d'envoi officiel. Le gouverneur George Wallace ne leur avait pas fait l'honneur de sa présence, mais toutes les vingt minutes, les haut-parleurs du restaurant diffusaient à plein volume un enregistrement de 1924, où un ancien gouverneur, « Plain Bill » Brandon, nommait avec un accent à couper au couteau un autre enfant du pays à la présidence : « L'Alabama donne vingt-quatre voix à Oscar W. Undahwood[204]. » Presque aussi souvent, un délégué d'Alexander City déclarait à qui voulait l'entendre ou non : « Kennedy a brisé la barrière de la religion, et Carter fait de même avec la barrière de l'hostilité au Sud[205]. »

C'était la première convention de Big Tom depuis le cauchemar de Chicago, et c'est là qu'il croisa pour la première fois le chemin de Nelle Harper Lee. L'année suivante, alors que New York sombrait dans la violence sous le couvert d'un des pires black-out de l'histoire de la ville, il lui envoya un résumé de l'étrange vie et incroyable mort du révérend Willie Maxwell. Quoi que Lee eût pensé de Radney lui-même, elle décela dans le procès de sa vie le germe d'un grand roman de *true crime* et résolut de rentrer en Alabama pour l'écrire.

## 20

# Rumeurs, fantasmes, rêves, conjectures et purs mensonges

Tout commença avec une détonation. En Amérique, du moins en ce qui concerne sa population européenne, l'histoire du meurtre débuta en 1630, lorsque John Billington tira au mousquet sur un de ses voisins. Arrivé à la colonie de Plymouth dix ans plus tôt sur le *Mayflower*, Billington en était venu à nourrir des griefs contre certains des autres résidents, parmi lesquels John Newcomen, la malheureuse cible de son mousquet. Les décès violents étaient loin d'être rares aux Amériques à l'époque, mais aucun colon n'avait pris la peine de documenter les morts indigènes. Les habitants de Plymouth, en revanche, décrivirent par le menu la triste fin de Newcomen, qui reçut une balle dans l'épaule et, plusieurs jours plus tard, succomba à la gangrène. Billington fut jugé coupable et pendu, gagnant ainsi le titre discutable de premier meurtrier connu du Nouveau Monde.

Le récit de meurtre en Amérique est un phénomène aussi vieux que le meurtre lui-même. Les premières histoires écrites d'homicides étaient généralement produites par ceux qui étaient directement impliqués dans l'affaire : l'accusé rédigeait ses aveux dans l'espoir d'obtenir un pardon, les membres des forces de l'ordre exagéraient leurs exploits dans des récits épiques, les proches écrivaient leurs mémoires, et les pasteurs qui prêchaient devant la potence publiaient leurs sermons d'exécution. Les journalistes de tribunal, qui n'étaient pas encore rémunérés, se bricolaient un salaire en imprimant leurs transcriptions de procès et en les vendant directement au public. Ils savaient que les histoires de meurtre ne lasseraient jamais les lecteurs, et découvrirent que les brochures étaient le format idéal. Elles pouvaient être imprimées à peu de frais, distribuées en nombre et vendues à un prix allant de quelques pennies à un quarter.

Ces bulletins aux titres racoleurs et couvertures macabres annonçaient dans des polices extravagantes des histoires non moins extravagantes de malfaiteurs malfaisants, monstres monstrueux, homicides horribles et crimes du siècle. Les éditeurs rivaux publiaient leur propre version du procès qui avait la faveur du public, et une unique affaire pouvait se décliner en plus d'une douzaine de brochures différentes. Quand le révérend Ephraim Avery fut jugé pour le meurtre d'une ouvrière d'usine à Tiverton, Rhode Island, en 1833, vingt et un bulletins concurrents racontèrent l'histoire. Les lecteurs avaient le choix entre un récit court, un récit authentique, un récit détaillant la manière dont la victime avait été séduite et tuée, un rapport sur l'interrogatoire de l'accusé, un rapport sur son procès, une explication, des fac-similés de lettres ayant appartenu à la victime, des critiques de l'affaire, et une défense du verdict. Lorsque Avery fut acquitté, d'abord par un tribunal criminel, puis par un tribunal religieux, il ressentit le besoin de se disculper en publiant son propre texte – une brochure intitulée *Le Rapport correct, entier et impartial du procès du rév. Ephraim K. Avery*[206].

Ces bulletins sont les ancêtres de ce que nous appelons aujourd'hui le *true crime*, mais ils n'ont pas été inventés par les colons américains. Les récits de procès sont aussi vieux que *L'Orestie*, dans laquelle Eschyle relate les meurtres d'Agamemnon et Clytemnestre, et aussi célèbres que les Évangiles, qui narrent le procès, la condamnation et l'exécution de Jésus. Du reste, les comptes rendus de procès imprimés dans des feuilles à sensation avaient depuis longtemps trouvé un public en Angleterre. Mais ils fleurirent dans les colonies, qui avaient été établies afin d'évaluer la possibilité d'une vie vertueuse et peuplées d'un étrange mélange de réfugiés fuyant les persécutions religieuses ou la prison. Le crime trouva en Amérique un public réceptif, mais aussi une jeune communauté légale désireuse d'apprendre des comptes rendus de procédures judiciaires, qui, à l'époque, pouvaient tenir lieu de jurisprudence. La culture littéraire nationale qui émergeait à la même époque prenait quant à elle note de la manière dont de véritables transcriptions pouvaient être transformées en histoires et, de procès en procès, apprenait à façonner la compassion du public en relatant toutes les étapes d'un crime, de son exécution jusqu'à la disculpation ou la condamnation de l'accusé.

Les bulletins judiciaires se multiplièrent en Amérique lorsque les presses d'imprimerie arrivèrent dans les ports et se dispersèrent à travers le pays, et ils commencèrent à décliner quand les journaux prirent le relais, rendant régulièrement compte d'un procès à mesure qu'il se déroulait au lieu d'en donner un unique résumé à son terme. Bientôt, on commença à voir se dessiner le canon du récit criminel américain. Outre les cow-boys sans foi ni loi et les braqueurs de banque légendaires, ce canon mettait en scène des meurtriers aux motivations clairement politiques, que leur culpabilité soit avérée ou supposée, comme Bartolomeo Vanzetti et Nicola Sacco, les anarchistes accusés d'avoir abattu deux personnes pendant le braquage d'une usine de chaussures en 1920, ainsi que des meurtriers aux motivations clairement psychologiques, comme les étudiants Nathan Leopold et Richard Loeb, qui tuèrent un adolescent de quatorze ans afin de prouver que, tel l'*Übermensch* de Nietzsche, ils étaient intellectuellement supérieurs et au-dessus des lois. Les journalistes couvrirent si fiévreusement ces meurtres et bien d'autres qu'ils devinrent une forme perverse de divertissement et créèrent en un rien de temps un marché éditorial extrêmement lucratif.

Lorsque Lee et Capote se rendirent au Kansas avec leurs blocs-notes pour toute accréditation, le *true crime* était un genre populaire en Amérique depuis plus de trois cents ans. Mais c'est *De sang-froid* qui lui donnerait ses lettres de noblesse. Dans les années 1930, Edmund Pearson, un ancien libraire devenu journaliste spécialisé dans les affaires criminelles, avait écrit quelques histoires de meurtre pour le *New Yorker*, de même que James Thurber, humoriste et journaliste à ses heures perdues. Pourtant, ce n'est que lorsque les articles de Capote sur l'affaire Clutter parurent en feuilleton dans le même magazine que les critiques et universitaires commencèrent à prendre le genre du *true crime* au sérieux.

L'obstacle, jusqu'alors, n'avait pas été l'homicide lui-même. La grande littérature avait depuis longtemps un penchant pour les histoires de meurtre, au même titre que les histoires de mariage (*Crime et châtiment* par exemple, sans parler de *Macbeth*), et plusieurs films noirs comme *Laura* (1944) et *Boulevard du crépuscule* (1950) avaient été récompensés par des Oscar. Pourtant, avant Capote, les journalistes n'accordaient jamais à ces crimes plus de quelques colonnes, laissant aux romanciers, dramaturges et scénaristes le soin de transformer cette violence en polars, romans d'espionnage et drames judiciaires.

« Le journalisme est le plus sous-estimé, le moins exploré des médiums littéraires[207] », déclara Capote lors d'un entretien avant de se présenter comme le Marco Polo de sa profession. S'inspirant de l'œuvre de John Hersey, Joseph Mitchell et Lillian Ross, Capote appliqua les stratégies des écrivains de fiction à sa non-fiction, peignant des cadres qui ne se résumaient pas à des dates et des lieux, façonnant des personnages qui étaient davantage que des citations et des descriptions physiques, et identifiant, ou parfois imposant, des ambiances et des thèmes qui font qu'une histoire est bien plus que la somme des éléments qui la composent. Bien qu'il qualifiât le résultat de « roman de non-fiction », il garantissait – en dépit des questions évidentes que soulevait l'emploi du mot « roman » – que chaque ligne de *De sang-froid* était purement factuelle.

Cela, en soi, n'était pas un fait. Pourtant, ce récit panoptique de la tragédie qui frappa Holcomb – son profil de la ville, du crime, des victimes, des tueurs, des survivants, et du système qui décida de leurs destins – changea de façon permanente la manière dont les écrivains racontaient ces histoires et celle dont les lecteurs la lisaient. Ce que le public admirait depuis longtemps dans les livres de Wilkie Collins, Edgar Allan Poe, Arthur Conan Doyle, Agatha Christie et Theodore Dreiser, il voulait désormais le retrouver dans les œuvres de non-fiction traitant de sujets criminels : fausses pistes, symbolisme, suspense, et les portraits psychologiques qui avaient jusqu'alors été l'apanage des romanciers.

Pour autant, tout le monde ne se réjouissait pas de cette novélisation du crime, et tout le monde n'était pas convaincu que le livre de Capote fût, comme il l'affirmait, purement factuel. Un mois après sa publication, un journaliste du *Kansas City Times* réalisa un nouveau reportage, et découvrit ce faisant plusieurs incohérences, comme le fait que Bobby Rupp n'était pas une star du basket ou encore le véritable montant payé pour le cheval de Nancy Clutter. Un mois plus tard, un journaliste d'*Esquire*, Phillip Tompkins, mena l'enquête à son tour et mit au jour des problèmes bien plus importants. « In Cold Fact », qui parut en juin 1966, conteste la possibilité suggérée par Capote que les meurtres n'aient pas été prémédités et l'idée que l'un ou l'autre des tueurs aient éprouvé des remords. Comme le découvrit Tompkins, aucune des personnes présentes aux exécutions ne pouvait confirmer les excuses que Capote avait fait prononcer à Smith sous la potence, et il argua que même une lecture superficielle des dossiers de l'affaire – en particulier les aveux – mettait en lumière des meurtriers bien différents de ceux que Capote décrit dans les pages de *De sang-froid.*

D'autres sources, plus proches de l'affaire, mirent en doute l'intégrité du livre de Capote. Après avoir souligné diverses erreurs, Harold Nye, un des agents du KBI en charge de l'enquête, contesta la manière dont *De sang-froid* dépeint son entretien avec la famille de Hickock – qui, en réalité, ne s'était pas déroulé pendant la nuit, ni en présence des deux parents, et n'avait pas été mené uniquement par Nye mais par trois agents ; ces derniers, contrairement à ce qu'affirme Capote, n'avaient rien caché à la mère du suspect au sujet des crimes que son fils était accusé d'avoir commis. Mais la réaction la plus critique de toutes fut peut-être celle des deux filles Clutter encore en vie, qui refusèrent toutes les interviews par la suite, et expliquèrent un jour que Capote leur avait adressé une demande similaire « car il souhaitait réaliser un article pour le *New Yorker* qui, d'après lui, devait être un "hommage" à la famille[208] », mais n'avait pas honoré sa promesse de leur faire lire tout ce qu'il écrirait avant publication. Capote, ajoutèrent les sœurs, avait écrit « un roman à sensation, qui ne profitait qu'à lui et offrait une représentation déformée de leur famille ».

Capote avait attendu que Hickock et Smith soient exécutés pour publier *De sang-froid*, s'assurant que ses deux personnages principaux ne puissent apporter un quelconque correctif ou exprimer la moindre objection. Mais Harper Lee était bien vivante, qui avait accompagné Capote lors de quatre voyages au Kansas et avait été présente à presque toutes les interviews qu'il avait menées, y compris celles avec les meurtriers. Ce qui signifiait que Lee, mieux que quiconque, pouvait juger de la manière dont les faits qu'ils avaient récoltés ensemble étaient devenus la chair du livre – mais aussi dans quelle mesure son ami avait dû les étoffer, à quelle quantité d'éléments fictionnels il avait dû recourir pour relier les faits entre eux. Il avait beau protester en public que son roman était factuel à 100 %, en privé, Capote assumait parfaitement ces inventions. « Vous vous souvenez, vous m'avez dit que la première fois que vous aviez entendu parler de Hickock et Smith, c'était le soir où Alvin était rentré à la maison et vous avait montré leurs photographies d'identité judiciaire, celles avec les caractéristiques physiques inscrites au dos[209] ? » demanda-t-il à Marie Dewey dans une lettre envoyée à elle et son mari depuis Palamos, en Espagne, en août 1961. « Je souhaite en faire une "scène" entre Alvin et vous. Avez-vous d'autres souvenirs de ce moment ? (Non que cela me dérange d'inventer des détails, comme vous le verrez !) »

En revanche, l'idée d'inventer des détails dérangeait beaucoup Harper Lee. Les inventions de Capote étaient légion, et elles allaient bien au-delà de celles mises au jour par le *Kansas City Times*, *Esquire*, et d'autres journaux. Elles comprenaient l'affirmation, niée avec véhémence par sa prétendue source, que Perry Smith avait pleuré dans sa cellule et, peut-être plus exaspérant encore, la scène du cimetière entre l'agent Dewey et Susan Kidwell, imaginée de toutes pièces, sur laquelle Capote décida de clore son livre. Lee n'exprima jamais publiquement ses objections à ces inventions et bien d'autres, mais dans ses lettres à l'ancien contrôleur d'informations de Capote pour le *New Yorker*, Sandy Campbell, et au partenaire de celui-ci, Donald Windham, elle se lamenta : « Truman ayant depuis longtemps rendu les faits obsolètes, je désespère d'écrire moi-même un récit "factuel" de quoi que ce soit[210]. »

Sans surprise, peut-être, ce désaccord sur la nature de la non-fiction reflétait un conflit plus profond entre Capote et Lee. Pendant des années, les spéculations étaient allées bon train sur les causes de la fin de leur amitié, la majorité s'accordant à dire que c'était la jalousie de plus en plus féroce qu'éprouvait Capote face au succès que *Ne tirez pas sur l'oiseau moqueur* avait valu à son amie – le Pulitzer, les Oscar, et des ventes qui ne faiblissaient jamais. Pourtant, les deux écrivains se rendirent ensemble au Kansas en 1962 et 1963, après que le roman et le film eurent tous les deux connu la consécration, et elle se fendit d'un portrait très élogieux de Capote en 1966 pour le *Book-of-the-Month Club News* afin de l'aider à promouvoir *De sang-froid*. Dans ce texte, elle ne cache pas son admiration pour son ami. « Pendant plus de cinq ans, écrivit-elle, Capote a donné au Kansas le meilleur de lui-même – son identification était complète, son implication totale[211]. »

Dans cette déclaration comme dans d'autres, elle décida de taire, en public, ses objections au travail de son ami, ainsi que sa désapprobation à l'égard de son mode de vie de plus en plus autodestructeur. Pourtant, Capote prit ses distances. Bien qu'il vécût à seulement trois kilomètres de l'appartement de Lee à New York, ils se virent de moins en moins souvent après la sortie du livre de Capote. Plus tard, elle confia à Windham et Campbell : « Ce n'est qu'après la publication de *De sang-froid* que Truman m'a rayée de sa vie. Je n'ai jamais su pourquoi. Mon seul réconfort, c'est qu'il a agi de la même manière avec plusieurs autres amis fidèles, des amis de longue date. Notre amitié, en revanche, est celle de toute une vie, et je pensais que les liens qui nous unissaient étaient indestructibles[212]. »

Si ce que Capote avait fait de son livre rendit Lee perplexe et compromit leur amitié, elle y vit aussi un défi : pouvait-elle écrire un livre dans le style journalistique traditionnel et rigoureux qu'elle admirait, et un tel livre pouvait-il connaître le même succès que les récits moins respectueux des faits de ses contemporains ? Capote, après tout, s'inscrivait dans un mouvement beaucoup plus large d'écrivains qui s'attachaient à faire de la non-fiction un genre se lisant comme de la fiction, mouvement au sein duquel on retrouvait Norman Mailer, Gay Talese et Joan Didion. Si les histoires qu'ils écrivaient puisaient leurs racines dans le reportage, elles comprenaient aussi souvent leur lot de spéculations psychologiques, explorations sociologiques ou manifestes politiques. Chez certains de ces auteurs, des dialogues entiers pouvaient être inventés, et la voix narrative frôlait parfois de très près la conscience des personnages. Mais les lecteurs, la plupart du temps, les adoraient. Lorsque Tom Wolfe coédita en 1973 une anthologie du « nouveau journalisme », il put affirmer avec une certaine crédibilité que la non-fiction avait éclipsé le roman et qu'il s'agissait de « la littérature la plus importante écrite en Amérique aujourd'hui[213] ». Pourtant, Lee ne s'identifierait jamais aux nouveaux journalistes. Dans l'Union Building, où elle avait passé tant de nuits et de petits matins à l'époque où elle étudiait à l'université d'Alabama, les publications de non-fiction étaient séparées physiquement de leurs équivalents fictionnels par une rangée de meubles de classement, et elle maintint toujours cette même division dans son esprit comme dans son œuvre.

Cet engagement déterminerait non seulement son style mais aussi son sujet. Avec *De sang-froid*, Capote avait choisi un crime exceptionnel. « De tous les habitants de ce vaste monde, fait-il dire à l'un des enquêteurs, les Clutter étaient les moins susceptibles d'être assassinés[214]. » C'était vrai, et on pouvait en dire autant des victimes de la plupart des romans de *true crime* populaires qui suivirent ; à l'exception des récits de violence domestique, très peu de meurtres décrits dans ces livres étaient représentatifs des crimes violents commis dans le pays. Leurs victimes étaient généralement riches et blanches, alors que, statistiquement, les victimes de meurtres sont plutôt pauvres et racisées ; leurs tueurs étaient souvent des individus manipulateurs ou déséquilibrés s'attaquant à des inconnus alors que la plupart des victimes d'homicides sont tuées par des gens de leur entourage. Capote, en particulier, s'était mis en quête d'une véritable histoire d'épouvante au cœur de l'Amérique blanche : le meurtre de toute une famille de la classe moyenne par de parfaits inconnus.

Lee, de son côté, opta pour une affaire dont les seuls protagonistes blancs étaient les avocats et les policiers. Pour dépeindre les victimes, les tueurs, et les survivants, il lui faudrait écrire au sujet de vies noires et de morts noires, de familles noires et de communautés noires – un choix inhabituel pour le genre, même aujourd'hui, et un défi pour elle, dans la mesure où, bien que les personnages noirs de *Ne tirez pas sur l'oiseau moqueur* soient essentiels à l'intrigue, leur portrait est loin d'être aussi fouillé que celui des Blancs. Mais elle avait déjà démontré sa capacité à évoquer des crimes qui mettent les lecteurs face à leurs propres préjugés et ceux du système de la justice pénale, et elle voulait aller encore plus loin avant que Tay Hohoff l'en dissuade. *Ne tirez pas sur l'oiseau moqueur* met en parallèle deux histoires de violence : dans la première, un homme noir, Tom Robinson, meurt pour avoir été accusé à tort de viol ; dans l'autre, un homme blanc, Arthur « Boo » Radley, n'est même pas accusé du meurtre dont les autorités le savent coupable. La première histoire illustre la capacité qu'a la foule de faire appliquer une vision déformée de la justice, la seconde le privilège des forces de l'ordre à agir selon leurs convictions personnelles, et les deux mettent en lumière la manière dont les préjugés de la société se reflètent dans le système judiciaire. Bien qu'Atticus Finch soit d'abord prêt à laisser son fils Jem et leur voisin Boo Radley comparaître en justice pour le meurtre de Bob Ewell, il ne faut que quelques pages au shérif Tate pour le convaincre des mérites du vigilantisme : « Un pauvre Noir est mort pour rien, et l'homme qui en est responsable est mort. Laissons les morts enterrer les morts cette fois, monsieur Finch. Laissons les morts enterrer les morts[215]. »

L'affaire Maxwell aussi avait son justicier, mais il était noir et il se retrouva érigé en héros, à la fois par ses proches et par l'opinion publique. Le message politique du nouveau livre de Lee était par conséquent moins explicite que celui du précédent, et son intrigue bien plus complexe : un homme noir accusé d'être un tueur en série, victime lui aussi d'un acte violent ; un avocat blanc voulant se battre pour la bonne cause tout en tirant profit de la mort des Noirs ; des affaires de meurtre jugées pour la plupart comme des fraudes ; des petites villes du Sud où Blancs et Noirs vivaient presque côte à côte, mais dans deux mondes séparés. Et pourtant, dans la mesure où l'histoire que Lee avait trouvée était un fait et non une fiction, aucun éditeur ne pouvait arguer qu'elle n'était pas crédible ni réclamer qu'elle la simplifie pour le bien de ses lecteurs.

À l'époque où Lee apprit l'existence du révérend Willie Maxwell, elle connaissait déjà Alexander City. L'été précédant le meurtre dans la chapelle du funérarium, sa nièce – la fille de son frère décédé, Mary McCall Lee, que tout le monde appelait Molly – avait épousé un homme qui en était originaire, John Robert Chapman Jr., que tout le monde appelait Bobby. Mais ce n'était pas la seule raison qui faisait qu'elle se sentit chez elle à Alex City lorsqu'elle s'y rendit pour le procès de Robert Burns. Toute la ville, jusqu'à la chaleur oppressante qui y régnait cet automne-là, lui était familière ; enfant, elle avait taillé des morceaux de glace dans le bloc installé à cet effet sur les marches du palais de justice du comté de Monroe, qu'elle croquait pour se rafraîchir en écoutant les procès. Comme tous les enfants, on attendait d'elle qu'elle se fasse discrète à l'époque, et elle résolut de se conduire de la même manière ce jour-là à Alex City. Elle ne s'assit pas dans la rangée réservée aux journalistes, près de la table de l'accusation, et elle fit suffisamment profil bas pour observer sans se faire observer.

Pour qui s'intéresse aux faits, et c'était le cas de Lee, un tribunal est l'endroit idéal pour en recueillir. Comme Calvin Trillin l'écrit dans un recueil de ses récits de *true crime*, les journalistes adorent les procès car ils sont « fascinés par l'idée que la personne à laquelle on pose une question est contrainte de répondre. Elle ne peut dire qu'elle préfère se garder de tout commentaire. Elle ne peut raconter une anecdote sur un autre sujet. Elle doit répondre à la question – car elle a prêté serment de dire la vérité[216] ». Lee savait que, quoi qu'il advienne au cours du procès État d'Alabama contre Robert Lewis Burns, il constituerait probablement l'une de ses plus précieuses mines de faits, et lorsqu'on l'informa qu'aucun appareil d'enregistrement n'était autorisé dans la salle d'audience, elle se présenta à la greffière, Mary Ann Karr, et lui demanda si elle pouvait acheter une copie de la transcription.

Karr avait suivi son cœur de l'Ohio à l'Alabama. Son mari était un enfant du pays qui avait déménagé à Youngstown dans l'espoir d'y trouver du travail. Il avait décroché un poste dans une aciérie la journée et chez un marchand de glaces le soir, et c'est là que Karr l'avait rencontré. La jeune femme l'avait vu travailler, l'avait trouvé charmant, et avait renversé son verre d'eau ; lorsqu'il était arrivé à sa table pour nettoyer ses catastrophes, elle l'avait invité à sortir. Finalement, ils s'étaient mariés et installés dans le comté de Tallapoosa, où Karr, qui avait fréquenté une école privée et étudié à l'université, avait découvert que ses beaux-parents n'étaient pas seulement pauvres ; ils étaient pauvres au point de vivre dans une maison sans électricité ni eau courante, pauvres au point de n'avoir que des toilettes extérieures. Sa propre mère craignait que Mary Ann ne soit « tombée en enfer[217] », mais Karr se prit d'affection pour l'Alabama et elle adorait son mari. Après plusieurs années de mariage, ils étaient toujours si amoureux qu'ils déjeunaient ensemble dès qu'ils en avaient l'occasion, et c'est pour cette raison que, lorsque Harper Lee se présenta à elle, Karr emmena l'écrivaine chez elle, dans sa maison de Lafayette Street.

« À la voir, on aurait pu croire qu'elle était sans le sou – elle était habillée comme une indigente[218] », se souviendrait Karr. La greffière découvrit que Lee était une femme modeste à bien d'autres égards. L'écrivaine était « vraiment la personne la plus gentille que j'aie jamais rencontrée, ajouterait-elle. Quelqu'un de très humble, qui avait les pieds sur terre ». Le mari de Karr leur prépara des sandwiches à la mortadelle et ils s'installèrent tous les trois autour de la table pour discuter de l'affaire et du circuit judiciaire. À l'époque, Karr était greffière depuis cinq ans, et suivait le juge Avary dans la cinquième circonscription pour couvrir les affaires criminelles et tous les autres dossiers soumis au tribunal. Elle était donc mieux placée que quiconque pour partager avec Lee toutes sortes d'histoires au sujet du juge, du jury, et de pratiquement toutes les personnes impliquées dans l'affaire Burns.

Elle accepta aussi de remettre à Lee une transcription du procès lorsque celui-ci serait terminé, l'avertissant toutefois que cela prendrait du temps. Karr sténographiait ses rapports – selon la méthode inventée par John Robert Gregg près de cent ans plus tôt, dont le résultat ressemble davantage à un électrocardiogramme qu'à de l'anglais – et elle ne les tapait à la machine que dans le cas d'un appel. Ce processus était lent, et le procès Burns promettait déjà de s'éterniser, mais Lee accepta de payer à Karr le montant qu'elle souhaiterait et d'attendre aussi longtemps qu'il le faudrait.

Harper Lee n'était pas pressée, car elle n'avait nulle part où aller. Lorsqu'elle avait décidé d'écrire sur le révérend, elle avait demandé à sa nièce, Molly, de lui organiser un séjour de quelques mois dans une cabane sur la rive du lac Martin. C'était une des quelque six cents cabanes que Ben Russell, le fondateur de Russell Mills, avait fait construire sur les terres bordant le lac qu'il avait obtenues d'Alabama Power après avoir renoncé à ériger lui-même un barrage à Buzzard Roost Shoals, au nord de Cherokee Bluffs. Russell louait les cabanes à ses employés et ses amis, dont Sara et Joseph Robinson, qui possédaient une fonderie d'acier en ville. Mme Sara, comme l'appelaient ses élèves, enseignait dans les écoles d'Alexander City et adorait l'idée d'héberger la romancière ; la romancière, quant à elle, n'avait jamais rencontré une professeure d'anglais qu'elle n'appréciait pas.

La cabane des Robinson se trouvait sur la rive nord du lac, avec vue sur le River Bridge, entre Alexander City et Dadeville. Rustique, elle était faite à parts égales de pin, étain et moustiquaire, comme celle plus proche du Kowaliga Bridge dans laquelle Hank Williams avait séjourné vingt-cinq ans plus tôt lorsqu'il était venu au lac Martin pour se désintoxiquer. Pour les deux artistes, le lac, avec ses eaux calmes et ses nuits étoilées, était un lieu idyllique, qui renfermait une promesse de sérénité et de sobriété, même si Lee n'était pas toujours seule. Au tout début de son séjour, la romancière adopta un chat noir errant qu'elle prit l'habitude d'appeler « le Révérend » ; plus tard, son amie Marcia Van Meter lui rendit visite pour voir comment avançait le livre et rencontrer l'incarnation féline de son personnage principal.

Finalement, Lee troqua sa cabane de bord de lac contre une chambre au Horseshoe Bend Motel, non seulement parce que c'était l'endroit le plus chic de la ville (c'est là que le jury avait été isolé), mais aussi parce qu'il appartenait au mari de sa nièce, Bobby Chapman. Construit en 1958, l'établissement de cinquante chambres était situé à quelques kilomètres du champ de bataille qui lui avait donné son nom, au croisement de la nationale 22, qui relie Rockford, Alexander City et New Site, et de la nationale 280, qui mène de Birmingham à la frontière avec la Géorgie. Sa localisation en faisait un hôtel particulièrement apprécié des voyageurs qui partaient d'Atlanta ou s'y rendaient, et des touristes qui n'avaient pas les moyens de se payer une cabane mais souhaitaient aller nager, faire du bateau, ou pêcher sur le lac Martin. En 1967, les parents de Chapman achetèrent l'établissement à ses propriétaires d'origine, et trois ans plus tard, lorsque Bobby termina ses études à l'université d'Alabama, il rentra au pays pour le gérer.

Le Horseshoe Bend Motel est construit en hexagone, un côté étant occupé par la réception et les cinq autres par des couloirs de chambres qui encadrent la piscine creusée au centre du vaste terrain. Bobby avait fini par transformer son restaurant en supérette, où les employés de Russell travaillant de jour venaient se payer un café et des biscuits avant d'embaucher, et par ouvrir un bar, le Stable Club, où ces mêmes employés venaient se distraire à la fin de la journée – en partie grâce à la licence de débit de boisson de Bobby, une nouveauté dans un comté où la vente d'alcool avait été prohibée jusqu'en 1968, et en partie grâce aux artistes locaux qui organisaient régulièrement des représentations là-bas. « Le Stable Club est devenu une sorte de "Cheers" local, expliquerait plus tard Chapman. En y repensant, je crois que nous avions nos propres Norm et Cliff, et peut-être un Sam et une ou deux Carla[219]. » Pour Lee, le bar avait un avantage non négligeable sur le café de l'hôtel Warren au Kansas : on y servait une plus grande diversité de boissons.

Mais à d'autres égards, les premiers jours de Lee à Alex City lui rappelèrent certainement ceux qu'elle avait passés à Garden City avec Capote. Beaucoup d'habitants se refusèrent d'abord à évoquer leur voisin tristement célèbre, et comme la plupart des journalistes blancs venus enquêter sur l'histoire du prêtre vaudou, Lee se heurta à une forte résistance. « Si le révérend était en vie, déclara une des amies de la deuxième Mme Maxwell, personne ne vous parlerait[220]. » Et même s'il était mort depuis trois mois, il parvenait toujours à terrifier beaucoup de gens ; les rumeurs au sujet de ses pouvoirs posthumes proliféraient, de même que les craintes qu'il n'exerce sa vengeance depuis l'au-delà. « En ville, on raconte qu'il est déjà de retour, avait déclaré Curtis Jones, un proche de Shirley Ann Ellington. On dit que des gens l'ont vu conduire une voiture[221]. » On racontait aussi que le révérend Willie Maxwell avait voté lors d'une élection qui s'était tenue alors qu'il était bien trop mort pour glisser son bulletin dans l'urne, et que la nuit, une lueur mystérieuse brillait au-dessus de sa tombe.

Lee faisait face à un autre problème, qu'elle n'avait pas rencontré au Kansas mais qui devenait inévitable à Alex City dès l'instant où quelqu'un la reconnaissait. L'auteure de *Ne tirez pas sur l'oiseau moqueur* n'était pas seulement célèbre : elle était aussi extrêmement riche, et son nom était désormais associé à Hollywood. Combien était-elle prête à payer pour leur histoire, lui demandaient presque tous ceux qu'elle interrogeait, et quel acteur jouerait leur rôle dans l'adaptation cinématographique de ce qu'elle écrirait ? Lee, qui avait cru que le principal défi à son éthique journalistique serait de rester absolument fidèle aux faits, se retrouva à chasser ceux qui voulaient lui vendre leur grand-mère ou offrir leurs témoignages au plus offrant. Elle se plaignit que même les voisins du révérend « pensaient pouvoir proposer leurs histoires à des producteurs de télévision[222] ». Cela valait aussi pour certains des personnages les plus importants de la saga. Quelqu'un avait essayé de négocier un tarif pour la coopération de Robert Burns, et Fred Hutchinson, l'entrepreneur de pompes funèbres, expliqua à Lee qu'il pouvait lui obtenir un entretien avec la veuve du révérend, si elle était prête à y mettre le prix. Finalement, après que Lee eut fait savoir qu'elle n'avait aucune intention d'acheter ses interviews, ni de payer pour quoi que ce fût d'autre que des copies officielles de documents tels que les transcriptions de procès et certificats de décès, les habitants commencèrent à se détendre et les langues à se délier.

Non que ce qu'ils avaient à dire fût toujours digne de foi. Même si le révérend était célèbre pour une raison bien différente, la manière dont les gens parlaient de lui rappela certainement à Lee les histoires que des personnes qui l'avaient à peine connue racontaient à son sujet depuis la publication de *Ne tirez pas sur l'oiseau moqueur* : se mettant en scène dans des situations qu'elles n'avaient pas vécues, laissant entendre de profondes vérités à partir d'interactions superficielles, et inventant de toutes pièces des informations si le besoin se faisait sentir ou si l'envie leur en prenait. Bientôt, le problème n'était plus qu'elle manquait d'informations ; le commis qui lui livrait ses dîners au Horseshoe Bend Motel en échange d'un pourboire de cinquante cents voyait les piles de papier s'élever de plus en plus haut sur son bureau. Le problème était, comme elle l'expliquerait plus tard, qu'elle avait « assez de rumeurs, fantasmes, rêves, conjectures et purs mensonges pour écrire l'équivalent de l'Ancien Testament[223] » – et c'était précisément le genre de choses que Harper Lee ne voulait pas voir dans son livre.

## 21

# Je reviendrai jusqu'au jugement dernier

En dépit des rumeurs affirmant le contraire, lorsque Harper Lee arriva sur place, le révérend Willie Maxwell n'était depuis longtemps plus en état d'accorder une interview, et ce même au plus entreprenant des journalistes. Un autre de ses centres d'attention, en revanche, ne se fit pas prier pour lui parler. Personne ne trouvait Lee plus charmante que ce charmeur de Tom Radney, et durant les mois qu'elle passa dans la région du lac Martin, il se rendit souvent au Horseshoe Bend pour boire un verre avec elle, discuter de l'affaire, lui donner des noms de témoins à interviewer, et s'enquérir de ses progrès.

Big Tom était un homme avec qui il était facile de s'entendre. Pour Lee, en particulier, c'était une figure familière : bien que légèrement plus jeune qu'elle, il avait beaucoup en commun avec son père. Comme lui, c'était un avocat de campagne qui travaillait aussi pour la législature de l'État ; comme lui, c'était un dirigeant laïque de l'Église méthodiste, un membre de la loge maçonnique et de la chambre du commerce ; comme lui, c'était le genre d'hommes que tout le monde connaissait en ville, et que presque tout le monde appréciait. Leurs opinions politiques, en revanche, n'auraient pas pu être plus différentes : la plupart des lettres de Tom au rédacteur en chef de l'*Alexander City Outlook* défendaient le gouvernement fédéral qu'A. C. avait attaqué dans ses éditoriaux sur les droits des États pour le *Monroe Journal*. Et si personne n'avait jamais vu M. Lee sans veste ni chapeau, hormis sur les terrains de golf, Big Tom était un homme qui aimait desserrer son col.

La première fois qu'il l'avait rencontrée, Big Tom avait pris Lee pour une femme « timide et réservée », lui trouvant même des « airs de matrone », mais après l'avoir vue interagir avec ses sources, il avait remarqué qu'elle « souriait et se faisait facilement des amis »[224]. Ils avaient tous les deux le goût du voyage : comme Lee était partie à Oxford, Big Tom était monté à bord d'un bateau pour l'Europe après son service militaire et avait exploré la France et l'Angleterre avant de se rendre en Russie pour voir ce qu'il appelait « la menace communiste[225] ». Ils aimaient tous les deux la politique. Lee tenait à la fois de la championne des libertés individuelles et de l'ermite réactionnaire, mais lorsque Radney lui raconta sa rencontre avec Kennedy, elle renchérit en évoquant le cortège présidentiel de JFK qu'elle avait un jour attendu pendant des heures sur la place des Nations-Unies. Lee avait assez de connaissances sur les Corn Laws pour combler les lacunes de Radney sur le sujet, et ils entretenaient tous deux une passion hagiographique pour Thomas Jefferson, Jefferson Davis et Robert E. Lee.

Big Tom était ravi que l'écrivaine la plus célèbre de l'État s'intéresse à l'une de ses affaires, et il fit tout son possible pour s'assurer que le livre dans lequel il apparaîtrait voie le jour. Il jeta tous ses dossiers sur le révérend Maxwell dans une énorme serviette en cuir – presque une valise, en fait – et dit à Lee qu'elle pouvait la garder aussi longtemps qu'il lui faudrait pour écrire son livre. En tout, ce sont des centaines de pages de données qu'il lui remit, et assez de paperasserie d'assurances pour qu'elle ouvre sa propre compagnie : des douzaines de formulaires de souscription, conditions générales, calendriers de paiement et mémoires judiciaires, ainsi qu'un long dossier soumis à la cour d'appel.

C'était une véritable mine d'or, plus précieuse pour Lee que tout ce qui avait été extrait du Devil's Backbone ou de Hog Mountain au siècle précédent, lorsque le comté de Tallapoosa avait vécu sa propre ruée vers l'or éclair. Elle fut ravie de constater que Radney avait amassé des copies de presque tous les documents liés au révérend qui étaient passés sur son bureau ou avaient requis sa signature, y compris des lettres, actes d'accusation, listes de témoins, listes de jurés, et autres papiers en rapport avec les dossiers criminels remontant à l'époque où le procureur Aaron avait tenté en vain de le faire condamner pour homicide dans l'affaire État d'Alabama contre Willie J. Maxwell. Radney avait même conservé une copie du morceau de papier que le président du jury avait remis au juge lors du premier procès pour meurtre, sur lequel était écrit à la main : « Nous, membres du jury, déclarons l'accusé Willie M. Maxwell non coupable[226] » – et son double inique, celui qui, six ans plus tard, acquitta Robert Burns.

Bien que la spécialité de Big Tom fût les acquittements, il soutint à Lee, comme à tous les journalistes qui lui avaient posé la question, qu'il n'aurait pas essayé de faire acquitter le révérend pour le meurtre de Shirley Ann Ellington. Quelques jours avant la mort du pasteur, affirma-t-il, Maxwell était venu au Zoo pour demander à Radney de le représenter, et Big Tom avait refusé. Le révérend était reparti si furieux qu'il s'en était pris à une journaliste sur le parking, la menaçant de l'écraser avec sa voiture si elle ne s'écartait pas de son chemin. Lee, parfaitement au fait de toutes les affaires légales que Radney avait gérées pour le révérend sur une période de près de dix ans, depuis un transfert de terre en 1967, avait des raisons de douter de la véracité de ses propos. Elle avait déjà vu la maison Maxwell, et elle découvrait peu à peu à quel point le révérend avait été un client lucratif ; du reste, l'histoire de Big Tom contredisait sa longue et admirable conviction que tous les hommes, qu'ils fussent coupables ou non, méritaient d'être représentés par un avocat.

Lee n'était donc pas tout à fait convaincue par l'histoire de Tom, et elle doutait de ses réelles motivations à se donner l'air si noble. Comme elle le dirait plus tard, « il semblait se voir comme un croisement entre Atticus Finch et Robert Redford[227] ». À sa décharge, Big Tom avait peut-être commencé à se voir ainsi le jour où Lee avait décroché le téléphone devant lui pour appeler Gregory Peck, plaisantant avec l'acteur sur le rôle qu'il tiendrait dans l'adaptation cinématographique du livre sur lequel elle travaillait ; peut-être, le taquina-t-elle, pourrait-il jouer un prêtre baptiste. Pour Radney, il n'aurait pas été déraisonnable de penser que Peck préférait interpréter l'avocat de la défense qui avait réussi à faire acquitter un homme ayant commis un meurtre devant trois cents témoins, reprenant ainsi le genre de rôle qui lui avait valu un Oscar. Certes, les chances étaient faibles, mais cela suffisait à convaincre Radney de coopérer, et que le livre de Lee devienne ou non un blockbuster, une chose était sûre : ce serait un best-seller.

Mais Big Tom n'était pas uniquement motivé par des intérêts personnels. Il pouvait se montrer généreux et sociable avec n'importe qui sans rien espérer en retour, et lorsque Lee manifesta son intérêt pour sa vie, il l'invita volontiers à y entrer. Il emmena l'écrivaine visiter la ferme familiale à Daviston – une parcelle de terrain qui faisait autrefois partie des Quartiers et qu'il avait achetée peu de temps après avoir commencé à représenter le révérend. Radney y avait fait construire une cabane, une piscine, et avait peuplé une grange rouge et un pâturage de chevaux, poulets, chèvres, moutons et même, brièvement, un émeu. À l'instar de la famille Lee, les Radney possédaient une maison de bord de mer à Destin, tout à l'ouest de la Floride, mais Big Tom préférait passer ses journées libres à la ferme. Les Quartiers étaient pour lui ce qui se rapprochait le plus d'une terre ancestrale, et ils n'étaient pas très loin de la maison de son enfance à Wadley ou de l'église de sa famille. Toute personne qui l'accompagnait à la ferme, Lee y compris, était susceptible de l'entendre prononcer la phrase qu'il avait utilisée, discours après discours, lorsqu'il faisait campagne : « N'oubliez jamais d'où vous venez[228]. »

Elle comprenait ce point de vue, naturellement, car c'était encore une chose qu'ils avaient en commun. Tous deux étaient des Sudistes qui avaient le plus grand mal à quitter une région qui se serait pourtant bien passée d'eux : une femme non mariée, aux mœurs peu conventionnelles, qui écrivait ; un homme ouvertement progressiste. Elle aurait pu rester à Manhattan ; il aurait pu entamer une nouvelle carrière politique dans presque n'importe quelle ville au nord de la ligne Mason-Dixon. Mais Harper Lee ne cessait de revenir dans sa région natale, et Big Tom ne l'avait jamais vraiment quittée ; tous deux étaient profondément loyaux envers le Sud, même quand celui-ci les décevait ou les rejetait.

Le Sud se serait également bien passé du révérend Maxwell, mais contrairement à eux, ses chances de quitter la région étaient extrêmement faibles, même s'il l'avait voulu. Six millions d'Afro-Américains partirent au nord et à l'ouest pendant la Grande Migration, mais bien d'autres millions restèrent sur place. C'était le cas de Maxwell, qui vivait dans une des nombreuses bourgades que le mouvement des droits civiques semblait avoir oubliées. Ce que Harper Lee savait instinctivement du Sud de Tom Radney, elle ne pouvait l'apprendre du Sud de Willie Maxwell qu'à force de recherches patientes et de longues conversations que très peu d'Américains blancs entretenaient, à l'époque comme aujourd'hui.

Elle se mit en quête de telles conversations, mais c'était avec Tom qu'elle discutait le plus facilement. Il lui présenta sa famille, et si Madolyn ne pouvait passer d'innombrables heures au Stable Club avec elle comme son mari, elle était ravie que la plus célèbre écrivaine de l'Alabama souhaite rencontrer ses enfants : Ellen, qui avait déjà quatorze ans ; Fran, douze ans ; Hollis, dix ans ; et Thomas, six ans. Depuis que Big Tom avait abandonné la politique, quelques années plus tôt, Little Tom était devenu trop grand pour continuer de jouer les marbres de kickball quand la famille improvisait une partie dans l'allée, mais pouvait désormais pédaler à toute vitesse dans le camion de pompier que Radney avait acheté à ses enfants le jour où aucun d'entre eux ne gagna celui qui avait été mis en jeu à la tombola des pompiers d'Alexander City. Les filles, de leur côté, étaient assez grandes pour savoir qui était Lee, et quand l'une d'elles lui confia que le seul livre qu'elle avait lu d'elle était *Ne tirez pas sur l'oiseau moqueur*, la réplique de l'écrivaine (« Comme tout le monde[229] ! ») les fit tous beaucoup rire.

À l'instar de Big Tom, Madolyn appréciait beaucoup Lee. Encore aujourd'hui, elle se souvient de moments passés « à simplement les écouter parler[230] », dès que Lee et Radney en venaient à discuter jurisprudence, guerres creeks, ou tout autre sujet que l'un des deux draguait des profondeurs de son érudition. Comme tous ceux qui avaient rencontré Harper Lee, Madolyn remarqua aussi qu'elle « n'accordait pas la moindre importance à son apparence ». Quand la plupart des femmes à l'époque devaient faire attention à tout ce qui entrait dans leur bouche, ou en sortait, Lee buvait et fumait comme un homme et, selon les dires de Madolyn, « possédait une impressionnante réserve de gros mots dont elle ponctuait chaque conversation ».

Contrairement aux trois Mme Maxwell, qui avaient toutes été des femmes de pasteur, et à Mme Radney, qui était une femme de politicien, Lee n'était la femme de personne. Comme ces hommes, c'était son travail qui la définissait, et elle était libre de passer tout son temps à lire et à écrire. Nul ne pouvait lui dicter le genre de reportage qu'elle devait réaliser, ce qu'un éventuel mari n'aurait sans doute pas hésité à faire ; le *true crime* regorgeait de victimes de sexe féminin, s'intéressait de temps en temps à un assassin de sexe féminin, mais n'était presque jamais écrit par un auteur de sexe féminin. Elle pouvait consacrer une journée entière à la réflexion si elle le souhaitait, ou passer six heures en compagnie du sergent William Gray et sa femme, à parcourir les photographies de scènes de crime qu'il stockait chez lui, puis transcrire la nuit durant ce dont il se souvenait de la mort de la deuxième Mme Maxwell. Elle était loin d'être aussi anonyme qu'à Manhattan, où des centaines de milliers de personnes vont et viennent chaque jour sans que jamais personne remarque si la lumière de votre appartement est restée allumée toute la nuit ou si vous n'êtes pas sortie de chez vous avant la fin de l'après-midi, mais à Alex City, Lee pouvait malgré tout trouver un semblant de paix, ce qui n'était pas le cas à Monroeville. Elle allait et venait comme bon lui chantait, que ce soit quand elle logeait dans sa cabane isolée ou au Horseshoe Bend, où sa chambre possédait une entrée privée. Elle usait ses pneus à rouler de hameau en hameau, apprenant les itinéraires secondaires et routes de campagne des trois comtés autour du lac Martin, et discutant avec quiconque savait quoi que ce soit du révérend Willie Maxwell.

Ce faisant, Lee retrouva la trace du journaliste dont les articles l'avaient le plus intéressée lorsqu'elle avait passé en revue ceux traitant de l'affaire Maxwell dans l'*Alexander City Outlook* et le *Montgomery Advertiser*. Sur tous les reporters qui avaient couvert l'affaire, un seul était présent le jour de l'assassinat du révérend. Lee appela la salle de rédaction de l'*Outlook*, fut mise en relation avec le rédacteur en chef, Alvin Benn, se présenta et demanda à parler à l'un de ses journalistes, Jim Earnhardt. Il lui expliqua que c'était malheureusement impossible pour le moment, puisque Earnhardt était parti mettre en pratique la devise de Benn : pas d'informations dans une salle de rédaction. Lorsque Earnhardt revint à son bureau et trouva un mot sur sa machine à écrire lui signalant que Harper Lee voulait lui parler, il crut d'abord à une plaisanterie. Mais quand il rappela le numéro indiqué, ce fut Lee qui répondit, et lui expliqua qu'elle souhaitait s'entretenir avec lui de sa couverture de l'affaire. Lecteur avide de romans, livres d'histoire, et à peu près tout ce qui lui tombait sous la main, Jim était ravi de discuter avec elle, et le courant passa immédiatement entre eux. Ils ne tardèrent pas à se rencontrer en personne, et Jim, comme Big Tom, finit par remettre à Lee tout ce qu'il possédait sur le révérend – en l'occurrence, un album dans lequel sa mère avait réuni pour lui tous les articles traitant de l'affaire. La couverture rouge était vierge à l'exception d'une bordure dorée, mais à l'intérieur, derrière des feuilles en plastique transparent, se trouvaient tous les articles que Jim avait rédigés au sujet de Shirley Ann Ellington, du révérend, et de Burns, ainsi que des coupures d'autres journaux que sa mère avait conservées.

Plus tard, après avoir dîné chez les parents d'Earnhardt, Lee leur envoya une lettre pour leur dire tout le bien qu'elle pensait de leur fils. Elle avait le même âge que le père de Jim, et quelques années de moins que sa mère, mais elle était tombée sous le charme du journaliste de vingt-deux ans qui portait la barbe et d'épaisses lunettes, et il n'était pas difficile de comprendre pourquoi : Jim était tout aussi à l'aise pour reconstituer l'ascension des Russell à Alex City que pour discuter de Faulkner, que Lee n'avait jamais rencontré, et de Steinbeck, qu'elle connaissait puisqu'ils étaient représentés par le même agent. Si Jim ne pouvait rivaliser avec elle en matière de mondanités, il se rattrapait avec sa maîtrise des arcanes de l'Alabama : comme Alice Lee, il était capable d'énumérer d'un seul souffle la liste des soixante-sept comtés de l'État ainsi que leur siège. Il rêvait d'être journaliste depuis l'âge de douze ans et celui qu'il était devenu avait des principes éthiques aussi stricts que Lee elle-même comme en témoigne un de ses articles particulièrement critiques sur les « romans de non-fiction » et autres « pratiques pseudo-journalistiques[231] ».

Mais surtout, et c'était sans doute le plus important pour Lee, Earnhardt avait intuitivement saisi la qualité qu'elle appréciait le plus chez ses amis : la discrétion. Il ne couvrait pas ses allées et venues pour l'*Outlook*, ne cherchait jamais à lui arracher des informations sur ce qu'elle écrivait ou n'écrivait pas, et acceptait de répondre à n'importe quelle question au sujet de l'affaire Maxwell tant qu'elle ne concernait pas l'écrivaine. Ce printemps, Lee et Earnhardt entamèrent une correspondance qui dura plusieurs décennies et s'accompagna d'une demi-douzaine de visites à Manhattan. Lorsque Jim venait dans la grande ville, Lee s'inquiétait comme une mère qu'il se fasse agresser. Elle lui présenta l'homme qui tenait son kiosque à journaux, l'emmena boire des coups avec Marcia Van Meter, et le fit séjourner à l'Algonquin comme tout auteur qui se respecte. Ils mangèrent perse au Teheran et chinois dans le restaurant préféré du maire Ed Koch ; elle l'emmena même chez Sardi's, où elle se rendait souvent avec Maurice Crain, et au Jackson Hole pour goûter les burgers. Chaque fois, la fille de la Grande Dépression emportait les restes pour « tante Lily », la vieille dame qui vivait au même étage qu'elle.

Comme Lee, Earnhardt aimait la musique, et chaque fois qu'il venait à New York, elle l'emmenait à des concerts. Un soir où ils étaient allés écouter la pianiste Alicia de Larrocha jouer Mozart, Jim la vit « corriger poliment un jeune homme assis à côté d'elle, qui marquait le mauvais rythme avec sa main[232] ». Ils aimaient aussi tous les deux les livres, évidemment, ses visites étaient donc inévitablement ponctuées de virées dans les librairies de la ville. Lee lui conseilla le Strand, mais également le Bryn Mawr, une de ses préférées, où elle avait un jour déniché au rayon jardinage une édition rare des *Feuilles d'herbe* de Walt Whitman et où il trouva pour un dollar une première édition de *Mariage au Delta* d'Eudora Welty. Leurs aventures littéraires prenaient également d'autres formes, comme un pèlerinage au cimetière Woodlawn dans le Bronx, où ils rendirent hommage à Herman Melville. Quand

Jim quitta l'*Outlook* pour le *Montgomery Advertiser*, il écrivit une colonne au sujet de leur aventure au cimetière de la seule manière que Lee approuvait sans réserve : de façon si anonyme (« Mon amie, une enfant de l'Alabama qui vit à New York depuis de nombreuses années[233] ») que lorsque sa sœur Alice lui envoya la coupure, elle écrivit : « Voilà le genre d'articles que j'aime lire sur toi : quand l'écrivaine n'est identifiable que par sa sœur, l'auteur, et elle-même[234]. »

Earnhardt était aussi digne de confiance dans son métier que dans ses amitiés, et Lee ne tarda pas à comprendre qu'il était une de ces rares sources qui n'inventent ni n'enjolivent jamais un souvenir. Il fouilla sa mémoire pour lui raconter avec précision tout ce qu'il savait du révérend et n'hésitait pas à l'admettre lorsqu'elle devait chercher ailleurs les réponses à ses questions. Une qualité qui se révéla extrêmement rare. Comme dans beaucoup de villes en Alabama, si vous posiez une question aux habitants d'Alex City, vous pouviez vous attendre soit à une véritable épopée, avec toutes les libertés narratives que le mot implique, soit à un refus pur et simple de répondre. Lee s'était engagée à écrire un livre fondé sur des faits, mais lorsqu'il s'agissait de l'histoire du révérend Maxwell, les faits étaient difficiles à dénicher et encore plus difficiles à vérifier. La plupart des personnes à qui elle parlait ne connaissaient jamais vraiment les détails de l'affaire, certains les avaient déjà oubliés, et d'autres avaient des raisons de mentir à leur sujet.

Pire, certains des faits cruciaux de l'affaire n'avaient jamais été établis : sur toutes les morts associées au révérend Willie Maxwell, deux seulement avaient été reconnues comme des homicides et ni l'une ni l'autre n'avait donné lieu à une condamnation. Une foule de gens – dont Lee elle-même finirait par faire partie – avaient leur théorie sur l'implication du révérend, mais il était impossible de déterminer avec certitude la cause des quatre autres décès, sauf à exhumer les corps ou à attendre d'éventuelles innovations dans le domaine de la toxicologie. Malgré tout, Lee s'arma de tant de rapports d'autopsie, certificats de décès et entretiens avec les experts qui les avaient rédigés qu'elle plaisanta en disant « être dans les funérailles jusqu'au cou[235] ».

Et ce n'étaient pas les seuls documents dans lesquels elle nageait. Des tribunaux des comtés de Dadeville et Rockford, elle rapporta les certificats de mariage et dossier militaire du révérend. Lorsqu'elle découvrit que Maxwell et sa première femme avaient travaillé pour Russell Mills, elle chargea quelqu'un de photocopier leurs dossiers d'employés. Elle but même des cocktails avec Ben Russell, le petit-fils de Benjamin Russell, au Willow Point Country Club, dont les Radney étaient membres. Et un jour, Lee obtint une copie de l'acte de légitimation déposé par le révérend pour la fille qu'il avait eue en 1969.

Par conséquent, lorsque Lee alla interviewer les membres toujours en vie de la famille de la première Mme Maxwell, elle savait qu'elle aurait des questions délicates à leur poser. Le 16 janvier 1978, elle se rendit chez la sœur de Mary Lou, Lena Martin. Cette dernière confia immédiatement à Lee tout le mal qu'elle pensait du révérend Maxwell, et la vive inquiétude qu'elle et son mari avaient nourrie pour Mary Lou. D'après Martin, Maxwell était « méchant avec elle » et « ne la traitait pas correctement »[236]. Ils l'avaient tous deux jugé dangereux, au point qu'Essex Martin se souvenait des paroles exactes qu'il avait prononcées après que le révérend avait appelé Lena pour lui dire que Mary Lou avait eu un accident. « Tu parles d'un accident ; il l'a tuée, c'est tout[237]. »

Les Martin soutenaient que le révérend Maxwell avait aussi assassiné son frère. Le soir où J. C. était mort, expliquèrent-ils à Lee, il était monté en voiture avec le révérend, qui l'avait déposé au cimetière de Cottage Grove, non loin de l'endroit où son corps serait découvert. Leur certitude renvoya Lee aux preuves récoltées dans le cadre de l'enquête sur la mort de John Columbus Maxwell, qui comprenaient deux documents d'assurance. Le premier était un formulaire de souscription à une police de cinq mille dollars sur la vie de John Columbus Maxwell auprès de la Crown Life Insurance Company of Illinois datée du 15 mars 1971, qui établissait Willie J. Maxwell comme bénéficiaire et indiquait la propre adresse de correspondance du révérend. Le second était l'« avis de décès » pour la même police, qui indiquait que John C. Maxwell était mort « d'une maladie[238] » le 6 février 1972, et demandait que le chèque soit envoyé à la même adresse. Il suffisait de mettre côte à côte les deux formulaires pour constater que l'écriture était la même : le révérend Willie Maxwell avait souscrit la police d'assurance sur la vie de son frère et, moins d'un an plus tard, en avait demandé le paiement. La même signature apparaissait également sur quatre autres polices que Maxwell détenait sur la seule vie de son frère.

Le livre de Lee ne serait jamais un *whodunit*, puisque l'identité du meurtrier n'a jamais été une énigme. Mais si le comment était plus déconcertant que jamais, le pourquoi était désormais évident. Le révérend Maxwell était un personnage « insaisissable[239] », expliqua-t-elle un jour à Rheta Grimsley Johnson, une journaliste qui connaissait la famille de Lee de l'époque où elle travaillait au *Monroe Journal* et espérait l'interviewer au sujet du livre qu'elle écrivait. Refusant l'entrevue depuis sa chambre d'hôtel d'Alex City, Lee dessina un fer à cheval sur le rabat de l'enveloppe en guise d'adresse de retour. « Il ne croyait peut-être pas en ce qu'il prêchait, il ne croyait peut-être pas au vaudou, écrivit-elle au sujet du révérend, mais il avait une foi profonde et indéfectible en l'industrie de l'assurance-vie. »

La quantité de polices d'assurance détenues par le révérend souleva bien d'autres interrogations à son sujet, comme le montant total qu'elles lui avaient rapporté et la manière dont il avait dépensé tout cet argent. Le procureur Tom Young avait un jour affirmé que Maxwell « payait toujours ses dettes et avait un excellent crédit », et suggéré que c'était la raison pour laquelle ses voisins l'avaient pris en grippe : « C'est peut-être pour ça que certaines personnes parlaient de lui. C'est un comté pauvre, vous savez[240]. »

Mais Young se trompait. En janvier 1978, la succession du révérend fut entièrement évaluée, et dix-huit réclamations furent déposées, pour un total de presque soixante-cinq mille dollars. La plus petite concernait une facture de treize dollars de la Hardy Electric Company, la plus élevée quarante-cinq mille dollars qu'il devait à la Bank of Dadeville. Il avait des comptes débiteurs dans des magasins de pneus et commerces de détail, ainsi que des stations-service, des épiceries et des bijouteries. Le révérend était lourdement endetté au moment de sa mort, l'était déjà à l'époque du meurtre de Shirley Ann Ellington, et même à l'époque du décès de sa première femme.

Si cela suggérait un mobile évident, les finances de Maxwell restaient déconcertantes. Lee découvrit que les indemnités versées par les compagnies d'assurances dépassaient ses dettes, et nul ne savait réellement ce qu'il avait fait de tout cet argent ni ne comprenait les raisons pour lesquelles il avait travaillé si dur pendant toutes ces années, et exercé tant de métiers honnêtes : à Russell Mills, dans l'exploitation de la pierre et du bois, et pour l'Église. Comme les policiers avant elle, Lee en vint à s'intéresser aux « amies » que le révérend fréquentait, des liaisons dont toute la ville était au courant et qui, semblait-il, lui avaient coûté cher.

Big Tom ne savait pas grand-chose des finances de Maxwell, mais il préférait parler de son nouveau client plutôt que de l'ancien, ayant récemment retrouvé sa place dans les bonnes grâces d'une communauté qui, il y a encore quelques mois, le considérait comme l'avocat du diable. Après avoir été chaleureusement félicité au tribunal pour le verdict dans le procès Burns, Radney recevait à présent des félicitations dans toute la ville et, le 20 janvier 1978, il fut officiellement nommé Homme de l'année par la chambre du commerce. Un éditorial de l'*Outlook* loua cette décision : « Que ce soit dans une salle d'audience, à la législature ou en politique, M. Radney donne toujours tout ce qu'il a. Ses succès sont nombreux, et ses efforts ont fait énormément pour cette communauté et cette région[241]. »

Deux jours après cette cérémonie, Harper Lee retourna voir Mary Ann Karr, la greffière, et lui remit un chèque de mille dollars pour la transcription du procès État d'Alabama contre Robert Lewis Burns. Elle repartit avec près de cinq cents pages, tapées avec double interligne afin qu'elle puisse les annoter sans difficulté. Elle fut également enfin en mesure de discuter avec Burns lui-même, que l'hôpital Bryce avait laissé rentrer chez lui. Il avait déjà repris le travail, et ne demandait qu'à parler de l'assassinat du révérend.

Lee constata très vite que Burns était un personnage bien différent de Hickock et Smith, et qu'interviewer un assassin dans son salon était bien plus facile que l'interviewer en prison. Burns était un homme charmant et poli, adoré par sa femme, et dont la fille adoptive – celle aux besoins spécifiques, qui avait été si proche de Shirley Ann Ellington – resta accrochée à ses jambes pendant leurs conversations comme elle l'avait fait pendant les suspensions d'audience. Pendant ses deux entretiens avec Lee, Burns répéta ce qu'il avait entendu dire du révérend et de sa pratique du vaudou, ajoutant quelques détails au sujet de pinces à linge que Maxwell aurait arborées suspendues à ses oreilles et des bouteilles portant des étiquettes aux mots étranges qui auraient été découvertes lors du nettoyage de sa maison après sa mort. Burns se dit certain que le révérend avait assassiné les cinq membres de sa famille et qu'il avait aussi forcé le mari de Dorcas Anderson à avaler un poison. Lee l'écouta attentivement, posa beaucoup de questions et partagea avec lui certaines informations qu'elle avait déjà apprises. « Elle connaissait son sujet, déclarerait Burns, ajoutant qu'elle lui avait dit : "Vous seriez surpris par le nombre de personnes sur lesquelles cet homme détenait des polices d'assurance[242]." »

Si les histoires d'assurances étaient bien réelles, les rumeurs de vaudou étaient quant à elles difficiles à étayer. Malgré tout, Lee s'intéressa à ces allégations et à la culture qui les avait produites, car elle avait grandi avec le même genre de superstitions dans le comté de Monroe et en avait intégré certaines à *Ne tirez pas sur l'oiseau moqueur*. « Avant de me rappeler que je ne croyais pas au vaudou, déclare Scout au sujet des figurines que Boo Radley a sculptées dans du savon à l'effigie de Jem et elle, je poussai un cri et les jetai par terre[243]. » Ce que Lee ne savait pas d'expérience, elle se fit un devoir de l'apprendre. Elle contacta à cette fin une librairie occulte à New York et leur demanda de lui envoyer un exemplaire de leur catalogue. La librairie Samuel Weiser, la plus ancienne de ce type dans le pays, avait ouvert sur Book Row en 1926, mais à l'époque où Lee sollicita son aide, elle avait déménagé à Broadway, créé sa propre maison d'édition, et accumulé une collection de plus de cent mille ouvrages sur des sujets allant de l'occultisme en Amérique au folklore africain, en passant par les vampires, zombies et monstres divers.

En se plongeant dans la montagne de livres qu'elle reçut, Lee eut la confirmation de ce que la vie lui avait déjà appris : le vaudou était un système de croyances répandu et profondément ancré qui comptait des pratiquants dans le monde entier. Mais, pour autant qu'elle pût en juger, le révérend Willie Maxwell ne faisait pas partie de ces pratiquants. Et Lee avait beau apprécier la compagnie de Tom Radney, depuis qu'elle enquêtait sur les rumeurs entourant le révérend, elle ne pouvait qu'abonder dans le sens de Tom Young, qui avait rejeté « toutes ces histoires de vaudou », au motif qu'elles étaient « fondées sur des superstitions, conjectures, soupçons, et ragots mensongers »[244]. Elle ne trouva aucune preuve que Maxwell lui-même croyait au vaudou, sans parler d'être capable d'ensorceler un jury ou de se transformer en chat noir. Rien non plus ne suggérait qu'il avait étudié avec les Sept Sœurs, ni même qu'il s'était déjà rendu à La Nouvelle-Orléans.

La personne qui nia avec le plus de véhémence ces rumeurs de vaudou fut la veuve du révérend, qui avait toujours protesté de l'innocence de son mari. Ayant réussi à organiser une interview de la troisième Mme Maxwell, Lee se trouva confrontée à ce dont les enquêteurs qui avaient travaillé sur les différentes affaires lui avaient parlé, à savoir la fâcheuse habitude qu'avait la veuve de nier ses précédentes déclarations et d'affirmer ne les avoir jamais prononcées. Lee elle-même se dirait « déçue par son manque de sincérité[245] ».

Mais ce que la veuve refusait de lui dire, Lee était bien décidée à le découvrir par elle-même. Après le meurtre du révérend, apprit-elle, Ophelia Maxwell avait intenté un procès à Gerber Life Insurance Company pour un montant de quinze mille dollars. Ce n'était pas pour une police d'assurance sur la vie de son défunt mari, mais sur celle de Shirley Ann Ellington. Gerber refusait de payer au motif que la police n'était plus valable – en partie parce qu'elle avait été souscrite moins de deux ans plus tôt et que la jeune fille n'était pas morte de causes naturelles, mais aussi parce que la signature de Shirley sur le formulaire d'inscription était contrefaite.

En recevant la réponse de Gerber, Ophelia Maxwell abandonna les poursuites, mais le simple fait de les avoir entamées trahissait un mode opératoire tout droit sorti du manuel de son mari, et soulevait des questions concernant les autres polices que les Maxwell avaient pu détenir sur Shirley. Et, plus inquiétant encore, son comportement suggérait la possibilité qu'Ophelia ait rempli le rôle que le révérend avait initialement offert à l'homme d'Eclectic. Le récit qu'avait fait Ophelia du jour où sa belle-fille était décédée avait toujours paru étrangement vague ; elle n'avait jamais été en mesure d'expliquer de manière satisfaisante pourquoi son mari était allé travailler si tard, ni pourquoi Maxwell et elle avaient attendu si longtemps avant de s'inquiéter de la disparition de l'adolescente, qui était partie avec leur voiture alors qu'elle ne possédait même pas le permis de conduire.

Ce simple fait aurait suffi à éveiller les soupçons de Lee, mais à ce moment-là, elle savait aussi ce que la plupart des habitants de la région du lac Martin avaient oublié : qu'Ophelia Maxwell avait été une suspecte dans la mort de la première femme du révérend. Lorsque Lee reconstitua les crimes, comme elle l'avait fait à moult reprises avec Capote, elle constata une évidence : le révérend avait eu besoin d'un moyen de transport pour se rendre sur certaines des scènes où les corps avaient été trouvés. Le témoignage de l'homme d'Eclectic avait ajouté foi à la croyance déjà très répandue quc quelqu'un avait aidé Maxwell ; la question avait toujours été : qui ? Certains pensaient qu'il s'agissait de Fred Hutchinson, qui avait déjà été reconnu coupable de meurtre dans une fraude à l'assurance, et il paraissait peu probable que deux criminels aux pratiques si similaires opèrent indépendamment dans la même petite ville. Lee, de son côté, semblait soupçonner Ophelia Maxwell.

« Je suis convaincue que le révérend Maxwell a assassiné cinq personnes, écrivit-elle dans un résumé de l'affaire, que sa motivation était l'argent, que deux des meurtres ont été commis grâce à l'aide d'un complice, et un autre grâce à l'intervention d'un coauteur[246]. » Lee, qui était versée dans le droit pénal et choisissait toujours minutieusement ses mots, dans ses lettres comme dans ses livres, prit soin de distinguer le coauteur, celui qui participe activement au crime, du complice, celui qui aide le criminel avant ou après les faits. À un écrivain d'Auburn qui s'intéressait à l'affaire, elle expliqua sans en dire davantage que le complice était non seulement toujours en vie, mais vivait dans un rayon de deux cent cinquante kilomètres.

En plus de toutes les difficultés qu'elle rencontrait déjà dans son enquête sur le révérend, Lee devait maintenant faire face à un complice vivant. La situation n'était guère différente de ces premières semaines au Kansas, avant la résolution de l'affaire Clutter, lorsque les craintes de Jack Dunphy rendirent Capote si inquiet pour sa propre vie qu'il demanda à Lee si elle accepterait de porter une arme. Ce n'était pas plus le cas à l'époque qu'aujourd'hui, mais elle admit malgré tout à plusieurs de ses sources qu'elle avait reçu des menaces inquiétantes contre elle-même, sa famille à Alex City, et sa sœur aînée à Eufaula. Elle ne précisa pas s'il s'agissait de menaces réelles du complice du révérend, ou si une autre personne liée à l'affaire essayait simplement de l'effrayer pour qu'elle abandonne son projet.

Mais si Lee se sentait désormais menacée par les personnages de son livre, pour la première fois depuis longtemps, le fait d'écrire ne lui faisait plus peur. Elle avait toujours aimé les mystères, et celui-ci, aussi sombre fût-il, combattait ses propres ténèbres. La nouvelle avait commencé à circuler qu'elle s'intéressait à l'affaire Maxwell, et ses journées se remplissaient peu à peu de rendez-vous et d'invitations. Elle acceptait tous ceux qui étaient susceptibles de lui fournir de nouvelles informations sur le révérend, et au début de l'été 1978, elle consentit à assister à un cocktail organisé par l'équipe de l'*Outlook*. À ce moment-là, Al Benn avait quitté le quotidien pour rejoindre la rédaction d'un journal de LaFayette, et Bill Hatcher, un jeune reporter ambitieux de Cleveland, Tennessee, avait été nommé rédacteur en chef à sa place. Hatch, comme tout le monde l'appelait, avait étudié dans une petite université de Wesleyan avant de se faire embaucher par un journal de son État natal, pour finalement s'installer en Alabama afin de diriger l'*Auburn Bulletin*. Homosexuel, il ne se sentait pas tout à fait chez lui à Alex City, mais il se sentait chez lui dans n'importe quelle salle de rédaction, et bien qu'il n'eût que la moitié de l'âge de Harper Lee, il l'égalait presque en esprit. Le nouveau rédacteur en chef engagea d'autres collaborateurs, parmi lesquels Patty Cribb, qui prit la tête de la section « Conception de la vie » du journal. Contrairement à Hatch, Cribb était une enfant du pays ; elle avait fréquenté le lycée Benjamin Russell, puis était partie faire ses études en Floride, pour finalement revenir s'installer à Alex City. C'était sa mère qui avait organisé le cocktail et invité le juge C. J. Coley, une éminence locale qui tenait à parts égales de Pline l'Ancien et de Thucydide.

Né en 1902 à Alex City, Clinton Jackson Coley avait gagné en taille et en stature à la même époque que la ville. Officiellement, il était banquier et juge des successions, mais aux yeux de Lee, c'était le plus grand historien du comté et l'un des meilleurs de l'État. Presque à lui seul, le juge Coley avait convaincu le Congrès de transformer Horseshoe Bend en parc national militaire et le service postal gouvernemental d'honorer d'un timbre l'auteure et militante native de l'Alabama Helen Keller. La salle de jeux de sa maison était remplie de babioles témoignant de toutes les périodes de l'histoire de l'Alabama, et le juge Coley était le genre d'homme capable, d'un seul souffle, de vous dire combien de familles recevaient leur courrier au bureau de poste de Nixburg à l'époque où Mme Crawford y était receveuse et, dans un second souffle, de vous demander si vous aviez entendu parler du garçon du coin qui s'était battu au couteau avec John Wilkes Booth avant que ce dernier ne quitte l'Alabama pour suivre le chemin mortel qui croiserait celui d'Abraham Lincoln. Il possédait des dossiers remplis de coupures de presse sur l'histoire régionale, des étagères chargées de monographies, mémoires, et livres de généalogie amateurs, et détenait un exemplaire de chaque pamphlet, poème et article jamais écrits sur la bataille de Horseshoe Bend. Son arrière-grand-mère était enterrée dans le cimetière au bord de la nationale 9, près de l'endroit où le corps de Shirley Ann Ellington avait été découvert, et on pouvait toujours compter sur lui pour raconter comment, le jour de ses funérailles fastueuses, le ciel ensoleillé s'était soudain noirci de nuages avant que la foudre frappe la pelle argentée du fossoyeur, la faisant voler en éclats – un avertissement céleste, soutenait-il, contre l'extravagance. C'était sa discussion avec le juge Coley, plaisanta Lee, qui l'avait empêchée de prendre deux kilos au cocktail.

« Les gens d'Alex City sont les meilleurs », écrivit Lee dans la lettre de remerciement qu'elle adressa aux Cribb en juin 1978 avant d'ajouter, sur un ton plus pessimiste, que si elle se « cassait la figure avec ce livre »[247], elle ne serait pas terriblement déçue, puisqu'il lui aurait permis de se faire de nombreux amis dans cette ville. Néanmoins, elle paraissait plus confiante quand elle ajouta qu'elle était impatiente de les revoir lorsqu'elle descendrait à l'automne pour poursuivre ses recherches. « Ce n'était pas un au revoir, écrivit-elle. Car je reviendrai jusqu'au jugement dernier[248]. »

# 22

# Horseshoe Bend

Rien ne s'écrit tout seul. Livré à lui-même, le monde ne se transformera jamais en mots, et qu'importe la quantité de pages de notes, interviews, et documents que génère une enquête de terrain, la page qui compte le plus commence toujours vierge. Dans *Le Journaliste et l'Assassin*, Janet Malcolm qualifie d'« abîme[249] » ce lieu entre l'enquête et l'écriture. C'est un lieu redoutable, où il est terriblement facile de rester piégé. Tout le monde avait assuré à Harper Lee que l'histoire qu'elle avait trouvée était destinée à devenir un best-seller. Mais personne ne pouvait lui dire comment l'écrire.

Lorsque Lee revint à New York après son séjour en Alabama, ce fut au 433 East 82nd Street, où elle vivait depuis plus de dix ans. Dans la mesure où un bâtiment peut ressembler à un être humain, celui où habitait Lee lui ressemblait beaucoup : discret et sans artifices, il se trouvait au milieu de la ville et pourtant étonnamment isolé de son agitation, et, de l'extérieur, il ne laissait rien paraître. Personne ou presque ne savait qu'une des écrivaines les plus célèbres des États-Unis vivait ici, cachée à la vue de tous, dans un appartement dont le bouton d'interphone indiquait simplement : « Lee-H ». Pendant quelque temps, elle partagea le rez-de-chaussée avec deux musiciens, que l'on appelait à l'époque Daryl et John, mais qui deviendraient bientôt célèbres sous leur nom de famille : Hall & Oates. Ils n'avaient pas la moindre idée que leur voisine était une romancière, et encore moins Harper Lee.

Parmi les autres occupants du bâtiment qui se succédèrent au fil des ans, certains savaient qui était Lee, mais ils savaient aussi qu'il valait mieux ne pas évoquer son chef-d'œuvre en sa présence et, hormis pour la questionner sur ses voyages vers le nord ou le sud, ils ne fourraient jamais leur nez dans sa vie privée. Au dernier étage vivaient les Malko, avec qui elle s'émerveillait de l'obstination du concierge à fumer d'une main en tenant son ballon d'oxygène de l'autre, et spéculait sur tous les personnages du voisinage ; en dessous, le deuxième étage était occupé par les Bentley, Sonya et Frank – leurs enfants adoraient Lee, qui était d'ailleurs la marraine de leur fils ; au premier étage, il y avait Vivian Weaver et Elaine Adam, qui avaient travaillé pour le Council on Foreign Relations avant de devenir relectrices et dactylographes pour des amis, parmi lesquels l'écrivain Patrick Dennis, dont la *Tante Mame* leur est dédiée. « V. V. et Mme A. », comme elles se faisaient appeler, aimaient transformer leur appartement en salon mondain et étaient aussi douées pour la conversation que pour les cocktails. Lee ne vivait pas recluse, mais elle fréquentait la société chez les autres, ou les retrouvait dans les musées et restaurants de la ville.

Elle protégeait aussi farouchement son espace personnel que sa vie intérieure, et nombre de ses amis les plus proches la fréquentèrent pendant des dizaines d'années sans jamais mettre le pied chez elle.

Pour une femme aussi fortunée, c'était un appartement spartiate, exception faite peut-être de la bibliothèque bodléienne privée qu'elle avait réussi à y aménager. Un jour, après avoir rêvé qu'elle se faisait expulser, elle procéda à l'inventaire de toutes ses possessions pour ses amis Earl et Sylvia Shorris, qui vivaient de l'autre côté de la rue. Si son cauchemar devait un jour se réaliser, les avertissait-elle, les objets suivants finiraient sur le trottoir : « un lit délabré, une chaise et une table, environ trois mille livres, et les deux dernières machines à écrire manuelles du monde – dont l'une ne fonctionne plus[250] ». Si cela venait à arriver, « sauvez la machine à écrire », les suppliait-elle. Les livres étaient ses véritables compagnons, et elle les accumulait depuis l'enfance. Il y avait sur ses étagères les poèmes de Blake, Wordsworth et Thomas Hardy, les récits des écrivains américains contemporains qu'elle admirait – parmi lesquels Mary McCarthy, John Updike, Peter De Vries, John Cheever et Flannery O'Connor – mais également des ouvrages d'histoire et de droit, des polars, et ses cinq romans favoris : *Ainsi va toute chair* de Samuel Butler, *Tom Jones* de Henry Fielding, *À la recherche du temps perdu* de Proust, *Un cyclone à la Jamaïque* de Richard Hugues, et *Les Aventures de Huckleberry Finn* de Mark Twain.

Lorsque Lee vida l'énorme serviette en cuir que Tom Radney lui avait confiée, ainsi que le reste des bagages qu'elle avait rapportés d'Alabama, elle se retrouva au milieu d'une véritable montagne d'informations diverses et variées sur l'affaire Maxwell. Outre les comptes rendus et documents officiels, il y avait des tracts, programmes et brochures glanés dans tout Alexander City, des pages photocopiées d'une histoire de l'Alabama, et ses notes et cassettes des interviews qu'elle avait menées avec, entre beaucoup d'autres, les voisins et employeurs du révérend ; sa veuve, Ophelia Maxwell ; Robert Burns ; le révérend E. B. Burpo Jr., qui avait officié aux funérailles de Shirley et témoigné au procès de Burns ; Al Benn ; Lena Martin, la sœur de Mary Lou Maxwell ; Mary Ann Karr ; le sergent Gray ; le juge Jim Avary ; et, bien sûr, les Radney.

En lisant pour la première fois *De sang-froid*, Lee n'avait certainement eu aucun mal à imaginer comment, à partir du travail qu'elle l'avait aidé à accomplir au Kansas, Capote avait créé un livre. Mais inverser le processus – consulter ses propres notes de terrain et voir le livre qu'elles pouvaient devenir – était une tout autre affaire. Pour commencer, elle devait trouver un moyen de structurer cette masse d'informations. Pour Capote, elle avait tout classé en dix sections bien ordonnées, mais elle n'était pas certaine de la meilleure manière d'organiser les nombreux aspects de l'affaire Maxwell. Le cadre était simple, mais les crimes, les victimes, et les procès étaient extrêmement difficiles à démêler les uns des autres. Pour raconter une histoire, quelle qu'elle soit, la méthode la plus évidente est chronologique, mais il y avait en l'occurrence tant d'enquêtes de police et tant de procès criminels et civils, qui parfois se déroulaient simultanément, que les différents événements de l'affaire Maxwell s'enchevêtraient comme un jeu de ficelles.

Pire, il lui fallait un protagoniste à placer au centre de son histoire, et elle n'était pas certaine du meilleur choix. Il y avait le révérend Maxwell, bien sûr, mais il était impossible d'en faire un héros, et la majeure partie de sa vie, à la fois avant et après l'accusation de meurtre, lui était, faute de documents, complètement inconnue. Il y avait Robert Burns, mais quelque sensationnel que fût l'assassinat du révérend, c'était là sa seule contribution à l'histoire ; pendant une bonne partie de la période où les événements s'étaient déroulés, il ne vivait même pas à Alexander City. Il y avait quantité de policiers – trop, en fait, puisque les morts s'étendaient sur sept ans, deux comtés, et une poignée de brigades criminelles – mais il n'y avait pas d'agent Dewey, qui aurait héroïquement élucidé les meurtres et traîné les coupables au tribunal, menottes aux poings. Le médecin légiste était un personnage intéressant, mais son équipe n'avait résolu aucune affaire, et ne pouvait donc guère être considérée comme héroïque ; même l'intérêt de plus en plus grand du public pour l'expertise médico-légale ne pouvait justifier de les placer au centre du récit.

Et puis il y avait les divers procureurs et avocats de la défense. Lee inventait des personnages d'avocat depuis qu'elle était en âge d'écrire, et si les procureurs ne convenaient pas, puisque aucun d'eux n'avait été impliqué dans toutes les affaires, elle savait que les avocats de la défense faisaient de parfaits héros, et il se trouvait que Tom Radney était un excellent avocat de la défense. En outre, Radney avait représenté le révérend pendant dix ans, puis son assassin, aussi pouvait-il facilement porter l'histoire du début à la fin. C'était également un protagoniste complexe, le genre de personnage moralement ambigu que Tay Hohoff l'avait encouragée à éviter. Radney avait tiré un immense profit financier de ses victoires contre les compagnies d'assurances, ce qui lui avait valu la méfiance des habitants du comté de Tallapoosa, et c'était lui qui avait permis au révérend d'éviter la prison, ce qui lui avait valu le courroux des habitants du comté de Coosa. Mais l'acquittement de Robert Burns avait rétabli sa réputation autour du lac Martin.

Les talents juridiques de Radney n'avaient d'égal que ses ambitions politiques, et un tel protagoniste permettrait à Lee d'évoquer le rôle de la race dans la machine politique de l'Alabama et le système judiciaire américain. Le problème, c'était que l'affaire Maxwell n'était pas vraiment la parabole idéale de la race et la justice ; elle ne savait que trop bien que l'histoire d'un tueur en série noir n'était pas ce que les lecteurs attendaient de l'auteure de *Ne tirez pas sur l'oiseau moqueur*. Bien qu'il y ait d'excellentes raisons de se demander si les enquêtes se seraient soldées par un résultat différent si une seule des victimes présumées du révérend avait été blanche, il était aussi vrai que les policiers du Sud mettaient parfois beaucoup trop de zèle à faire condamner les Afro-Américains pour leurs crimes, violents ou non. Du reste, les policiers de la région du lac Martin ne pouvaient être accusés de négligence dans le cas du révérend Willie Maxwell ; ils avaient remué ciel et terre pour le faire condamner et utilisé toutes les ressources qu'ils avaient à leur disposition, en pure perte.

Si Tom Radney n'était pas un protagoniste parfait, il avait le mérite d'être, comme l'agent Dewey au Kansas, un protagoniste extrêmement commode. C'était un des rares habitants d'Alex City qui appelaient Lee pour savoir comment son livre avançait et il était prêt à lui donner tout ce dont elle avait besoin pour l'écrire : partager des souvenirs, chercher des informations, la mettre en contact avec des sources, et lui fournir ses services de toute autre manière qu'elle jugeait opportune. Mais si Big Tom était généreux de son temps, ce n'était pas un narrateur tout à fait fiable des événements de l'affaire Maxwell, ni même de sa propre vie – bien que ce ne fût souvent que par négligence, chacun étant susceptible de conserver un souvenir erroné d'un événement passé. « Sa mémoire des faits, se lamenterait plus tard Lee, m'a causé un certain désarroi. »

Mais Lee était moins gênée par ce qu'il racontait au monde que par ce qu'il se racontait à lui-même, expliquant que les processus psychologiques de l'avocat exerçaient sur elle une « fascination clinique[251] ». Il avait beau être un avocat de talent, Lee comprit immédiatement que, quel que soit son client, c'était toujours et avant tout lui-même qu'il représentait. Et elle avait discuté avec assez d'habitants d'Alexander City et de ses environs pour savoir que ses charmes n'étaient pas appréciés de tous. Elle exprima sans détour son point de vue quelques années plus tard avec cette mise en garde : « Si vous cherchez des faits, vérifiez tout ce qu'il dit ; si c'est un héros que vous cherchez, inventez-le[252]. »

Lee voulait des faits, mais lorsqu'elle entama le travail d'écriture, elle constata qu'ils étaient une denrée rare. Pour commencer, il était difficile de reconstruire la vie d'un fils de métayer. L'histoire, ce n'est pas les faits qui ont eu lieu mais ceux qui ont été écrits, et les diverses sources qui constituent les archives de l'époque négligeaient souvent les vies des Sudistes noirs et pauvres. Lee put retracer la carrière entière de Tom Radney, ainsi que les succès et accomplissements de sa famille, mais lorsqu'elle se mit en quête d'informations au sujet du révérend Maxwell, tout ce qu'elle trouva concernait les crimes qu'il avait commis. C'était un parfait exemple de la manière dont les vies noires avaient été traitées dans le Sud et ailleurs – pas seulement criminalisées, mais criminellement négligées, y compris dans la gazette de son père, qui évoquait fréquemment la famille Lee mais ne comportait qu'occasionnellement une colonne « Actualités nègres ». Il y avait des journaux noirs, bien sûr, mais même ceux-là ne faisaient aucune mention de Maxwell avant sa mort ; les reporters de l'*Afro-American* et de *Jet* n'avaient couvert l'affaire qu'à partir du moment où le révérend avait été assassiné. Celui qui souhaitait mettre par écrit la vie du révérend Willie Maxwell devait compter sur l'histoire orale, qui pouvait être oubliée, déformée, ou que ses détenteurs pouvaient simplement refuser de partager avec un étranger. Sans parler de certaines choses qu'aucune histoire orale n'aurait pu apprendre à Lee, hormis une confession du révérend.

Jour après jour, Lee s'asseyait devant sa machine à écrire et essayait de créer un livre à partir, ou autour, de ces trous béants. Elle s'était un jour prise à rêver d'un monastère laïque pour les écrivains, où, avec le soutien du gouvernement, ils auraient vécu cloîtrés, ne recevant pour subsister que de l'eau et du pain. Sa propre discipline était moins draconienne : elle aimait faire la grasse matinée, commencer à écrire vers midi, faire une pause pour le dîner, et continuer de travailler jusque tard dans la nuit. Elle commençait généralement par écrire à la main, puis, à la fin de chaque journée, elle tapait une version propre de son brouillon pour « séparer le bon grain de l'ivraie[253] », comme elle disait, sur la machine à écrire Olivetti qu'elle avait fini par acheter pour remplacer sa bonne vieille Royal. « J'avance très lentement, admit-elle. Au bout d'une journée de huit heures de travail, il me reste généralement une page de manuscrit que je ne jetterai pas[254]. » Mais elle se satisfaisait de peu : « une plume, du papier, et qu'on me fiche la paix », avait-elle un jour plaisanté avant d'ajouter : « Un immense pot de café peut aider, mais ce n'est pas essentiel[255]. »

Lee aimait à dire que les gens non plus n'étaient pas essentiels. « On dépend entièrement de soi-même et de personne d'autre[256] », avait-elle déclaré au sujet du travail d'écriture, bien que *Ne tirez pas sur l'oiseau moqueur* n'ait vu le jour que grâce à l'immense travail d'édition de Tay Hohoff. « Si les éditeurs de Lippincott n'avaient pas été aussi pointilleux et minutieux, écrivit Maurice Crain, nous n'aurions jamais eu un livre d'une telle qualité[257]. » Mais Crain et Hohoff étaient tous les deux décédés, privant Lee des compagnons littéraires qui l'avaient jadis guidée du premier jet à la publication. Au moment où elle s'installa à son bureau pour écrire son livre de *true crime*, elle avait survécu à son agence littéraire (Crain et Williams avaient confié la plupart de leurs clients à McIntosh & Otis, une agence créée par un ami d'Annie Laurie) ainsi qu'à son éditeur (Lippincott avait été racheté par Harper & Row, qui deviendrait finalement HarperCollins).

Lee aimait la solitude, mais les obligations sociales du travail de reportage lui étaient bénéfiques, notamment parce qu'elles contraient ses tendances dépressives. Et pourtant, elle resta en tête à tête avec son Olivetti, sans rien d'autre à faire qu'écrire. Chaque jour, sa liste de tâches se résumait à une seule chose : écrire un livre. Même les jours où elle parvenait à coucher quelques lignes sur le papier, elle ne pouvait rayer cette tâche. Transformer l'histoire de Willie Maxwell en un livre qu'elle appelait désormais *Le Révérend* se révélait beaucoup plus complexe que prévu, et bientôt, l'optimisme avec lequel elle avait déclaré qu'elle « reviendrait » à Alexander City commença à laisser place au pessimisme du « jugement dernier ».

Parmi les nombreux livres déjà écrits qui tenaient compagnie à Lee dans son appartement, il y avait *Robinson Crusoé* de Daniel Defoe, qu'elle avait lu, comme elle le disait, trente-six mille fois. Crusoé avait vécu sur une île déserte pendant vingt-huit ans, et Lee ne pouvait que s'identifier à son histoire. Le même nombre d'années avaient passé depuis qu'elle s'était installée à New York, et pourtant, elle était entourée de solitude, aux prises avec un livre qui ne semblait pas vouloir être écrit, sur ce qui devait parfois ressembler à sa propre île du Désespoir. Son père, comme celui de Crusoé, souhaitait qu'elle reste à la maison, au lieu de quoi elle était partie à l'aventure. À présent, elle était seule dans son appartement, marquant d'une hoche chaque jour passé.

Ce que Lee cachait depuis longtemps au monde, elle ne pouvait le cacher à sa famille. Ses sœurs, comme toujours, veillaient sur elle, et au bout de trois années passées à travailler sur son nouveau livre, elle accepta l'invitation de Louise Conner de s'installer chez elle à Eufaula, à cent soixante kilomètres d'Alexander City, non loin de la frontière avec la Géorgie. Weezie avait alors soixante-quatre ans et elle vivait dans le comté de Barbour depuis que Nelle avait dix ans. C'est à l'est d'Eufaula que le général Sherman avait entamé sa marche vers la mer, et la ville constitue toujours l'une des plus grandes régions historiques de l'État, où foisonnent les édifices néogothiques, néogrecs, néoclassiques, et à peu près tous les autres styles architecturaux méritant d'être revisités. À l'époque de son installation, la ville était perchée sur les rives de la Chattahoochee, mais quarante ans après que le barrage Martin eut dompté la Tallapoosa, le corps des ingénieurs de l'armée des États-Unis érigea un barrage près d'Eufaula afin de construire le lac Walter F. George, et un an plus tard, une réserve naturelle fut créée pour protéger les cigognes, faucons, aigles chauves et alligators déplacés par le projet hydroélectrique. Entre la réserve, le lac et ses nombreux édifices historiques, Eufaula était, d'après Harper Lee, « la ville la plus charmante de l'État[258] ».

Louise, qui avait déjà à plusieurs reprises accueilli Lee dans sa maison sur Country Club Road, avait l'habitude d'être « la sœur de l'écrivaine » et s'était depuis longtemps résignée à partager son enfance avec le monde entier. Elle avait donné quelques interviews juste après la publication de *Ne tirez pas sur l'oiseau moqueur*, et avait confié à une poignée d'amis le choc que lui avait causé la célébrité soudaine de Nelle. « Ma petite sœur, que nous pensions devoir soutenir financièrement toute sa vie, roule sur l'or[259] », écrivit Louise à une amie, s'étonnant que Nelle soit contrainte de refuser du travail pour éviter de passer dans la tranche d'impôts supérieure et de faire mettre son téléphone sur liste rouge pour tenir à distance les journalistes et légions de fans.

Pourtant, lorsque Nelle lui rendit visite en 1981, Louise menait depuis déjà plusieurs décennies le genre de vie que sa petite sœur n'aurait jamais. Son mari était mort deux ans plus tôt, après plus de quarante ans de mariage, laissant Louise avec deux enfants déjà adultes : Herschel H. Conner III, qui portait le nom de son père et que tout le monde appelait Hank, enseignait la télécommunication dans le département de journalisme de l'université de Floride ; Edwin Lee Conner, qui portait le nom de son oncle, étudiait à l'université Vanderbilt et enseignerait plus tard la littérature anglaise à l'université d'État du Kentucky. Louise avait accompli une chose que ni l'une ni l'autre de ses sœurs n'avait fait : elle avait fondé une famille. Par conséquent, elle avait l'habitude de faire régner l'ordre dans sa maison, de sorte qu'en plus de l'aider à résoudre ses mots croisés et d'évoquer des souvenirs familiaux, elle était capable d'imposer une certaine discipline aux habitudes d'écriture de sa petite sœur.

En janvier de cette année, Lee envoya une lettre à Gregory Peck et sa femme, Veronique, pour leur souhaiter un bon vingt-cinquième anniversaire de mariage et les tenir au courant de l'avancée de son livre. « Louise protège mon intimité comme un cerbère, écrivit-elle après les félicitations de rigueur, et ne me laisse pas aller pêcher avant la fin d'après-midi ; elle me garde enfermée tout au fond de la maison comme le mari de Colette[260]. » Lee était nourrie, logée, et incitée à écrire, ce qui lui était bénéfique, tout comme discuter avec Peck, son vieux collaborateur.

De telles conversations étaient rares pour elle. À l'exception de Capote, Lee se tenait à l'écart des autres écrivains, bien que les occasions de se lier d'amitié avec eux fussent nombreuses. De fait, cette distance qu'elle maintenait avec les cercles littéraires frôlait le comique. En tant que romancière sudiste de l'après-guerre, on la supposait proche de et influencée par Carson McCullers, qu'elle connaissait à peine et qui lui en voulait de « braconner sur [ses] terres littéraires[261] » ; Flannery O'Connor, qu'elle n'avait jamais rencontrée et qui avait qualifié *Ne tirez pas sur l'oiseau moqueur* de « livre pour enfants[262] » ; et Eudora Welty, qu'elle adorait mais dont elle apprendrait plus tard qu'elle la considérait comme l'artiste d'un seul succès. Même avec ceux que Lee tolérait, dont le romancier et mémorialiste sudiste Reynolds Price et l'éditeur et écrivain Starling Lawrence, elle évoquait rarement son travail. Comme presque toutes ses amitiés – qui étaient aussi nombreuses que variées, allant du professeur de l'autre côté de la rue à la secrétaire du cabinet médical –, elles reposaient sur une condition *sine qua non* : elle n'évoquerait jamais son travail d'écriture, et ils ne poseraient jamais de questions à ce sujet. Quantité de personnes fréquentèrent Harper Lee pendant des années sans jamais parler de « l'Oiseau » ou du « Livre », et presque aucune d'entre elles ne lui demandait jamais ce qu'elle avait écrit depuis.

Mais dans sa lettre de la première semaine de 1981, elle remercia Gregory Peck d'avoir « bien voulu parler » et ajouta : « C'est étrange, mais les personnes qui ne font pas partie de notre Monde (les « Arts », comme on dit) ne s'imaginent pas l'immense solitude qu'il implique[263]. » Pour donner à Peck un aperçu de ce que ces trois dernières années passées à essayer de coucher sur le papier l'histoire du révérend avaient été, elle cita le journaliste Gene Fowler : « Écrire est facile ; il suffit de fixer la feuille blanche devant vous jusqu'à ce que des gouttes de sang perlent sur votre front[264]. » Depuis ces quelques mois frénétiques pendant lesquels elle avait rédigé *Ne tirez pas sur l'oiseau moqueur*, écrire n'avait jamais été facile pour elle ; à présent, le fait même d'avoir publié ce livre, aussi prodigieux fût-il, lui compliquait la vie. Comme elle l'expliquerait à Peck : « Quand j'écrivais mon premier roman, cela n'intéressait personne ; maintenant, j'ai l'impression d'avoir constamment quelqu'un sur le dos, mais je refuse de laisser partir ce truc tant qu'il n'aura pas atteint un certain niveau d'excellence[265]. » Son nouvel oiseau moqueur commençait à ressembler à un albatros, et plus les gens en savaient sur lui, plus il pesait lourd : « Mon agent veut du sang et des autopsies, mon éditeur veut un autre best-seller, et je veux avoir la conscience tranquille, c'est-à-dire ne pas avoir l'impression d'avoir escroqué le lecteur. »

La perspective d'écrire un roman racoleur ou à sensation répugnait à Lee, qu'importait si le *true crime* était un genre souvent violent et si les livres qui se vendaient le mieux étaient généralement ceux qui tenaient le lecteur en haleine. Malgré l'intrigante absence de sang dans certains des décès de l'affaire Maxwell, tout écrivain chroniquant l'histoire se sentait obligé de la commencer et la terminer par des scènes horribles : une femme tabassée à mort ; un homme tué d'une balle en plein visage. Elle ne voulait pas manquer de respect envers les défunts en rendant leur mort sordide, mais elle ne voulait pas non plus décevoir ses lecteurs, ni faire faux bond à son éditeur. Son premier roman avait raconté ses actes les plus violents de manière si indirecte que sa lecture était considérée comme adaptée aux enfants, pourtant, il avait réussi l'exploit improbable d'être à la fois salué par la critique et de se vendre à plus d'exemplaires que presque tous les livres jamais imprimés. L'un ou l'autre de ces exploits, les louanges du monde littéraire ou les ventes mirobolantes, serait difficile à reproduire, sans parler des deux à la fois, et même si beaucoup disaient, pour plaisanter, que Harper & Row aurait publié la liste de courses de Lee, elle ne voulait rien faire paraître sous son nom qui ne soit au moins aussi bon que ce qu'elle avait déjà écrit. Car, après tout, s'il s'était seulement agi de sortir un autre livre, elle aurait pu remettre *Va et poste une sentinelle*, qui attendait dans le coffre-fort familial de la Monroe County Bank.

Non, elle voulait écrire quelque chose de nouveau, quels que soient les défis que cela impliquait. Ces défis ne se limitaient pas à la difficulté d'écrire, la confusion autour de l'affaire elle-même, et les attentes que suscitait un nouveau livre de Harper Lee. Deux mois plus tard, elle adressa une autre lettre à Gregory Peck, de

Monroeville cette fois, dans laquelle elle lui confiait une inquiétude qui la rongeait à propos du *Révérend* : « Bien sûr, le nouveau livre sur lequel je suis en train de travailler me vaudra sûrement d'être poursuivie en justice, d'y laisser ma chemise, et de devoir vendre mon âme pour conserver mon corps, mais je m'en soucierai le moment venu[266] ! »

Parmi toutes les inquiétudes de Lee concernant son nouveau livre, cette dernière était peut-être la plus étrange. Capote avait craint d'être poursuivi en justice lorsqu'un écrivain rival avait affirmé que Hickock et Smith lui avaient promis l'histoire de leur vie, et la perspective d'un procès lui avait donné quelques sueurs froides pendant la rédaction de *De sang-froid*, mais ces menaces restèrent sans suite. (Capote fut en revanche poursuivi pour diffamation par Gore Vidal après avoir affirmé que son collègue écrivain avait été mis à la porte de la Maison-Blanche des Kennedy suite à quelques transgressions éthyliques, mais c'était une blessure qu'il s'était lui-même infligée, et les deux écrivains s'arrangèrent à l'amiable.) De la même manière, Lee elle-même avait été menacée de poursuites judiciaires après la publication de *Ne tirez pas sur l'oiseau moqueur*. Bien qu'elle aimât se plaindre que tous les habitants du comté de Monroe se reconnaissaient dans son roman, une famille en particulier s'y était réellement reconnue – les Boulware, de South Alabama Avenue – et ils étaient prêts à aller jusqu'au procès.

La légende qui circulait à Monroeville était la suivante : les Boulware avaient un jeune fils qui avait été pris sur le fait alors qu'il entrait par effraction dans un drugstore avec deux garçons plus âgés. Les adolescents furent envoyés en maison de redressement, mais M. Boulware s'arrangea avec le shérif pour conserver la garde de son fils, qui vécut ensuite cloîtré dans la maison familiale. Comme Boo Radley, on voyait parfois Sonny Boulware regarder à travers les volets des fenêtres, et lorsqu'il grandit, on racontait qu'il rôdait dans les rues la nuit. Les Boulware avaient une fille aînée, et après la publication de *Ne tirez pas sur l'oiseau moqueur*, elle avait consulté un avocat dans le but de poursuivre Lee en justice pour son portrait de leur famille. Lippincott avait volé à sa rescousse avec un éditorial soigneusement formulé qui expliquait que le roman était une œuvre de fiction et que toute ressemblance avec des personnes vivantes était « fortuite[267] ». Malgré tout, c'est suite à cette petite frayeur que Lee demanda à son père de ne plus se faire appeler Atticus en public.

Il n'était pas déraisonnable que Lee envisage, à l'époque, la possibilité d'un procès. Mais elle savait, pour l'avoir personnellement déjà vécu, que les éditeurs faisaient relire à des juristes les projets controversés avant de les publier et qu'ils endossaient ce faisant une partie de la responsabilité. En outre, toutes les personnes ou presque impliquées dans l'affaire Maxwell avaient exprimé leur enthousiasme à l'idée que Lee envisage de faire de leur vie un roman. Peut-être s'inquiétait-elle que les Radney la poursuivent en justice s'ils n'aimaient pas le portrait qu'elle aurait fait d'eux, mais Big Tom était un de ses plus grands soutiens : il appelait toujours une ou deux fois par an pour savoir comment avançait le livre, il lui rendait visite à New York pour en discuter, et dès qu'on le questionnait à propos du travail de Lee sur *Le Révérend*, il disait espérer qu'elle le publie bientôt.

Il était aussi possible que Lee craigne qu'un membre de la famille Maxwell décide de lui intenter un procès, puisque certains d'entre eux avaient menacé la presse de poursuites en justice après le meurtre du révérend. Mais elle avait interviewé Ophelia Maxwell et savait parfaitement ce qui, selon la veuve, s'était et ne s'était pas passé – elle aurait donc déployé les conditionnels de rigueur dans le *true crime*. Quant à Robert Burns, il avait été acquitté, et il n'avait de toute manière jamais nié avoir assassiné le révérend. Il s'était par ailleurs montré extrêmement coopératif les deux fois où Lee l'avait interviewé, et comme Radney, il espérait toujours qu'elle raconte son histoire.

Quel que fût l'objet de ses craintes, Lee affronta cette difficulté comme elle affrontait toutes les autres. La pénurie de faits, l'absence d'un protagoniste idéal, son manque de connaissance des vies afro-américaines, le problème moral que posait le thème de la criminalité noire dans une société criminellement raciste, un malaise inhérent à son propre goût pour les mythologies égocentriques de l'aristocratie sudiste, la difficulté d'écrire en général : autant de problèmes qu'elle affrontait en buvant. La fille d'un des hommes les plus abstinents du comté de Monroe, dont la sœur aînée refusait même de consommer de la caféine, était devenue une femme incapable de résister à un verre de scotch ou de vodka, ou, en leur absence, de n'importe quel alcool qui lui tombait sous la main. Quand elle buvait trop, il arrivait à Lee de faire des pets avec la bouche lors de dîner formels en présence d'inconnus ou d'essayer de revenir aux soirées dont elle avait été chassée en suppliant qu'on lui serve un dernier verre. Les amis de Lee comprenaient que l'alcool avait le pouvoir de transformer leur brillante Jekyll en une imprévisible Hyde, et quelques-uns d'entre eux – Truman Capote, Tom Radney et, plus surprenant encore, un de ses pasteurs de Monroeville – avaient même commis ce qui, dans l'Église de Harper Lee, équivalait à un péché capital, en suggérant à la presse qu'elle avait un problème avec l'alcool. Radney, en particulier, avait offert une explication un peu trop honnête au retard de publication du *Révérend* : « Je crois que sa vie est le terrain d'un combat entre le livre et la bouteille de scotch. Et c'est le scotch qui gagne[268]. »

Comme *Ne tirez pas sur l'oiseau moqueur* et son travail d'écriture en général, la boisson était un sujet tabou pour Lee, et si ses proches avaient le malheur de l'aborder, elle n'hésitait pas à les excommunier, ou en tout cas à prendre ses distances. Elle s'était ainsi éloignée d'une amie de New York, Isabelle Holland, lorsque celle-ci avait commencé à se faire l'apôtre des Alcooliques anonymes. La mère de Holland, qui avait fait partie de la dernière des sept générations de sa famille à vivre dans le Tennessee, avait placé son fils en pensionnat dans le vieil État, mais envoyé sa fille sur le vieux continent. Belle, comme on l'appelait, s'était imaginé vivre la vie d'une héroïne de Henry James en Angleterre, mais elle n'y trouva aucun ami. En revenant aux États-Unis, elle s'installa à New York, où elle décrocha un poste de directrice de la publicité chez Lippincott. Holland se chargea de la promotion de *Ne tirez pas sur l'oiseau moqueur* et composa ensuite à son tour de nombreux romans. Sa propre écriture s'était améliorée dans la sobriété, et quand elle essaya de convaincre Lee qu'il en irait peut-être de même pour elle, leur amitié en prit un coup.

Lee avait rencontré un autre champion des Alcooliques anonymes à Alex City. En plus d'avoir honoré l'État d'Alabama de parcs et de timbres-poste, le juge C. J. Coley, un ancien alcoolique qui avait grandi dans une famille presbytérienne sévère, avait implanté les AA dans sa ville natale, un groupe qui finit par compter tant d'hommes éminents qu'il jouissait en ville d'un certain prestige. « Tout ce que j'ai accompli d'important dans ma vie, déclara le juge après quarante ans de sobriété, a été rendu possible par ma décision d'arrêter l'alcool[269]. » Mais pour l'heure, Lee n'avait aucune intention de l'imiter.

Si les chemins de Coley et Lee divergeaient sur la boisson, ils se rejoignaient sur une chose : leur amour pour Horseshoe Bend. En défendant devant le Congrès la protection du champ de bataille, Coley était devenu un expert des guerres creeks ; quand Lee se trouvait à Alexander City, elle avait souvent cette bataille à l'esprit, et pas uniquement parce que le motel dans lequel elle séjournait avait été nommé en son honneur. En travaillant sur *Le Révérend*, elle se replongea dans l'œuvre de son historien favori, Albert James Pickett, qui s'intéressa particulièrement à la nation creek. Pickett était né en 1810, et c'est en écrivant dans des journaux pour gagner sa vie qu'il s'était peu à peu transformé en historien. Il passa dix-sept ans à rassembler les informations dont il ferait son chef-d'œuvre : *Histoire de l'Alabama, et par occasion de la Géorgie et du Mississippi, depuis ses origines.*

Publié en 1851, le livre de Pickett connut plusieurs éditions avant d'être épuisé. Pour les historiens professionnels aussi bien qu'amateurs, c'était une perte considérable, en particulier dans la maison des Lee, où A. C. révérait son contenu comme les Saintes Écritures. Pickett était un pionnier de ce que nous appelons aujourd'hui l'histoire orale, et dans la mesure où les événements sur lesquels il écrivait appartenaient tout juste au passé, il avait pu discuter avec de nombreuses personnes qui les avaient directement vécus, parmi lesquelles les vétérans et veuves des deux camps des guerres creeks.

Lee adorait le livre de Pickett, et elle finit par parler de lui pendant l'une des rares conférences publiques qu'elle ait jamais données. Elle s'était laissé convaincre en partie parce qu'elle était de toute manière déjà en train de le lire et en partie pour sauver sa sœur d'une situation embarrassante. En février 1983, elle écrivit à Jim Earnhardt pour confirmer une rumeur qui était parvenue au journaliste : oui, c'était vrai, elle faisait partie des intervenants d'un événement à Eufaula ; non, cela ne la réjouissait pas. Lee expliqua ensuite comment elle s'était retrouvée contrainte d'accepter de donner une conférence au festival de l'Histoire et l'Héritage de l'Alabama. Tout avait commencé avec une lettre de sa sœur Louise, à qui l'on avait demandé de rejoindre le comité d'organisation de l'événement, « puisque Eufaula regorge d'Histoire et d'Héritage[270] ». À la toute première réunion, les universitaires qui organisaient le festival avaient pris conscience que Weezie était la sœur de la célèbre écrivaine et c'est à ce moment-là que, comme l'écrivit Lee, « les emmerdes ont commencé ».

La plupart des règles que Lee imposait à sa famille et ses amis étaient tacites ; nul n'était en mesure de dire comment il savait qu'il ne devait jamais mentionner *Ne tirez pas sur l'oiseau moqueur* ou demander à Lee quel serait le sujet de son prochain livre. Mais dans sa lettre à Earnhardt, Lee expliqua clairement ce qu'étaient ces règles et pourquoi ses proches les respectaient presque toujours. Au sujet de sa sœur aînée, elle écrivit : « Alice a dû faire appel à tous ses talents de négociatrice pour me convaincre d'adresser la parole à Weezie quand j'ai reçu sa lettre. Trahie par ma propre sœur, voilà comment je me sentais[271]. » Sa fureur était semble-t-il bien réelle. Malgré tout, à Noël, après qu'on lui eut fait comprendre toutes les pressions que sa sœur avait endurées, Lee consentit à participer au festival. « J'ai accepté en imposant mes conditions, qui consistaient en une liste de "PAS DE" : pas de discours sur scène le soir, pas d'interviews, pas de publicité excessive, pas de tête d'affiche. » Un de ses neveux, Hank, le fils de Louise, était présent lorsqu'elle avait énoncé ces conditions, et voyant l'air déconfit des organisateurs quand elle leur avait fait savoir qu'elle ne parlerait pas de *Ne tirez pas sur l'oiseau moqueur*, il avait accepté de lire un extrait du roman de sa tante. Elle supplia Jim de prier pour elle et ajouta avec mauvaise humeur : « Si je ne me sentais pas obligée de rendre ce service à ma sœur, je ne mettrais pas les pieds dans ce festival. »

Pour autant, aucune des personnes présentes à la conférence de Lee au printemps n'aurait pu percevoir sa consternation ou son mépris. Si une quelconque émotion transparaissait dans son attitude, c'était de la nervosité. Le titre de son intervention était « Romance et grandes aventures » et c'est exactement ce qu'elle offrit à son auditoire. Ayant décrié l'habitude qu'avait l'Amérique de se débarrasser du passé en l'effaçant ou en le romançant, un danger particulièrement présent dans le Sud, elle en vint à parler de son historien favori. « C'est pour moi un grand plaisir, déclara-t-elle, bien qu'il n'en fût certainement rien, de rappeler aux membres de ma génération (qui l'ont tous lu) et d'apprendre aux plus jeunes d'entre nous, que même si elle ne relate que des faits réels, l'*Histoire de l'Alabama* de Pickett est une œuvre si pleine de romance et de grandes aventures que John Jakes lui-même pourrait s'en inspirer[272]. »

Jakes, un auteur extrêmement populaire de fictions historiques grand public, n'était rien, affirma Lee, en comparaison de Pickett et de sa véritable histoire. Son style, expliqua-t-elle, se situait « quelque part entre Macaulay et Bulwer-Lytton[273] » et ses personnages étaient plus intéressants que tous ceux qu'on pouvait voir à la télévision. Dans la salle de théâtre du lycée d'Eufaula, Lee ressuscita les fantômes de l'histoire de l'Alabama dont Pickett avait peuplé ses pages : Hernando de Soto se frayant un passage dans les fourrés de l'État pour la première fois en 1540, puis traversant le terrain qui deviendrait le lac Martin ; les frères britanniques John et Charles Wesley prêchant à travers le Sud ; la femme des terres sauvages qui prétendit être la belle-sœur du tsar de Russie ; James Adair, qui après avoir vécu avec les Creeks pendant trente ans, affirma qu'ils étaient en réalité juifs ; ou encore le chef Tecumseh, le guerrier shawnee qui promit de prouver le bien-fondé de sa théologie de la résistance à la perfidie blanche en menaçant de faire trembler la terre, juste avant que la faille de New Madrid ne provoque son terrible séisme.

À ce moment-là, Lee marqua une pause pour souligner un fait curieux : l'histoire de Pickett se termine lorsque l'Alabama rejoint l'Union en 1819, soit au moment où la plupart des habitants de la région se seraient accordés pour dire que les choses devenaient intéressantes. Lee, en revanche, avait une théorie pour expliquer que Pickett ait cessé d'écrire. « Je ne pense pas qu'il ait désiré raconter ce qu'il est advenu des Creeks, des Cherokees, des Chickasaws et des Choctaws, dont le sort a été scellé de son vivant[274]. » Au lieu de quoi, son récit se terminait sur les « affrontements » entre l'armée d'Andrew Jackson et les Creeks, qui « marquèrent le début de la fin ; celle-ci survint, comme nous le savons tous, durant les heures furieuses de la bataille de Horseshoe Bend ». Lee prononça ensuite au sujet de l'historien une phrase dont la plupart des personnes présentes dans l'auditorium du lycée ce jour-là ne perçurent sans doute pas immédiatement toute la pertinence : « Je crois que Pickett a laissé son cœur à Horseshoe Bend. »

Si tel était le cas, il n'était pas le seul à avoir laissé une part importante de lui dans le comté de Tallapoosa. Lee n'y laissa peut-être pas son cœur, mais sans doute ses nerfs. En trente ans, elle n'avait jamais été aussi près de terminer un autre livre, pas seulement une idée ou une rumeur de livre, mais sa chair et son ossature : les recherches, les enquêtes, l'intrigue, les personnages, et même une partie de la prose. Mais elle travaillait toujours sur *Va et poste une sentinelle*, qu'elle ne savait pas encore comment transformer en un nouvel *Oiseau moqueur*, et aucun successeur à Maurice Crain ou Tay Hohoff n'était entré dans sa vie pour l'aider. En fait, un autre de ses mentors était sur le point de l'abandonner : bientôt, elle perdrait la raison même pour laquelle elle avait commencé à écrire du *true crime*, et l'une des raisons pour lesquelles elle avait commencé à écrire tout court.

Le 25 août 1984, un mois avant son soixantième anniversaire et un peu plus d'un an après avoir été hospitalisé à Montgomery pour une overdose alors qu'il rentrait chez lui à Monroeville, Truman Capote mourut à Los Angeles. Le légiste californien qui réalisa son autopsie constata la maladie du foie de l'auteur, ainsi que les barbituriques, la codéine et le Valium saturant son organisme ; apparemment, c'était une autre overdose qui l'avait tué, bien qu'il fût impossible de déterminer si elle était accidentelle ou intentionnelle. En apprenant la nouvelle, Jim Earnhardt essaya en vain d'appeler Lee, et lui envoya finalement un télégramme. Quelques heures plus tard, elle le rappela, mais ses mots se perdirent dans un silence triste : « Mon vieil ami[275]… », soupira-t-elle.

Un mois plus tard, Lee se rendit au Shubert Theatre à New York pour la cérémonie commémorative, dont le programme portait la mention « Avec l'aimable autorisation de Tiffany & Co ». Lee se joignit à William Styron, Leo Lerman, Joseph Fox et Zoe Caldwell pour faire l'éloge de Capote et lire des extraits de son œuvre. Le pianiste et chanteur Bobby Short interpréta deux morceaux, dont l'un tiré d'une comédie musicale pour laquelle Capote avait écrit les paroles. Dans les derniers moments, on alluma sur scène un magnétophone, et la voix reconnaissable entre mille de l'auteur emplit le hall tandis qu'il lisait « Un souvenir de Noël », une nouvelle inspirée de son enfance à Monroeville. Ses mots firent sonner les cloches du palais de justice, craquer des coquilles de noix de pécan, et flotter dans le théâtre une odeur de maïs concassé et de miel. Pour Harper Lee davantage que tous ceux présents au Shubert ce soir-là, l'histoire était bien plus qu'une histoire : c'était leur vie, qui, comme lui, appartenait désormais irrémédiablement au passé.

Une fois la cérémonie terminée, lorsque les centaines d'admirateurs et gens de lettres venus rendre hommage à l'écrivain eurent quitté le théâtre, Lee rejoignit Alvin et Marie Dewey, qui avaient tenu à faire le déplacement depuis le Kansas, pour aller dîner dans l'appartement de Sandy Campbell et Donald Windham sur Central Park South. Ils honorèrent la mémoire de leur ami tourmenté en mangeant du poulet au beurre préparé selon sa propre recette et en partageant des souvenirs. Capote avait essayé de combattre son alcoolisme avec des cachets d'Antabuse et suivi plusieurs cures de désintoxication entre lesquelles on l'avait vu divaguer de façon incohérente sur scène à l'université d'État de Towson, gober des pilules et sniffer de la cocaïne au Studio 54, et se disputer avec un juge de Southampton après avoir été arrêté pour conduite en état d'ivresse. Il s'était fait lifter le visage et transplanter des cheveux, mais aucun procédé esthétique ne pouvait cacher les dommages qu'il s'était lui-même infligés. Harper Lee, qui parvenait toujours à le voir comme le petit garçon débordant d'entrain qu'elle avait connu, vit ce que la dépression et l'addiction pouvaient faire aux gens et à ceux qui les aimaient. Capote parlait de *Prières exaucées* depuis plus de dix ans, mais ne l'avait jamais terminé. Pendant des années après sa mort, des rumeurs courraient selon lesquelles il l'avait planqué dans le casier d'une gare routière.

Des rumeurs circulaient aussi sur le livre inachevé de Lee, si bien que, trois ans après la mort de Capote, un écrivain en résidence à l'université d'Auburn la contacta au sujet de l'affaire Maxwell. Madison Jones avait un an de plus que Lee et six livres de plus à son actif. Comme elle, il s'intéressait au crime, et son dernier livre, *Le Cycle de l'étrangleur*, consistait en douze histoires reliées entre elles par une série de meurtres survenus à Columbus, Géorgie. Jones appela à Monroeville pour essayer de parler à Lee, et lorsque sa sœur Alice lui transmit le message, l'écrivaine lui répondit par une lettre datée du 5 juin 1987.

À ce moment-là, Jones avait déjà discuté avec un des neveux du révérend, qui avait également essayé de contacter Harper Lee. « Je sais qu'un livre sur mon oncle, feu le révérend Will Maxwell, se vendra, lui avait écrit Steve Thomason un mois plus tôt. Je n'ai aucun doute là-dessus, car les gens parlent toujours de lui comme s'il était encore en vie[276]. » Thomason invitait Lee chez lui à Alexander City, ajoutant : « Sans vous, je vais devoir faire appel à un auteur inconnu, ou l'écrire moi-même. »

Lee ignorait si les deux hommes travaillaient ensemble, aussi leur répondit-elle séparément. À « Monsieur Thomason », elle déclina en trois courtes phrases son invitation, le remerciant de l'avoir contactée, signalant qu'elle n'avait aucune intention « d'acheter des informations ou d'effectuer une transaction financière avec qui que ce soit[277] », et l'informant qu'il était libre de faire ce qu'il voulait de l'histoire de son oncle. À « Madison Jones », elle écrivit une lettre plus longue, plus fouillée, qui comprenait à la fois un intrigant résumé du travail qu'elle avait accompli à Alexander City et une liste décourageante des difficultés qu'elle y avait rencontrées. Après tout ce temps passé à enquêter sur l'histoire, écrivit-elle à Jones, elle avait appris cinq choses[278] :

> 1. J'en sais probablement davantage que quiconque sur les activités du révérend Maxwell ;
> 2. J'ai accumulé assez de rumeurs, fantasmes, rêves, conjectures, et purs mensonges pour écrire un volume de l'Ancien Testament ;
> 3. Je n'ai pas assez de faits bruts au sujet des crimes pour y consacrer un livre entier ;
> 4. Les propositions d'informations en échange de contributions monétaires que j'ai reçues, parfois de sources peu fiables, s'étendent de Cottage Grove à Dadeville et au-delà ;
> 5. Il n'existe pas de bande magnétique assez longue pour mesurer la vanité humaine.

Une décennie s'était écoulée entre le moment où Lee avait pour la première fois entendu l'histoire du révérend Willie Maxwell et celui où elle lui avait fait ses adieux. Arguant qu'il n'y avait plus que des légendes à trouver, Lee donna son feu vert à Jones. Qu'il écrive ce livre s'il le voulait. De son côté, elle en avait terminé.

## 23

# Le long adieu

Le portrait de Truman Capote que rédigea Harper Lee au moment de la publication de *De sang-froid* se clôt sur cette remarque : « Les habitants du Kansas passeront le reste de leur existence à jouer à un jeu passionnant : découvrir Truman[279]. »

C'était une affirmation curieuse ; Capote aimait tant la publicité que même avant sa mort, il ne restait guère de secrets à découvrir au sujet de sa vie au Kansas, ou ailleurs. Lee, au contraire, était si insaisissable que ses mystères eux-mêmes recèlent leurs propres mystères : nous ignorons non seulement ce qu'elle écrivit, mais comment elle l'écrivit ; nous ignorons quand elle arrêta, mais aussi pourquoi elle arrêta.

Pendant dix-sept ans après la publication de *Ne tirez pas sur l'oiseau moqueur*, les lecteurs se demandèrent ce que Lee écrirait ensuite ; au cours des années qu'elle passa à frapper aux portes des habitants de la région du lac Martin, certains savaient précisément ce qu'elle écrirait, mais se demandaient quand. Beaucoup connaissaient le titre. Une femme déclara même avoir vu une jaquette de livre. Big Tom avait plus d'une fois entendu de la bouche de Lee elle-même que le manuscrit serait bientôt entre les mains de l'éditeur ou que les épreuves étaient déjà revenues d'impression. Un proche de l'avocat se souvenait avoir entendu Lee déclarer, un soir au dîner, qu'elle avait presque tout écrit mais avait des difficultés à trouver une fin. Un ami de Lee à New York reçut d'elle une lettre dans laquelle elle disait avoir composé les deux tiers du livre avant d'abandonner. Quelqu'un affirma que Louise l'avait lu en entier à la table de sa cuisine à Eufaula et déclaré qu'il était meilleur que *De sang-froid*. Un professeur d'anglais de l'université d'Alabama apprit de Jim McMillan, le vieil ami de Lee, qu'elle avait écrit le livre en entier, mais que son éditeur l'avait refusé au motif que c'était un « sujet trop sensible[280] ». La fille de McMillan avait elle aussi entendu dire qu'il était terminé, mais enfermé dans un coffre, et qu'il ne paraîtrait qu'après la mort de Lee.

Lee était arrivée à Alexander City avec un tel enthousiasme, elle avait traqué la vérité avec une telle détermination que la publication du *Révérend* semblait imminente. Pourtant, son second livre, comme le Second Avènement, se faisait attendre. Elle passa des années à travailler sur *Le Révérend*, dont certaines sous l'œil vigilant de son cerbère de sœur à Eufala. Trois ans après ce séjour dans le comté de Barbour, son nouvel agent littéraire, Julie Fallowfield, déclara : « Il me semble que Mlle Lee n'arrête jamais de travailler[281]. » Neuf ans plus tard, Fallowfield fit une déclaration similaire à un autre journaliste : « Elle travaille toujours sur quelque chose[282]. »

Que Harper Lee fût constamment en train d'écrire était une évidence pour tous ceux qui la connaissaient, ne serait-ce que parce qu'elle le leur rappelait chaque fois qu'ils ouvraient leur courrier. La correspondance de Lee constitue une archive en soi, non seulement de sa vie et de ses aventures ici ou là, et parfois nulle part, mais aussi de son esprit. S'il lui arrivait de suer pour composer la prose de ses livres, elle écrivait dans ses lettres avec l'oreille d'Eudora Welty, l'œil de Walker Evans, la précision de John Donne, l'esprit de Dorothy Parker, et, parfois, la profusion de George Eliot. Elle communiquait ainsi avec sa famille et ses amis à travers tout le pays, tandis que ses admirateurs et des étudiants du monde entier se réjouissaient de recevoir une réponse au courrier qu'ils lui avaient adressé.

Entre autres choses, ces lettres montraient que Lee, grande amatrice de jeux d'argent à mise modeste, était une critique sévère du casino (« Le pire châtiment que Dieu puisse concevoir pour cette pécheresse serait de forcer son esprit à résider pour l'éternité au Trump Taj Mahal d'Atlantic City[283] », écrivit-elle à un ami en 1990), une excellente commentatrice sportive (l'ESPN aurait pu l'embaucher sur la seule base de son compte rendu du scandale qui avait éclaté après que Wally Butts et Bear Bryant avaient été accusés d'avoir truqué un match de football Géorgie-Alabama, un « sacré micmac[284] », avait-elle précisé), une chroniqueuse passionnée des chansons à boire du monde entier (dont la préférée de Thomas Hardy, « Viens où la bière est moins chère », avec son appel enthousiaste à venir « où les pichets sont plus grands ! où le patron est un gland[285] ! ») et une chroniqueuse judiciaire d'une amusante indulgence

(« Je sais exactement pourquoi elle l'a fait, écrivit-elle en 1976 au sujet de Lizzie Borden. N'importe quelle femme encombrée de pareils jupons qui aurait mangé du ragoût de mouton au petit déjeuner aurait fini par assassiner quelqu'un avant le coucher du soleil[286] »). Il arrivait que ses lettres incluent aussi des annexes, parfois sous forme de poèmes. Elle envoya par exemple à un ami de New York un guide dans l'esprit d'Edward Lear intitulé « Quelques aspects sociologiques des particularités de prononciation constatées chez certains natifs de l'Alabama qui passent beaucoup de temps à lire tout seuls[287] ». Après avoir expliqué comment elle avait acquis ses *e* courts et ses *s* sourds, elle se lamentait : « J'avais raison à tous les égards, je portais même des caoutchoucs sous la pluie,/Mais on me regardait de travers – comme si j'avais les fesses à l'air – quand j'avais le malheur de parler de Dunsany. » (Grande amatrice de Shakespeare, elle était mortifiée d'avoir dans sa jeunesse estropié le nom de la fameuse colline Dunsinane dans *Macbeth*.) Les distiques se poursuivaient ainsi pendant presque une page, un peu plus drôles à chaque ligne, qui évoquaient toujours son échec chronique à rentrer dans le moule, même lorsqu'elle aurait dû pouvoir le faire : « Car dans cette ville les gens d'esprit et de lettres ne peuvent être traités de snobs/Ce n'est pas à leurs vêtements mais à la place de leurs accents qu'on distingue les intellos des péquenots ! »

L'écriture de Lee est un buisson de ronces ; elle n'écharpe pas ses victimes, mais s'y accroche et ne les lâche plus. Que ce soit dans ses nombreuses dépêches sur le quotidien à Monroeville et Manhattan ou au fil de ses quelques incursions dans le journalisme, il est évident que Harper Lee possédait autant de talent pour la non-fiction que pour la fiction. Ce qu'elle écrivait, en revanche, restait un mystère pour tout le monde. « Elle a continué à écrire, déclara sa sœur Alice au sujet des décennies qui suivirent la publication de *Ne tirez pas sur l'oiseau moqueur*. Je pense qu'elle travaillait sur des textes plus courts dans la perspective de les incorporer à autre chose. Elle n'en parlait pas beaucoup[288]. »

Quoi qu'elle écrivît, Harper Lee n'en publiait rien, mais nul ne peut être dès le début de sa carrière qualifié d'artiste d'un seul succès. L'utilisation d'un tel langage implique le passage du temps, et même alors, c'est une catégorie curieuse et variée, en particulier pour les auteurs de fiction. Lee n'était pas comme Napoléon ou Mussolini, qui écrivirent très tôt leur unique roman mais les virent éclipsés par d'autres activités, ni comme J. D. Salinger, dont *L'Attrape-cœurs* avait pour compagnie plusieurs récits et nouvelles. Elle n'était pas non plus comme Oscar Wilde, qui avait publié un seul roman mais quantité de pièces de théâtre, ni comme Dorothy Day et Thomas Merton, dont les romans ne furent que des interludes terrestres à leurs saintes entreprises. Elle n'était pas davantage comme Lionel Trilling et Harold Bloom, à qui l'on pouvait pardonner d'avoir essayé de mettre en pratique dans leur unique roman respectif ce qu'ils prêchaient dans leurs critiques littéraires, ni même comme Emily Brontë et d'autres jeunes prodiges de la littérature qui auraient peut-être écrit davantage si la mort ne les avait pas fauchés si tôt.

Non, Lee n'était pas comme tous ces gens. Elle fut à un moment de sa vie placée dans le même panier littéraire que Margaret Mitchell et Ralph Ellison, qui tous deux publièrent un premier livre couronné d'un immense succès et dont on n'entendit plus jamais parler ensuite. *L'Homme invisible* d'Ellison parut en 1952 et il travailla sur un deuxième roman « symphonique » pendant plus de quarante ans, mais lorsqu'il mourut en 1994, tout ce qu'il laissa derrière lui fut deux mille pages de notes. Mitchell, qui avait été une cliente d'Annie Laurie Williams, avait gagné le prix Pulitzer et le National Book Award pour son premier et unique roman, un exemple qui avait dû inspirer de la peur à Williams et Crain, et peut-être même à Lee elle-même. Mitchell mourut après avoir été percutée par une voiture en 1949, mais à ce moment-là, treize ans avaient passé depuis *Autant en emporte le vent*. Mitchell, au moins, avait l'excuse de sa pleurésie et ses problèmes de vue, sans parler de sa tendance aux « crises d'anxiété » dont elle souffrait depuis la Seconde Guerre mondiale, pendant laquelle elle avait travaillé bénévolement pour la Croix-Rouge, et aux « crises de modestie[289] », terme par lequel elle décrivait son admiration paralysante pour les autres écrivains. Mais si Mitchell offrit au monde des excuses et Ellison lui laissa des pages de notes, Lee ne fit ni l'un ni l'autre.

Le syndrome de la page blanche n'est pas une maladie, mais un symptôme. Il ne fait que désigner l'incapacité d'écrire ; il ne l'explique pas. Ce furent les Anglais qui l'inventèrent, ou en tout cas qui le décrivirent pour la première fois en détail sous la plume du poète Samuel Taylor Coleridge, mais une des théories les plus courantes pour expliquer celui dont souffrait Lee était clairement américaine. Harper Lee atteignit la majorité dans l'une des périodes les plus imbibées de la littérature américaine, lorsque William Faulkner affirmait être incapable d'écrire sans un verre de whisky à portée de main tandis qu'Ernest Hemingway plaçait la barre encore plus haut en déclarant qu'il lui en fallait un litre par jour, et qu'il aimait en outre descendre des martinis dry et des mojitos dès qu'il en avait l'occasion. John Steinbeck, qu'elle connaissait personnellement, et son ami Truman Capote buvaient tous deux à l'excès, et le penchant de Lee pour l'alcool n'avait d'égal que son goût pour le café.

Il ne fait aucun doute que Lee buvait trop et qu'elle devenait difficile à vivre dans ces moments-là. En revanche, il n'y a aucune raison de penser que son penchant pour la boisson était une cause davantage qu'un effet de son incapacité à écrire ; les deux étaient peut-être des symptômes concomitants de la même insatisfaction profonde – ou, d'ailleurs, des symptômes de problèmes différents. L'insatisfaction, en revanche, ne suffit pas non plus à elle seule à expliquer son incapacité à écrire. D'autres auteurs, dont beaucoup que Lee connaissait, avaient réussi à écrire malgré leur alcoolisme, malgré leur dépression, et malgré leur perfectionnisme. Aucune de ces difficultés ne pouvait expliquer l'échec de Lee à produire un nouveau livre, même si chacune d'entre elles lui rendait la tâche un peu plus ardue.

Nul ne saurait non plus définir le moment exact où elle eut la certitude que ce livre n'adviendrait jamais. Comme l'observa Kierkegaard, nous vivons en avant mais nous comprenons en arrière ; selon toute vraisemblance, même Harper Lee elle-même aurait été incapable d'identifier l'instant précis où elle avait abandonné l'un ou l'autre de ses livres. Si un journal venait à émerger

– et la rumeur dit que Lee en tenait un –, il est peu probable qu'on y trouve une note datée d'un mardi matin ou d'un samedi soir dans lequel elle indiquerait avoir décidé d'abandonner son deuxième livre ; il est encore moins probable qu'il contienne une autopsie approfondie des raisons émotionnelles ou intellectuelles de cette décision, ou de sa volonté de s'y tenir. Peut-être que, comme l'avait dit Alice, un manuscrit avait été volé dans l'appartement de Lee à Yorkville, mais même si tel était le cas, ce genre de vol, aussi dévastateur fût-il, n'aurait pu l'empêcher de reconstituer le manuscrit. De la même manière que brûler des pages n'aurait pu l'empêcher d'en écrire de nouvelles.

Car, après tout, Harper Lee, à un moment de sa vie, débordait d'idées. Elle avait envoyé une lettre à Michael et Joy Brown en 1958 – l'année après qu'ils eurent organisé ce qu'elle appelait « l'hypothèque sur sa vie[290] », puisqu'elle avait insisté pour leur rembourser jusqu'au dernier dollar de leur cadeau de Noël plus les intérêts –, dans laquelle elle exposait les grandes lignes de ce qu'elle pensait être les quinze prochaines années de sa vie d'écrivaine :

1. Un roman sur la race
2. Un roman victorien
3. Ce que M. Graham Greene appelle Un Divertissement
4. Je vais mettre en pièces Monroeville (Monroeville en 1958)
5. Un roman des Nations Unies
6. Inde, 1910

Toutes ces idées sauf une restèrent inachevées ; personne ne sait vraiment combien ont été entamées. Mais l'inachèvement, comme l'amour ou la perte, se mesure en degrés. Une chose peut être plus ou moins inachevée : elle peut être terminée à un tiers ou à moitié, mais aussi terminée à moitié pendant deux ans, ou terminée à moitié pendant vingt ans. Curieusement, plus un livre est proche d'être terminé, plus il donne l'impression d'être inachevé. Une idée comme « Ce que M. Graham Greene appelle Un Divertissement » est évocatrice, et il est amusant d'imaginer le genre de thriller que Lee avait à l'esprit – disons *L'Agent secret*, mais D. aurait été envoyé en Alabama pour acheter du coton, ou *Tueur à gages*, dans lequel Raven serait rentré chez lui à Tuscaloosa. Même si Lee avait un jour commencé un tel livre, il n'aurait jamais semblé aussi inachevé que « Je vais mettre en pièces Monroeville (Monroeville en 1958) », ce qu'elle tenta de faire dans le manuscrit de *Va et poste une sentinelle*, pour finalement y renoncer.

C'est pour cette raison que, de toutes les œuvres que Lee ne termina jamais, aucune ne paraît aussi inachevée que *Le Révérend*. C'était un projet ambitieux entrepris alors qu'elle était dans la fleur de l'âge, un projet qu'elle ne mentionnait pas seulement dans des lettres à ses amis mais dont, contrairement à ses habitudes, elle parlait avec ses collègues et même des inconnus. Elle consacra son temps et son argent à ces recherches et modifia la géographie de sa vie afin d'enquêter sur le terrain. Aucun doute n'est possible quant à la sincérité de son intention d'écrire, et les événements eux-mêmes témoignent de leur potentiel littéraire.

L'inachèvement est une catégorie émotionnelle autant que chronologique et esthétique ; quantité d'artistes ne cessent de repenser ou retravailler leur œuvre longtemps après que les critiques et le public l'ont jugée terminée. Les perfectionnistes, et Lee affirmait en être une, refusent souvent de considérer leur travail comme achevé, et ont grand-peine à le confier à leurs éditeurs, agents, et lecteurs. « Laisses-/tu toujours tes mots en suspens dans les airs, dix ans/inachevés[291] », demande Robert Lowell dans un sonnet à Elizabeth Bishop, son amie connue pour sa méticulosité qui avait coutume de coller des poèmes au miroir de sa salle de bains et au panneau en liège de sa cuisine avec des espaces pour les mots qu'elle essayait de trouver, et de les y laisser accrochés pendant des années.

Il est possible que Harper Lee ait décidé d'écrire pour sa propre satisfaction ou pour la postérité, et non pour ses pairs, et que les sentiments d'inachèvement et d'échec que le public lui attribuait ne correspondent pas à son expérience. Il est également possible qu'elle n'ait tout simplement jamais fait grand cas des sentiments que lui inspirait son travail d'écriture, voire de ses sentiments tout court. « L'apitoiement sur soi-même est un péché, déclara-t-elle à un journaliste en 1963, déjà frustrée, trois ans seulement après *Ne tirez pas sur l'oiseau moqueur*. C'est une forme de suicide vivant[292]. »

Elle pouvait se montrer impitoyable, non seulement avec ses propres besoins émotionnels, mais également avec ceux des autres. « Je n'ai aucune patience pour les gens qui se servent de la psychiatrie comme d'un remède à l'ennui. Je suis effarée quand je vois des femmes de ma génération décider qu'elles sont brimées puis aller voir un psychiatre – alors que tout ce dont elles ont peut-être besoin, c'est d'un peu d'aide à la maison[293]. » C'était un étrange diagnostic de ce dont les femmes des années 1960 avaient besoin, qui trahissait une vision immature des classes, de la santé mentale et de la vie domestique. À sa décharge, elle fit cette déclaration au moment où l'Amérique se prenait de passion pour la psychanalyse, et peut-être était-elle simplement agacée de la voir recommandée à tout bout de champ et pour toutes sortes de maux, y compris aux auteurs qui peinaient à écrire leur deuxième roman. Malgré tout, c'était une remarque terriblement violente de la part de quelqu'un dont la mère avait souffert d'une santé mentale extrêmement fragile et dont la propre stabilité émotionnelle troublait ses proches. Et si des domestiques avaient aidé la famille Lee à gérer le quotidien, les employés de maison ne sont pas, pour une foule de raisons, un substitut viable au bien-être psychologique.

Quant à l'opinion de Lee sur la vie domestique : il n'y a aucune famille nucléaire dans *Ne tirez pas sur l'oiseau moqueur*, et Lee elle-même portait un regard sceptique sur l'institution. Elle vivait entourée de sa famille et d'une foule d'amis, mais si elle entretint jamais une relation romantique, elle se donna un mal fou pour la garder secrète. Quand quelqu'un suggéra un jour que Capote et elle formaient un couple, elle rétorqua en plaisantant que la seule chose qu'ils avaient en commun, c'était leur intérêt pour la gent masculine – bien que, quelque intérêt qu'elle ait porté, ou feint de porter, aux hommes, il semble que ce ne soit jamais allé plus loin, y compris avec Maurice Crain. À la même époque, elle démentit fermement certaines rumeurs prétendant qu'elle était lesbienne, bien que son étroite amitié avec Marcia Van Meter, qui dura plusieurs décennies, ait conduit nombre de ses proches à envisager cette possibilité.

Le lesbianisme est peut-être la seule rumeur que lui épargna Capote. Son ami d'enfance déclara, entre autres, qu'elle avait entretenu une liaison désastreuse avec un professeur de loi de l'université d'Alabama et souhaitait en entamer une autre avec un homme marié ; il n'existe aucune preuve étayant la première déclaration, et il revint plus tard sur la seconde. Mais la notoriété de Capote continua d'être pour elle un fléau, même après sa mort. « Les laquais de George Plimpton sont en train de fouiller tous les recoins de la nation[294] », écrivit Lee en 1986, et ils ne tardèrent pas à venir la chercher à Monroeville. Lee ne s'y trouvant pas à ce moment-là, Plimpton ne put discuter avec elle, ce qui ne l'empêcha pas de lui faire faire plusieurs apparitions dans son *Truman Capote*.

Lorsque la biographie autorisée de Capote par Gerald Clarke parut en 1988, Lee écrivit une lettre à l'historien Caldwell Delaney pour l'inviter à la lire avec des pincettes et condamner, en particulier, « le mensonge infâme de Truman – à le croire, ma mère était mentalement instable et a essayé à deux reprises de me tuer (voilà comment il remercie cette douce âme de l'avoir aimé[295]) ». Elle était aussi furieuse de voir Clarke suggérer que Capote n'était pas responsable du cours qu'avait pris sa vie. « Les drogues et l'alcool n'ont pas causé sa folie, ils en étaient le résultat », écrivit-elle, avant d'affirmer qu'en dépit de sa folie, son ami aurait dû prendre sa vie en main, une remarque aussi insensible qu'illogique. « La plupart d'entre nous, en Occident, créons notre propre vie, avait-elle ailleurs déclaré. Ce n'est pas la vie qui nous crée. Nous façonnons notre futur. Personne ne nous a demandé de naître, mais tant que nous sommes là, nous devons faire de notre mieux avec ce que nous avons[296]. »

Nul besoin d'avoir péché aussi gravement que le révérend Willie Maxwell pour voir une brèche se creuser entre vos sermons et vos actions. Paul avait prêché le dualisme du corps et de l'âme aux Romains, et Harper Lee avait beau se moquer des lugubres dogmes protestants de ses voisins de Monroeville ou raconter en plaisantant que Dieu était encore plus dur d'oreille que sa sœur Alice qui était pourtant sourde comme un pot, elle était née et avait grandi dans une foi qui lui avait appris à croire que la perfection morale était non seulement possible mais aussi le produit de choix personnels. Elle tarda longtemps à appliquer ce précepte, mais finalement, à un moment de sa vie, elle cessa de faire deux choses qui détruisaient son propre bien-être. La première était boire, la seconde était écrire. Lorsqu'elle répondit à Madison Jones que l'affaire Maxwell était toute à lui, elle s'était libérée du poids de cette histoire qu'elle ne parvenait pas à mettre en mots. Après trois décennies moroses, ses lettres se firent plus légères, moins angoissées, et ne mentionnaient presque jamais ses tentatives d'écriture.

« Les livres réussissent/Et les vies échouent[297] », écrivit Elizabeth Barrett Browning, et tout au long de la vie de Lee, *Ne tirez pas sur l'oiseau moqueur* réussit. En 1993, elle annonça à son agente Julie Fallowfield qu'elle ne souhaitait pas rédiger une introduction pour l'édition anniversaire de son roman. « Je t'en prie, épargne à *Ne tirez pas sur l'oiseau moqueur* une Introduction, écrivit-elle. Même s'il fêtera cette année ses trente-trois ans, il n'a jamais été épuisé et je suis toujours en vie, quoique très discrètement. Les Introductions entravent le plaisir, elles tuent l'excitation de l'attente, elles frustrent la curiosité. Le seul aspect positif des Introductions, c'est que dans certains cas, elles repoussent le supplice à venir. *Ne tirez pas sur l'oiseau moqueur* dit toujours ce qu'il a à dire ; il a réussi à survivre aux années sans préambule[298]. » HarperCollins imprima le refus de Lee en avant-propos de son édition spéciale pour le trente-cinquième anniversaire du livre.

L'année où elle écrivit cette note, Lee assista à une cérémonie honorant les anciens diplômés de l'université d'Alabama – bien qu'elle-même n'en fît pas partie, ayant interrompu ses études avant la fin. Mais elle s'y rendit à la même époque pour accepter un diplôme honorifique, deux apparitions qui semblent marquer une volonté nouvelle de reconnaître qu'elle avait écrit un chef-d'œuvre, même s'il était le seul. En 1997, elle reçut un autre doctorat honorifique, cette fois au Spring Hill College de Mobile, et, peu de temps après, un cinéaste financé par Universal Studios se lança dans le tournage d'un documentaire sur l'adaptation du roman de Lee. Charles Kiselyak interviewa de nombreuses personnes impliquées dans la production du film, parmi lesquelles Gregory Peck, le scénariste Horton Foote et le réalisateur Robert Mulligan. Il passa aussi du temps dans le comté de Monroe en compagnie de Lee elle-même, qui avait été impressionnée par son essai consacré à Hank

Williams. Elle accompagna son équipe et lui conseilla des témoins à interroger, dont des voisins qui l'avaient connue, elle et sa famille, depuis l'enfance. Bien qu'elle refusât d'apparaître à l'écran, on entend Lee rire hors champ pendant l'interview d'Ida Gaillard, une de ses enseignantes au lycée de Monroeville. Le documentaire tire son nom, *Terrible symétrie*, de son poème préféré de William Blake, et le ton de la narration laisse à penser qu'elle l'a elle-même écrite : « La célébrité était un gros mot, et l'ennui revenait aux Yankees riches et stupides[299]. »

Un des témoins interrogés est une professeure d'anglais de l'université d'Alabama, une Sudiste davantage portée sur la sauce piquante que sur le thé sucré. Claudia Durst Johnson avait écrit certains des rares articles universitaires consacrés à *Ne tirez pas sur l'oiseau moqueur*, qu'elle développa en une étude critique intitulée *Limites menaçantes*. Dans ce livre et ailleurs, Claudia défendit le roman quand il se faisait tourner en ridicule, qualifier d'enfantin ou de pseudo-intellectuel, attaquer pour son utilisation de termes racistes, ou accuser d'être insuffisamment libéral. Lee avait consenti à rencontrer Claudia grâce à l'intervention de son vieil ami Jim McMillan, qui l'avait convaincue qu'elle devait bien ça à la personne qui avait écrit avec tant d'admiration sur son travail. Quoi que Claudia ait dit ce premier jour où elle « interviewa » Lee à Tuscaloosa, ce devait être l'équivalent d'abracadabra en alabamien, puisque l'écrivaine, qui avait refusé les propositions de quantité d'aspirants biographes, fit de Claudia son Boswell. Pratiquement dans le même souffle, toutefois, Lee condamna le projet à un échec quasi certain en faisant promettre à Claudia qu'elle ne commencerait pas avant que toute la poussière soit retombée – la poussière étant, en l'occurrence, celle qui s'accompagne généralement de cendres.

L'aspirante biographe et l'écrivaine échangèrent plusieurs lettres et se parlèrent au téléphone lorsque Claudia s'installa en Californie, mais Lee continuait d'insister pour qu'aucun travail ne débute sur sa biographie avant sa mort, même lorsque sa sœur Louise commença à montrer des signes de démence. « Sa mémoire est fragile en ce moment[300] », expliqua Lee dans une lettre à un ami de la famille. Finalement, Weezie quitta Eufaula pour la Floride, où elle passa ses dernières années dans une résidence médicalisée, la maladie l'éloignant de plus en plus de ses proches ; certains jours, elle ne reconnaissait même pas ses sœurs.

Lee, de son côté, faisait toujours des allers et retours à New York, quoique plus rarement. Elle s'y rendait pour assister à des spectacles au Cort Theatre, visiter des expositions au Met et au Frick, regarder des matches des Mets au Shea Stadium, déjeuner au Pearl Oyster Bar dans le West Village, et boire des verres chez Elaine's sur Second Avenue, à quelques rues de son appartement. Elle avait délaissé la bibliothèque municipale de New York lorsque celle-ci avait numérisé ses catalogues, mais elle allait toujours régulièrement lire et emprunter des ouvrages à la Society Library près de son appartement. À Monroeville, elle séjournait chez Alice, dans sa chambre aux étagères pleines de livres ; elle achetait son papier à lettres à Walmart, allait chercher personnellement son courrier à la même boîte postale qu'elle utilisait depuis des décennies et, à l'occasion, jouait aux machines à sous du Wind Creek Casino à Atmore. Elle faisait ses courses à Piggly Wiggly, dînait au David's Catfish House, et, qu'importe qu'elle fût plusieurs fois millionnaire, apportait elle-même son linge au Lavomatic. Alice, qui avait alors plus de quatre-vingt-dix ans, continuait de pratiquer le droit, et sa cliente la plus exigeante était toujours Nelle Harper Lee, dont les contrats – qu'il s'agisse de réimpressions destinées au marché national, d'éditions étrangères, de royalties de film, de droits d'adaptation à la scène, ou de toute autre demande liée à l'un des romans les plus populaires au monde – passaient tous par Barnett, Bugg & Lee.

En 2003, le gouverneur de l'Alabama, Don Siegelman, décréta que l'État célébrerait le 16 janvier le Tom Radney Day. Harper Lee et quiconque en Alabama lisait les journaux y virent des clichés de l'ancien sénateur Howell Heflin, l'ancien membre du Congrès Ronnie Flippo, et des douzaines d'autres huiles du parti venues célébrer M. Démocrate. Les quatre enfants de Big Tom ayant déjà fondé leurs propres familles, une ribambelle de petits-enfants étaient également présents pour rendre hommage à leur grand-père. Le vieil homme d'État et géant de la communauté avait survécu à toutes les animosités qu'il avait suscitées dans sa jeunesse, mais le chien jaune remuait toujours ciel et terre pour rendre le Sud démocrate. Il s'était fait le champion de ce qu'on appellerait la Radney Rule, une règle qui empêchait un candidat de se présenter sous la bannière démocrate s'il n'avait pas soutenu ceux désignés par le parti au cours des quatre années précédentes.

Cet automne-là, alors que Nelle Harper Lee avait soixante-dix-sept ans, Alice Lee fêta son quatre-vingt-douzième anniversaire et les deux sœurs s'offrirent pour l'occasion une visite aux archives départementales de l'Alabama, à Montgomery. Le bâtiment est situé juste en face du capitole, sur la place où Big Tom organisa un jour une séance photo avec sa famille pour sa dernière campagne. Une fois à l'intérieur, les Lee s'installèrent à une table sur laquelle le personnel avait placé les notes, esquisses et cartes d'Albert James Pickett. Nelle et Alice parcoururent les papiers de l'historien, examinant certaines des sources dont il s'était servi pour écrire le livre qu'elles chérissaient tant. Après quoi, elles parcoururent le dossier contenant les actes législatifs, parmi lesquels figuraient ce qu'Alice appelait « la loi chérie de papa[301] », qui exigeait des comtés qu'ils équilibrent leur budget, puis une carte de Monroeville tracée à la main datant de 1930, qu'Alice était toujours capable de peupler, maison par maison, de mémoire.

La maison d'enfance des Lee sur South Alabama Avenue avait laissé place à un marchand de glaces dans les années 1950, peu après que leur père l'avait vendue et s'était installé sur West Avenue. Une section du muret de pierre qui séparait Nelle de Truman a survécu, mais ce qui était jadis la maison des Faulk de l'autre côté de la rue est désormais un terrain vague. Dans les années 1960, lorsque les décorateurs vinrent repérer des lieux de tournage pour *Du silence et des ombres*, ils jugèrent Monroeville déjà trop moderne pour faire une Maycomb crédible. Comme d'autres petites bourgades d'Alabama et du reste des États-Unis, elle avait été engloutie par les fast-foods et chaînes de magasins, des franchises envahissant les moindres recoins de la ville comme l'avait fait le kudzu des décennies plus tôt. La maison des Boulware de l'autre côté de la rue était devenue une station-service ; le célèbre chêne, dont la niche avait été remplie de ciment, n'était plus qu'une souche.

En 2003, l'année où les sœurs Lee firent leur visite d'anniversaire aux archives, Al Benn, qui rédigeait ses mémoires, en apporta quelques chapitres au cabinet d'Alice pour lui demander la bénédiction de sa sœur. Quelques jours plus tard, l'extrait lui revint avec une note de Harper : « Au terme d'une longue carrière de journalisme responsable et parfois courageux, Al Benn met sa probité au service de ses mémoires captivants[302]. » Mais si elle louait l'autobiographie de l'ancien rédacteur en chef de l'*Alexander City Outlook*, Lee refusait toujours de rédiger la sienne, ou de laisser quiconque écrire sa vie à sa place. Lorsqu'elle apprit qu'une biographie non autorisée était en cours d'écriture, elle demanda à ses amis de ne pas parler à l'auteur, Charles Shields, dont l'*Oiseau moqueur*, paru en 2006, serait le tout premier livre consacré à la vie de Harper Lee. Les sœurs Lee, en revanche, firent un choix différent et décidèrent de s'entretenir avec Marja Mills, une journaliste du *Chicago Tribune*, qui, après avoir rédigé un portrait de Harper Lee pour le journal, s'installa dans la maison voisine pour écrire un livre, officiellement sur le comté de Monroe. Lee elle-même passa beaucoup de temps en compagnie de Mills, non seulement pendant sa première visite, mais plus tard dans la maison d'Alice et lorsqu'elles partaient ensemble explorer la Black Belt. Quand le mémoire qui en résulta parut sous le titre *Aux côtés de l'oiseau moqueur : la vie de Harper Lee*, l'écrivaine le désavoua, affirmant qu'elle n'avait jamais eu l'intention de collaborer à un projet biographique.

Depuis longtemps accoutumée à voir sa vie et son œuvre décortiquées malgré elle sur le papier, Lee n'était guère plus emballée de les voir portées à la scène ou à l'écran. Son aversion pour l'adaptation théâtrale de son roman que proposait chaque année Monroeville n'avait fait que croître en même temps que le nombre de spectateurs et de représentations, et bientôt, à son grand dam, deux films sortirent, qui racontaient l'histoire de l'écriture de *De sang-froid*. Tous deux la mettaient en scène, son personnage étant incarné dans le premier par Catherine Keener et dans le second par Sandra Bullock. Lee vit les deux films, loua le Capote de Philip Seymour Hoffman dans *Truman Capote*, et se plaignit des choix vestimentaires – des chaussettes avec des escarpins – imposés à son personnage dans *Scandaleusement célèbre*. Pour quelqu'un qui avait si soigneusement évité toute publicité pendant plus de quatre décennies, elle dut avoir l'impression que les murs de Jéricho s'écroulaient autour d'elle. Chose qui ne lui ressemblait pas, elle se fendit même d'au moins une riposte.

En avril 2006, elle adressa une lettre au rédacteur en chef du *New Yorker* au sujet du film *Truman Capote*. C'était la première fois que sa signature apparaissait dans ces pages. « Parmi les nombreuses inventions du scénariste, se plaignait-elle, sa vision des activités de William Shawn pendant la création de *De sang-froid* est pour le moins fantaisiste[303]. » En à peine soixante-seize mots, elle corrigea deux erreurs au sujet de l'ancien rédacteur en chef du *New Yorker* : premièrement, elle n'avait jamais parlé au téléphone avec Shawn ; deuxièmement, Shawn n'avait jamais accompagné Capote au Kansas. Lee ne précisait ni qui elle était ni pourquoi elle en savait davantage que les créateurs du film, mais sa signature (« Harper Lee, Monroeville, Ala. ») disait tout ce qu'il y avait à dire. Ou, comme toujours, ne disait rien : si elle prit soin de corriger les inexactitudes du film, elle n'écrivit pas un mot au sujet des propres transgressions de son ami dans le livre dont ce film était tiré.

Mais c'est une crise bien plus grave que la célébrité qui frappa Lee quelques mois plus tard. Aux alentours de minuit le samedi 17 mars 2007, l'écrivaine fut victime d'un accident vasculaire cérébral[304]. Il fallut attendre le lundi pour que deux amis la trouvent et l'emmènent immédiatement à l'hôpital le plus proche, le Mount Sinai, où les médecins constatèrent qu'elle était paralysée du côté gauche. Certains de ses meilleurs et plus anciens amis de New York lui rendirent visite, parmi lesquels Joy Brown, qui lui apportait deux de ses choses préférées au monde : du poulet frit et des ragots. Pourtant, elle ne souhaitait pas passer sa convalescence à New York, et prit des arrangements pour être transportée à Birmingham. En mai, Lee rentra chez elle en Alabama à bord de l'Amtrak Crescent, comme elle l'avait fait pendant près de soixante ans, mais cette fois, dans le compartiment réservé aux personnes handicapées. Le trajet n'avait pas changé depuis qu'elle s'était installée pour la première fois à New York : le train traversait la capitale de la nation au dîner, Atlanta au petit déjeuner, et arrivait en Alabama pour le déjeuner.

Lee avait perdu près de dix kilos, mais après plusieurs mois de rééducation intensive, elle recouvra une partie de sa mobilité. Le 5 novembre 2007, elle s'était suffisamment rétablie pour remonter à Washington D.C., se mettre debout, et prendre le bras du président George W. Bush lorsqu'il lui remit la médaille présidentielle de la Liberté. C'était sa première visite à la Maison-Blanche depuis l'époque de l'administration Johnson. Elle arborait toujours une coupe de cheveux à la garçonne, qui n'était guère différente de celle qu'elle portait sur les premières jaquettes de son livre, et elle semblait tout aussi surprise de recevoir autant d'attention que quarante ans plus tôt.

C'était la dernière fois que Lee quitterait l'Alabama. Lorsqu'elle y retourna, elle s'installa aux Meadows of Monroeville, une résidence médicalisée de seize chambres, bâtie de plain-pied au niveau de la bretelle de contournement de la nationale 21. Les courriers d'admirateurs lui parvinrent là-bas, comme ils l'avaient toujours fait où qu'elle aille, et un jour, il se trouvait parmi eux une lettre d'un écrivain né à Alexander City. David Brasfield s'enquérait de ce que Lee savait de l'affaire Maxwell, et le 9 janvier 2009, elle répondit que ses propres recherches avaient produit « une montagne de rumeurs et une taupinière de faits[305] ». Brasfield finit par écrire un roman de gare qui empruntait le titre de Lee, *Le Révérend*, et, apparemment, empruntait aussi Lee elle-même : un des personnages est une romancière du nom de Hunter James qui échappe de justesse à une tentative de meurtre.

Quelques mois plus tard, en juin 2009, Alice Lee répondit à une autre lettre au sujet de Maxwell. Celle-ci venait d'une certaine Sheralyn Belyeu, dont le mari lui avait acheté une *Encyclopaedia Britannica* à l'Armée du salut d'Alexander City. Belyeu avait trouvé, glissée entre deux pages de l'entrée consacrée à Harpers Ferry, une carte de Harper Lee datée du 11 juin 1978 : c'était la note qu'elle avait écrite pour remercier les Cribb du cocktail auquel elle avait assisté juste avant de quitter la ville. Belyeu voulait savoir si Lee consentirait à ce qu'elle rende la lettre publique. Alice lui donna sa permission, quoique en termes tragiques. « Rien que vous ayez fait ou ferez dans le futur ne changera quoi que ce soit : Harper Lee n'a aucune intention d'écrire sur le sujet. Sa santé est fragile, elle est presque aveugle, et paralysée du côté gauche suite à un AVC[306]. »

Alice et sa sœur souffraient toutes les deux d'importants troubles de la vision. La dégénérescence maculaire de Harper Lee s'était aggravée au point qu'elle pouvait à peine voir la feuille de papier sur laquelle elle écrivait ; ses lettres, qui se caractérisaient jadis par leur longueur biblique et leur syntaxe apostolique, étaient désormais concises, griffonnées à la main, et les rares allusions littéraires qui les émaillaient souvent recyclées. Dans les années qui suivirent son attaque, et en particulier après son retour à Monroeville, les lettres de Lee n'étaient plus que de courtes notes, généralement des dépêches de la guerre que son corps menait contre la vieillesse – des informations sur l'état de ses yeux, de ses oreilles, et de son esprit, et ce qu'ils étaient de moins en moins capables de faire. Son audition devint si mauvaise qu'elle ne pouvait plus parler au téléphone, et sa mémoire, à en croire ses proches, pouvait remonter dans le passé, mais pas s'accrocher au présent.

En octobre 2009, lorsque Louise Lee Conner mourut à Gainesville, Floride, aucune de ses sœurs n'était en assez bonne santé pour assister aux funérailles. Cinq ans plus tard, en novembre 2014, Alice Lee, qui avait continué de pratiquer le droit jusqu'à ses cent ans, mourut à l'âge de cent trois ans. À ce moment-là, le cabinet d'avocats familial avait quitté la Monroe County Bank et gagné un nouveau nom sur son enseigne, celui de Tonja Carter, qui, après avoir poursuivi en justice l'ancienne agente littéraire de l'écrivaine, avait repris ses affaires. Trois mois après la mort d'Alice Lee, ce fut Carter qui relaya l'enthousiasme de sa cliente pour une nouvelle surprenante : Harper Lee allait publier un deuxième livre.

Cette nouvelle fut immédiatement reprise dans tous les médias du pays, et lorsqu'elle atteignit Alexander City, tous les habitants de la ville supposèrent que le livre en question était *Le Révérend*. Tom Radney était décédé le 7 août 2011, et pour sa famille, l'idée que Lee allait enfin partager son histoire avec le monde était douce-amère. Un an avant l'attaque de Tom, son fils, Thomas, avait croisé Harper Lee à l'université d'Alabama. Lorsque son père apprit la nouvelle, il écrivit un message à Nelle. « Les années passent, disait-il, et j'aimerais beaucoup te revoir avant que la faucheuse ne vienne chercher l'un de nous[307]. »

Lee répondit par ces mots : « Quel plaisir de voir le petit Thomas – il a tellement grandi depuis la dernière fois que je l'ai vu[308] ! » De fait, il avait grandi. Thomas, qui était haut comme trois pommes à l'époque où Lee enquêtait à Alex City, était lui-même devenu avocat et pratiquait au Zoo. Il avait déjà ses propres enfants. Avec leurs cousins et leurs tantes – qui, comme Thomas, étaient tous restés dans le comté de Tallapoosa – ils auraient pu former deux équipes de football, et ils le firent : chaque année, juste avant Noël, la famille se rassemblait pour une tradition connue sous le nom de Radney Bowl. Trois décennies avaient passé depuis que Lee était venue s'installer dans une cabane au bord du lac Martin et que Big Tom avait obtenu un acquittement pour Robert Burns. « Je n'arrive pas à croire que tu aies des petits-enfants en âge d'aller au lycée, écrivit-elle. Madolyn et toi, vous devez marcher avec une canne maintenant. »

Dans cette lettre, Lee ne dit rien au sujet de Willie Maxwell, rien de la serviette remplie de documents que Radney lui avait confiée tant d'années plus tôt, rien du *Révérend*, absolument rien. Quoi qu'un écrivain doive à ses sources, Lee ne leur avait rien donné, pas même une explication. Elle avait, en revanche, laissé aux Radney une minuscule raison de garder l'espoir qu'elle raconterait leur histoire. Quand la famille tria les affaires de Big Tom après sa mort, Madolyn Price, l'aînée de ses petites-filles, la fille de sa fille aînée, Ellen, y trouva une lettre de Lee avec, chose incroyable, ce qui semblait être un chapitre du *Révérend*. Étrangement, après tout le temps que Lee avait passé à travailler sur cette histoire, ces quatre pages tapées à la machine étaient de la fiction. Maxwell était toujours Maxwell, mais Big Tom était devenu Jonathan Thomas Larkin IV, un avocat qui, lorsque s'ouvre le chapitre, reçoit un appel de Maxwell l'informant qu'il est accusé par la police d'avoir assassiné sa femme. Les scènes qui suivent esquissent l'histoire de la famille Larkin, les déplaçant des rivages irlandais à une petite parcelle argileuse d'Alabama au pied des Appalaches – la même technique classique utilisée dans le premier chapitre de *Ne tirez pas sur l'oiseau moqueur*, qui déplaçait la famille Finch de la Cornouaille aux guerres creeks. L'histoire de la famille ne correspond pas tout à fait à celle de Big Tom, et aussi grand qu'il fût dans la vraie vie, sa présence est encore plus imposante dans ce chapitre, qui le dépeint comme un homme destiné à devenir « un avocat et un politicien tels que l'Alabama n'en avait encore jamais connus[309] ». Devant cette découverte, la petite Madolyn, comme on l'appelait, comprit pourquoi son grand-père avait toujours maintenu que Harper Lee écrirait un jour à son sujet. Et, naturellement, elle se demanda ce qu'il était advenu du reste du livre.

La petite Madolyn essaya d'écrire à l'auteure, espérant au moins récupérer la serviette pleine à craquer de son grand-père, dont elle avait appris par sa grand-mère qu'elle ne la lui avait jamais rendue. Elle ne reçut pas de réponse directe, mais apprit finalement par l'entremise de Tonja Carter que l'écrivaine vieillissante ne possédait pas les dossiers et n'avait aucun souvenir de son grand-père. À l'époque, la nouvelle avait été un crève-cœur pour les Radney, qui comprirent non seulement que l'écrivaine perdait la mémoire, mais aussi, et c'était peut-être pire encore, qu'elle avait détruit ce qu'elle avait écrit au sujet de l'affaire Maxwell, ainsi que toutes ses recherches. À présent, ils se demandaient s'ils ne s'étaient pas trompés, et si le nouveau livre en question n'était pas *Le Révérend*.

Ce n'était pas le cas. Le 3 février 2015, le monde apprit que le roman à venir était en réalité le texte que Harper Lee avait confié à Maurice Crain cinquante-huit ans plus tôt – le manuscrit original et non édité de *Va et poste une sentinelle*. Tonja Carter transmit une déclaration de l'auteure, laquelle vivait toujours dans le confort de sa résidence aux Meadows et n'était pas en mesure de parler directement à la presse, annonçant que cette publication rendait Harper Lee « sacrément heureuse[310] ».

Le « nouveau » livre de Harper Lee était en réalité le plus vieux qu'elle ait jamais écrit. Les habitants d'Alex City se réconcilièrent avec l'idée qu'ils ne liraient peut-être jamais la vie et la mort du révérend Willie Maxwell selon Harper Lee, et finalement, les rumeurs au sujet du révérend s'apaisèrent, comme elles l'avaient toujours fait. À ce moment-là, après tout, il était mort depuis près de quatre décennies, et son avocat depuis cinq ans. Et, bientôt, la femme qui essaya d'écrire leur histoire s'éteindrait aussi.

Il est possible de leur rendre visite à tous en une même journée, si l'envie vous prend. Dans la mort comme dans la vie, ils restèrent chez eux, et reposent aujourd'hui dans la terre rouge de l'Alabama. Une arche en fer forgé et un drapeau américain marquent l'entrée du cimetière Peace and Goodwill, qui abrite sur la droite la sépulture du révérend, non loin de plusieurs de ses proches. Sa tombe est une simple dalle de pierre recouverte d'une plaque de cuivre sur laquelle on peut lire « Willie J. Maxwell », sans plus de détails hormis la mention de son service dans l'armée. L'année de sa naissance et celle de sa mort encadrent une simple croix.

Après avoir quitté Peace and Goodwill, prenez la nationale 22 vers le nord et roulez jusqu'au panneau stop où attendaient les policiers le jour des funérailles du révérend. Continuez sur cette route. Lorsque les pins se font plus rares et les maisons plus grandes, le croisement avec la nationale 280 n'est plus très loin ; si le feu est rouge, vous pouvez regarder sur la droite et voir ce qu'il reste du Horseshoe Bend Motel, aujourd'hui transformé en Days Inn. Franchissez l'intersection et la nationale 22 devient Lee Street. Suivez-la jusqu'à la ville et vous verrez sur votre droite les vestiges de briques de Russell Mills – l'industrie textile s'est en grande partie déplacée en Amérique latine aujourd'hui – avant d'arriver au niveau de la nouvelle annexe du tribunal de justice d'Alex City, nommée en l'honneur du juge C. J. Coley, puis à Court Square et au Zoo. Prenez le rond-point et sortez sur Jefferson Street, où se trouvait le funérarium House of Hutchinson avant qu'il soit détruit par un incendie.

Prenez à l'ouest sur Circle Drive, et vous atteindrez le cimetière d'Alex City. L'impressionnant portail est ouvert de l'aube au crépuscule, et si vous le franchissez dans cet intervalle, il vous suffira de marcher jusqu'à une longue dalle grise, presque aussi grande que Big Tom lui-même. John Tomas Radney est commémoré sur sa stèle en tant que « Président du conseil de l'université d'État d'Alabama » pour ses services rendus à une université historiquement noire de Montgomery ; en tant que « Membre du conseil de Huntingdon College » pour ses services rendus à l'Église méthodiste ; en tant que « Capitaine de l'U.S. Army JAG CORP » pour ses services rendus à son pays ; en tant que « Sénateur de l'État d'Alabama » pour ses services rendus à son État ; et, bien en vue au sommet, en tant que « M. Alabama Democrat ».

Lorsque vous êtes prêt à quitter Alexander City, prenez Cherokee Road pour sortir de la ville, roulez jusqu'au lac Martin, et traversez celui-ci par le pont Kowaliga, juste au nord du barrage. Continuez vers le sud, passez devant la ville d'Eclectic, et suivez la route qui serpente le long de Wetumpka, où, il y a quatre-vingts millions d'années, une météorite de la taille de trois terrains de football a déchiré le ciel pour s'abattre sur l'Alabama, transformant à jamais le paysage de l'État. Roulez encore quelques miles et vous arriverez au confluent des rivières Tallapoosa et Coosa, qui poursuivent ensemble leur chemin vers la côte. Traversez Montgomery, la capitale de l'État, et prenez vers le sud ; de là, plusieurs routes vous conduiront vers l'ouest, à Monroeville. Si vous apercevez un panneau indiquant Burnt Corn, vous saurez que vous n'êtes plus très loin. Encore quelques miles et vous verrez le château d'eau et la coupole de l'ancien palais de justice, désormais un musée, où un vieux morceau de chêne est conservé derrière une vitrine.

Aux premières heures du 19 février 2016, à l'âge de quatre-vingt-neuf ans, Harper Lee mourut dans sa résidence des Meadows, à quelques rues seulement de la maison de South Alabama Avenue où elle avait appris à lire et à écrire. Lors de funérailles privées, son corps fut inhumé dans la concession familiale au cimetière de Hillcrest. Elle repose près de son père, sa mère, et sa sœur aînée. Cherchez la stèle où l'on peut lire « Lee », et les quatre modestes plaques alignées devant. De nombreuses choses pourraient être gravées sur celle le plus à gauche, mais si vous écartez les pennies qui semblent s'y accumuler en permanence, vous verrez que l'inscription n'indique pas « Lauréate du prix Pulitzer » ou « Auteure de *Ne tirez pas sur l'oiseau moqueur* ». Elle n'indique même pas « Écrivaine ». Mais simplement « Nelle Harper Lee ».

# ÉPILOGUE

Au moment de sa mort, Nelle Harper Lee n'avait pas évoqué l'affaire Maxwell depuis des années. Malgré tout l'amour qu'elle portait aux faits, elle protégeait farouchement ceux qui relevaient de sa vie et de son œuvre, et *Le Révérend* demeura aussi mystérieux que l'homme dont la vie l'inspira. Dans une étrange symétrie entre l'auteure et son sujet, Lee et son livre devinrent l'objet d'autant de « rumeurs, fantasmes, rêves, conjectures et purs mensonges » que Maxwell l'avait jadis été.

Et puis, un an après sa mort, les héritiers de Harper Lee ont contacté la famille de Tom Radney. Quelques semaines plus tard, la fille aînée de ce dernier, Ellen, s'est rendue d'Alexander City à Monroeville pour me retrouver au palais de justice du comté de Monroe, et ensemble, nous avons cheminé jusqu'au cabinet d'avocats de la famille Lee.

À l'intérieur nous attendait une énorme serviette en cuir. Couverte d'une épaisse couche de poussière, elle était en possession de Lee depuis l'automne 1977. Lorsque nous l'avons ouverte, nous y avons trouvé l'album rouge rempli de coupures de journaux réalisé par la mère de Jim Earnhardt, ainsi que des pochettes pleines à craquer de dossiers légaux, dépositions, lettres, cartes de la région du lac Martin, photocopies d'articles, quelques brochures, la garantie d'un magnétophone, et deux procès-verbaux d'audience complets.

À l'intérieur d'un dossier étiqueté « Mary », égaré au milieu de tous les autres documents, se trouvait une unique page de notes tapées par Lee lors de son séjour d'enquête à Alexander City, identiques à celles qu'elle avait préparées pour Truman Capote au Kansas, qui sont archivées à la bibliothèque municipale de New York. Les Radney m'ont laissée consulter les documents, puis les ont rangés avec leur précieux chapitre et ont continué de se demander ce qu'il était advenu de la suite du livre.

Mis à part ce qui se trouvait dans la serviette, les biens de Nelle Harper Lee ont été placés sous scellés. L'intégralité de son œuvre littéraire non publiée de son vivant, y compris l'éventuel manuscrit du *Révérend*, demeure inédite et inconnue.

# NOTES

*[Le référencement exhaustif des différents documents cités ci-dessous peut être consulté dans la Bibliographie, pp. 457-468.]*

*Prologue*

Pour la description du procès, je me suis référée aux articles de presse locale, régionale et nationale et à la transcription du procès, ainsi qu'aux entretiens que j'ai réalisés avec Mary Ann Karr, Robert Burns, Jim Earnhardt, Mary Lynn Blackmon, Alvin Benn, Leewood Avary, Madolyn Radney et James Abbett. Je suis en particulier reconnaissante aux archives de l'*Alexander City Outlook*, du *Dadeville Record*, du *Coosa Press*, du *Montgomery Advertiser*, de l'*Afro-American*, de *Jet* et de l'*Anniston Star*.

*Séparer les eaux d'avec les eaux*

Pour l'histoire du lac Martin et des communautés qui l'entourent, ainsi que pour les descriptions de l'Alabama rural au début du XX$^{e}$ siècle, je suis redevable à *The Heritage of Coosa County* ; *The Heritage of Tallapoosa County* ; Elizabeth D. Schafer,

*Lake Martin* ; Peggy J. Walls et Laura D. Oliver, *Alexander City* ; Harvey H. Jackson, *Rivers of History* ; Paul Richardson, *That's What They Say* ; Theodore Rosengarten, *All God's Dangers* ; James Agee et Walker Evans, *Louons maintenant les grands hommes* ; William W. Rogers, Robert D. Ward, Leah R. Atkins et Wayne Flynt, *Alabama* ; et Virginia Van der Veer Hamilton, *Alabama*. J'ai également beaucoup appris des mémoires personnels non publiés : « The History of Benjamin Russell and Russell Lands Inc. » de Ben Russell ; « Keno–Keyno : Keno Community Then and Yonder » de Ben Carlton ; et les mémoires sans titre d'Inez Warren. Pour la biographie du début de la vie du révérend Maxwell, je me suis appuyée sur les articles de la presse régionale, les archives des tribunaux locaux, les dossiers militaires, les données de recensement de la population et les transcriptions de procès. Je remercie le personnel de l'Adelia M. Russell Library à Alexander City et de la Horseshoe Bend Regional Library à Dadeville.

1. William James, « The Moral Equivalent of War », *McClure's Magazine*, août 1910, pp. 463-468.
2. « Montgomery Men Originators of Cherokee Development–Martin », *Montgomery Advertiser*, 8 novembre 1925, p. 3.
3. *Mt. Vernon-Woodberry Co. v. Alabama Power Co.*, 240 U.S. 30, 1916.
4. Langston Hughes, « Nazis and Dixie Nordics », *Chicago Defender*, 10 mars 1945 ; réimprimé dans Langston Hughes, *Langston Hughes and the « Chicago Defender »*, pp. 78-80.
5. Frank Colquitt, entretien avec l'auteure, 3 février 2016.
6. David M. Alpern et Vern E. Smith, « Seventh Son », *Newsweek*, 4 juillet 1977, p. 21.

*Ministre de l'Évangile*

Pour les détails de la mort de Mary Lou Maxwell, j'ai consulté les rapports de police, notes d'enquête et juridiques, ses rapport d'autopsie et acte de décès, les procès-verbaux d'audience et des articles de presse. Je remercie le Dr Richard Roper d'avoir examiné son rapport d'autopsie avec moi et d'avoir partagé ses souvenirs professionnels de l'affaire ainsi que du laboratoire médico-légal. Pour les descriptions du travail du révérend et l'histoire plus large des travailleurs autour du lac Martin, j'ai consulté James Fickle, *Green Gold* ; Thomas R. Allison, *Moonshine Memories* ; *The Heritage of Coosa County* ; *The Heritage of Tallapoosa County* ; Wayne Flynt, *Alabama in the Twentieth Century* ; des articles de presse locale et régionale ; les archives d'*Alabama Forests* ; ainsi que Regina Strickland de la Horseshoe Bend Regional Library, Clara Williams, Alvin Benn, Jim Earnhardt, Patricia Wilkerson, Gladys Shockley, Vern Smith, Jacqueline Bush Giddens, Paul Pruitt Jr., Frank Colquitt, Benny Nolen, Clark Sahlie, Sam Duvall et Chris Isaacson de l'Alabama Forestry Association, Lonette Berg de l'Alabama Baptist Historial Commission, Andrew Childress et Richard Gilreath du Austin's Briscoe Center for American History à la Texas University à Austin, et Karen C. Bullard de la Troy Public Library.

7. Témoignage non daté de Dorcas Anderson répondant aux questions de Charles Adair et Tom Radney, p. 5.
8. *Ibid*, p. 4.
9. Vern Smith, notes de reportage faxées, « RE: THE REV. WILLIE MAXWELL », 23 juin 1977, archives *Newsweek*, 1933-1996, dossier CDL 1232, Austin's Briscoe Center for American History, Texas University, Austin.

10. *Ibid.*
11. Frank Colquitt, entretien avec l'auteure.
12. Déclaration devant la cour d'appel de l'Alabama (301 So.2d 85), p. 13.
13. Vern Smith, notes de reportage faxées, doc. cit.
14. Témoignage non daté de Dorcas Anderson, doc. cit., p. 5.
15. Déclaration de légitimation, 49:312, tribunal des successions du comté de Tallapoosa, Alabama.
16. Lena Martin, interviewée par Nelle Harper Lee le 16 janvier 1978, citation tirée des notes de reportage non publiées de Nelle Harper Lee.
17. Paul Till, « These Crime Fighters Rarely See the Scene », *Advertiser-Journal Alabama Sunday Magazine*, 2 juillet 1972, p. 5.
18. Notes non datées, dossiers du cabinet de Tom Radney.
19. Willie M. Maxwell à l'Old American Insurance Company, 19 août 1970, pièce à décharge n° 3, déposition de Willie M. Maxwell du 11 mai 1973.

*Se préparer à l'inévitable*

Pour l'histoire de l'assurance-vie, la fraude à l'assurance et les préjugés raciaux dans l'industrie de l'assurance, j'ai consulté Sharon A. Murphy, *Investing in Life* ; Edward J. Balleisen, *Fraud* ; J. Gabriel McGlamery, « Race Based Underwriting and the Death of Burial Insurance » ; et Mary L. Heen, « Ending Jim Crow Life Insurance Rates ». Pour la partie consacrée à Willie Maxwell « l'empoisonneur » et Fred Hutchinson, je me suis appuyée sur les articles de presse, les rapports de police, et l'aide de Colleen Hanko et du département de police de Clearwater. Pour reconstituer les interactions du révérend Willie Maxwell avec l'industrie de l'assurance, j'ai consulté les articles de presse, dossiers judiciaires, rapports de police, dossiers d'enquête de l'État, procès-verbaux d'audience, mais aussi Sheree Chapman York, Stanley Lee Chapman, Ray Jenkins, David Story, John Denson, Jimmy Bailey, Ed Raymon, R. Stan Morris, Richard F. Allen, Dennis M. Wright, David Miller, Ashton Holmes Ott, Karen Strickland et Terri Svetich, ainsi que Willie Robinson et le département de police d'Alexander City.

20. Ray Jenkins, « Minister Slain After Giving Stepdaughter's Eulogy ; He Is Called a Suspect in Her Death and Four Others », *The New York Times*, 21 juin 1977, p. 16.
21. Tom Radney, lettre à Robert Richard, 28 octobre 1971.

*Le septième fils d'un septième fils*

Pour l'histoire du vaudou, j'ai consulté Newbell N. Puckett, *Folk Beliefs of the Southern Negro* ; Zora N. Hurston, « Hoodoo in America », *Mules and Men*, et *Tell My Horse* ; Harry M. Hyatt, *Hoodoo–Conjuration–Witchcraft–Rootwork* ; Carl Carmer, *Stars Fell on Alabama* ; Albert J. Raboteau, *Slave Religion* ; Jim Haskins, *Voodoo & Hoodoo* ; Henry L. Gates Jr. et Maria Tatar (éd.), *The Annotated African American Folktales* ; Wade Davis, *The Serpent and the Rainbow* ; Charles W. Chesnutt, *Conjure Tales and Stories of the Color Line* ; Herbert Asbury, *The French Quarter* ; Kodi A. Roberts, *Voodoo and Power* ; et Robert Tallant, *Voodoo in New Orleans*. Je remercie pour leur aide Jen Peters et Joe Festa qui s'occupent de la collection Carl Carmer à la bibliothèque de recherche du Fennimore Art Museum et Patricia Tomczak de la Hyatt Folklore Collection à la Quincy University. Pour les informations spécifiques sur le révérend Willie Maxwell, je me suis appuyée sur les actes de décès, procès-verbaux d'audience, dossiers judiciaires, journaux locaux et régionaux, les mémoires d'Alvin Benn et E. Paul Jones, et des entretiens avec Robert Burns, Vern Smith, Alvin Benn et Jim Earnhardt.

22. Albert J. Raboteau, *Slave Religion*, p. 76.
23. Zora N. Hurston, *Dust Tracks on a Road*, p. 104.
24. Zora N. Hurston, *Mules and Men*, p. 185.
25. Carl Carmer, *Stars Fell on Alabama*, p. 216.
26. J. T. « Funny Papa » Smith, « Seven Sister Blues », 1931.

*Simplement terrifiant*

Outre les sources déjà mentionnées, je remercie pour leur aide Fred Gray, Nancy Powers, Norwood Kerr et Scotty Kirkland de l'Alabama Department of Archives and History, et Chad Carr de la cour d'appel de l'Alabama. Je suis immensément reconnaissante à la famille Radney de m'avoir permis d'utiliser les archives légales de Tom Radney, et aux héritiers de Nelle Harper Lee d'avoir partagé ses notes de reportage sur l'affaire Maxwell.

27. Lou Elliott, « Five Tragic Deaths Preceded Minister's Shooting », *Montgomery Advertiser*, 19 juin 1977, 7A.
28. *Ibid.*
29. Accord non daté avec la Central Security Life Insurance Company, signé par Willie J. Maxwell.
30. *Independent Life & Accident Insurance Company v. Willie J. Maxwell* (301 So.2d85), p. 36.
31. Vern Smith, notes de reportage faxées, doc. cit.
32. Phyllis Wesley, « Minister's Body Attracts Curious », *Montgomery Advertiser*, 23 juin 1977, 2A.
33. Vern Smith, notes de reportage faxées, doc. cit.
34. Philip Roth, *Patrimony*, p. 109 [traduction de Mirèse Akar et Maurice Rambaud, Gallimard, 1992].
35. *Independent Life & Accident Insurance Company v. Willie J. Maxwell* (301 So.2d85), p. 158.

*Pas d'exception à la règle*

Pour le récit du meurtre de Shirley Ann Ellington et du révérend Willie Maxwell, je me suis appuyée sur les journaux locaux, régionaux et nationaux, les rapports de police, les rapports d'autopsie, les procès-verbaux d'audience et les entretiens avec Jim Earnhardt, Vern Smith, Robert Burns, Alvin Benn, James Abbett, David Story, Evelyn Gilley et le Dr Richard Roper. Je remercie également pour leur aide Ray Jenkins, Elizabeth F. Shores, Kathryn Kaufman, Amanda McDonald, Dave Friedman, David M. Alpern, T. Michael Keza, Phyllis Alesia Perry, Paul Pruitt Jr., Alice Halsey de l'Alabama Department of Forensic Sciences et le département de police d'Alexander City.

36. Lou Elliott, « Five Tragic Deaths Preceded Minister's Shooting », art. cit.
37. *Ibid.*
38. Frank Colquitt, entretien avec l'auteure.
39. Vann V. Pruitt Jr., rapport pour le Département de toxicologie et d'enquête criminelle, 20 mai 1976.
40. Lynda Robinson, e-mail à l'auteure, 2 février 2018.
41. Déclaration de Mary Dean Riley Hicks extraite du dossier d'enquête et citée par E. Paul Jones dans *To Kill a Preacher*, Kindle loc. 789.
42. Déclaration d'Aaron Burton extraite du dossier d'enquête et citée par E. Paul Jones dans *To Kill a Preacher*, Kindle loc. 721.
43. Déclaration de Calvin Edwards extraite du dossier d'enquête et citée par E. Paul Jones dans *To Kill a Preacher*, Kindle loc. 756.
44. Alvin Benn et James Earnhardt, « Death Probe Pushed », *Alexander City Outlook*, 15 juin 1977, p. 4.
45. *Ibid.*

46. James Earnhardt, « Maxwell Gunned Down at Funeral », *Alexander City Outlook*, 20 juillet 1977, p. 1.
47. Vern Smith, notes de reportage faxées, doc. cit.
48. James Earnhardt, « Maxwell Gunned Down at Funeral », art. cit., p. 1.
49. *Ibid*, p. 4.
50. James Earnhardt, « The Scene/ A Death Mourned… a Life Taken », *Alexander City Outlook*, 20 juin 1977, p. 1.
51. James Earnhardt, « Maxwell Gunned Down at Funeral », art. cit., p. 4.
52. *Ibid.*

*Qui est dans le ragoût ?*

53. Marshall Frady, *Wallace*, p. 144.
54. Cette conversation est mentionnée pour la première fois dans Marshall Frady, *Wallace*, mais relatée en ces termes exacts par l'assistant de Wallace, Seymore Trammell, dans le livre de Daniel McCabe et Paul Stekler, *George Wallace*.
55. Marshall Frady, *Wallace*, p. 133.
56. Charles A. Bentley Jr., « Election of Tom Radney and the Transition Era of Southern Politics », p. 6.
57. *Tuskegee News*, 5 mai 1966, p. 1.
58. H. H. O'Daniel, tract électoral, 1966.
59. H. H. O'Daniel, brochure propagandiste.
60. Tom Radney, « An Open Letter to the Voters of Elmore, Macon, and Tallapoosa Counties », *Alexander City Outlook*, 2 mai 1966.

*Les roses sont rouges*

En plus des journaux déjà mentionnés, pour le contexte des débuts de la carrière politique de Tom Radney, j'ai consulté les archives du *Southern Courrier*. C'est grâce aux archives de Vanderbilt Television News que j'ai pu visionner l'interview de Radney par Dan Rather, et grâce à Laurie Austin de la John F. Kennedy Library que j'ai pu lire sa correspondance avec la famille Kennedy. Je remercie les Radney de m'avoir permis de consulter tous les articles de presse sur Tom, ses discours et le courrier qu'il a reçu après la convention nationale démocrate de 1968. Madolyn Radney, en particulier, a partagé avec beaucoup de franchise et de générosité ses souvenirs de la carrière politique de son mari.

61. Mary E. Gale, « "State's Pretty Jumbled Up", Radney Tells Auburn People », *Southern Courier*, 11-12 novembre 1967, p. 2.
62. Sean Reilly, « JFK Refocused Lives in the Public Service », *Anniston Star*, 21 novembre 1993, 12A.
63. Sénateur Tom Radney, interviewé par Dan Rather, CBS News Special : « Democratic Convention », 26 août 1968.
64. Don F. Wasson, « Threats Move Radney to Give Up Politics », *Montgomery Advertiser*, 1er septembre 1968, p. 1.
65. Carolyn Lewis, « A Threatened Alabaman Bows Out : Supporter of Sen. Ted Kennedy Says He's Harassed », *Washington Post*, 28 septembre 1968, E1.
66. Don F. Wasson, « Threats Move Radney to Give Up Politics », art. cit., p. 1.
67. Carolyn Lewis, « Threatened Alabaman Bows Out », art. cit., E2.
68. Don F. Wasson, « Threats Move Radney to Give Up Politics », art. cit., p. 1.
69. *Ibid.*
70. « Radney Re-emphasizes Decision "Never Again to Be Candidate" », *Alexander City Outlook*, 5 septembre 1968, p. 1.

71. « Freedom from Abuse », *Birmingham News*, 3 septembre 1968.
72. « Sen. Radney's Decision », *Alabama Journal*, 2 septembre 1968, p. 4.
73. « The Price of Politics », *Hammond Daily Star*, 18 septembre 1968, 1A.
74. Esther Lustig, lettre à Tom Radney, 4 septembre 1968.
75. Margaret J. Vann, lettre à Tom Radney, 6 octobre 1968.
76. Kenneth Noel, lettre à Tom Radney, s. d.
77. Jay Murphy, lettre à Tom Radney, 5 octobre 1968.
78. Edward L. Sample, lettre à Tom Radney, 4 octobre 1968.
79. E. B. Henderson, lettre à Tom Radney, 2 octobre 1968.
80. « The Southern Committee on Political Ethics », *Del Shields's Night Call*, 30 septembre 1968.
81. « Threats Against Radney Taper Off », *Birmingham Post-Herald*, 12 septembre 1968.

*Pour la bonne cause*

82. Alfred Tennyson, « Locksley Hall », dans *Selected Poems*, p. 59.
83. Steve Taylor, « Radney's Retirement Is a Short-Lived One », *Anniston Star*, 28 septembre 1969, p. 5.
84. Don F. Wasson, « Radney to Seek State's 2nd Spot », *Montgomery Advertiser*, 21 septembre 1969, 1A–2A.
85. Steve Taylor, « Radney's Retirement Is a Shorted-Lived One », art. cit.
86. David Marshall, « Our Problem Is Economic, Radney Says », *Birmingham News*, mars 1970, p. 1.
87. Anne Plott, « Sen. Radney Says "You Have to Pay Bill" for Education », *Anniston Star*, 17 mars 1970, p. 3.
88. Mel Newman, « Radney Hits Those Who Talk of Closing the Public Schools », *Florence Times–Tri Cities Daily*, 5 décembre 1969, p. 1.

89. Ellen Price, entretien avec l'auteure, 3 février 2016.
90. Tom Radney, Discours de défaite, 5 mai 1970.

*La maison Maxwell*

Pour l'histoire des cours et palais de justice d'Alabama, j'ai consulté *The Heritage of Tallapoosa County* ; Elizabeth D. Schafer, *Lake Martin* ; Peggy J. Walls et Laura D. Oliver, *Alexander City* ; Pat B. Rumore, *From Power to Service* et *Lawyers in a New South City* ; Ann H. Feathers, « Catfights and Coffins » ; et Morris Dees, *A Season for Justice*. Je remercie tous les anciens clients et collègues de Tom Radney qui ont partagé leurs histoires, en particulier Morris Dees, qui a un jour gagné un procès mémorable contre Radney ; je regrette simplement de ne pas avoir pu raconter l'histoire de Berry contre Macon County Board of Education.

91. Société nationale des dames de l'Amérique coloniale, *Early Courthouses of Alabama, Prior to 1860* (Mobile, Ala., 1966), p. 52.
92. W. J. Cash, *The Mind of the South*, p. 28.
93. Clarence Darrow, cité par Edwin H. Sutherland, Donald R. Cressey et David F. Luckenbill dans *Principles of Criminology*, p. 411.

*Paix et bonne volonté*

Pour l'histoire de la défense fondée sur les troubles mentaux et des problèmes liés, j'ai consulté J. R. Rappeport, « The Insanity Plea : Getting Away with Murder ? » (*Maryland State Medical Journal* 32, n° 3, 1983) ; James Gleick, « Getting Away with Murder » (*New Times*, 21 août 1978, pp. 22-28) ; Mac McClelland, « They'll Be Here till They Die » (*The New York Times Magazine*, 1er octobre 2017) ; et Lawrence M. Friedman, *Crime and Punishment in American History*. Je remercie pour leur aide Lauren McGuinn du FBI et Denita Pasley du Central Alabama Community College.

94. Phyllis Wesley, « Minister's Body Attracts Curious », art. cit., 2A.
95. *Baltimore Sun*, 22 juin 1977, A3.
96. *Sumter Daily Item*, 22 juin 1977, 6B.
97. « Slain Minister : As Mysterious in Death as He Was in Life », *Gadsden Times*, 24 juin 1977, p. 2.
98. Vern Smith, notes de reportage faxées, doc. cit.
99. Alvin Benn, « Will Maxwell », *Alexander City Outlook*, 22 juin 1977, p. 4.
100. Alvin Benn, « Mrs. Maxwell: "It's Like I'm Living in a Nightmare" », *Alexander City Outlook*, 20 juin 1977, p. 1.
101. « Slain Minister: As Mysterious in Death as He Was in Life », art. cit., p. 2.
102. Programme funéraire du révérend Willie Maxwell.
103. James Earnhardt, « Hundreds Attend Maxwell Funeral », *Alexander City Outlook*, 24 juin 1977, p. 1.
104. Phillip Rawls, « … To Help Touch Somebody… », *Montgomery Advertiser*, 24 juin 1977, p. 1.
105. *Ibid.*
106. Elizabeth F. Shores, « Minister Slain at Stepdaughter's Funeral Buried », *Birmingham Post-Herald*, s. d.
107. Alvin Benn, « Radney vs. Young », *Alexander City Outlook*, 28 septembre 1977, p. 1.
108. Alvin Benn, « Sometimes Drama Blooms », *Montgomery Advertiser*, 10 mai 1981, 5A.
109. *State of Alabama v. Robert Lewis Burns*, p. 109.
110. *Ibid.*
111. L'expression « porte tambour », qui apparaît dans de nombreux articles traitant de l'affaire, est utilisée à plusieurs reprises par le procureur Tom Young pendant le procès ; voir *ibid*, p. 12.

*Tom contre Tom*

Toutes les citations sont tirées du procès-verbal d'audience.

*L'homme d'Eclectic*

Toutes les citations sont tirées du procès-verbal d'audience.

*Ce dont parlait Holmes*

Sauf mention contraire, toutes les citations sont tirées du procès-verbal d'audience. Je remercie Steve Davis et Dianne Durbin de l'Alabama Department of Mental Health pour leur aide dans mes recherches sur l'hôpital Bryce.

112. Phyllis Wesley, « Trial Unfolds Like Film », *Montgomery Advertiser*, 29 septembre 1977, p. 2.
113. James Gleick, « Getting Away with Murder », art. cit.
114. Oliver W. Holmes Jr., *The Common Law*, pp. 41-42.

*La disparition*

Pour le récit de la vie de Nelle Harper Lee, j'ai profité du travail de précédents biographes, journalistes et chercheurs, en particulier : Don L. Keith, « An Afternoon with Harper Lee » ; Dannye R. Powell, « Capote and Friend : More than a Gap in the Hedge ? » (*Odessa American*, 4 septembre 1977, 5D) ; Drew Jubera, « To Find a Mockingbird: The Search for Harper Lee » (*Dallas Times Herald*, 5 février 1984) ; Kathy Kemp, « Mockingbird Won't Sing » (*Raleigh News and Observer*, 12 novembre 1997) ; Hazel Rowley, « Mockingbird Country » (*Australian's Review of Books*, avril 1999) ; Charles J. Shields, *Mockingbird* ; Kerry Madden, *Harper Lee* ; Marja Mills, *The Mockingbird Next Door* ; et Joseph Crespino, *Atticus*

*Finch*. Pour toutes les informations contenues dans ce chapitre et le reste de cette section, je remercie également pour leur aide et leurs encouragements Marja Mills, Drew Jubera, Dannye R. Powell, Kerry Madden, Jane Kansas, Sue Cohen, Beth A. Fisher, Della Rowley, Peter McIlroy, Allen Mendenhall, Rodney H. W. Cooper, Sharlyn Carter, Chip Cooper et d'autres qui ne souhaitent pas être mentionnés. Je remercie Maryon P. Allen, qui nous a récemment quittés, pour avoir raconté avec tant de précision sa conversation avec Harper Lee et donné vie à leur histoire commune. Merci à Youlanda Logan de la Jimmy Carter Presidential Library d'avoir localisé le livre dédicacé.

115. Maryon P. Allen, entretien avec l'auteure, 19 février 2017.
116. *Ibid.*
117. *Ibid.*
118. Inscription reproduite avec l'aimable autorisation de la Jimmy Carter Presidential Library.
119. Patricia Burstein, « Tiny Yes, but a Terror ? Do Not Be Fooled by Truman Capote in Repose », *People*, 10 mai 1976, p. 16.

*Un semblant d'âme*

Beaucoup de fausses informations ont été écrites sur la vie de Harper Lee, et je me suis efforcée de n'en reproduire aucune dans ce livre. Elle et ses sœurs n'ont jamais caché le mal qu'elles pensaient de presque tous les récits écrits sur son enfance, mais sinon nier la description de la santé mentale de leur mère dans le *Capote* de Gerald Clarke, elles n'ont jamais cherché à rétablir la vérité. Je dois beaucoup aux interviews d'Alice Lee réalisées par Marja Mills et Mary McDonough Murphy, ainsi qu'aux lettres écrites par

Louise Conner et à une interview qu'elle a donnée au *Sunday Ledger-Enquirer Magazine* peu après la publication de *Ne tirez pas sur l'oiseau moqueur*. Outre ces documents, je me suis principalement appuyée sur les archives du *Monroe Journal* et j'ai beaucoup appris d'une histoire orale jamais publiée d'une voisine de la famille Lee, Marie Hubbird, qui a connu Nelle de ses six ans jusqu'après la publication de *Ne tirez pas sur l'oiseau moqueur*. J'ai utilisé les textes écrits par Lee à l'université et les souvenirs de ceux qui l'ont connue pendant ces années, et je remercie Eric Kidwell de la Houghton Memorial Library du Huntingdon College et la W. S. Hoole Library de l'université d'Alabama. Il y aurait bien trop d'habitants, actuels et passés, de Monroeville et du comté de Monroe à remercier, mais je suis particulièrement reconnaissante à Jane Busby, Susan Ward, Stephanie Rogers, Kathy McCoy, Marty Pickett, le révérend Eddie Marzett, le révérend Thomas L. Butts, la famille Croft, Dawn Hare, Tim McKenzie et Janet Sawyer. Merci à James Fishwick et Oliver Mahony du Lady Margaret Hall de m'avoir aidée à retracer le séjour de Lee à l'université d'Oxford, et à Tom McCutchon de la Rare Book & Manuscript Library de la Columbia University pour son aide avec les Annie Laurie Williams Papers.

120. Harper Lee, lettre à Annie Laurie Williams, 4 juin 1959, Annie Laurie Williams Papers, Rare Book & Manuscript Library, Columbia University.
121. Marja Mills, « A Life Apart: Harper Lee, the Complex Woman Behind a "Delicious Mystery" », *Chicago Tribune*, 13 septembre 2002, p. 1.
122. « Misses Faulk and Lee Delightfully Entertain », *Monroe Journal*, 13 février 1930.

123. « League Program for Next Sunday Night », *Monroe Journal*, 26 janvier 1939.
124. Gerald Clarke, *Capote*, p. 9.
125. Gloria Steinem, « Go Right Ahead and Ask Me Anything (and So She Did): An Interview with Truman Capote », *McCall's*, novembre 1967, p. 150.
126. *Monroe Journal*, 13 juin 1935.
127. « The Enduring Power of *To Kill a Mockingbird* », *Life*, p. 47.
128. George Plimpton, *Truman Capote*, p. 38.
129. Nelle Lee, « Idealistic Editor-Author Has Head in Clouds, Feet on Ground », *Huntress*, 17 janvier 1945, p. 2.
130. Mary Williams, « "Little Nelle" Heads Ram, Maps Lee's Strategy », *Crimson-White*, 8 octobre 1946, p. 1.
131. Nelle Lee, « Some Writers of Our Time: A Very Informal Essay », *Rammer-Jammer* 21, n° 3, novembre 1945, p. 14.
132. Elizabeth Otts, « Lady Lawyers Prepare Homecoming Costumes », *Crimson-White*, 26 novembre 1946, p. 14.

*Le cadeau*

Pour le récit des premières années de Harper Lee à New York, dont l'écriture, l'édition et la publication de *Ne tirez pas sur l'oiseau moqueur*, je me suis appuyée sur des interviews de l'époque et la correspondance de Harper Lee, Maurice Crain et Tay Hohoff ; les informations contenues dans les Annie Laurie Williams Papers à la Columbia University ; l'essai autobiographique de Harper Lee intitulé « Christmas to Me » (*McCall's*, décembre 1961) ; le commentaire de Tay Hohoff reproduit dans J. B. Lippincott Company, *The Author and His Audience* et dans *The Literary Guild Review* ; Drew Jubera, « To Find a Mockingbird: The Search for Harper Lee » (art. cit.) ; Eugene Walter, *Milking the Moon* ; et des entretiens plus tardifs avec Joy et Michael Brown. Merci à Charles Whaley et Petter Buttenheim pour leurs souvenirs du *School Executive* et à Heather Thomas pour avoir localisé tous les numéros auxquels Harper Lee a contribué. Je remercie Jonathan Burnham de m'avoir permis de consulter les documents de la collection HarperCollins et Kathleen Shoemaker et Kira Tucker pour leur aide à l'Emory University Rose Library. Je remercie également pour leur aide Jane Kansas, Steve Cuthrell, Louise Sims, Rachel McDavid, Clarissa Atkinson et Justin Caldwell de Sotheby's.

133. Michael Brown, cité par Mary McDonagh Murphy dans *Hey, Boo*.
134. Nelle Lee, lettre à P. J. Cuthrell, s. d., écrite sur du papier à lettres de la Sabena, où Cuthrell travailla avec Lee jusqu'en 1954.
135. Louise Conner, citée par Tom Sellers dans « Writing Giants from Small Beginnings Grow », *Sunday Ledger-Enquirer Magazine*, 4 décembre 1960, p. 4.
136. Hal Boyle, « Harper Lee Still Prefers Robert E. and Tom Jefferson », *Alabama Journal*, 15 mars 1963, p. 11.
137. Harper Lee, citée dans Roy Newquist, *Counterpoint*, p. 409.
138. Michael Brown, « A Woman's New York », *Poughkeepsie Journal*, 5 décembre 1951, p. 6.
139. Harper Lee, lettre à Harold Caufield, 16 juin 1956, Rose Library, Emory University.
140. Harper Lee, lettre à Harold Caufield, datée « dimanche », Rose Library.
141. Harper Lee, lettre à « Dears », datée « dimanche », Rose Library.
142. *Ibid.*

143. « Lee, Nelle Harper », fiche de l'auteure, carton n° 210, Williams Papers. Les cinq nouvelles étaient respectivement intitulées « The Land of Sweet Forever », « A Roomful of Kibble », « This Is Show Business », « The Viewers and the Viewed » et « Snow-on-the-Mountain ».
144. Lettre anonyme d'un employé d'Annie Laurie Williams à Harper Lee, 7 janvier 1961, Williams Papers.
145. Harry Hansen, « Miracle of Manhattan –1st Novel Sweeps Board », *Chicago Sunday Tribune Magazine of Books*, 14 mai 1961, p. 6.
146. Harper Lee, « Christmas to Me », art. cit., p. 63.
147. *Ibid.*
148. « Alumna Wins Pulitzer Prize for Distinguished Fiction », *University of Alabama Alumni News*, mai-juin 1961, p. 15.
149. « Lee, Nelle Harper », doc. cit.
150. Maurice Crain, lettre à Evan Thomas, 10 avril 1957, collection HarperCollins.
151. Maurice Crain, lettre à Lynn Carrick, 13 juin 1957, collection HarperCollins.
152. J. B. Lippincott Company, *The Author and His Audience*, p. 28.
153. Tay Hohoff, « We Get a New Author », *Literary Guild Book Club Magazine*, août 1960, pp. 3-4.
154. J. B. Lippincott Company, *The Author and His Audience*, p. 28.
155. Michael Brown, cité par Mary McDonagh Murphy dans *Hey, Boo*.
156. J. B. Lippincott Company, *The Author and His Audience*, p. 29.
157. Harper Lee, lettre à Doris Leapard, 25 août 1990.
158. « The Enduring Power of *To Kill a Mockingbird* », art. cit., p. 37.
159. *Ibid.*

Pour le détail du travail de Harper Lee avec Truman Capote, j'ai utilisé : Ralph F. Voss, *Truman Capote and the Legacy of « In Cold Blood »* ; University of Nebraska College of Journalism and Mass Communication, *Cold Blood: A Murder, a Book, a Legacy* ; Gerald Clarke, *Capote* ; et George Plimpton, *Truman Capote.* Je remercie pour leur aide Ralph Voss et Glenda B. Weathers, Rosemary Hope, Paul Dewey, Ron Nye, Douglas McGrath, Lawrence Grobel, Gerald Clarke, Alan Schwartz du Truman Capote Trust, Carly Smith de la Finney County Public Library, Laura Graham du Kansas Bureau of Investigation, Erin Harris de la fondation Richard Avedon, et Tal Nadan, Kyle Triplett et Cara Dellatte de la Brooke Russell Astor Reading Room for Rare Books and Manuscripts de la New York Public Library.

160. George Plimpton, « The Story Behind a Non-fiction Novel », *New York Times Book Review*, 16 janvier 1966, p. 2.
161. « In Cold Blood… an American Tragedy », *Newsweek*, 24 janvier 1966, p. 60.
162. Dannye Romine Powell, « Capote and Friend: More than a Gap in the Hedge ? », art. cit., 5D.
163. « In Cold Blood… an American Tragedy », art. cit., p. 60.
164. Marja Mills, *The Mockingbird Next Door*, p. 166.
165. Harper Lee, « Truman Capote », *Book-of-the-Month Club News*, janvier 1966, p. 6.
166. John B. Ryan, cité par George Plimpton dans *Truman Capote*, p. 168 [extrait traduit par Béatrice Vierne, Paris, Arléa, 2009].
167. « Office Memorandum to M. DeLoach », 21 décembre 1959, dossier du FBI sur Truman Capote.

168. Harold Nye, cité par George Plimpton dans *Truman Capote*, p. 170 [extrait traduit par Béatrice Vierne, Paris, Arléa, 2009].
169. Alvin Dewey, cité par Dolores Hope dans « The Clutter Case: 25 Years Later KBI Agent Recounts Holcomb Tragedy », *Garden City Telegram*, 10 novembre 1984.
170. Ed Pilkington, « In Cold Blood, Half a Century On », *The Guardian*, 15 novembre 2009.
171. Truman Capote utilisa fréquemment cette expression avant, pendant et après la publication de *De sang-froid* ; voir par exemple George Plimpton, « The Story Behind a Nonfiction Novel », art. cit., p. 1.
172. Notes de Harper Lee, b. 7 f. 11-14 r. 7, Capote Papers, Manuscripts and Archives Division, New York Public Library.
173. *Ibid.*
174. Ralph F. Voss, *Truman Capote and the Legacy of « In Cold Blood »*, p. 195.

*Du malheur d'être célèbre*

La description du succès de *Ne tirez pas sur l'oiseau moqueur* se fonde sur les articles de presse contemporains de l'époque consacrés à Harper Lee dans le *Monroe Journal* et ailleurs, les nombreux articles sur Lee et Capote écrits par Dolores Hope pour le *Garden City Telegram*, la correspondance entre l'agence et les sœurs Lee archivée par Annie Laurie Williams à la Columbia University, d'autres lettres que Harper Lee et Truman Capote écrivirent pendant ces années, et de longues interviews de l'auteure réalisées par Roy Newquist pour son émission de radio *Counterpoint* et Don Lee Keith pour la *New Delta Review*. Je remercie pour leurs souvenirs de Nelle Harper Lee à cette époque George et Elizabeth Malko, Sonya Bentley Logan,

Melissa Bentley, Alec Bentley, Harry Benson, Bruce Higginson, Harry Mount, Beryl Barr, Jim O'Hare, et d'autres personnes proches d'elle qui ne souhaitent pas être mentionnées. Merci à Harry Benson d'avoir partagé ses photographies de Lee et Capote, et son récit du jour où il les a prises. Merci à George M. Barnett pour ses souvenirs de la convention nationale démocrate de 1976, dont la fête « Oscar W. Underwood for President » ; j'ai aussi consulté les comptes rendus de la fête parus dans le *New York Times* et l'*Alabama Journal*. Merci à Rachel McDavid d'avoir partagé des souvenirs de son père et d'autres amis de Lee de l'université d'Alabama. Merci également à Dona Matthews, au Dr Felice Kaufmann, à John Carnahan, Irene Burtis, Maisie Crowther, Ken Lopez Bookseller, Jim Baggett de la Birmingham Public Library, Margaret Harman de la Lyndon B. Johnson Library, Beth Davis du Broadmoor, Toni Miller du Pikes Peak Library District, Jay Fielden et Alex Belth d'*Esquire*, et Jeanne Walsh de la Brooks Memorial Library.

175. Dolores Hope, « The Distaff Side », *Garden City Telegram*, 4 avril 1960, p. 4.
176. Harper Lee, lettre à Hudson Strode, 6 mars 1961, *Hudson Strode Papers*, Hoole Library, Alabama University à Tuscaloosa.
177. Bob Thomas, « No Complaints by Harper Lee on Hollywood », *Corsicana Daily Sun*, 9 février 1962, p. 6.
178. Annie Laurie Williams, lettre à Alice Lee, 1er septembre 1964, Williams Papers.
179. Harper Lee, lettre à Virginia Van der Veer Hamilton, 11 janvier 2009, dossier 816.11.82, Virginia Van der Veer Hamilton Papers, Department of Archives and Manuscripts, Birmingham Public Library.
180. Harper Lee, lettre à John Darden, s. d.

181. Harper Lee, « Crackling Bread », dans Beryl Barr et Barbara T. Sachs, *Artists' & Writers' Cookbook*, pp. 251-252.
182. « Lee, Nelle Harper », doc. cit.
183. Alice Lee, lettre à Annie Laurie Williams, 9 septembre 1963, Williams Papers.
184. Annie Laurie Williams et Maurice Crain, télégramme à Harper Lee, 12 juillet 1961, Williams Papers.
185. Harper Lee, lettre à Bell, 17 août 1960, MA 5134, Morgan Library & Museum.
186. Harper Lee, lettre à Bell, 13 septembre 1961, MA 5134, Morgan Library & Museum.
187. Truman Capote, lettre à Andrew Lyndon, 6 septembre 1960, dans Truman Capote, *Too Brief a Treat*, p. 292 [extrait traduit par Cindy Colin-Kapen].
188. Truman Capote, lettre à Alvin et Marie Dewey, 10 octobre 1960, dans Truman Capote, *Too Brief a Treat*, p. 299 [extrait traduit par Cindy Colin-Kapen].
189. Vernon Hendrix, « Father of Novelist: Monroeville Attorney's Reactions Varied over Daughter's Book », *Monroe Journal*, 8 septembre 1960.
190. Edward Burlingame cité par Jonathan Mahler dans « Invisible Hand That Nurtured an Author and a Literary Classic », *The New York Times*, 13 juillet 2015, C1.
191. Lettre de refus que Harper Lee reçut de l'éditeur d'*Esquire*, Harold Hayes, 27 octobre 1961, Williams Papers.
192. Harper Lee, lettre à Harold Caufield, 21 novembre 1961, Rose Library.
193. Bob Ellison, « Three Best-Selling Authors: Conversation », *Rogue*, décembre 1963, p. 23.
194. Ramona Allison, « Nelle Harper Lee: A Proud, Tax-Paying Citizen », *Alabama Journal*, 1er janvier 1962, 13C.
195. Inscription reproduite avec l'aimable autorisation de Morris Dees.

196. Roy Newquist, *Counterpoint*, pp. 404-410.
197. *Ibid.*, p. 405.
198. Annie Laurie Williams à Alice Lee, 8 octobre 1965.
199. Karen Schwabenton, « Harper Lee Discusses the Writer's Attitude and Craft », *Sweet Briar News*, 28 octobre 1966.
200. Harper Lee, lettre à John Darden, 20 décembre 1972.
201. George Malko, « Remembering Harper Lee », *Times Literary Supplement*, 18 mai 2017.
202. Drew Jubera, « To Find a Mockingbird: The Search for Harper Lee », art. cit., p. 21.
203. Truman Capote, cité par M. Thomas Inge dans *Truman Capote*, p. 301.
204. Ray Jenkins, « Alabama Delegation Feasts upon Nostalgia », *Alabama Journal*, 12 juillet 1976, p. 1.
205. Alvin Benn, « Radney Sees Carter Breaking Region Barrier », *Montgomery Advertiser*, 9 juillet 1976, p. 9.

*Rumeurs, fantasmes, rêves, conjectures et purs mensonges*

Pour l'histoire du récit criminel et des nouveaux journalistes, j'ai consulté Thomas M. McDade, *The Annals of Murder* ; Sara L. Knox, *Murder* ; Tom Wolfe et E. W. Johnson, *The New Journalism* ; Marc Weingarten, *The Gang That Wouldn't Write Straight* ; Robert S. Boynton, *The New New Journalism* ; et Martin Priestman, *The Cambridge Companion to Crime Fiction*. Pour les réactions au « roman de non-fiction » de Capote, je me suis appuyée sur Ralph F. Voss, *Truman Capote and the Legacy of « In Cold Blood »* ; Phillip K. Tompkins, « In Cold Fact » (*Esquire*, 1er juin 1966) ; le portrait de Truman Capote par Harper Lee pour le Book-of-the-Month Club, ainsi que la correspondance de l'auteure dans les années suivant sa publication. Pour leurs souvenirs de Nelle Harper Lee à Alexander City, je remercie Madolyn Radney, Ellen Price, Robert Burns, Jim Earnhardt, Alvin Benn, Mary Ann Karr, Patricia Cribb, Ann Tate, Rheta G. Johnson, Maryon P. Allen, le Dr Brooks Lamberth, Lynda Robinson, Gerald McGill, Ben Russell et Catherine Burns. J'ai également apprécié les souvenirs offerts par Ben Burford et Chevy 6 du Stable Club et Rob « Gabby » Witherington de Stillwaters. Je remercie de même pour leur aide Diane McWhorter, Madison Jones IV, Ralph Voss et Glenda B. Weathers, Curtis Smalls de l'University of Delaware Library Special Collections, et Anne Marie Menta de la Yale University's Beinecke Library.

206. Thomas M. McDade, *The Annals of Murder*, p. 14.
207. George Plimpton, « Story Behind a Nonfiction Novel », art. cit., p. 1.
208. Patrick Smith, « Sisters, Family: Surviving Clutter Daughters Hope to Preserve Their Parents' Legacy », *Lawrence Journal-World*, 4 avril 2005.
209. Truman Capote, lettre à Alvin et Marie Dewey, 16 août 1961, dans Capote, *Too Brief a Treat*, p. 326 [extrait traduit par Cindy Colin-Kapen].
210. Harper Lee, lettre à Windham et Campbell, 28 septembre 1984, YCAL MSS 424, carton n° 11, Beinecke Library, Yale University.
211. Harper Lee, « Truman Capote », *op. cit.*, p. 7.
212. Harper Lee, lettre à Windham et Campbell, 28 septembre 1984.
213. Tom Wolfe, préface à *The New Journalism*, par Wolfe et Johnson.
214. Truman Capote, *In Cold Blood*, p. 85 [extrait traduit par Raymond Girard, Gallimard, 1972].
215. Harper Lee, *To Kill a Mockingbird*, p. 369 [extrait traduit par Cindy Colin-Kapen].

216. Calvin Trillin, *Killings*, xv.
217. Mary Ann Karr, entretien avec l'autoure, 13 février 2017.
218. *Ibid.*
219. Alison James, « Local Store to Become Walgreens », *Alexander City Outlook*, 1er décembre 2012.
220. Vern Smith, notes de reportage faxées, doc. cit.
221. Rheta Grimsley, « At His Own Murder Trial: Many Expected Maxwell », *The Opelika-Asburn News*, 27 septembre 1977.
222. Harper Lee, lettre à Madison Jones, 5 juin 1987, carton n° 12, dossier n° 2, Madison Jones Papers, Rose Library.
223. *Ibid.*

*Je reviendrai jusqu'au jugement dernier*

Outre les personnes déjà mentionnées, je remercie pour leur aide Faye Fox et Sheralyn Belyeu. J'ai eu l'opportunité de consulter les dossiers de Tom Radney ainsi que d'autres documents de l'enquête de Harper Lee sur l'affaire Maxwell ; ma description du travail d'investigation de Lee est fondée sur ses documents d'enquête. Non seulement certains sujets se souviennent l'avoir vue utiliser un magnétophone, mais un bon de garantie pour un magnétophone portable a été découvert parmi ses dossiers sur Maxwell, ainsi qu'un catalogue de la librairie Samuel Weiser. Les archives du *Monroe Journal* et de l'*Alexander City Outlook* m'ont aidée à mettre en contraste les opinions politiques de Tom Radney et A. C. Lee ; je me suis appuyée sur *Warmth of Other Suns* d'Isabel Wilkerson pour ma description de la Grande Migration. Pour la partie consacrée à la question de la race dans l'œuvre de Lee, je suis redevable à certaines critiques de son travail inspirées par la publication de *Va et poste une sentinelle*, dont celles de Roxane Gay, Adam Gopnik, Michiko Kakutani, Kiese Laymon, Diane McWhorter, Jesmyn Ward et Isabel Wilkerson. Merci à Scotty Kirkland de m'avoir laissée consulter les archives du juge Coley à l'Alabama Department of Archives and History, et à Evelyn Puckett d'avoir partagé ses souvenirs de son père.

224. Drew Jubera, « To Find a Mockingbird », art. cit., p. 21.
225. « Biographie de Tom Radney », brochure de campagne, 1966.
226. Note de verdict manuscrite de l'affaire État d'Alabama contre Willie J. Maxwell (acte d'accusation n° 1494, tribunal itinérant du comté de Tallapoosa, automne 1971) ; dossiers de Nelle Harper Lee.
227. Harper Lee, lettre à Madison Jones, 5 juin 1987.
228. Selon Madolyn Radney, cette citation apparaît dans plusieurs discours de Tom Radney.
229. Drew Jubera, « To Find a Mockingbird », art. cit., p. 21.
230. Madolyn Radney, entretien avec l'auteure, 25 février 2015.
231. James Earnhardt, « "Literary Journalists" Goes Beyond Reporting the Facts », *Montgomery Advertiser*, 18 novembre 1984, 4B.
232. James Earnhardt, e-mail à l'auteure, 18 mai 2017.
233. James Earnhardt, « Dust of Others Stirs Imagination », *Montgomery Advertiser*, 12 février 1983, 1B.
234. Harper Lee, lettre à James Earnhardt, 16 février 1983.
235. Harper Lee, lettre à Rheta G. Johnson, 21 février 1978.
236. Lena Martin, interviewée par Harper Lee, 16 janvier 1978 ; citation tirée des notes de reportage non publiées de Harper Lee.
237. *Ibid.*
238. Avis de décès de la police n° 529744 souscrite chez Crown Life Insurance Company of Illinois, signé par Willie J. Maxwell.
239. Harper Lee, lettre à Rheta G. Johnson, 21 février 1978.

240. Jim Stewart, « “Voodoo Priest” Buried, but Whispers Live On », *Atlanta Constitution*, 24 juin 1977, 23A.
241. « Radney: Good Choice for Man of the Year », *Alexander City Outlook*, 23 janvier 1978, p. 4.
242. Robert Burns, entretien avec l’auteure le 13 février 2017.
243. Harper Lee, *To Kill a Mockingbird*, p. 80 [extrait traduit par Cindy Colin-Kapen].
244. Jim Stewart, « “Voodoo Priest” Buried, but Whispers Live On », art. cit.
245. Harper Lee, lettre à Madison Jones, 5 juin 1987.
246. *Ibid.*
247. Harper Lee, lettre à Louise et Patricia Cribb, 11 juin 1978.
248. *Ibid.*

*Horseshoe Bend*

Ce fut une expérience étrange que de me rendre au début de mon enquête au 433 East 82nd Street et de contempler le nom de Harper Lee sur l’interphone. Je remercie Drew Jubera de m’avoir raconté ses souvenirs de ce bâtiment ; merci à Kate Richardson de Richlyn Marketing, LLC, John Oates, le Dr Michael Tanner, Bruce Higgison, Beth Forman, Sonya Bentley Logan, Alec Bentley, George et Elizabeth Malko, et Sylvia Shorris pour leurs propres souvenirs de cet immeuble, ses occupants et leur voisinage. Pour le récit du séjour de Lee à Eufaula, je me suis appuyée sur ses lettres de cette période, les souvenirs du révérend Marcus Smith, d’Ann Smith, de Jerry E. Brown et d’autres qui ne souhaitent pas être nommés. Concernant les craintes de Lee au sujet d’un éventuel procès, j’ai utilisé sa correspondance, les souvenirs de certaines personnes ne souhaitant pas être nommées, et l’histoire orale de Marie Hubbird. Pour la partie consacrée à Albert J. Pickett, je me suis appuyée non seulement sur son histoire mais aussi sur le « Romance and High Adventures » de Lee et « Albert James Pickett, a Sketch » de Marie B. Owen. Je remercie également Ari Schulman, Patrick Cather, Matthew Robinson du Horseshoe Bend National Military Park, Betty Uzman du Mississippi Department of Archives and History, Ashley Young et Sara Seten Berghausen du David M. Rubenstein Rare Book & Manuscript Library à la Duke University, Kristine Krueger de la Margaret Herrick Library de l'Academy of Motion Picture Arts and Sciences, et le Virginia Center for the Creative Arts.

249. Janet Malcolm, *The Journalist and the Murderer*.
250. Harper Lee, lettre à Earl et Sylvia Shorris, 20 novembre 1993.
251. *Ibid.*
252. *Ibid.*
253. Joseph Deitch, « Harper Lee: Novelist of the South », *Christian Science Monitor*, 3 octobre 1961, p. 6.
254. Ramona Allison, « "Mockingbird" Author Is Alabama's "Woman of the Year" », *Birmingham Post-Herald*, 3 janvier 1962.
255. Harper Lee, lettre à Leo B. Roberts, 26 janvier 1961, Archives and Information Center, Huntingdon College Library.
256. Vivian Cannon, « "Mockingbird" Author Wants to "Disappear" », *Mobile Register*, 21 mars 1963, p. 1.
257. Maurice Crain à Bonner McMillion, janvier 1962, cité par Ari N. Schulman dans « The Man Who Helped Make Harper Lee », *The Atlantic*, 15 juillet 2015.
258. Harper Lee, lettre à Gregory et Veronique Peck, 6 janvier 1981, Margaret Herrick Library, Academy of Motion Picture Arts and Sciences.

259. Louise Conner, lettre à Anna Coine Cravey, 22 septembre 1961, Huntingdon College Library.
260. Harper Lee, lettre à Gregory et Veronique Peck, 6 janvier 1981
261. Virginia S. Carr, *The Lonely Hunter*, p. 433.
262. Flannery O'Connor, lettre à « A. », 1er octobre 1960, dans Flannery O'Connor, *The Habit of Being*, p. 411.
263. Harper Lee, lettre à Gregory et Veronique Peck, 6 janvier 1981.
264. Harper Lee a légèrement déformé cette citation de Gene Fowler, qu'elle a vraisemblablement lue dans l'article de Randolph Hogan paru quelques mois plus tôt, « Writers on Writing », *New York Times Book Review*, 10 août 1980, p. 35.
265. Harper Lee, lettre à Gregory et Veronique Peck, 6 janvier 1981.
266. Harper Lee, lettre à Gregory et Veronique Peck, 4 mars 1981, Herrick Library.
267. Extrait de l'essai de Tay Hohoff pour *The Literary Guild Review*, qui a été reproduit dans divers journaux, dont *The Eufaula Tribune*, 26 mai 1960.
268. Drew Jubera, « To Find a Mockingbird », art. cit., p. 21.
269. Joe Patton, « Judge Coley: Active Life for "Semiretired" Banker », *Alexander City Outlook*, 4 mai 1978, p. 3.
270. Harper Lee, lettre à James Earnhardt, 18 février 1983.
271. *Ibid.*
272. Harper Lee, « Romance and High Adventure », p. 15.
273. *Ibid.*
274. *Ibid.*
275. James Earnhardt, e-mail à l'auteure, 31 mai 2017.
276. Steve Thomason, lettre à Harper Lee, 10 mai 1987, carton n° 12, dossier n° 2, Jones Papers.

277. Harper Lee, lettre à Steve Thomason, 5 juin 1987, carton n° 12, dossier n° 2, Jones Papers.
278. Harper Lee, lettre à Madison Jones, 5 juin 1987, doc. cit.

*Le long adieu*

Ma réflexion sur les dernières années de la carrière de Harper Lee s'appuie sur Ross Posnock, *Renunciation* ; Joan Acocella, « Blocked » (*The New Yorker*, 14 juin 2004) ; Leslie Jamison, *The Recovering* ; Olivia Laing, *The Trip to Echo Spring* ; Stuart Kelly, *The Book of Lost Books* ; Dick Schlaap, « 22 Invisible Mockingbirds » (*San Francisco Examiner*, 24 mai 1964) ; Jill Lepore, *Joe Gould's Teeth* ; Janet Malcolm, *The Journalist and the Murderer* ; et le *Unfinished Show* du Met Breuer. De nombreux amis et connaissances de cette époque de la vie de Harper Lee ont partagé avec moi leur temps, leurs souvenirs et leurs lettres. Certains ne souhaitent pas être nommés, mais je remercie pour leur aide Sylvia Shorris, Sandy Mulligan, Hallie Foote, Cecilia Peck, Charles Kiselyak, Star Lawrence, Robert Weil, Claudia D. Johnson, Marja Mills, Thomas L. Butts, Cynthia Lanford, Kevin Howell, George Landegger, Wayne Flynt, Nancy Anderson, Penny Weaver, Fannie Flagg, Hugh Van Dusen, Deborah DiClementi et Mary Higgins Clark. Je remercie également William Price, Drew Jubera, Alice H. Petry, Mary McDonagh Murphy, Caroline Sparks, Michelle Dean et Carolyn Waters de la New York Society Library.

279. Harper Lee, « Truman Capote », art. cit., p. 7.
280. Allen J. Going, lettre à William T. Going, 11 juillet 1987, cité par Alice H. Petry dans « Harper Lee, the One-Hit Wonder », dans *On Harper Lee*, p. 159.

281. Drew Jubera, « To Find a Mockingbird », art. cit., p. 19.
282. « Harper Lee, Read but Not Heard », *The Washington Post*, 17 août 1990, C2.
283. Harper Lee, lettre à Doris Leapard, 25 août 1990.
284. Harper Lee, lettre à « Dears », 3 avril 1963, Williams Papers.
285. Harper Lee, lettre à Sylvia Shorris, 20 octobre 1993.
286. Harper Lee, lettre à Mel Yoken, 22 mai 1976.
287. Inclus dans une lettre à Harold Caufield, s. d., Rose Library.
288. Alice Lee, « Harper Lee: My Little Sister », *The Guardian*, 11 juillet 2015.
289. Ellen F. Brown et John Wiley Jr., *Margaret Mitchell's « Gone with the Wind »*, p. 11.
290. Harper Lee, lettre à Claudia Durst Johnson, s. d.
291. Robert Lowell, « For Elizabeth Bishop 4 », dans *Collected Poems*, p. 595.
292. Hal Boyle, « Harper Lee Still Prefers Robert E. and Tom Jefferson », art. cit.
293. Hal Boyle, « In the South We Are Still in the Victorian Age », *Pensacola News*, 15 mars 1963, 4A.
294. Harper Lee, lettre à Donald Windham, 3 août 1986, YCAL MSS 424, carton n° 11, Beinecke Library.
295. Harper Lee, lettre à Caldwell Delaney, 30 décembre 1988, citée par Charles J. Shields dans *Mockingbird*, p. 270.
296. Hal Boyle, « Harper Lee Still Prefers Robert E. and Tom Jefferson », art. cit.
297. Elizabeth B. Browning, *Aurora Leigh*, p. 243.
298. Mary B. W. Tabor, « A "New Foreword" That Isn't », *The New York Times*, 23 août 1995, C11.
299. Charles Kiselyak, *Fearful Symmetry*.
300. Harper Lee, lettre à Gorman Houston, 20 juin 2003, Alabama Department of Archives and History.

301. Alice Lee, lettre à « Famille et amis », s. d., Huntingdon College Library.
302. Alvin Benn, « Memories of Me and Nelle », *Montgomery Advertiser*, 20 février 2016.
303. Harper Lee, « Mr. Shawn and Ms. Lee », *The New Yorker*, 10 avril 2006, p. 5.
304. Alice Lee, lettre à James Earnhardt, 30 juillet 2007.
305. Harper Lee, lettre à David Brasfield, 9 janvier 2009, citée dans Christamar Varicella, *The Reverend*.
306. Alice Lee, lettre à Sheralyn Belyeu, 22 juin 2009.
307. Tomas Radney, lettre à Harper Lee, 2 février 2006.
308. Harper Lee, lettre à Tomas Radney, 17 février 2006.
309. *The Reverend*, manuscrit non publié, 3, archives de la famille Radney.
310. Déclaration transmise par HarperCollins, par l'intermédiaire de Tonja Carter, 5 février 2015.

*Épilogue*

Je remercie Ellen Price de m'avoir demandé de l'accompagner chez Barnett, Bugg, Lee & Carter, ainsi que les jeunes Madolyn, Anna Lee et Cason de m'avoir permis d'être la première personne à consulter le contenu de la serviette de Big Tom. Comme toujours, ils se sont montrés généreux et patients. Je suis également particulièrement reconnaissante aux héritiers de Nelle Harper Lee d'avoir rendu la serviette à temps pour que je puisse m'en servir pour mes recherches.

# BIBLIOGRAPHIE

En plus des innombrables articles de journaux et magazines cités en notes, je me suis appuyée sur les livres, revues et films documentaires suivants.


Agee, James, et Walker Evans, *Let Us Now Praise Famous Men*, Boston, Mariner Books, 2001 [*Louons maintenant les grands hommes*, traduit par Jean Queval, Paris, Plon, 1993].

Allison, Thomas R., *Moonshine Memories*, Montgomery, NewSouth Books, 2014.

Asbury, Herbert, *The French Quarter: An Informal History of the New Orleans Underworld*, New York, Basic Books, 2008.

Ayers, H. Brandt, *In Love with Defeat: The Making of a Southern Liberal*, Montgomery, NewSouth Books, 2013.

Baldwin, James, *The Evidence of Things Not Seen*, New York, Henry Holt, 1995 [*Meurtres à Atlanta*, traduit par James Bryant, Paris, Stock, 1985].

Balleisen, Edward J., *Fraud: An American History from Barnum to Madoff*, Princeton, Princeton University Press, 2017.

Barr, Beryl, et Barbara Turner Sachs, *The Artists' & Writers' Cookbook*, Sausalito, Contact, 1961.

Bartram, William, *Travels Through North and South Carolina, Georgia, East and West Florida*, Savannah, Beehive Press, 1973 [*Voyages*, traduction remaniée de P. V. Benoist, Fabienne Raphoz (éd.), Paris, José Corti, 2013].

Benn, Alvin, *Reporter: Covering Civil Rights and Wrongs in Dixie*, Bloomington (Ind.), AuthorHouse, 2006.

Bentley, Charles A., Jr., « The Election of Tom Radney and the Transition Era of Southern Politics », thèse non publiée, automne 1967, Auburn University.

Berendt, John, *Midnight in the Garden of Good and Evil*, New York, Vintage Books, 1999 [*Minuit dans le jardin du bien et du mal*, traduit par Thierry Piélat, Paris, Belfond, 1998].

Bloom, Harold (éd.), *Modern Critical Interpretations: Harper Lee's « To Kill a Mockingbird »*, Philadelphia, Chelsea House, 1999.

Boynton, Robert S., *The New New Journalism: Conversations with America's Best Nonfiction Writers on Their Craft*, New York, Vintage Books, 2005.

Brown, Ellen F., et John Wiley Jr., *Margaret Mitchell's « Gone with the Wind »: A Bestseller's Odyssey from Atlanta to Hollywood*, New York, Taylor, 2011.

Browning, Elizabeth Barrett, *Aurora Leigh*, New York, Oxford University Press, 1998.

Bunch-Lyons, Beverly, « "Ours Is a Business of Loyalty": African American Funeral Home Owners in Southern Cities », *Southern Quarterly* 53, n° 1 (automne 2015), pp. 57-71.

Capote, Truman, *Other Voices, Other Rooms*, New York, Signet Books, 1948 [*Les Domaines hantés*, traduit par Maurice-Edgar Coindreau, Paris, Gallimard, 1985].

–, *The Grass Harp: Including A Tree of Night and Others Stories* [1951], New York, Vintage Books, 1993 [*La Harpe d'herbes*, traduit par Maurice-Edgar Coindreau, Paris, Gallimard, 1953].
–, *In Cold Blood: A True Account of a Multiple Murder and Its Consequences* [1965], New York, Vintage Books, 1994 [*De sang-froid. Récit véridique d'un meurtre multiple et de ses conséquences*, traduit par Raymond Girard, Paris, Gallimard, 1972].
–, *Too Brief a Treat: The Letters of Truman Capote*, Gerald Clarke (éd.), New York, Vintage Books, 2005 [*Un Plaisir trop bref. Lettres*, traduit par Jacques Tournier, Paris, 10/18, 2007].
Carmer, Carl, *Stars Fell on Alabama*, Tuscaloosa, University of Alabama Press, 2000.
Carr, Virginia Spencer, *The Lonely Hunter: A Biography of Carson McCullers*, Athens, University of Georgia Press, 2003.
Cash, W. J., *The Mind of the South*, New York, Vintage Books, 1991. Cason, Clarence, *90° in the Shade*, Tuscaloosa, University of Alabama Press, 2001.
Chesnutt, Charles W., *Conjure Tales and Stories of the Color Line*, New York, Penguin Books, 1992.
Clarke, Gerald, *Capote: A Biography*, New York, Ballantine Books, 1988 [*Truman Capote*, traduit par Henri Robillot, Paris, Gallimard, 1990]. Crespino, Joseph, *Atticus Finch: The Biography*, New York, Basic Books, 2018.

Davis, Rod, *American Voudou: Journey into a Hidden World*, Denton, University of North Texas Press, 1998.
Davis, Wade, *The Serpent and the Rainbow: A Harvard Scientist's Astonishing Journey into the Secret Societies of Haitian Voodoo, Zombis, and Magic*, New York, Simon & Schuster, 1985 [*Vaudou !*, traduit par Henri Gueydon, Paris, France Loisirs, 1987].

Debo, Angie, *The Road to Disappearance: A History of the Creek Indians*, Norman, University of Oklahoma Press, 1979.
Dees, Morris, *A Season for Justice: A Lawyer's Own Story of Victory over America's Hate Groups*, Steve Fiffer (contr.), New York, Touchstone, 1991.
Dewey, A. A., « In Cold Blood Country », *New Letters* 43, n° 2, hiver 1976, pp. 105-112.
Dyer, Geoff, *Out of Sheer Rage: Wrestling with D. H. Lawrence*, New York, Picador, 1997.

« The Enduring Power of *To Kill a Mockingbird* », *Life*, 26 juin 2015.

Faust, Drew Gilpin, *Republic of Suffering: Death and the American Civil War*, New York, Vintage, 2008.
Feathers, Anne Herbert, « Catfights and Coffins: Stories of Alabama Courthouses », *Alabama Review*, juillet 2008, pp. 163-189.
Fickle, James, *Green Gold: Alabama's Forests and Forest Industries*, Tuscaloosa, University of Alabama Press, 2014.
Flynt, Wayne, *Alabama in the Twentieth Century*, Montgomery, University of Alabama Press, 2006.
–, *Mockingbird Songs: My Friendship with Harper Lee*, New York, HarperCollins, 2017.
Forney, John, *Above the Noise of the Crowd: Thirty Years Behind the Alabama Microphone*, Huntsville, Albright, 1986.
Frady, Marshall, *Wallace*, New York, Random House, 1996.
Friedman, Lawrence M., *Crime and Punishment in American History*, New York, Basic Books, 1994.

Gates, Henry Louis, Jr., et Maria Tatar (éd.), *The Annotated African American Folktales*, New York, Liveright, 2018.

Goodman, James, *Stories of Scottsboro*, New York, Vintage, 1995.
Gosse, Philip Henry, *Letters from Alabama, U.S., Chiefly Relating to Natural History*, Mountain Brook, Overbrook Press, 1983.
Gray, Fred, *Bus Ride to Justice: Changing the System by the System: The Life and Works of Fred D. Gray, Preacher, Attorney, Politician*, Montgomery, NewSouth Books, 2002.
Greenhaw, Wayne, *Alabama on My Mind: Politics, People, History, and Ghost Stories*, Montgomery, Sycamore Press, 1987.
Grobel, Lawrence, *Conversations with Capote*, New York, Plume, 1985 [*Conversations avec Truman Capote*, traduit par Henri Robillot, Paris, Gallimard, 1987].

Hamilton, Virginia Van der Veer, *Alabama: A History*, New York, W. W. Norton, 1977.
Haskins, Jim, *Voodoo & Hoodoo: Their Tradition and Craft as Revealed by Actual Practitioners*, Lanham, Scarborough House, 1990.
Heen, Mary L., « Ending Jim Crow Life Insurance Rates », *Northwestern Journal of Law and Social Policy*, automne 2009, pp. 360-399.
Hemphill, Paul, *Lovesick Blues: The Life of Hank Williams*, New York, Penguin Books, 2006.
*The Heritage of Coosa County, Alabama*, Louisville, Heritage Publishing Consultants, 2000.
*The Heritage of Monroe County, Alabama*, Louisville, Heritage Publishing Consultants, 2000.
*The Heritage of Tallapoosa County, Alabama*, Louisville, Heritage Publishing Consultants, 2000.
Hohoff, Tay, *A Ministry to Man: The Life of John Lovejoy Elliott*, New York, Harper & Brothers, 1959.
–, *Cats and Other People*, Garden City, Doubleday, 1973.

Holland, James W., *Andrew Jackson and the Creek War: Victory at the Horseshoe*, Tuscaloosa, University of Alabama Press, 1968.

Holmes, Oliver Wendell, Jr., *The Common Law*, Mineola, Dover, 1991.

Hughes, Langston, *Langston Hughes and the « Chicago Defender »: Essays on Race, Politics, and Culture, 1942–62*, Christopher C. De Santis (éd.), Chicago, University of Illinois Press, 1995.

Hurston, Zora Neale, « Hoodoo in America », *Journal of American Folklore*, n° 174, octobre-décembre 1931, pp. 317-417.

–, *Mules and Men* [1935], New York, Harper Perennial Modern Classics, 2009.

–, *Tell My Horse* [1938], New York, Harper Perennial Modern Classics, 2008.

–, *Dust Tracks on a Road* [1942], New York, Harper Perennial Modern Classics, 1996 [*Des pas dans la poussière*, traduit par Françoise Brodsky, L'Aube, 1999].

Hyatt, Harry Middleton, *Hoodoo–Conjuration–Witchcraft–Rootwork: Beliefs Accepted by Many Negroes and White Persons, These Being Orally Recorded Among Blacks and Whites*, 5 volumes, Hannibal, Western, 1970.

Inge, M. Thomas (éd.), *Truman Capote: Conversations*, Jackson, University of Mississippi Press, 1987.

Jackson, Harvey H., III, *Rivers of History: Life on the Coosa, Tallapoosa, Cahaba, and Alabama*, Tuscaloosa, University of Alabama Press, 1995.

–, *Inside Alabama: A Personal History of My State*, Tuscaloosa, University of Alabama Press, 2004.

Jamison, Leslie, *The Recovering: Intoxication and Its Aftermath*, New York, Little Brown, 2018.

Johnson, Claudia Durst, *« To Kill a Mockingbird »: Threatening Boundaries*, New York, Twayne, 1994.

–, *Reading Harper Lee: Understanding « To Kill a Mockingbird » and « Go Set a Watchman »*, Santa Barbara, Greenwood, 2018.

Jones, E. Paul, *To Kill a Preacher*, New York, Page, 2018.

Kasprzak, Perry, « Don Lee Keith Is Dead: A Student's Acquaintance with a Maverick New Orleans Journalist », *Southern Cultures* 12, n° 1, printemps 2006, pp. 92-103.

Keith, Don Lee, « An Afternoon with Harper Lee », *Delta Review*, printemps 1966, pp. 40-41, p. 75, pp. 80-81.

Kelly, Stuart, *The Book of Lost Books: An Incomplete History of All the Great Books You'll Never Read*, New York, Random House, 2006.

King, Florence, *Confessions of a Failed Southern Lady*, New York, St. Martin's Press, 1985.

Kiselyak, Charles, *Fearful Symmetry: The Making of « To Kill a Mockingbird »*, Universal City, Universal Home Video, 1998.

Knox, Sara L., *Murder: A Tale of Modern American Life*, Durham, Duke University Press, 1998.

Laing, Olivia, *The Trip to Echo Spring: On Writers and Drinking*, New York, Picador, 2013.

Lee, Harper, *To Kill a Mockingbird* [1960], New York, Warner Books, 1982 [*Quand meurt le rossignol*, traduit par Germaine Béraud, Paris, Le Livre contemporain, 1961 ; *Alouette, je te plumerai*, traduit par Isabelle Stoïanov, Paris, Julliard, 1989 ; *Ne tirez pas sur l'oiseau moqueur*, traduction d'Isabelle Stoïanov revue par Isabelle Hausser, Paris, Éditions de Fallois, 2005].

–, « Romance and High Adventure », dans *Clearings in the Thicket: An Alabama Humanities Reader: Essays and*

*Stories from the 1983 Alabama History and Heritage Festival*, Jerry Elijah Brown (éd.), Macon, Mercer University Press, 1985, pp. 13-20.

–, *Go Set a Watchman*, New York, HarperCollins, 2015 [*Va et poste une sentinelle*, traduit par Pierre Demarty, Paris, Grasset, 2015].

Lepore, Jill, *Joe Gould's Teeth*, New York, Random House, 2016.

J. B. Lippincott Company, *The Author and His Audience: With a Chronology of Major Events in the History of J. B. Lippincott Company*, Philadelphia, J. B. Lippincott, 1967.

Lloyd Parry, Richard, *Ghosts of the Tsunami: Death and Life in Japan's Disaster Zone*, New York, MCD/Farrar, Straus & Giroux, 2017 [*Les Fantômes du tsunami. Périr et survivre dans un Japon dévasté*, traduit par Pierre Reignier, Payot & Rivages, 2018].

Lowell, Robert, *Collected Poems*, New York, Farrar, Straus & Giroux, 2003.

McCabe, Daniel, et Paul Stekler, *George Wallace: Settin' the Woods on Fire* [Alexandria, Va.], PBS Home Video, 2000.

McDade, Thomas M., *The Annals of Murder: A Bibliography of Books and Pamphlets on American Murders from Colonial Times to 1900*, Norman, University of Oklahoma Press, 1961.

McGlamery, J. Gabriel, « Race Based Underwriting and the Death of Burial Insurance », *Connecticut Insurance Law Journal* 15, n° 2, 2008–2009, pp. 531-570.

McWhorter, Diane, *Carry Me Home: Birmingham, Alabama: The Climactic Battle of the Civil Rights Revolution*, New York, Simon & Schuster, 2013.

Madden, Kerry, *Harper Lee*, New York, Viking, 2009.

Malcolm, Janet, *The Journalist and the Murderer*, New York, Vintage, 1990 [*Le Journaliste et l'Assassin*, traduit par Lazare Bitoun, Paris, François Bourin, 2013].
Martin, Thomas W., *The Story of Horseshoe Bend National Military Park*, Birmingham, Southern University Press at Birmingham Publishing Company, 1959.
Meacham, Jon (éd.), *Voices in Our Blood: America's Best on the Civil Rights Movement*, New York, Random House, 2003.
Mills, Marja, *The Mockingbird Next Door: Life with Harper Lee*, New York, Penguin Press, 2014.
Moates, Marianne M., *Truman Capote's Southern Years: Stories from a Monroeville Cousin*, Tuscaloosa, University of Alabama Press, 2008.
Monroe County Heritage Museum, *Images of America: Monroeville*, Charleston, Arcadia, 1999.
*The Monroe Journal Centennial Edition (1866-1966)*, Monroeville, Monroe Journal, 1966.
Murphy, Mary McDonagh. *Hey, Boo: Harper Lee and « To Kill a Mockingbird »*, First Run Features, 2010.
–, *Scout, Atticus, and Boo: A Celebration of Fifty Years of « To Kill a Mockingbird »*, New York, Harper, 2010.
Murphy, Sharon Ann, *Investing in Life: Insurance in Antebellum America*, Baltimore, Johns Hopkins University Press, 2010.

Newquist, Roy, *Counterpoint*, New York, Simon & Schuster, 1964.

O'Connor, Flannery, *The Habit of Being: Letters of Flanner O'Connor* [1979], Sally Fitzgerald (éd.), New Yor Farrar, Straus & Giroux, 1988 [*L'Habitude d'être*, trad par Gabrielle Rolin, Paris, Gallimard, 1985].
Opal, J. M., *Avenging the People: Andrew Jackson, Rule of Law, and the American Nation*, Oxford, Ox University Press, 2017.

Owen, Marie Bankhead, « Albert James Pickett, a Sketch », *Alabama Historical Quarterly* 1, n° 1, printemps 1930, pp. 113-115.

Petry, Alice Hall (éd.), *On Harper Lee: Essays and Reflections*, Knoxville, University of Tennessee Press, 2008.

Pickett, Albert James, *History of Alabama and Incidentally of Georgia and Mississippi, from the Earliest Period*, Tuscaloosa, Willo, 1962.

Pinn, Anthony B., *Varieties of African American Religious Experience: Toward a Comparative Black Theology*, Minneapolis Fortress Press, 1998.

Plimpton, George, *Truman Capote: In Which Various Friends, Enemies, Acquaintances, and Detractors Recall His Turbulent Career*, New York, Nan A. Talese, 1997 [*Truman Capote*, traduit par Béatrice Vierne, Paris, Arléa, 2009].

Posnock, Ross, *Renunciation: Acts of Abandonment by Writers, Philosophers, and Artists*, Cambridge, Harvard University Press, 2016.

Priestman, Martin (éd.), *The Cambridge Companion to Crime Fiction*, Cambridge, Cambridge University Press, 2003.

Puckett, Newbell Niles, *Folk Beliefs of the Southern Negro*, New York, Negro Universities Press, 1926.

Raboteau, Albert J., *Slave Religion: The « Invisible Institution » in the Antebellum South*, New York, Oxford University Press, 1978.

Richardson, Paul, *That's What They Say: A History of East Alabama, Chambers, Randolph, Tallapoosa, and Lee Counties*, Lafayette, Solo Press, 2011.

Roberts, Kodi A., *Voodoo and Power: The Politics of Religion in New Orleans, 1881-1940*, Bâton-Rouge, Louisiana State University Press, 2015.

Rogers, William Warren, Robert David Ward, Leah Rawl Atkins, et Wayne Flynt, *Alabama: The History of a Deep South State*, Tuscaloosa, University of Alabama Press, 1994.

Rosengarten, Theodore, *All God's Dangers: The Life of Nate Shaw*, Chicago, University of Chicago Press, 1974.

Roth, Philip, *Patrimony: A True Story* [1991], New York, Vintage Books, 1996 [*Patrimoine. Une histoire vraie*, traduit par Mirèse Akar et Maurice Rambaud, Paris, Gallimard, 1992].

Rumore, Pat Boyd, *Lawyers in a New South City: A History of the Legal Profession in Birmingham*, Birmingham, Association Publishing Company, 2000.

–, *From Power to Service: The Story of Lawyers in Alabama*, Montgomery, Alabama State Bar Association, 2010.

Schafer, Elizabeth D., *Lake Martin: Alabama's Crown Jewel*, Charleston, Arcadia, 2003.

Shields, Charles J., *Mockingbird: A Portrait of Harper Lee*, New York, St. Martin's Press, 2006.

Sutherland, Edwin H., Donald R. Cressey, et David F. Luckenbill, *Principles of Criminology*, 11e édition, Lanham, General Hall, 1992.

Tallant, Robert, *Voodoo in New Orleans*, Gretna, Pelican, 2012.

Tennyson, Alfred, *Selected Poems*, New York, Penguin Classics, 2007.

Trillin, Calvin, *Killings*, New York, Ticknor & Fields, 1984.

Varicella, Christamar, *The Reverend*, autopublié, 2012.

Voss, Ralph F., *Truman Capote and the Legacy of « In Cold Blood »*, Tuscaloosa, University of Alabama Press, 2011.

Walls, Peggy Jackson, et Laura Dykes Oliver, *Alexander City*, Charleston, Arcadia, 2011.
Walter, Eugene, avec la collaboration de Katherine Clark, *Milking the Moon: A Southerner's Story of Life on This Planet*, San Francisco, Untreed Reads, 2014.
Weaks, Mary Louise, et Carolyn Perry (éd.), *Southern Women's Writing: Colonial to Contemporary*, Gainesville, University of Florida Press, 1995.
Weingarten, Marc, *The Gang That Wouldn't Write Straight: Wolfe, Thompson, Didion, Capote, and the New Journalism Revolution*, New York, Crown, 2005.
Wilkerson, Isabel, *The Warmth of Other Suns: The Epic Story of America's Great Migration*, New York, Random House, 2010.
Windham, Donald, *Lost Friendships: A Memoir of Truman Capote, Tennessee Williams, and Others*, New York, Morrow, 1987.
Wolfe, Tom, and E. W. Johnson (éd.), *The New Journalism*, New York, Harper & Row, 1973.

# REMERCIEMENTS

J'ai conscience que *Ne tirez pas sur l'oiseau moqueur* ne serait pas le livre tant aimé que nous connaissons sans le travail inlassable d'un agent et d'une éditrice, et j'ai beaucoup de chance d'avoir trouvé mes propres Maurice Crain et Tay Hohoff. Edward Orloff savait que j'allais écrire un livre avant même que je le sache moi-même, et si toute écrivaine mérite un agent qui encourage son travail, peu ont la chance d'en trouver un aussi gentil et bienveillant. Quant à Andrew Miller, il est l'éditeur dont rêvent tous les auteurs : patient, constant, et doté de connaissances encyclopédiques sur toutes sortes de sujets allant de Kierkegaard à l'Amtrak. Beaucoup de ses collègues chez Knopf ont aidé à mettre au monde ce livre, dont Sonny Mehta, Zakiya Harris, Paul Bogaards, Chris Gillespie, Ruth Liebmann, Jessica Purcell, Rachel Fershleiser, Madison Brock, Bette Alexander, Ingrid Sterner, Lisa Montebello, Betty Lew et l'enfant de l'Alabama, Nicholas Latimer. Je suis émue et reconnaissante de leur amour pour ce livre. Il en va de même pour Jason Arthur chez William Heinemann, qui a été un véritable gentleman depuis que j'ai entendu sa voix pour la première fois, et qui avait en Lee une confiance contagieuse. J'espère simplement avoir honoré la mémoire de son amie.

Je remercie tout particulièrement les Radney de n'avoir jamais perdu la foi. Ils ont attendu longtemps que cette histoire soit racontée, et je leur suis reconnaissante de m'avoir laissée être celle qui le ferait. Je regrette terriblement de n'avoir pas connu Big Tom, mais il a laissé derrière lui une des familles les plus chaleureuses et accueillantes de l'Alabama. Merci mille fois à Ellen d'avoir entretenu la mémoire de son père, et à la petite Madolyn, à ses efforts inlassables pour raconter l'histoire de son grand-père. *Now and always, Roll Tide !*

Jim Earnhardt m'a plus appris au sujet de Harper Lee que presque toutes les personnes que j'ai rencontrées, non seulement grâce aux souvenirs qu'il a partagés, mais surtout parce que son caractère m'a permis de comprendre ce qu'elle cherchait chez un ami. C'est également un des meilleurs journalistes de l'Alabama, et je le remercie pour son amitié et ses encouragements. Lui rendre son album de coupures quarante ans après qu'il l'a prêté à Harper Lee est un des meilleurs souvenirs que je garde de l'écriture de ce livre. Un autre journaliste, Vern Smith, m'a énormément appris sur cette affaire et bien d'autres s'étant déroulées dans le Sud profond. C'est le genre de journaliste qui n'hésite pas, quarante ans plus tard, à déterrer ses notes pour aider une petite nouvelle.

De nombreux bibliothécaires et bibliothèques sont remerciés dans les notes, mais je suis particulièrement reconnaissante à Heather Thomas et ses collègues de la bibliothèque du Congrès, qui ont patiemment répondu à mes questions et m'ont aidée à trouver tous les articles jamais écrits sur le révérend Maxwell, Tom Radney et Harper Lee, ainsi qu'une quantité ahurissante d'arcanes de l'Alabama. Merci à Diane McWhorter, la bibliothèque vivante de tout ce qui concerne l'Alabama, qui a effacé une lettre de ce livre et de ma vie, mais apporté à l'un et l'autre une sagesse dont je lui serai éternellement redevable.

Un remerciement particulier à Ben Phelan, mon merveilleux contrôleur d'informations, dont la connaissance de l'Alabama aurait impressionné Albert James Pickett lui-même et qui ne se lassait jamais de demander : « Comment savoir ? » Merci également à David Haglund, Sasha Weiss et Nicholas Thompson, sans qui je n'aurais jamais roulé toute la nuit jusqu'en Alabama, et sans qui je ne me serais jamais autant amusée à écrire ce que j'y ai trouvé ; à Becca Laurie, qui est peut-être la seule « assistante de recherches » capable de rivaliser avec Nelle Harper Lee, ainsi qu'une amie très chère et une fantastique détective privée ; à Philip Gourevitch, qui m'a donné à la fois les encouragements dont j'avais besoin et, avec Larissa MacFarquhar, un modèle de journalisme sérieux et éthique ; à David Grann, dont les livres m'ont permis d'écrire celui-ci, et dont l'enthousiasme a fait toute la différence ; et à Elliott Holt, qui a tant fait pour moi et pour ce livre, et dont les racines en Alabama ont été une inspiration. Une mention spéciale à Luppe Luppen pour le mardi gras à Monroeville et à l'équipe du Jackson's Gap, Amanda Griscom Little et Laura Ruth Venable.

Jamaica Kincaid, Gencva Robertson-Dworet, Scoop et Kate Wasserstein, Francesca Mari et Leslie Jamison ont tous contribué à rendre ce livre, et moi-même, meilleurs. Personne ne mérite autant d'amis géniaux.

Pour avoir partagé leurs souvenirs de « Tante Dody », je suis éternellement reconnaissante à Ed Conner et Hank Conner. Ed, en particulier, qui, avec son humour, son intelligence, sa sincérité et sa douceur, a réussi à la faire revivre ; nos conversations et ce premier aperçu de Nelle m'ont enchantée. Je remercie également Laura et David Byres pour leur *antebellum grits*, leurs petits déjeuners, et leur formidable hospitalité.

Mes parents, Sandy et Bill Cep, m'aiment d'un amour inconditionnel et ils méritent plus de remerciements que je ne peux leur en donner ici. Ils ont travaillé plus dur que quiconque ne devrait jamais avoir à le faire pour s'assurer que leurs enfants puissent avoir une éducation et faire ce qu'ils voudraient de leur vie. Je suis certaine qu'ils n'auraient jamais imaginé élever une écrivaine, mais je suis aussi certaine qu'ils sont les meilleurs parents qu'une écrivaine puisse souhaiter. J'espère qu'ils savent à quel point j'ai toujours été fière d'être une de leurs filles.

Mes sœurs, Melinda et Katelin, ont toléré pendant très longtemps mon amour des mots et ma manie d'en utiliser beaucoup trop. L'une m'a aidée à apprendre à lire, et l'autre a été mon premier public. Leur rire, leur amour et leur foi ont enrichi et égayé ma vie, et leurs réserves inépuisables de blocs-notes, stylos-feutres, porte-mines et Internet ont rendu ce livre meilleur.

Ma partenaire dans le crime et dans tout le reste, Kathryn Schulz, mérite des remerciements pour avoir enduré des centaines de milliers de kilomètres de Wawa, Waffle House, Patsy Cline, Hank Williams, Jason Isbell, les remises en question, la taxidermie, et moi-même. Je n'aurais jamais pu écrire ce livre, ni quoi que ce soit d'autre, sans elle.

# TABLE DES MATIÈRES

## TROISIÈME PARTIE – L'ÉCRIVAINE

Composition et mise en pages
FACOMPO, Lisieux

Imprimé en Espagne par
Liberdúplex
à Sant Llorenç d'Hortons (Barcelone)
en mai 2022

POCKET - 92, avenue de France - 75013 Paris

S31410/01